Orte der Ewigkeit
Die Reise ins Jenseits
13 Geschichten über den Tod zum Dritten

Orte der Ewigkeit

Die Reise ins Jenseits

13 Geschichten über den Tod zum Dritten

Impressum

Bibliografische Information der Deutschen Nationalbibliothek: Die Deutsche Nationalbibliothek verzeichnet diese Publikation in der Deutschen Nationalbibliografie; detaillierte bibliografische Daten sind im Internet über http://dnb.dnb.de abrufbar.

Die automatisierte Analyse des Werkes, um daraus Informationen insbesondere über Muster, Trends und Korrelationen gemäß §44b UrhG („Text und Data Mining") zu gewinnen, ist untersagt.

Verlag: BoD · Books on Demand GmbH, Überseering 33, 22297 Hamburg, bod@bod.de

Druck: Libri Plureos GmbH, Friedensallee 273, 22763 Hamburg

ISBN: 978-3-7693-5666-3

Inhaltsverzeichnis

Kennst du diese Regentage im November, an denen alles stillzustehen scheint? In jener Kleinstadt, in der unsere Geschichte beginnt, ist er angebrochen: ein Morgen im November, an dem der Himmel wie ein graues Tuch über den Dächern liegt – schwer, fast schwarz, ohne Kontur, ohne Licht. Ein kalter, böiger Wind fegt durch die leeren Gassen, als wolle er das Vergangene forttragen. Der Regen fällt unermüdlich. Nicht heftig, doch mit einer Beharrlichkeit, die keinen Zweifel daran lässt: er wird bleiben. Die Straßen sind fast menschenleer. Nur vereinzelt huschen Gestalten mit hochgeschlagenen Krägen, eingezogenen Köpfen, unter Schirmen vorbei. Die Scheibenwischer der Autos vollziehen ihren hektischen Tanz, um den Fahrern die nötige Sicht gewährleisten zu können. Das Licht der Laternen und Scheinwerfer verliert sich im Nebel der Nässe, doch verirrt sich im feuchten dunkelgrau, erreicht kaum die Dämmerung der Straßen, kann kaum die graue Tristigkeit durchdringen. Die Gärten und Parks – still, durchnässt, verlassen. Ein paar letzte Blätter hängen erschöpft an den Ästen, als hätten sie den Herbst längst aufgegeben. Bänke glänzen nass im schummrigen Licht, unberührt, unbesessen. Innen, hinter den Scheiben, ist es warm und gemütlich. Man hört das Ticken der Uhren, das leise Prasseln des Regens, das Summen von Kaffeemaschinen und Stimmen, gedämpft. Ein trüber Morgen, gewiss – aber auch ein Morgen der Sammlung. Der Rückzüge. Der Nähe.

Lilly ist an diesem Morgen eine der wenigen, die draußen unterwegs sind. Der schwarze Regenschirm spannt sich wie ein Schild über ihr, während sie mit ruhigen Schritten durch das Grau geht – auf dem Weg zu einem Termin, der schwer auf ihrem Herzen liegt. Lilly ist Anfang zwanzig, mit langen, dunklen Haaren und Augen, die so viel Tiefe haben, als trügen sie die Schatten ganzer Nächte in sich – und doch ein Licht, das nicht versiegt. Ihre Erscheinung ist ruhig, aufrecht, fast wie die eines Menschen, der gelernt hat, zwischen den Welten zu gehen. Sie trägt eine Leidenschaft in sich, die nicht laut ist, sondern wie ein inneres Feuer – glühend, nicht brennend. Sie entdeckt lieber, als dass sie erobert. Ihr Herz: offen. Ihre Sinne: wach für das Unausgesprochene. In schwierigen Situationen ist sie mutig und entschlossen. Sie trägt bequeme Kleidung, die sich mit ihr bewegt, nicht gegen sie. In ihrer Jackentasche klackert leise ein kleiner Rosenquarz, den sie heute Morgen aus der Schale am Fenster nahm – ein stiller Talisman. Sie ist eine

Naturliebhaberin und verbringt gerne Zeit im Freien, ob wandern oder campen.

Ihr Großvater wird in ca. einer Stunde beerdigt. Für Lilly war ihr Großvater die wichtigste Person in ihrem bisherigen Leben. Lillys Eltern waren bei einem Unfall gestorben als Lilly vier Jahre alt war. Seit dem Tod ihrer Eltern, als sie vier war, hatte ihr Großvater sie allein aufgezogen. Er war für sie nicht nur Familie – er war Ursprung, Anker, vielleicht auch der letzte Beweis dafür, dass Liebe etwas ist, das bleibt. Die Großmutter war verschwunden, kurz nach dem Unfall. Sie sagte, sie müsse noch zu Rosi, Gemüse holen – kam nie zurück. Die Polizei suchte nicht nach ihr: Der Reisepass fehlte, ein Koffer, ein Teil der Kleidung, das halbe Konto war leer. So wuchs Lilly auf zwischen alten Büchern, Teegeschirr und Geschichten über ferne Länder, die ihr Großvater nie besucht hatte.

Und heute – geht sie allein durch den Regen.

Zwei Häuser von ihrer Wohnung entfernt biegt Lilly in eine kleine Nebenstraße ein. Auf dem Weg zum Friedhof ist das ein Umweg – ein kleiner Bogen nur –, doch in dieser Straße liegt Oma Rosies Gemüseladen. Rosie arbeitet noch immer, obwohl sie längst in Rente ist. Nach dem Verschwinden von Lillys Großmutter wurde sie zu einer Art Ersatzoma. Oma Rosie ist vielleicht Ende sechzig, vielleicht schon über siebzig – niemand weiß das so genau. Ihre kurzen grauen Haare kräuseln sich wie feines Nebelgras, und ihre blauen Augen leuchten noch immer wie zwei Bergseen im frühen Sommerlicht. Man kennt sie in der Stadt: als freundliches Gesicht, als Hüterin alter Weisheiten, als Frau mit einem offenen Ohr – und einem reichen Herzen. Sie trägt fließende Kleider und Tücher in leuchtenden Farben, geht mit einer Ruhe, als lausche sie dem Atem der Erde. Rosie kennt sich aus mit Kräutern, mit Tieren, mit Dingen, die wachsen – und Dingen, die heilen. Lilly und ihre beste Freundin Simone hielten Rosie früher für eine Hexe. Und vielleicht war sie das auch – auf eine gute Weise. Sie braute Tees, verteilte kleine

Fläschchen mit Ölen und schien immer zu wissen, wenn jemand Trost brauchte. Sie war nie nur die nette Verkäuferin im Laden. Sie war immer mehr – eine Freundin, eine Mahnerin, eine Kraft. Vor allem für Lilly und Simone. Heute nimmt Lilly diesen Umweg, weil sie Rosie sehen muss – bevor sie Abschied nimmt. Und weil Markus, ihr Freund, schon dort auf sie wartet, um gemeinsam mit ihr zum Friedhof zu gehen.

Der Laden ist noch geschlossen. Also geht Lilly durch die alte Toreinfahrt neben dem Schaufenster, über den gepflasterten Hof, hinein durch den Hintereingang – direkt in Oma Rosis Wohnküche. „Guten Morgen, meine Liebe", begrüßt Rosi sie und zieht sie für einen kräftigen Knuddler in die Arme. „Nimm dir einen Kaffee", sagt sie und deutet auf die blaue Emaillekanne, die am Rand des Herdes steht. Der Herd ist ein Relikt aus anderen Zeiten: eine Hälfte elektrisch, die andere von Holz und Kohle befeuert – im Winter wird hier nicht nur gekocht, sondern gewärmt, gedacht, getröstet. Lilly kennt die Wohnküche nur so.

„Markus ist also noch nicht da", stellt sie fest und schenkt sich das aromatische koffeinhaltige Heißgetränk in eine der passenden, leicht abgeschlagenen Emailletassen.

„Er hat mir hoch und heilig versprochen, pünktlich hier zu sein." Ihre Stimme klingt enttäuscht. Dabei hätte sie es wissen müssen – Markus und die Zeit waren noch nie enge Verbündete.

Markus ist Mitte zwanzig, hochgewachsen, mit kurzen dunklen Haaren und grauen Augen, die einen prüfenden, beinahe kühlen Blick tragen. In seinem Gesicht liegt etwas Unnahbares – eine Festigkeit, als wäre da eine Tür, die nur selten geöffnet wird. Er ist ein Mann, der sich lieber an Zahlen hält als an Stimmungen, lieber an logische Schlüsse als an vage Gefühle.

Entscheidungen trifft er mit dem Verstand, nicht mit dem Herzen – eine Gabe, die ihm im Beruf nützt, aber in der Liebe manchmal zum Stolperstein wird. In seiner Freizeit spielt er Tennis oder Golf – Spiele mit klaren Regeln, überschaubaren Bahnen, vorhersehbaren Bewegungen. Wenn er liest, dann philosophiert er mit Kant, zweifelt mit Camus oder staunt mit Hawking. Und doch – irgendwo in ihm, tief unter den Schichten aus Klarheit und Kalkül – liegt etwas, das nicht ganz greifbar ist. Vielleicht ein Zweifel. Vielleicht ein Schmerz, den er selbst nicht benennen kann.

„Du weißt doch, wie er ist, Kind", sagt Rosi sanft. „Er hat die Zeit sicher wieder falsch eingeschätzt – bei dem Wetter kann er ja nicht mit dem Motorrad fahren." Sie will Lilly beruhigen, doch ihr eigener Ärger über Markus schimmert durch. In ihren Augen passen die beiden ohnehin nicht zusammen. Zu verschieden, zu gegensätzlich. Sie hätte einen anderen im Auge für ihre Lilly. Aber Rosi sagt nichts. Nicht diesmal. Ihre Ansichten über Lillys Freunde und wer zu Lilly passt, behält sie für sich. Vor über zwanzig Jahren hatte sie ihren Sohn gewarnt: Diese Frau sei nicht die Richtige. Doch er wollte davon nichts wissen, verbat sich jede Einmischung. Rosi aber konnte nicht schweigen. Sie sprach aus, was sie sah – aus Sorge, aus Mutterliebe. Es kam, wie es kommen musste: Erst zog ihr Sohn in einen anderen Stadtteil, dann in eine andere Stadt. Und auch als die Ehe nur drei Jahre später zerbrach, kehrte er nicht zurück. Seitdem herrscht Funkstille. Es tut ihr weh, sehr sogar. Aber mit Lilly – mit Lilly wird sie es anders machen. Sie denkt sich ihren Teil, ja. Doch sie schweigt. Und wenn das Herz bricht, wird sie da sein. Mehr braucht es nicht.

„Ach, der kann mich ..." „... mal in den Arm nehmen", beendet Markus den Satz und schiebt sich zur Tür herein. „Guten Morgen, Schatz", sagt er, während er Lilly in die Arme nimmt – ein kurzer, kontrollierter Griff. Rosi bekommt ein knappes Nicken, nicht mehr. „Bist du fertig? Können wir los?" „Ich warte nur auf dich", antwortet Lilly und greift nach ihrem Schirm. „Peter und Simone warten schon am Friedhof." Bei dem

Namen Peter muss Rosi schmunzeln – Markus hingegen verzieht das Gesicht, fast unmerklich, aber deutlich genug. Er mag Peter nicht. Er hält ihn für zu weich, zu unklar, zu emotional – für jemanden, der sich zu sehr von Gefühlen leiten lässt, besonders, wenn es um Lilly geht. Für Markus zählen Argumente. Für ihn muss auch das Herz nach Gründen schlagen. Und Peter – Peter ist für ihn Chaos. Gefahr.

Peter ist Anfang, vielleicht Mitte zwanzig, mit kurzen blonden Haaren und blauen Augen, in denen Zärtlichkeit und Mut nebeneinander wohnen. Er ist von großer Statur, athletisch gebaut, und hat ein freundliches, offenes Gesicht. Sein Herz trägt er nicht hinter Mauern – es schlägt sichtbar, spürbar, für Lilly. Er liebt sie mit einer stillen Hingabe, die nicht fordert, sondern wartet. Peter ist treu, verlässlich, geduldig. Er versteht, dass Lilly ihren eigenen Weg geht – und er geht ein Stück davon mit, ohne sich aufzudrängen. Er ist gerne draußen, bewegt sich mit Leichtigkeit durch Wald und Stadt, spielt Basketball, geht wandern, greift manchmal zur Gitarre, wenn die Worte fehlen. Auch er hat eine spirituelle Seite – noch unausgereift, suchend, tastend. Er bewundert Lillys Tiefe, nicht aus Neid, sondern mit echtem Wunsch zu verstehen. Für Rosi ist es keine Frage: Wenn ihr Herz zu entscheiden hätte, wäre Peter der Richtige für ihre Lilly.

„Nun macht, dass ihr loskommt", mahnt Rosi mit einem Blick auf die Uhr. „Sonst kommt ihr noch zu spät!" Markus seufzt – nicht wegen der Zeit, sondern wegen der Dringlichkeit. Hektik ist ihm zuwider, obwohl er selbst sie oft verursacht. Lilly stellt ihre Tasse ins Spülbecken, wirft Rosi ein letztes, stilles Lächeln zu und zieht Markus mit sich hinaus in den Regen.

Simone und Peter warten vor dem Eingang des Friedhofs. Simone – Mitte zwanzig, langes, rotes Haar, grüne Augen mit einem Schimmer von Frühlingslicht. Ihre Locken tanzen im Wind, als wüssten sie nichts von Trauer.

Sie ist nicht auffällig, nicht laut – aber in ihrer Nähe fühlen sich Menschen gesehen. Gehört. Willkommen. Seit Kindertagen ist sie Lillys engste Freundin – und geblieben, was viele nur versprechen: immer da. Sie kennt Lillys Schweigen und ihre Tränen, weiß, wann Trost genügt und wann ein Rat gefragt ist. Simone lacht oft. Ein Lachen, das bleibt. Sie ist kreativ, voller kleiner Ideen und liebevoller Gesten. Kocht mit Hingabe, bastelt mit Geduld, malt mit einem Herz, das über die Ränder geht. In ihrem Blick liegt manchmal etwas, das sie selbst kaum wahrhaben will: Gefühle für Peter – warm, leise, echt. Und dann, daneben, ein anderer Funke: ein stilles Schwärmen für Markus, das sie sich nicht eingesteht. Noch nicht.

„Wo bleibt Lilly bloß?", fragt Peter ungeduldig. „Markus wird mal wieder auf den letzten Hosenknopf erschienen sein", meint Simone trocken. „Danke, dass du mich daran erinnern musst", motzt Peter. Simone lächelt schief. „Ach Peter, du bist zu lieb für diese Welt. Du kannst warten, so lange du willst – Lilly wird nie frei für dich sein. Ich weiß nicht, was sie an Typen wie Markus findet. Aber schlag sie dir aus dem Kopf." Peter öffnet den Mund – will etwas sagen, vielleicht widersprechen, vielleicht hoffen. Da stupst Simone ihn mit dem Ellenbogen an. „Da kommen sie doch."

Die Beerdigung von Lillys Großvater findet an einem kalten, regennassen Novembervormittag statt. Die Luft ist schwer – durchzogen vom Geruch feuchter Erde, nasser Mäntel und verwelkter Blumen. Regenschirme reihen sich wie stumme schwarze Segel entlang der schmalen Wege. Die vier stehen beisammen, doch jeder für sich. Lilly – im schwarzen Mantel, blass, still, mit Blick auf den dunklen Fleck in der Erde, der bald geschlossen wird. Neben ihr Markus, das Gesicht fest, beinahe abwesend – als wolle er dem Moment nicht mehr Raum geben als nötig. Simone hält Lillys Hand, ihre Augen sind rot, und immer wieder fährt sie sich mit dem Ärmel übers Gesicht. Peter steht etwas abseits – zu nah, um gleichgültig zu wirken, zu fern, um wirklich da zu sein. In seinem Blick liegt ein Satz, der nicht gesagt werden kann. Der Pfarrer tritt vor. Seine Stimme ist fest und ruhig – wie ein Lied, das man schon oft gehört hat, aber nun doch anders klingt. Er spricht von Leben, von Tod, von der Hoffnung auf ein Wiedersehen jenseits der Zeit. Die Trauernden hören zu, doch nicht alle Worte erreichen ihr Inneres. Der Regen spricht lauter. Dann der Segen. Lilly und Markus heben die Urne gemeinsam. Ihre Hände berühren sich flüchtig, kühl, wie zwei fremde Steine. Simone und Peter folgen schweigend. Ein kurzer Zug durch das Gras, ein feuchter Wind im Rücken – dann senken sie das Gefäß hinab. Stille. Kein Wort. Kein Schluchzen. Nur das leise Rauschen des Regens, das alles zudeckt. Es ist ein trauriger Moment – ja. Aber auch ein würdiger. Ein letzter Blick zurück. Ein Abschied, der mehr sagt, weil niemand spricht.

Der Regen hat nicht nachgelassen, während Lilly, Simone, Markus und Peter langsam den Weg zurück zu Rosis Laden antreten.

Vorne gehen Lilly und Simone. Lilly hat sich bei ihrer Freundin eingehakt, wie früher – als Kinder, auf dem Weg zur Schule. Eine Armlänge hinter ihnen läuft Markus. Er ist nicht begeistert davon, dass der sogenannte Leichenschmaus bei Rosi stattfinden soll.

Er weiß, dass Rosi ihn nicht leiden kann – und dass sie Peter lieber an Lillys Seite sähe, daran lässt sie kaum einen Zweifel. Aber das ist verständlich, denkt Markus. Rosi ist für ihn eine Hexe. Nicht im Sinne der Märchen, sondern eher wie jene Frauen, die im Mittelalter verbrannt wurden – weil sie zu viel wussten, zu viel fühlten. Wie Lilly. Vielleicht sogar noch mehr. Rosi lebt in einer Welt voller Zeichen, Ahnungen, Kreisläufe. Markus aber glaubt an Logik, an Beweise, an klare Ursachen. Und Rosi? Sie torpediert seine Versuche, Lilly davon zu überzeugen, dass die Welt rein wissenschaftlich zu erklären ist – mit einer leisen Macht, der er kaum etwas entgegensetzen kann.

14

Wenn Lilly nicht so eine Sahneschnitte wäre, denkt Markus, und nicht so viel Leidenschaft ins Leben legte – auch ins Bett – hätte er sie vielleicht längst verlassen. Aber da ist ja auch noch Peter. Noch so ein „Gefühlsmensch". Allein um diesem Weichei nicht das Feld zu überlassen, bleibt Markus. Peter läuft einige Meter hinter ihm. Er sagt nichts – denkt aber viel. Was Lilly nur an Markus findet? Gewiss, er ist klug, ehrgeizig, wird es weit bringen. Aber das „weit" bezieht sich auf Kontostände, nicht auf Seelenräume. Für Markus ist Liebe ein biochemischer Prozess. Hormone, Dopamin, Serotonin – alles erklärbar, messbar, vorhersehbar. Und das Leben? Nur eine Anhäufung noch nicht entschlüsselter Formeln. Peter blickt nach vorn. Sollte Markus nicht an Lillys Seite sein? Gerade jetzt, nach dem Abschied von ihrem Großvater? Er weiß, wie sehr sie an ihm hing. Und dann hat dieser Mann auch noch etwas dagegen, dass sie zu Rosi zurückkehren – zu der einzigen, die für Lilly noch Familie ist. Wie kann jemand so kalt sein? Und so blind? Aber Peter schweigt. Noch.

Rosi ist gerade dabei, eine letzte Kundin zu verabschieden, als sie das Geräusch der Hintertür hört – ein leises Quietschen, gefolgt von Schritten auf dem alten Küchenboden. Das müssen Lilly und die anderen sein, denkt sie. Mit ruhiger Selbstverständlichkeit begleitet sie die Kundin zur Tür, wartet, bis diese draußen ist, und dreht den Schlüssel zweimal im Schloss. Dann hängt sie das kleine, vorbereitete Schild an die Tür: „Geschlossen – wegen Todesfall."

„Kinder, was steht ihr denn so herum?" fragt Rosi, als sie die Wohnküche betritt. „Wir können doch nicht einfach in deine gute Stube latschen", entgegnet Markus – die Stimme neutral, der Ton daneben. Simone und Peter werfen ihm gleichzeitig einen giftigen Blick zu. „Was denn?" fragt Markus mit unschuldigem Gesicht. „Ist doch wahr!" Lilly antwortet mit leiser Stimme, traurig und weich: „Nein… wir bleiben hier in der Küche. Großvater hat hier immer gern gesessen." „Richtig,

Kindchen", pflichtet Rosi ihr bei und fügt schmunzelnd hinzu: „Vor allem, weil er nur hier seine stinkenden Zigarren rauchen durfte." Lilly muss kichern. Oma Rosi – sie hat einfach eine Gabe: Sie kann den Regen für einen Moment vergessen machen. Markus verdreht die Augen. Er versteht es nicht – will es auch nicht. Dass ausgerechnet in dieser unscheinbaren, leicht chaotischen Küche Abschied genommen werden soll, während die ordentliche Wohnstube leer bleibt – das geht ihm gegen den Strich. Für ihn wäre es nur anständig, wenn man wenigstens das feine Porzellan aufdeckt. Oder besser noch – im Café am Friedhof speist, wo sich solche Dinge gehören. Peter, der neben ihm steht, weiß genau, was Markus denkt. Und er schluckt seine Worte mit Mühe hinunter. Jetzt ist nicht die Zeit für Streit. Aber gern hätte er Markus ins Gesicht gesagt, dass es hier nicht um Anstand geht. Sondern um das, was in Markus fehlt. Nicht um gute Manieren – sondern um eine verkümmerte Seele, die nach außen glänzen will, während innen alles stumm bleibt.

Rosi holt sechs Tassen aus dem Schrank und stellt sie auf den Tisch. Für jeden eine. Nur eine Tasse bleibt unberührt – die Lieblingstasse von Lillys Großvater. Sie stellt sie an den Platz neben dem Herd, dort, wo er immer gesessen hatte. Als sie den Kaffee einschenkt, bemerkt sie natürlich Markus' angewiderten Blick. Aber wie Peter sagt auch sie nichts. Zu viel gesagt wurde in anderen Zeiten. Jetzt ist nicht der Moment für Streit. Sie sagt auch nichts dazu, dass Markus nicht neben Lilly sitzt, sie nicht tröstet, nicht einmal ihre Nähe sucht. Ist wohl besser so, denkt sie nur und gießt weiter ein. Nachdem jeder eine dampfende Tasse vor sich hat, öffnet Rosi den Backofen. Der Duft von warmem Gugelhupf zieht durch die Küche – süß, schwer, vertraut. Sie schneidet jedem ein großes Stück ab und verteilt es mit Bedacht. Markus schüttelt kaum merklich den Kopf. Kaffee aus groben Pötten, wie für Bauarbeiter – und ein Stück Sandkuchen auf die Hand. Das soll eine Trauerfeier sein? Er versteht es nicht. Will es nicht verstehen. Peter hingegen sieht die Szene –

und versteht. Nicht, weil es ihm erklärt wurde, sondern weil er es fühlt. Dass ein schöner Abschied nichts mit Porzellan zu tun hat. Sondern mit dem Menschen, um den man trauert. Und der am Herd saß, nicht im Café. Mit der Tasse in der Hand – und dem Leben im Gesicht.

Lillys Großvater hatte oft hier gesessen – in dieser Küche, auf genau diesem Stuhl neben dem Herd, mit dieser Tasse. Vor allem seit dem Verschwinden seiner Frau. So oft, dass in der Nachbarschaft ein Gerücht die Runde machte: Rosi und er hätten etwas miteinander gehabt. Peter hört es noch – das Flüstern zwischen den Fenstern, das Tuscheln hinter den Gardinen.

Viele Menschen haben eine schmutzige Fantasie, denkt er. Ja, es gab eine Verbindung zwischen den beiden. Aber nicht die, die man ihnen nachsagte. Es war die gemeinsame Sorge um Lilly – das stille Bündnis zweier Menschen, die wollten, dass dieses Mädchen trotz allem Verlust eine Kindheit hat, die man ihr nicht nehmen kann. Und wenn da doch noch etwas anderes war…? Peter schüttelt den Kopf. Daran will ich gar nicht denken.

Rosi und Lilly bemerken Peters Kopfschütteln. Rosi schaut ihn belustigt an, Lilly eher fragend. „So!" Rosi durchbricht das Schweigen mit fester Stimme. „Jetzt will ich euch mal was sagen – ihr seid alt genug und glaubt doch schon lange nicht mehr an den Osterhasen." Sie dreht sich leicht zur Seite und spricht mit gesenkter Stimme: „Gustav – so hieß Lillys Großvater übrigens mit Vornamen –" Dann, wieder lauter, mit fast feierlichem Ton: „Also ja. Gustav und ich hatten was miteinander, wie ihr jungen Leute das heute so schön nennt." - Stille. - „Und wieso auch nicht?" fährt sie fort. „Gustav war ein schöner, leidenschaftlicher Mann. Er hatte Bedürfnisse – und ich auch. Warum hätte ich ihn also von der Bettkante schubsen sollen?" „Omaaaa!" zischte Lilly, sichtlich verlegen. „Kindchen, so ist das Leben. Da ist nichts dabei. Wir mochten uns eben – ein bisschen mehr." Rosi zwinkert Lilly verschmitzt zu. Lilly kann nicht anders – sie grinst, erst schüchtern, dann offen. Simone und Peter sitzen da mit offenem Mund. Und Markus? Der kann seinen angewiderten Gesichtsausdruck nicht verbergen. „Also, was habt ihr denn?" fragt Rosi trocken. „Heutzutage treibt ihr's doch auch schon vor der Hochzeit mit jedem, der nicht bei drei auf dem Baum ist, oder?" Jetzt bricht das Lachen los – laut, befreit, herzlich. Lilly, Simone, sogar Peter lachen. Nur Markus nicht. Er erklärt trocken und todernst: „So kann man das nicht sagen." Rosi und Peter müssen sich auf die Zunge beißen. Heute ist nicht der Tag für Streit. Nicht vor Lilly. Und doch: Gerade er will moralisch argumentieren? Er, der Lilly mit mindestens zwei anderen Frauen betrügt? Er, der von Treue redet – und nachts woanders schläft?

Damit Peter und sie sich nicht doch noch zu einem spitzen Kommentar hinreißen lassen, legt Rosi schnell nach: „Lilly, kannst du dich noch erinnern, wie Gustav dir erklärt hat, genau zu wissen, wann du lügst?" Lilly muss sofort kichern. „Oh ja, natürlich." Sie dreht sich zu Simone. „Wir waren damals unten am Weiher, auf dem Eis – obwohl es verboten war. Erinnerst du dich?" Simone nickt grinsend. Lilly fährt fort: „Ich kam zu spät nach Hause. Großvater fragte ganz ruhig: Wo kommst du denn so spät her, Kindchen? Und ich sagte: Ich hab mit Simone gelernt. Da hat er mich so eindringlich angeschaut – und gesagt: 'Soso. Gelernt? Das ist doch gelogen. Ihr wart doch auf dem Eis. Und ich hab es verboten. Das Eis ist noch viel zu dünn! Wenn du eingebrochen wärst…'" Lilly ahmt seine Stimme liebevoll nach. „Und dann sagte er: 'Ich sehe immer, wenn du lügst – aber diesmal besonders.' Ich war total erschrocken. Ich fragte mich: Wie kann er das nur wissen? Und dann sagte er: 'Weil du das Blaue vom Himmel lügst, Kindchen!'" Lilly lacht. „Ich hab gesagt, das stimmt doch gar nicht! Aber er zeigte einfach zum Fenster – raus in die Dunkelheit – und meinte: 'Siehst du denn noch etwas Blaues am Himmel?' Und ich hab rausgeschaut… und wirklich: Der Himmel war rabenschwarz." Alle lachen. Nicht laut, nicht schrill – aber herzlich. Und selbst Markus kann sich ein Grinsen nicht verkneifen.

Rosi und Lilly erzählen – abwechselnd, einander ins Wort fallend, lachend, erinnernd.

Eine Geschichte jagt die nächste. Mal beginnt Lilly, mal Rosi, und manchmal beenden sie einander die Sätze. Es sind kleine Anekdoten, fast beiläufig, und doch voller Leben. Simone und Peter lachen mit – herzlich, laut, befreit. Es ist, als würde für einen Moment der Regen draußen schweigen. Nur Markus bleibt stumm. Er sitzt gerade, angespannt, die Hände um seine Tasse gelegt. Er lacht nicht. Nicht einmal, wenn es schwerfällt. Nicht einmal, wenn ihm ungewollt ein Grinsen über die Lippen huscht. Er unterdrückt es sofort. So etwas gehört sich nicht, denkt er. Man lacht nicht, wenn gerade jemand beerdigt wurde. Und wenn man schon nicht trauert – dann hat man es zumindest zu zeigen. Anstand. Würde. Fassade. Dass Lilly und Rosi gleichzeitig lachen und trauern können, ist ihm unbegreiflich. Für ihn ist das ein Widerspruch. Eine Störung im System. Dieser ganze spirituelle Kram, denkt er, bringt doch alles durcheinander.

Mehrere Kannen Kaffee sind getrunken, der Gugelhupf längst verzehrt. Die Stunden sind vergangen, ohne dass jemand auf die Uhr geschaut hätte. Es ist früher Abend geworden, und die Müdigkeit liegt wie ein Schleier auf den Schultern. Lilly lehnt sich zurück, blickt still in ihre Tasse. „Für heute reicht es", sagt sie leise. „Genug Geschichten von Großvater." „Soll ich dich nach Hause bringen?" fragt Markus. Peter spürt, wie ihm die Luft heiß wird. So etwas fragt man nicht. Schon gar nicht an einem Tag wie diesem. Man(n) steht einfach auf und geht mit. Doch Lilly schüttelt den Kopf. „Nein, danke. Ich möchte heute allein sein. Es sind ja nur fünf Minuten zu Fuß." Ihre Stimme ist freundlich, aber bestimmt. Markus nickt – fast zu schnell. Er hatte es geahnt. Vielleicht sogar gehofft. Er hatte nur gefragt, weil Peter und Simone noch da waren – um den Schein zu wahren. In Wahrheit ist sein Verlangen längst woanders. Er denkt an andere Hände, andere Lippen. Lilly wird in den nächsten Tagen nicht verfügbar sein – emotional blockiert, wie er es nennt. Er umarmt sie kurz, fast mechanisch. „Schlaf gut", sagt er – und verschwindet als Erster durch die Hintertür. Peter zieht hörbar die Luft ein – sein Ärger steht ihm ins Gesicht geschrieben. Aber bevor er etwas sagen kann, legt Rosi ihm sanft die Hand auf den Arm. Ein kaum merkliches Kopfschütteln. Jetzt nicht, Junge. Peter schaut sie an – und versteht. Mit einem stummen Blinzeln gibt er ihr recht.

Als Nächstes tritt Peter vor, um sich von Lilly zu verabschieden. Eigentlich will er ihr nur die Hand reichen. Doch Rosi und Simone – scheinbar ganz zufällig – stoßen ihn leicht an.

Ein Schritt zu viel, ein verlorenes Gleichgewicht – und schon liegt Lilly in seinen Armen. Rosi und Simone grinsen sich an, sagen kein Wort. „Pass gut auf dich auf, Lilly. Schlaf gut. Wir sehen uns ja nächste Woche auf der Arbeit. Und du kannst mich jederzeit anrufen, wirklich." Seine Stimme ist ruhig, aber seine Augen sprechen mehr. „Danke dir, Peter", sagt Lilly leise. Peter nickt, verabschiedet sich von Rosi, will gerade zur Tür hinaus –

da ruft Simone: „Warte, ich komm mit. Wir haben ja ein Stück den gleichen Weg." Sie umarmt Lilly fest, wärmer als Worte, drückt Rosi zum Abschied die Hand. Dann geht sie mit Peter hinaus, durch die Hintertür, in den Hof, in den beginnenden Abend.

Rosi nimmt ihre Lilly still in den Arm. „Warte noch einen Moment", sagt sie leise. „Lass die anderen erst verschwinden. Noch sind sie in der Nebenstraße." Und da, ohne Vorwarnung, bricht es aus Lilly hervor. Von einer Sekunde zur nächsten stürzen Tränen aus ihren Augen – wie ein Damm, der lange gehalten hat und nun nicht mehr kann. Rosi hält sie fest, sagt nichts, lässt sie einfach weinen. Streicht ihr über den Rücken, wie eine Mutter, wie eine Freundin, wie jemand, der nicht fragt. „Lass es raus, Kindchen", flüstert sie ihr ins Ohr. „Tränen reinigen die Seele."

Peter und Simone gehen langsam die kleine Nebenstraße hinunter. Simone hat sich bei ihm eingehakt – ganz selbstverständlich, ohne zu fragen. Normalerweise hätte Peter so etwas abgewehrt. Nicht, weil es ihn stört. Sondern weil er nicht möchte, dass Lilly etwas Falsches denkt. Aber Lilly ist nicht da. Sie sieht es nicht. Simone lehnt ihren Kopf gegen seine Schulter. Genau die richtige Größe, denkt sie. Es ist still. Nur ihre Schritte, der Regen, das entfernte Summen einer Straßenlaterne. Simone ist schon seit einiger Zeit in Peter verliebt – heimlich, wie sie glaubt. Doch sie weiß: Alle sehen es. Alle – außer Lilly. Also sagt sie nichts. Und weil sie schweigt, genießt sie diesen Augenblick umso mehr. Ein paar Minuten, die ihr gehören. Markus? Ja, auch er hat etwas. Er sieht gut aus – sehr gut sogar. Und was Lilly erzählt hat, klingt… verlockend. Simone errötet bei dem Gedanken. Markus ist fürs Bett. Peter – vielleicht fürs Leben.

Peter genießt den Spaziergang mit Simone. Der Regen hat nachgelassen, und ihr Kopf auf seiner Schulter hat etwas Wärmendes, Vertrautes. Für einen Moment fühlt es sich richtig an. Fast. Denn schöner – viel schöner – wäre es, wenn Lilly jetzt neben ihm ginge. Wenn es ihr Kopf wäre, der sich an ihn lehnt. Peter schämt sich für diesen Gedanken. Unfair, sagt er sich. Sie ist vergeben. Und Simone… Simone ist da. Er seufzt innerlich.

Vielleicht müsste er einfach nur warten. Geduldig. Still. Und während er sich das vorsagt, flackert eine Frage in ihm auf: Warum die Zwischenzeit nicht mit Simone füllen? Bei diesem Gedanken errötet Peter. Das wäre noch unfairer. Er kann sie nicht einfach… benutzen.

Nicht Simone. Nicht dieses warme, ehrliche Wesen an seiner Seite.

Sie erreichen die Kreuzung, an der sich ihre Wege trennen. Simone löst sich langsam von Peter, schaut ihm in die Augen, als wolle sie prüfen, ob der Moment hält. „Kommst du bitte noch mit zu mir? Ihre Stimme ist ruhig, aber ein wenig brüchig. „Ich möchte heute nicht allein sein." Bevor er etwas sagen kann, fügt sie schnell hinzu: „Ich weiß… Gustav war Lillys Großvater. Aber Lilly und ich – wir waren jeden Tag zusammen, seit wir uns kennen. Und Gustav war auch für mich wie ein Großvater." Sie sagt das, um Missverständnisse zu vermeiden. Damit Peter nicht denkt, es gehe um etwas anderes. Und doch – während sie das denkt, denkt sie auch: Man muss ja nichts ausschließen.

Peter ist hin- und hergerissen. Lilly sitzt allein in ihrer Wohnung – traurig, erschöpft, verletzt.

Und Markus, der eigentlich bei ihr sein sollte, verliert sich in den Armen einer anderen –

doch das wissen weder Lilly noch Simone. Peter spürt, wie ungerecht es wäre, heute Nacht nicht für Lilly da zu sein. Und doch – war es nicht sie, die gesagt hat, sie wolle allein sein?

War das nicht ihre Entscheidung? Peter, der sonst nie zögert, wenn ein Freund Hilfe braucht, steht still. Lilly braucht ihn. Simone bittet ihn. Aber er ist nur ein Mensch. Und man kann sich nicht in zwei Teile reißen. Er hebt den Blick – schaut Simone direkt in die Augen.

Flehend, offen, verletzlich. Ein Fehler. Ein einziger Blick – und der Widerstand bricht. „Ich bring dich auf jeden Fall nach Hause", sagt er schließlich. Und in dem Moment weiß er bereits, dass er sie nicht allein lassen wird.

Simone und Peter biegen gemeinsam nach rechts ab, in Richtung Bushaltestelle.

Wortlos hakt sie sich wieder bei ihm unter, legt ihren Kopf an seine Schulter – wie zuvor. An der Haltestelle bleibt sie stehen, blickt auf den Fahrplan. „Wir können doch auch laufen", sagt sie. „Der Bus kommt erst in fünfzehn Minuten – und es sind nur vier Stationen." Sie weiß nicht, ob Peter wirklich mitkommt – oder sich an ihrer Haustür verabschiedet. Aber jeder Schritt, den sie mit ihm teilen kann, zählt. Sie will den Moment strecken. Die Nähe halten. „Okay", sagt Peter leise. „Dann laufen wir." Und sie gehen weiter – nebeneinander, schweigend, aber nicht stumm.

Lilly wischt sich – vorerst – die letzte Träne aus dem Augenwinkel. Dann löst sie sich aus Rosis Umarmung, tritt einen Schritt zurück. „Ich hab dich lieb", sagt sie leise zum Abschied. „Bis morgen." Sie verschwindet durch die Tür in den Hof. Rosi bleibt stehen, blickt ihr nach – so lange, bis Lilly durch die Toreinfahrt aus dem Blickfeld verschwunden ist. Erst dann schließt sie die Hintertür. In der Küche ist es still. Tassen, Kuchenkrümel, der Duft von Kaffee – alles noch da, wie eingefroren im Moment. Rosi seufzt leise, geht zum Tisch, setzt sich auf den Platz neben dem Herd. Der Platz, auf dem Gustav immer saß. „Ach, Gustav…", sagt sie in den Raum, als wäre er noch da. „Ich vermisse dich. Was soll ich nur machen? Viel Zeit bleibt mir nicht mehr – und wer passt dann auf unsere Lilly auf?" Und dann – eine Stimme. Weich. Nah. Gustavs Stimme. „Na wir, Rosi. Wie wir's immer gemacht haben."

Lilly biegt von der kleinen Nebenstraße in die Hauptstraße ein. Nur noch zwei Blocks, dann ist sie zu Hause. In der Gegenrichtung sieht sie ein Paar auf sich zukommen. Sie hat sich bei ihm eingehakt, den Kopf an seine Schulter gelegt – vertraut, innig, wie ein gemeinsames Schweigen. Sind das etwa Simone und Peter, fragt sich Lilly. Nein, antwortet sie sich im nächsten Moment. Die müssten längst weiter sein – außer Sicht. Aber für Simone würde sie sich freuen. Natürlich weiß sie, dass ihre beste Freundin in Peter verschossen ist. Simone nennt es Liebe. Lilly ist sich da nicht so sicher. Für sie wirkt es eher wie Verliebtheit – dieses schnelle Herzklopfen, diese weichen Knie. Wo da genau der Unterschied liegt? Lilly weiß es in diesem Moment selbst nicht so genau.

Lilly liegt auf ihrem Bett, die Arme hinter dem Kopf verschränkt, und starrt an die Decke. Wieder und wieder fragt sie sich: Warum? Warum ist ihr Großvater fort? Warum hat er sie allein gelassen? In manchen Momenten – selten, aber intensiv – ist sie sogar wütend auf ihn. Warum ist er einfach gegangen? Er wusste doch, dass sie ihn braucht. Ihre Gedanken kreisen, schlagen Wellen, verlieren sich. Mit der Zeit wird sie müde. Es war ein langer Tag – zu viel für Herz und Kopf. Immer wieder fallen ihr die Augen zu. Sie versucht, wach zu bleiben – in der vagen Hoffnung, dass vielleicht eine Antwort kommt. Aber die Müdigkeit wird stärker. Das Grübeln verblasst. Die Fragen treten zurück – nicht gelöst, nur leiser. Es ist einfach zu anstrengend, sich weiter zu wehren. Lilly lässt los. Dreht sich auf die Seite. Und schläft ein.

Simone und Peter sind fast an ihrem Wohnhaus angekommen. Der Weg hierher – für sie ein stilles Geschenk. Sie war noch nie allein mit ihm unterwegs. Irgendjemand war immer dabei – meistens Lilly. Und wenn Lilly da ist, dann sieht Peter niemanden sonst. Simone versucht, einen Gedanken beiseitezuschieben. Einen, der ihr wehtut. Dass Peter in Lilly verliebt ist – so offensichtlich, so hoffnungsvoll – und dabei völlig übersieht, dass Lilly ihn zwar mag, aber ihn niemals lieben wird. Warum, das hat Simone nie verstanden. Lilly zieht Männer an, die nicht zu ihr passen. Und nach spätestens einem halben Jahr sitzt sie wieder weinend bei Simone – und Simone tröstet. Immer. Nein. Diese Gedanken stören. Sie zerstören den Moment. Den einzigen, der ihr gerade gehört. Weg damit. Nur jetzt zählen.

Peter merkt, wie Simone ihren Schritt verlangsamt. Immer langsamer. Er bleibt stehen und schaut sie an. „Warum bleibst du stehen?", fragt sie. „Warum wirst du immer langsamer?", entgegnet er. Simone schluckt – ertappt. „Lass mich bitte heute Abend nicht allein", sagt sie erneut, leiser diesmal. Peter seufzt. Wieder breitet sich diese innere Zerrissenheit in ihm aus. Lilly braucht mich. Aber Simone auch. Ich kann doch nicht… beides. Er atmet tief durch.

„Mir ist kalt. Ich bin durchnässt. Hast du vielleicht einen Tee für mich? Kann ich mich kurz bei dir aufwärmen?" Simone lächelt – verschmitzt, zärtlich. „Schwarzen, grünen, Hagebutte, Früchte – mit Zucker, mit Süßstoff, Zitrone oder Milch?" Während sie ihm die Liste aufzählt, fällt sie ihm um den Hals. Peter muss lachen. „Genau in dieser Reihenfolge!"

Simone tänzelt fast durch ihre Küche. Sie stellt den Wasserkessel auf den Herd, schaltet die Platte ein. Dann „schwebt" sie zum Hängeschrank, wo sie ihre Teevorräte aufbewahrt –

zieht Päckchen um Päckchen hervor und stellt sie alle auf den Tisch. „Wenn das Wasser kocht, gießt du uns bitte einen Tee deiner Wahl auf, ja?" Peter nickt nur. „Ich leg mich derweil mal schnell etwas trocken." Auf dem Weg in ihr Zimmer dreht sie den Herd von Stufe sechs auf drei. Sie braucht mehr Zeit. Ihr Herz pocht wild. Peter ist in ihrer Wohnung.

Zum allerersten Mal. Seit sie bei ihren Eltern ausgezogen ist – und das ist nun fast zwei Jahre her.

Simone wirft ihre durchnässte Kleidung achtlos zu Boden. Stück für Stück, wie Gedanken, die sie loswerden will. Sie öffnet die Schranktür – und bleibt vor dem Spiegel stehen, der an der Innenseite angebracht ist. Was soll ich jetzt nur anziehen, schießt es ihr durch den Kopf. Sie hat – mal wieder – den zweiten vor dem ersten Schritt gemacht. Peter ist da. In ihrer Wohnung. Allein mit ihr. Und sie ist nicht vorbereitet. Nicht wirklich. Ich hätte das besser planen müssen, denkt sie. Doch sofort bremst sie sich. Nein! Nicht planen! Planen macht alles kaputt. Ihr fällt Thomas ein. Vor drei Monaten. Wie das damals lief…

Thomas war ihr im Supermarkt mit dem Einkaufswagen in die Seite gefahren. Zur Entschuldigung hatte er sie auf ein Eis eingeladen. Sie trafen sich danach noch ein paar Mal.

Gingen zusammen ins Kino, ins Freibad, lachten viel. Nach ein paar Wochen dachte Simone: Jetzt ist es so weit. Der nächste Schritt. Sie verabredete sich mit Thomas – und plante den Tag bis ins kleinste Detail. Es lief alles nach Plan. Am Abend saß Thomas auf ihrem Sofa, lächelnd, entspannt. Simone stand auf, knöpfte ihr Sommerkleid auf, ließ es zu Boden gleiten. Darunter: rote Dessous, eigens gekauft – für diesen Moment. Sie stellte ihren rechten Fuß neben ihn aufs Sofa, lehnte sich vor, hauchte – so verführerisch sie konnte:

„Gefällt dir, was du siehst?" Thomas lächelte. „Ja. Du siehst gut aus. Besonders in dieser Wäsche – meine Lieblingsfarbe sogar." Dann hielt er kurz inne. Sein Blick wurde weich. „Aber für das, was du mit mir vorhast, müsstest du ein Mann sein." Er stand auf. Ging. Und Simone sah ihn nie wieder.

Simone schiebt die peinliche Erinnerung an Thomas zur Seite. Also… planen bringt auch nichts. Vielleicht lieber auf sich zukommen lassen? Aber was jetzt anziehen? Etwas besonders Sexy? Nein! – das wäre zu auffällig. Könnte Peter verschrecken. Okay, denkt sie. Die Zeit ist knapp. Sie greift ihre Kleidung vom Boden, trägt sie in die Wäschetruhe im Bad. Das bringt ihr ein paar Sekunden – Sekunden, um eine Entscheidung zu treffen. Was soll sie anziehen? Eigentlich liebt sie ihre Einraumwohnung. Aber in diesem Moment verflucht sie sie innerlich. Wäre das Bad wenigstens ein paar Schritte weiter entfernt… hätte ich vielleicht ein bisschen mehr Zeit zum Nachdenken.

Peter schaut sich in Simones kleiner Küche um. Was soll er auch anderes tun? Das Wasser kocht noch immer nicht – warum dauert das nur so lange? – und Simone ist in ihrem Zimmer verschwunden. Die Küche ist klein – viel kleiner als Oma Rosis Wohnküche. Und doch: Peter erkennt sofort, wie sehr Rosi hier noch mitkocht. Simones Küche wirkt wie eine verkleinerte Version von Rosis Reich. Auch Lillys Küche erinnert daran. Die Möbel – frühe Fünfziger. Kein Schnickschnack, keine modernen Geräte, nur ein Herd, eine Kaffeemaschine – und Wärme. Keine Spur von einem Kühlschrank. Wie machen die das bloß alle drei, fragt sich Peter. Er nimmt die Packung mit dem schwarzen Tee, entnimmt zwei Beutel, und stellt die anderen Teesorten sorgfältig in denselben Schrank zurück, aus dem Simone sie zuvor geholt hatte. Neben dem Spülbecken stehen zwei Tassen – kopfüber, sauber.

Die anderen, über die Küche verteilt, wirken benutzt, aber liebevoll stehen gelassen. Peter nimmt die beiden sauberen Tassen, trägt sie zum Tisch, hängt die Teebeutel hinein – und setzt sich. Warten. Nur noch warten. Und dann, endlich – das schrille Pfeifen des Wasserkessels. Peter steht auf, nimmt den Kessel von der Platte. Jetzt sieht er auch, warum es so lange gedauert hat: Die Herdplatte stand nur auf Stufe drei. Er gießt das heiße Wasser über den Tee, so, wie Simone es ihm aufgetragen hat. Und genau in dem Moment, in dem der Duft des Schwarztees aufsteigt, kommt Simone zurück in die Küche.

Simone kommt zurück in die Küche. Sie trägt eine rosafarbene Jogginghose, weit geschnitten, und ein passendes, bauchfreies Oberteil in derselben Farbe. „Entschuldige", sagt sie und streicht sich eine Strähne aus dem Gesicht. „In der kurzen Zeit hab ich nichts Besseres gefunden." Peter lacht – herzlich, ehrlich. Simone wird sofort unsicher. Doch Peter, der empathisch ist, spürt es – und spricht gleich weiter: „Du siehst gut aus darin. Aber mit kurz hast du's ein bisschen übertrieben." Er zwinkert. Jetzt müssen beide lachen. Simone setzt sich zu ihm an den Küchentisch. Beide rühren in ihren Tassen, spielen mit dem Teebeutel. Ein Schweigen entsteht. Nicht feindlich – aber drückend, nervös, geladen. Plötzlich springt Simone auf, fast erschrocken vor sich selbst. Sie eilt zum Regal neben dem Herd, zieht den kleinen Vorhang zur Seite. „Zucker, Kandis, Zitrone, Milch?" Ihre Stimme ist ein wenig zu laut, zu schnell. Wenn

Simone aufgeregt ist, plappert sie. Und gerade ist sie sehr aufgeregt. Ihr Herz hämmert. So laut, dass sie glaubt, Peter müsse es sehen. Oder hören. Was passiert heute Nacht? Der Gedanke trifft sie wie ein Lichtblitz – Oh Gott… ich bin wie ein Teenie vor dem ersten Mal. Sie versucht sich zu beruhigen. Atmet flach. Zählt innerlich. Es klappt – mäßig. „Zucker reicht", sagt Peter sanft.

Simone und Peter haben sich in Simones Zimmer zurückgezogen. Peter sitzt auf dem kleinen Sofa, in der Ecke zwischen Arm- und Rückenlehne, die Beine ausgestreckt, die Füße auf dem gegenüberstehenden Sessel. Simone hat sich mit dem Rücken an ihn gelehnt.

Beide halten ihre Teetassen in der Hand – warm, beruhigend. Simone beginnt zu erzählen.

Zwei, drei Anekdoten – aus Kindertagen, von ihr, Lilly und Gustav. Denn auch für sie war Lillys Großvater – genau wie „Oma" Rosi – eine wichtige Figur. Ein Anker. Ein Vaterersatz. Dann wird sie leiser. Langsamer. Und sagt etwas, das sie bislang nur mit Lilly, Rosi und Gustav geteilt hat. Ein schreckliches Detail aus ihrem Leben.

„Gustav war auch für mich ein sehr wichtiger Mensch, genau wie Rosi und Lilly. Nur die drei wissen was wirklich dahinter steckt das sich meine Ma von meinem Vater getrennt hat. Wobei, das genau ärgert mich sehr und deshalb habe ich den Kontakt zu meiner Ma auch sehr reduziert, es war nur eine Trennung nach außen hin." Peter merkt das Simone leiser wird und das es ihr schwer fällt zu erzählen. „Du brauchst nichts erklären, Moni." Simone ignoriert den Satz von Peter und erzählt weiter. „Mein Vater hat mich nie wirklich als sein Kind akzeptiert. Also er hat nicht seine Vaterschaft angezweifelt. Aber er wünschte sich einen Sohn. Einen Stammhalter den er seine Firma" sie betont das Wort Firma sarkastisch, den das Geschäft ihres Vaters war ein kleiner Laden für Werk-zeuge und Kleinteile, auch wenn ihr Vater immer so tat als habe er eine

Baumarktkette, „übergeben könne. In seinen Augen war ich als Mädchen eine größere Katastrophe als eine Kinderlosigkeit. Liebe habe ich von ihm nie erfahren. Wenn ich Glück hatte, dann hat er mich einfach ignoriert. Bis ich 14 wurde. Plötzlich hat mein Erzeuger seine ´Liebe` für mich entdeckt." So wie Simone das Wort Liebe betonte läuft es Peter kalt den Rücken hinunter. Simone braucht nicht weitersprechen, er weiß, was Simone meint, aber er will Simone auch nicht unterbrechen, denn er weiß, wie wichtig es Simone ist dies ihm zu erzählen.

„Am An-fang reichte es ihm" erzählt Simone weiter, „wenn er mich beim Duschen beobachtet hat. Einige Zeit später hat er sich dabei einen heruntergeholt. Weitere Wochen später hat er sich dabei nicht mehr hinter der Badezimmertür versteckt, sondern stand dabei direkt im Bad und verbot mir die Duschkabinentür zu schließen. Auch das reichte ihm bald nicht mehr." Peter muss einen riesigen Frosch in seinem Hals herunterschlucken. Dabei kann er nicht vermeiden das er sich räusperte. Simone dreht sich so, dass sie Peter anschauen kann. „Keine Angst, bis zum alleräußersten ist es nicht gekommen." versucht Simone Peter zu beruhigen. „Aber welche Steigerung sollte es dann noch gegeben haben?" fragte Peter nicht nur sich. Er hat seinen Ge-danken versehentlich laut ausgesprochen. „Nun, er befahl mir unter Androhung von schrecklicher Prügel, sollte ich seinem Befehl nicht folgen, das ich mich selbst an bestimmten Stellen ´liebevoll` berühre. Er merkte schnell das ich das zwar tat aber nur ekel empfand. Ich solle wenigstens so tun, als ob er mir ´Freude` bereitet, wenn ich nicht totgeschlagen werden wolle. Zu dieser Zeit hatte er keine Lust mehr auf meine Ma. Und nur das führte dazu, dass meine Ma sich eine Wohnung nahm und mit mir weggezogen ist. Ich merkte erst vor ca. 2 Jahren, dass sie das nicht tat um mich zu schützen, sondern damit er wieder mit ihr schlief. Darum bin ich auch so überstürzt bei ihr aus-gezogen."

Peter will etwas sagen. Etwas Tröstliches. Aber jedes Wort, das ihm einfällt, klingt falsch – zu leer, zu klein. Also sagt er nichts. „Bei Gustav, Rosi und Lilly", sagt Simone schließlich, „hatte ich immer das Gefühl, Teil einer wirklichen Familie zu sein." Ein Satz wie ein Schlussstein. Danach schweigen sie. Lange. „Peter?", fragt Simone leise. „Ja?", antwortet er – sanft. „Mir ist kalt… kannst du mich ein wenig wärmen?" Peter nickt, auch wenn sie es nicht sehen kann. Er greift nach der Decke, die über der Sofalehne liegt. So gut es einarmig geht – denn Simone sitzt noch immer an ihn gelehnt, den Kopf auf seiner Schulter – legt er die Decke um sie beide. Dann schlingt er seinen freien Arm unter der Decke um sie. Sie sitzen eine Weile so. Eng. Still. Und sagen nichts mehr.

Da Simone ein bauchfreies Oberteil trägt, liegt Peters Hand direkt auf ihrer Haut. Weich. Warm. Lebendig. Peter spürt, wie ihm der Schweiß auf die Stirn tritt. Ungewollt reagiert sein Körper. Das Blut strömt dorthin, wo er es in diesem Moment am wenigsten haben will. Er erschrickt. Schämt sich. Simone hat ihm gerade eben von einem tiefen, schmerzhaften Missbrauch erzählt – und jetzt das. Er atmet ruhig. Konzentriert sich. Denkt an andere Dinge. Zwingt sich, zu vergessen, was sein Körper gerade zu fühlen glaubt. Und mit Erleichterung merkt er: Es funktioniert. Die Anspannung löst sich. Doch nun ist da eine andere Frage in ihm: Wie kann ich hier sitzen bleiben? Wie kann ich mit ihr reden, ohne dass etwas falsch klingt? Oder: Sollte ich vielleicht einfach gehen? Peter denkt angestrengt nach, wie er sich entweder aus der Situation lösen – oder sie vorsichtig in etwas anderes verwandeln kann.

Peters Gedanken, sein Bemühen um Kontrolle – alles wird jäh unterbrochen. Simone, die seine Hand auf ihrer Haut spürt, nimmt sie in die ihre. Zuerst sanft, dann bestimmter, führt sie seine Finger tiefer. In ihren Schoß. Peter erstarrt. Doch Simone lässt nicht locker. Sie will seine Berührung nicht nur spüren – sie will sie führen, fühlen. Ein leiser Laut entfährt ihr. Ein

Seufzen, weich und zurückhaltend, aber voller Wärme. Peter spürt, wie ihm das Blut ins Gesicht steigt – und nicht nur dorthin. Simones Atem wird schneller. Und mit der gleichen Entschlossenheit zieht sie seine Hand weiter – nicht mehr nur über, sondern unter den Stoff. Peter zögert. Versucht, sich zurückzuziehen. Er weiß nicht, ob das hier richtig ist. Nicht jetzt. Nicht so. Doch dann, leise, kaum hörbar ihre Stimme: „Nicht aufhören... bitte."

Lilly schreckt aus dem Schlaf. Verstört. Was war das für ein Traum? Noch ganz benommen tastet sie nach ihrem Handy, sucht nach einer Uhr. Fünf Uhr. Früh. Noch stockdunkel. Sie steht auf, geht in die Küche. Stellt den Wasserkocher an, zieht einen Teebeutel aus der Schachtel. Während sie in der Tasse rührt, versucht sie, die Fetzen des Traums zu greifen. Ein Gefühl ist geblieben – aber kein Bild. Kein Zusammenhang. Nur dieses Drängen in ihr,

etwas zu verstehen. Nur eine kann mir dabei helfen, denkt Lilly. Sie blickt auf die Küchenuhr.

Kurz nach sechs. Ob „Oma" Rosi wohl schon wach ist? Natürlich ist sie das. Fährt es Lilly durch den Kopf. Um acht macht sie den Laden auf – Rosi wird längst wach sein.

Lilly steht im Hof, vor der Hintertür zu Rosis Laden. In der gemütlichen Wohnküche brennt Licht. Der Raum, der auch Lillys und Simones Küchen inspiriert hat, wirkt um diese frühe Stunde still und lebendig zugleich. Durch das leicht geöffnete Fenster dringt der Duft von frischem Kaffee nach draußen. Lilly klopft. Erst zögerlich – dann etwas fester. Rosi öffnet die Tür und schaut sie überrascht an. „Seit wann klopfst du, Kindchen? Komm rein." Lilly tritt ein und folgt Rosi in die Küche. „Möchtest du einen Kaffee? Ist gerade fertig. Lilly nickt nur – wortlos und setzt sich auf den Platz, auf dem sie gestern schon gesessen hat. Rosi mustert sie. Sorgsam. Still. Dann fragt sie: „Was hast du, Kindchen?" Und in ihrer Stimme liegt schon Sorge. Echte,

31

warme Sorge. Nicht neugierig. Nicht drängend. Nur: bereit zu hören.

Lilly ist fertig mit dem Erzählen ihres Traums. „Was bedeutet das?", fragt sie leise. Rosi schüttelt den Kopf. Nicht, weil sie keine Antwort weiß – sondern, weil sie zweifelt, ob ihre Deutung stimmen kann. Sie hat davon gehört, ja. Von solchen Angeboten. Aber selbst erlebt hat sie es nie. Es gibt viele Geschichten, viele Legenden. Die meisten davon Fantasie. Aber ein paar… ein paar sind ernstzunehmend. Seltene Berichte. „Du kannst dir also keinen Reim darauf machen?", interpretiert Lilly das Kopfschütteln. „Doch, kann ich", sagt Rosi – und schaut Lilly an. „Leider." Lilly runzelt die Stirn. „Wie meinst du das?" Rosi macht eine Pause, sucht nach den richtigen Worten. „Ich weiß nicht genau, ob ich meinem ‚Reim' trauen kann." Lilly schaut sie noch fragender an. Das Einzige, was ihr über die Lippen kommt, ist ein: „Hä?" Rosi hebt die Augenbraue, schaut gespielt streng. „Kindchen, wie oft hab ich dir gesagt: Stell richtige Fragen – und gib nicht einfach nur Geräusche von dir!" Lilly muss lachen, errötet leicht. „Wie meinst du das denn jetzt, Oma Rosi?" „Genauso, wie ich's gesagt hab!" Rosi zwinkert. „Formulier eine Frage – und sag nicht bloß ‚Hä'." „Ich meinte doch gar nicht das Hä", sagt Lilly, „sondern: Warum, wie, weshalb bist du dir bei deinem ‚Reim' nicht sicher?" Rosi nickt langsam. Natürlich hat sie das gemeint. Aber dieses kleine „Missverständnis" hat ihr ein paar wertvolle Sekunden gegeben – um nachzudenken. Und um sich zu sammeln.

„Du hast ein sehr seltenes Angebot bekommen", beginnt Rosi. „Von jemandem, dem man besser nicht zu früh begegnet." Lilly schaut sie an – fragend, still. Sie weiß: Jetzt besser nicht unterbrechen. „Wobei… Einladung trifft es wohl besser", fährt Rosi fort. „Eine Einladung zu einem Besuch. Und sie kommt von niemand Geringerem als dem Schnitter persönlich." „Von wem?", platzt es aus Lilly heraus. „Vom Schnitter. Dem Gevatter. Dem Sensenmann. Oder, ganz sachlich gesagt:

Vom Tod." Lillys Augen weiten sich. Ihr Kinn sinkt fast auf den Tisch. „Dem Tod?", fragt sie – obwohl sie weiß, dass sie sich nicht verhört hat. Dass Rosi es ernst meint. „Angebot? Einladung?" Ihre Stimme wird lauter. „Sorry, aber… ich will noch nicht sterben! Was soll das überhaupt für ein ‚Angebot' sein? Wir müssen ihm doch ohnehin irgendwann begegnen – dafür braucht es keine Einladung!" Lilly spürt, dass sie zu schnell gesprochen hat. Dass Rosi noch nicht fertig war. Dass es um etwas anderes gehen muss – denn dafür ist Rosi viel zu ruhig. Sie schaut entschuldigend zu ihr hinüber. Rosi lächelt sanft. „Es geht nicht um deinen Tod, Kindchen. Es geht um eine Einladung – zu einem Besuch im Reich des Gevatters. Verstehst du? Ein Besuch. Danach kommst du zurück – in unsere Welt, die Welt der Lebenden." Rosi macht eine Pause. Ihre Stimme wird weicher. „Wenn ich es richtig deute… möchte Gustav dir etwas sagen." Lillys Blick bleibt starr auf Rosi gerichtet. Sie sagt nichts – hält ihre Fragen zurück. „Ich habe von solchen Reisen gelesen", sagt Rosi leise. „Viele davon sind Unsinn, Märchen, Aufschneiderei. Aber ein paar – wenige – klingen… echt. Glaubwürdig." Sie sieht Lilly an. „Doch alle diese Erzählungen haben eins gemeinsam: Sie sind gefährlich. Wenn du dich im Reich des Gevatters verirrst, wenn du dort hängenbleibst, wenn dir etwas geschieht – dann kommst du nicht zurück. Du stirbst nicht. Nicht im klassischen Sinn. Aber du liegst hier. Bewusstlos. Ansprechbar und doch weit weg. Die Wissenschaft nennt es Wachkoma. Aber die alten Geschichten sagen: Das ist der Preis, wenn man dort bleibt, obwohl man noch nicht gehen sollte." Lilly ist blass geworden. Sie starrt Rosi an – als würde sie ihre Stimme aus der Ferne hören.

Simone liegt nackt, aber zufrieden in Peters armen im Bett. Die Kleidung von Peter und ihr liegen in ihrem Zimmer verstreut auf dem Boden und markieren den kurzen Weg vom Sofa in ihr Bett. Peter ist erschöpft und kurz vor dem

Einschlafen. Er fragt sich, ob das richtig war. Er liebt doch Lilly! Aber er hat auch etwas für Simone übrig. Sie ist eine sehr liebe Freundin für ihn. Hat er jetzt Simone ausgenutzt, um seine Triebe zu befriedigen? Hat Simone ihn ausgenutzt, um ihre Triebe zu befriedigen? Er hat mal gelesen das Opfer von Missbrauch einen regelrechten Hunger nach körperlicher „Liebe" entwickeln. Was ein krasser Widerspruch für Außenstehende ist. Während er darüber grübelt, schläft auch er ein.

Lilly liegt auf einer bequemen Liege – in einem Raum, den sie zuvor noch nie betreten hatte. Eine kleine Tür, versteckt in der Ecke von Rosis Schlaf- und Wohnzimmer, hatte sich ihr erst heute offenbart. Halb verborgen hinter einem alten Kleiderschrank auf der einen Seite

und einem Standregal voller Bücher und Erinnerungsstücke auf der anderen. Dort war sie mit Rosi hindurchgegangen – in diesen stillen Raum, in dem jetzt alles beginnen sollte.

Dieser kleine Raum – eigentlich eher eine große Kammer – ist so eingerichtet, wie man es von Rosi erwarten würde. Die wenigen Möbelstücke sind bunt zusammengewürfelt, aber irgendwie passen sie – zu Rosi, und zueinander. Zwei große Regale stehen an den Wänden,

voll mit Büchern, Dosen, Gläsern – gefüllt mit Salben, Pasten und getrockneten Kräutern.

Und noch mehr Bücher. Am Fenster – das mit Milchglas versehen ist, damit niemand hineinsieht – stehen Blumentöpfe mit frischen Kräutern. Der Boden ist mit einem dicken, bunten Teppich ausgelegt. Die Liege, auf der Lilly liegt, ist eine klappbare Campingliege – und neben ihr, auf einem ebenso klappbaren Campingstuhl, sitzt „Oma" Rosi.

„Oma" Rosi hat Lillys rechten Mittelfinger in die Klammer eines Geräts zur Blutsauerstoffmessung gelegt. Das kleine Gerät steht auf einem Beistelltisch neben dem Kopfende der Liege und zeigt sowohl den Puls als auch den Sauerstoffgehalt im

Blut an. Eine altmodische Blutdruckmanschette umschließt Lillys linken Oberarm. Auf dem Gerät liegen ein Stethoskop und eine einfache Pulsmessuhr – bereit, im Notfall benutzt zu werden. Währenddessen ist Rosi ganz in ihre Arbeit vertieft: Sie bereitet einen Trank zu, aus verschiedenen Kräutern, die sie sorgsam aus kleinen Gläsern und Bündeln auswählt.

„Müssen denn die Geräte wirklich sein?", fragt Lilly ihre „Oma". – „Ich sagte dir doch, dass diese Reise gefährlich ist, Kindchen. Ich möchte nicht, dass du versehentlich drüben bleibst. Ich will hier nicht allein bleiben!" Rosi antwortet mit fester Stimme, resolut. Lilly weiß, dass es keinen Sinn hat, zu widersprechen. Rosi hatte entschieden – und daran gab es nichts zu rütteln. „Aber du hast doch noch Simone und Peter", entgegnet Lilly. Doch es ist mehr ein Versuch, sich selbst zu beruhigen, als Rosi zu überzeugen. Rosi legt ihre Hand auf Lillys Hände. Ihre Stimme wird weich: „Ich hab die beiden auch sehr lieb, Kindchen. Aber das ist etwas anderes, Lilly. Du bist du. Du bist meine Lilly."

Rosi hatte den Trunk aus verschiedenen Kräutern fertig zubereitet. Sie schaute Lilly lange an und fragte erneut: „Willst du diese Reise wirklich unternehmen?" Lilly antwortete ohne Zögern: „Ja, liebste Oma. Ich muss." Rosi hatte mit dieser Antwort gerechnet. Sie zeigte auf die dampfende Tasse und erklärte: „Wenn du das hier getrunken hast, wirst du deine Reise antreten. Für die Menschen hier wirst du wirken, als wärst du in einem Wachkoma. Ich überwache deinen Puls, deinen Blutsauerstoff und deinen Blutdruck. Mehr kann ich nicht für dich tun. Und wenn ich auch nur den leisesten Verdacht habe, dass du Probleme bekommst, werde ich alles abbrechen und versuchen, dich zurückzuholen. Und du brauchst mir da jetzt nicht zu widersprechen! Sonst fangen wir gar nicht erst an!" Lilly schluckte ihre Widerworte herunter. Sie wusste: Diese Reise war nur mit „Oma" Rosi möglich – also musste sie sich ihren

Bedingungen fügen. Sie nahm die Tasse. Bevor sie trank, sah sie Rosi in die Augen und sagte: „Danke, Omi. Ich liebe dich."

Kaum hatte Lilly den Trunk zu sich genommen, fielen ihr die Augen zu – und es wurde dunkel um sie. Logisch, denkt sie noch, wenn man die Augen schließt, wird es eben dunkel. Doch diese Dunkelheit ist anders. Sie liegt nicht nur um sie herum – sie dringt in sie ein. Sie spürt sie, als würde sie sich durch Haut und Knochen pressen, in jede Faser, jeden Winkel. Es ist, als würden tausend feine Nadeln gleichzeitig in ihre Haut gestochen. Am ganzen Körper. Und das Dunkle, das Kalte, das Unbekannte – es bleibt. Es atmet. Und sie… kann nur noch spüren.

Kaum hatte Lilly ausgetrunken, fielen ihr die Augen zu. Rosi konnte gerade noch verhindern, dass die Tasse aus ihrer Hand zu Boden glitt. Behutsam legte sie sie beiseite, nahm dann Lillys Hand in ihre eigene und wandte den Blick dem Bildschirm des kleinen Geräts auf dem Beistelltisch zu. Der Puls wurde ruhiger – wie erwartet. Der Blutsauerstoff blieb konstant. Rosi griff zur Blutdruckmanschette, pumpte sie mit dem kleinen Ball auf und notierte den Wert zusammen mit der Uhrzeit auf einem Zettel. Alle fünfzehn Minuten wollte sie den Blutdruck erneut messen. Sie legte die Manschette beiseite, beugte sich leicht über Lilly und flüsterte: „Pass auf dich auf, mein Kind."

Auf einen Schlag – völlig ohne Vorankündigung – verwandelte sich die Dunkelheit in grelles Licht. Lilly hob schützend die Hände vor ihr Gesicht, doch die Helligkeit ließ sich dadurch nicht mildern. Sie kam nicht von außen – sie kam aus ihr selbst. Zögernd nahm Lilly die Hände wieder herunter und öffnete vorsichtig die Augen. Das grelle Licht wich einem dichten Nebel, der sich langsam lichtete. Stück für Stück erkannte sie mehr von ihrer Umgebung. Sie stand auf einem schmalen Damm – einem Weg, gerade so breit, dass zwei Menschen nebeneinander darauf Platz finden konnten, solange sie einander nahe waren. Zu beiden Seiten des Dammes erstreckte sich ein Meer.

Doch es war kein Meer aus Wasser – es war Lava, zäh und leuchtend, sich stetig bewegend. Und dennoch war es hier nicht heiß. Im Gegenteil: Die Temperatur war angenehm, fast wohlig. Der Damm selbst wirkte endlos. Lilly blickte in die Ferne – doch sie konnte sein Ende nicht erkennen.

Ein Geräusch ließ Lilly aufhorchen. Sie hatte gar nicht bemerkt, dass sie nicht allein auf dem Damm war. Direkt vor ihren Füßen lag ein kleines Lämmchen auf dem Weg. „Hallo, mich schickt Freund Hein", sagte es mit sanfter Stimme. „Er meinte, dass du für einen kurzen Besuch eingeladen wurdest – und ich soll dir den Weg zeigen. Zumindest für den Anfang. Nicht, dass du in die falsche Richtung läufst. Folge mir bitte." Das Lämmchen erhob sich gemächlich und begann voranzugehen. Lilly zuckte mit den Schultern und folgte ihm einfach. Sie wunderte sich ein wenig – der Weg hatte doch nur eine Richtung, oder nicht? Doch als sie sich umdrehte, erkannte sie ihren Irrtum. Vorhin, als sich der Nebel lichtete, hatte sie ganz selbstverständlich angenommen, dass der Weg nur in Blickrichtung weiterführte. Jetzt sah sie, dass er sich auch hinter ihr ins Endlose erstreckte.

„Auch wenn es so aussieht", sagte das Lämmchen, „aber in diese Richtung ist der Weg nicht endlos. Dieser Weg auf dem Damm heißt nicht nur ‚Zeit' – er ist die Zeit."

Lilly trottete dem Lämmchen hinterher. Sie fragte sich, wie lange sie das schon tat. Es war seltsam: Sie bewegte sich auf einem Damm, der die Zeit war – doch sie hatte keinerlei Zeitgefühl dabei. Nichts an der Umgebung ließ Rückschlüsse zu, wie weit sie gegangen war oder wie viel Zeit vergangen sein mochte. Als hätte das Lämmchen ihre Gedanken gelesen, sagte es: „Ja, dieser Damm, dieser Weg, ist die Zeit. Er – wie sie – verläuft unendlich in der Richtung, in der wir gehen. Würden wir in die andere Richtung gehen, kämen wir irgendwann an den Anfang der Zeit. Glaub mir: Einige Wissenschaftler würden das nur allzu gerne tun. Denn dort liegt die Antwort auf ein Rätsel, das sie mit all ihren Mitteln nicht zu lösen vermögen. Und um deine Frage gleich vorwegzunehmen: Wir können das nicht zulassen – denn ihre Theorie ist richtig. Aber was würde mit ihnen geschehen, wenn sie am Anfang der Zeit, beim Urknall, stünden? Doch du willst auch wissen, warum du kein Zeitgefühl hast, obwohl du dich auf der Zeit fortbewegst. Die Antwort ist ganz einfach: Es ist nicht deine Zeit. Und bevor du jetzt fragst – nein, es gibt nicht für jeden Menschen einen solchen Weg. Es gibt nur diesen einen. Aber du bewegst dich auf einem Teil des Weges, der für dich eigentlich noch gar nicht existiert. Natürlich gibt es hier nichts, was dir auch nur den kleinsten Hinweis auf deine Zukunft geben könnte. Denn das würde bedeuten, dass du sie jetzt schon festlegst – und normalerweise tust du das erst im Jetzt, durch deine Entscheidungen. Wir möchten nicht, dass du aus Versehen etwas festlegst, was erst noch vor dir liegt."

Lilly wollte im ersten Moment ärgerlich sein. Wieso wollte man ihr etwas vorenthalten, das doch sie selbst betraf? Doch schon im nächsten Augenblick war sie dankbar dafür. Was wäre das für ein Leben, wenn sie bereits wüsste, wie sie sich entscheiden müsste, damit das, was sie hier gesehen hätte, auch wirklich eintritt?

Lilly kniff sich in den Arm – und stellte fest, dass sie durchaus etwas fühlen konnte. Aber warum taten ihr die Füße nicht weh? Seit der Erklärung des Lämmchens hatte sie begonnen, ihre Schritte zu zählen. Bei fünftausend hatte sie aufgehört. Über drei Kilometer – das müsste man doch spüren. Doch da war nichts. „Gib dir keine Mühe, Lilly", kicherte das Lämmchen. „Du wirst keinen einzigen Hinweis bekommen – nicht den allerkleinsten. Nichts, was dir auch nur eine winzige Erkenntnis darüber geben könnte, was kommen mag. Du hast es doch eigentlich schon begriffen: Hier ist nichts. Es ist nicht deine Zeit. Du hast noch keine Entscheidungen getroffen, die hier etwas entstehen lassen hätten."

Rosi beobachtete Lillys leblosen Körper und das Gerät auf dem Bei-
stelltisch sehr genau. Der Puls war ruhig, der Blutsauerstoff völlig
normal, und auch die dritte Blutdruckmessung war mit stabilen Wer-
ten in Rosis Liste eingetragen worden. Doch plötzlich wurde der Puls
schneller. Rosi schreckte auf. Doch nach nur wenigen Sekunden sank
der Pulswert wieder – auf ein Niveau, wie man es bei einem schlafen-
den Menschen erwarten würde.

Lilly folgte dem Lämmchen weiter. Allmählich gewöhnte sie sich daran, dass sie kein Zeitgefühl mehr hatte. Sie hatte auch längst aufgehört, ihre Schritte zu zählen. Es ergab einfach kei-nen Sinn, sich zu fragen, wie weit sie noch gehen würde – ir-gendwann, das wusste sie nun, würde sie ankommen. In dem Moment, in dem sie das vollständig akzeptierte, erkannte sie am Horizont ein Tor, das sich auf dem Damm erhob. Und ob-wohl sie und das Lämmchen in gleichmäßigem Tempo weiter-gingen, kam das Tor mit einer merkwürdigen Schnelligkeit nä-her. Aber Lilly fragte sich nicht mehr, wie das möglich sein konnte.

Am recht massiven Tor angekommen, sagte das Lämmchen: „Ab hier musst du allein weitergehen, Lilly." Es nickte ihr zum Abschied zu – und ging einfach durch das Tor. Nicht durch eine geöffnete Pforte, sondern direkt hindurch, als wäre das Tor nur eine Fata Morgana. Lilly legte eine Hand auf das Holz und spürte sofort, dass es für sie keineswegs durchlässig war – es war schwer, massiv. Hier ist wohl vieles nicht so, wie es scheint, dachte sie. Sie suchte nach einer Möglichkeit, es zu öffnen. Ein-faches Drücken mit der Hand zeigte keine Wirkung. Das Tor bestand aus groben Holzbohlen, gehalten von eisernen Riegeln, die in geschmiedete Ösen übergingen und in Angeln aus bei-nahe unbearbeiteten Stämmen verankert waren. Eine Klinke oder ein Schloss konnte Lilly nicht entdecken. Doch ihr Blick fiel auf einen Handgriff am Ende einer dünnen Kette. Die Kette lief über eine kleine Rolle und verschwand durch ein Loch auf der anderen Seite des Tores. Lilly zog zweimal daran – und ein helles Läuten erklang.

Durch das für Lilly massive Material des Tores trat ein Mann hindurch – von kurzer, kräftiger Statur und mit breiten Schultern. Seine markante Gesichtsstruktur, geformt von einem kantigen Kinn und einer breiten Stirn, verlieh ihm eine Ausstrahlung von Stärke und Entschlossenheit. Buschige Augenbrauen und tief liegende Augen gaben ihm einen wachsamen, prüfenden Blick. Obwohl seine kurzen Beine ihn zunächst langsam und schwerfällig erscheinen ließen, war ihm anzusehen, dass er in Wahrheit beweglich und geschickt war – jemand, der genau wusste, wie er seinen Körper zu führen hatte.

Mit einer sanften, warmen Stimme sprach der Mann zu Lilly: „Hallo Lilly. Herzlich willkommen. Hinter diesem Tor liegt das Reich des Todes. Komm nur rein." Er drehte sich um und verschwand durch das Tor. Lilly zuckte mit den Schultern. Wenn das Lämmchen einfach so hindurchgehen konnte, und dieser Mann nun schon zum zweiten Mal – dann würde es bei ihr doch wohl auch funktionieren. Mit festem Schritt ging sie los – und prallte mit einem dumpfen Schlag gegen das massive Tor. Sie hielt sich die Stirn und rieb sie. Der Mann trat erneut durch die geschlossene Tür – diesmal mit einem Kichern. „Kindchen, wie kamst du nur auf die Idee, gegen das Tor zu rennen? Du hast doch wohl nicht geglaubt, du könntest wie ich einfach hindurchgehen?" Lilly zuckte wieder mit den Schultern. Worte fand sie keine. „Mädchen, ohne dass ich das Tor öffne, kommen nur Verstorbene so hindurch – die, die es sich verdient haben." Er musste sich sichtlich anstrengen, um das Tor zu öffnen. Die Scharniere quietschten laut. „Entschuldige, Kindchen, aber Lebende kommen hier selten vorbei. Es muss an die dreihundert Jahre her sein, dass ich die Pforte wirklich öffnen musste." Als das Tor halb offen war, schwitzte der Mann ordentlich. „Du dürftest jetzt ohne Probleme durchkommen, oder?" Lilly nickte stumm und quetschte sich durch den schmalen Spalt.

Auf der anderen Seite des Tores erwartete Lilly eine völlig neue Umgebung. Das Lavameer war verschwunden. Stattdessen stand sie nun in einer Landschaft, die einem wunderschönen Park glich. Der Weg führte nicht mehr auf einem Damm entlang, sondern schlängelte sich durch saftig grüne Wiesen, die von unzähligen Blumen in unterschiedlichsten Farben durchzogen waren. Anders als zuvor konnte Lilly nun nicht mehr ungehindert bis zum Horizont sehen – die Landschaft bot viele Punkte, an denen das Auge verweilen konnte. Vereinzelt standen Bäume auf der Wiese, während sich am Rand Laub- und Nadelbäume zu einem dichten Wald verdichteten. Der Weg, nun sanft geschwungen, führte zwischen Hügeln hindurch. Farbenfrohe Schmetterlinge flatterten von Blume zu Blume.

„Schön hier, Kindchen, oder?" Die Stimme des Torwächters klang auf dieser Seite des Tores noch sanfter. Lilly nickte nur – die Schönheit der Landschaft raubte ihr die Worte. „Mädchen, du musst dem Weg weiter folgen. Bleib nicht zu lange irgendwo stehen. Du musst wissen, dass du nicht beliebig lange hierbleiben kannst. Du gehörst – noch – nicht hierher. Das Gefüge der Zeit ist fragil und wird durch deine Anwesenheit empfindlich gestört. Zu lange darf das nicht andauern. Und – egal, was passiert – bitte bleib auf dem Weg. Verlasse ihn nicht. Das ist sehr wichtig."

Lilly drehte sich um. Sie wollte dem Wächter für das Einlassen danken. Doch mit Erstaunen stellte sie fest, dass hinter ihr nicht – wie erwartet – das Tor zu sehen war, sondern dass sich die Landschaft einfach fortsetzte: die Wiese, die Blumen, die sanften Hügel, die Bäume. Vom Tor keine Spur. In einiger Entfernung sah sie den Wächter weitergehen. Seine Konturen begannen zu verschwimmen, die Farben seiner Gestalt veränderten sich – flossen ineinander, lösten sich auf. Einige

Augenblicke später formten sie sich neu: Das Lämmchen trabte gemächlich davon und verschwand hinter der Kuppe eines Hügels.

Lilly folgte dem Weg, staunend über die Schönheit der Umgebung. Nach einer kurzen Weile – wobei es ebenso gut eine lange Zeit gewesen sein konnte, denn sie hatte noch immer keinerlei Gefühl für Zeit, selbst der Sonnenstand gab keinen Hinweis – erreichte sie den Waldrand. Der Weg führte weiter hinein. Wenn sie nicht vom Weg abweichen sollte, dann musste sie in den Wald – oder durch ihn. Am Rand standen die Bäume noch weit genug auseinander, sodass das Sonnenlicht seinen Weg zwischen den Stämmen fand. Es tauchte den Boden in ein leuchtendes, sattes Grün. Nicht mehr das Gras der offenen Wiese, sondern weiches, dichtes Moos breitete sich aus – wie aus Schaumstoff gewebt, als könne man sich jederzeit darauf niederlassen, um zu ruhen oder zu schlafen. Hier und da setzten lose verteilte Pilze bunte Tupfer ins weiche Grün.

Lilly ging weiter. Der Wald blieb licht, und hinter einer Wegbiegung erschien ein kleines, gemütlich aussehendes Holzhäuschen. Ein kleiner Garten umgab das Haus. Aus der Tür trat eine junge Frau. „Oh, Besuch? Hallo, schönes Mädchen. Hast du Durst? Willst du eine Zitronenlimonade? Komm in den Garten, ruh dich ein wenig aus bei einer Erfrischung." Lilly wollte gerade die kleine Gartenpforte öffnen, um dankend die Einladung anzunehmen, als ein Mann aus der Tür stürmte und ihr zurief: „Nein! Nicht! Komm nicht rein!" Lilly erstarrte erschrocken. Der Mann ergänzte, nun etwas sanfter: „Du darfst den Weg nicht verlassen. Das hat man dir doch gesagt." Dann wandte er sich an die Frau: „Jenny, das ist eine lebende Frau, nur zu Besuch in diesem Land. Wenn sie den Weg verlässt, bedeutet das Unheil. Das Schlimmste, was dem Mädchen passieren kann, ist, dass sie für immer hierbleiben muss. Und das Schlimmste, was uns allen passieren kann, ist, dass dieses Paradies sich in eine Hölle verwandelt – weil das Gefüge der Zeit völlig zerstört wird." Wieder zu Lilly: „Wenn du eine Erfrischung möchtest, bringt Jenny sie dir gern an den Gartenzaun." Lilly nickte. „Danke, ich probiere gern von der Limonade." Die sehr jung wirkende Frau kam mit dem ebenfalls jugendlich wirkenden Mann zum Zaun und reichte Lilly ein Glas. Die Limonade schmeckte herrlich – frisch, kühl, belebend. „Du musst entschuldigen, ich wollte dich nicht in eine Falle locken", sagte Jenny, „aber Joachim und ich sind noch nicht sehr lange hier." Sie blickte zu dem Mann, der nun neben ihr stand und ihr sanft den Arm um die Hüften legte. „Ihr seht so jung aus", bemerkte Lilly und fragte: „Was macht ihr im Reich der Toten?" Die Frau senkte beschämt und traurig den Blick. Joachim zog sie ein wenig näher an sich heran, streichelte ihr tröstend über die Wange. Kurz schaute er abwesend in die Ferne und nickte dann langsam. „Ich habe gerade erfahren, dass wir ehrlich sein dürfen. Dass wir erzählen dürfen, was passiert ist." Er holte tief Luft. „Ich hoffe, das erschreckt dich nicht." Er machte eine kleine Pause, schaute die Frau fragend an. Diese hatte sich etwas gefasst – und nickte.

„Wir beide waren, so wie du, Anfang bis Mitte zwanzig, als unsere Zeit bei den Lebenden endete", begann der Mann zu erzählen. „Eigentlich war unsere Zeit noch gar nicht abgelaufen", ergänzte die Frau leise. „Aber ich bin schuld, dass wir beide jetzt hier sind." – „Jenny! Nein, das bist du nicht! Hör auf, dir das einzureden!" entgegnete der Mann energisch, fast scharf. Dann, mit sehr viel ruhigerer Stimme, wandte er sich an Lilly: „Meine liebe Jenny hat einen Fehler gemacht. Ich musste länger arbeiten – an dem Tag, an dem wir unsere Verlobung feiern wollten. In einem kleinen Restaurant hatten wir einen Tisch reserviert. Während sie auf mich wartete, setzte sich ein anderer Mann zu ihr. Er plauderte mit ihr. Jenny dachte sich nichts dabei. Er war nett – und die Unterhaltung half ihr, die Wartezeit zu überbrücken. Kurz bevor ich eintraf, verschwand er." Lilly blickte fragend – sie verstand den Zusammenhang noch nicht.

Der Mann fuhr fort: „Nein, das Gespräch war nicht der Fehler."
Er machte eine kurze Pause. „Wir hatten ein wunderbares Essen. Wir feierten, wir lachten. Ich musste nach dem Bezahlen
noch einmal auf die Toilette. Jenny wollte draußen auf mich
warten." – „Ich lief auf und ab vor dem Restaurant", erzählte
Jenny weiter. „Dann schrieb ich Joachim, dass ich auf unserer
Bank im kleinen Park nebenan auf ihn warte. Ich ging hinüber
und setzte mich. Ich war nur wenige Augenblicke allein, als der
Mann vom Restaurant auftauchte. Er blieb vor mir stehen – mit
einem abscheulichen Grinsen im Gesicht. Er holte ein Klappmesser aus einer Tasche an seinem Gürtel und bedrohte mich
damit. Mit einer stummen Geste wies er mich an, ins Gebüsch
hinter der Bank zu gehen. Er folgte mir. Ich musste mich hin-
knien. Dann öffnete er seine Hose."

*Rosi blickte auf den kleinen Bildschirm des Geräts neben der Liege.
Lillys Puls stieg rasch an – erreichte Werte, die am oberen Ende des
noch vertretbaren Bereichs lagen. Rosi griff zur Blutdruckmanschette.
Auch dieser Wert war deutlich erhöht. Unwillkürlich begann sie sich
Sorgen zu machen.*

Lilly wischte sich die Reste des Erbrochenen vom Mund und
nahm dankbar ein weiteres Glas Limonade entgegen, um den
Geschmack loszuwerden. Während sie trank, erinnerte sie sich:
Vor kurzem hatte sie in der Zeitung von einem jungen Paar gelesen, das man in einer kleinen Wohnung unweit ihrer eigenen
tot aufgefunden hatte – ein gemeinsamer Suizid. Jetzt wusste
sie, wer es war. Und warum.

„Als ich im Park ankam, war schon alles vorbei", erzählte
der Mann weiter. „Ich sah noch, wie ein junger Mann weg-
rannte, und hörte Jenny im Gebüsch weinen. Ich lief sofort zu
ihr. Sie steckte sich gerade den Finger in den Hals und erbrach
sich – immer wieder. Ich brachte sie nach Hause und bat sie,
den Kerl anzuzeigen. Aber sie wollte nicht. Sie nahm mir das

Versprechen ab, dass auch ich nicht zur Polizei gehe." Jenny schluchzte auf, ihre Stimme bebte, als sie ihn laut anschnauzte: „Was hätte ich denn machen sollen, Joachim? Er hat gedroht, DICH umzubringen, wenn je bekannt wird, was er getan hat! Er wusste genau, dass er mich nicht bedrohen muss – mir war mein Leben danach egal. Aber er wusste auch, dass mir dein Leben nicht egal war. Das war seine Waffe, Liebling!" Joachim nickte kaum merklich. Dann sprach er weiter, leiser: „Am nächsten Morgen bin ich kurz einkaufen gegangen. Als ich zurückkam, fand ich Jenny in ihrer Küche – auf dem Boden. Eine klaffende Wunde am Handgelenk. Kein Atem, kein Puls. Ich verband sie trotzdem. Ich legte sie auf ihr Bett, ganz behutsam. Dann habe ich die Küche geputzt. Ich nahm alle Tabletten, die ich in der Hausapotheke finden konnte, zusammen mit einem Schluck Schnaps – und legte mich zu ihr. Ohne sie hatte das Leben keinen Sinn mehr für mich."

Lilly war fassungslos. Einige kleine Details – wie die Gürteltasche mit dem Klappmesser – lösten ein ungutes Gefühl in ihr aus. Etwas in ihr kribbelte, ein Verdacht, eine Ahnung, noch unfassbar – aber da. „Könnt ihr mir den Mann genauer beschreiben? Bitte. Es ist wichtig für mich", fragte sie die beiden. Jenny zögerte kurz, dann nickte sie. „Okay", sagte sie leise. „Er war…"

Rosi war erleichtert, als Lillys Puls und Blutdruck sich wieder ein wenig beruhigten. Doch die Erleichterung währte nicht lange – der Puls schnellte erneut in die Höhe, der Blutdruck stieg drastisch an. Rosi fragte sich, ob es richtig gewesen war, Lilly diese Reise zu erlauben und zu ermöglichen. Sie eilte in die Küche, holte ihr Handy, kehrte an Lillys Seite zurück und durchsuchte den Telefonspeicher nach der richtigen Nummer.

Jenny und Joachim hatten natürlich bemerkt, wie aufwühlend ihre Geschichte für Lilly war. Sie beruhigten sie mit sanften Worten – dass sie nun hier glücklich seien und dass der Mann, der ihnen dies angetan hatte, diesen Ort niemals erreichen könne. Lilly trank noch ein Glas der erfrischenden Limonade, verabschiedete sich von den beiden und setzte ihren Weg fort.

Lilly schob die Erkenntnis, die sie durch Jenny und Joachim gewonnen hatte, tief in sich zurück. Sie würde sie nicht vergessen – aber jetzt wollte sie nicht daran denken. Während sie weiter dem Pfad folgte, atmete sie mehrmals tief durch. Mit jedem Atemzug beruhigte sie sich ein wenig mehr. Nach ein paar Kurven, wo sich der Weg in sanften Bögen durch die Landschaft schlängelte, begann sie wieder, die Schönheit der Umgebung wahrzunehmen. Und gerade das half ihr, noch weiter zur Ruhe zu kommen.

Peter wurde vom Klingeln seines Smartphones geweckt. Es dauerte eine Weile, bis er verstand, was ihn da geweckt hatte – und noch länger, bis er begriff, wo er war. Und warum Simone nackt neben ihm lag. Ein merkwürdiges Gefühl überkam ihn – eine Mischung aus Zufriedenheit und Scham. Vorsichtig schälte er sich aus Simones Umarmung, um sie nicht zu wecken. Er suchte seine Hose, um auch das Handy zu finden. Zuerst entdeckte er sein T-Shirt, dann die Unterhose, die er gleich anzog. Die Hose lag unter dem Sofa. Er kramte das Handy aus der Tasche. Das Display zeigte: höchstens vier Stunden Schlaf – und dass „Oma" Rosi ihn angerufen hatte. Um Simone nicht zu stören, ging er leise in die Küche, zog die Schiebetür hinter sich zu – und drückte den Rückruf.

Lilly trat aus dem Wald auf eine Lichtung. Eine fast kreisrunde Wiese lag vor ihr, übersät mit unzähligen Blumen. Ein schmaler Bach durchzog die Lichtung fast mittig, und dort, wo der Weg das Wasser kreuzte, lagen große, flache Steine in gleichmäßigen Abständen – bereit, trockenen Fußes hinüberzutragen.

Schmetterlinge tanzten über die Wiese. Das leise Plätschern des Bachs, das Zwitschern der Vögel, das sanfte Rauschen einer Brise in den Baumkronen – all das verband sich zu einer friedlichen Melodie. Langsam ging Lilly weiter. Sie erreichte den Bach, hob bereits den Fuß zum ersten Schritt auf die Steine – als plötzlich eine Hand auf ihrer Schulter lag. Sanft. Aber bestimmend. Sie hielt inne.

„Sei bitte sehr vorsichtig, wenn du diesen Bach überquerst." Lilly erschrak und drehte sich um. Sie blickte in die gütigen Augen ihrer alten Grundschullehrerin – Frau Blume. „Hallo, Lilly", sagte Frau Blume und lächelte. „Danke, dass du auf meiner Beerdigung warst." Lilly errötete. „Dafür nicht", antwortete sie verlegen. „Doch, genau dafür", entgegnete Frau Blume mit sanftem Nachdruck. „Wärst du nicht gekommen, wäre niemand da gewesen – außer den Totengräbern." Lilly erinnerte sich. Sie war allein gewesen, ganz allein. Kein Trauerredner, kein Blumenkranz, nur ein Loch in der Erde und ein stiller Himmel. „Simone wollte eigentlich mitkommen", sagte Lilly schnell. „Aber sie musste dann doch arbeiten. Ihre Kollegin war krank geworden." „Ich weiß", sagte Frau Blume leise. „Hier – wenn wir es wollen – können wir alles sehen, was in der Vergangenheit geschah. Ich weiß, wie sehr sich Simone geärgert hat. Ich weiß, dass du versucht hast, sie zu trösten – dass du gesagt hast, niemand werde freiwillig krank. Aber du irrst dich, mein Kind. Ihre Kollegin war nicht krank. Sie hatte, wie schon oft, einfach keine Lust. Sie ging zum Arzt, sagte das mit den Magenkrämpfen – und bekam ihre Krankschreibung." Frau Blume sah Lilly ruhig an. „Aber ich bin nicht hier, um dir das zu erklären. Ich wollte dir danken – und dich warnen. Dieser Bach, den du hier überqueren willst, entspringt einem See, an dem du noch vorbeikommst, wenn du den Weg weitergehst. In diesem See waschen viele Verstorbene sich rein – sie lassen ihre Sorgen, ihre Ängste, ihre Lasten dort zurück. Ihre Schmerzen. All das Leid… das ist nun in diesem Bach. Er trägt es fort."

Frau Blumes Stimme wurde fester. „Frag nicht, wohin. Ich weiß es nicht. Ich will es nicht wissen. Und wenn ich es wüsste – ich würde es dir nicht sagen." Sie trat einen Schritt zurück, sah Lilly ernst an – mit diesem Blick, den nur Grundschullehrerinnen beherrschen: streng, aber voller Liebe. „Was da so friedlich vor sich hinplätschert, ist kein Wasser, Lilly. Es ist verflüssigte und konzentrierte Qual. Jede Berührung lässt dich diese Qualen spüren." Lilly nickte und dankte ihr leise. Frau Blume lächelte ein letztes Mal – und löste sich in Luft auf.

Vorsichtig setzte Lilly den ersten Fuß auf den Stein und prüfte, ob er fest im Bachbett lag. Er schien stabil zu sein. Sie zog den zweiten Fuß nach und stand nun relativ sicher. Noch zwei, dachte sie. Auch beim zweiten Stein tastete sie zuerst mit einem Fuß, prüfte seine Standfestigkeit – wieder ein sicherer Halt. Sie stellte sich ganz auf ihn und bemerkte, dass auch dieser Stein ruhig lag. Ein letzter noch, dann ein Sprung ans rettende Ufer. Mit derselben Vorsicht näherte sie sich dem dritten Stein. Doch dieser wackelte. Nur ein wenig – aber doch spürbar. Lilly erstarrte. Zurück konnte sie nicht. Sie erinnerte sich an Frau Blumes Worte: Es gibt kein Zurück auf diesem Weg. Und selbst wenn – der Pfad ging nun einmal über den Bach. Ein Umweg war nicht möglich. Sie musste es wagen. Zögernd zog sie den zweiten Fuß nach und balancierte nun auf dem wackelnden Stein, bemüht, das Gleichgewicht zu halten. Ihre Gedanken rasten. Ein Schritt nach dem anderen – oder ein beherzter Sprung? Sie entschied sich für den Sprung. Der Abstand zum Ufer war gering, das Ziel greifbar nah. Sie ging leicht in die Hocke, so gut es eben ging auf dem schwankenden Stein, und holte mit den Armen Schwung. Der Absprung gelang ihr. Der Sprung selbst war kein Problem – aber bei der Landung geriet ein kleiner Kiesel unter ihren Fuß. Sie verlor das Gleichgewicht, ruderte mit den Armen, doch es half nichts. Um nicht zu stürzen, setzte sie instinktiv den zweiten Fuß nach hinten – und genau mit diesem trat sie mit der Hacke in das scheinbare

Wasser des Baches. Sofort – ohne auch nur den Hauch einer Verzögerung – durchfuhr ein stechender Schmerz ihren Fuß. Unfassbar, körperlich kaum zu ertragen. Sie ließ sich fallen, glücklicherweise nach vorn, ans sichere Ufer, und nicht zurück in den Bach. Ihr Fuß glitt aus der Flüssigkeit. Es war nur ein Bruchteil einer Sekunde, in der er eingetaucht war – aber in dieser Welt galt die Zeit der Lebenden nicht. Eine Sekunde war hier so lang wie tausend Jahre.

Lilly lag schwer atmend am Ufer des Baches. Ihr Fuß schmerzte, als hätte jemand ihn mit einem Vorschlaghammer zertrümmert. Gleichzeitig stürmten unzählige Bilder in ihren Geist – sie wechselten sich in schneller Folge ab, obwohl Zeit in diesem Reich keine Bedeutung hatte. Ob sie einen Augenblick oder Jahrhunderte andauerten, spielte keine Rolle. Lilly sah Leid. Und Qual. Sie sah den Missbrauch, von dem Jenny und Joachim ihr erzählt hatten. Sie sah Kriegsgebiete, voll von Toten – und Kinder, die vergeblich versuchten, ihre leblosen Mütter zu wecken. Sie sah die gleißende Explosion über Hiroshima – und spürte in ihrem Körper das Brennen, das Reißen, das Verstummen von Tausenden. Sie sah junge Frauen, die sich nicht wehren konnten, als ihnen das Recht der ersten Nacht aufgezwungen wurde. Sie sah Bilder aus den Konzentrationslagern, grauenvoll und kalt. Sie sah Mörder. Und sie sah jene, die töteten, weil es ihr Beruf war. Sie sah Folterknechte, wie sie systematisch Leben zerbrachen. Und das Schlimmste war: Sie spürte es alles. Nicht wie eine Zuschauerin, nicht wie jemand, der betroffen ist – sondern als jemand, dem jede einzelne Qual durch den eigenen Körper fuhr. Ohne Abstand. Ohne Schutz. Ohne Ende.

Nach nur einem Klingeln hatte Peter Rosis Stimme im Ohr. „Junge, wo bist du nur – und warum bist du nicht an dein Telefon gegangen?" „Entschuldige", sagte Peter. „Ich habe geschlafen und musste das Handy erst suchen." „Peter, du musst sofort herkommen.

Lilly… ich habe einen großen Fehler gemacht. Halt – nein! Geh zuerst zu Simone. Bring sie mit. Ich weiß nicht weiter. Ich brauche Hilfe. Und Markus… Markus geht nicht ans Handy. Wo ist der nur?" Rosis Stimme überschlug sich fast. „Was ist mit Lilly?" fragte Peter, alarmiert. „Beeilt euch. Kommt. Dann erfahrt ihr alles. Aber bitte – schnell." Noch bevor Peter etwas erwidern konnte, war die Leitung tot.

Simone trat nackt und noch halb schlaftrunken in die Küche. Peter hatte beim Gespräch mit Rosi die Stimme nicht mehr gedämpft – und Simone war davon aufgewacht. „Was ist denn los?" fragte sie mit matter Stimme und legte ihm die Arme um den Hals. „Komm doch wieder ins Bett." Doch bei diesen Worten war ihre Stimme plötzlich nicht mehr müde. Sie klang weich, verführerisch. In ihrem Gesicht ein Lächeln – voll von Andeutungen, die die Nacht nicht hatte beenden wollen.

Peter schüttelte Simone sanft, aber bestimmt ab. Noch bevor sie protestieren konnte, sagte er leise, aber mit Nachdruck: „Oma Rosi hat angerufen. Sie hat irgendwas von Lilly gefaselt – von einem Fehler. Sie hat uns gebeten… nein, sie hat gefleht, dass wir sofort zu ihr kommen sollen." Simone verdrehte die Augen. „Ach Rosi…" Doch als Peter weitersprach – „Sie erreicht Markus nicht." – blieb Simone wie angewurzelt stehen. In ihrem Blick zuckte es. Dann war sie plötzlich hellwach. „Was?" flüsterte sie, und ihr Herz begann zu rasen. Wenn Oma Rosi von sich aus versucht, Markus zu erreichen… dann ist es ernst. Dann ist es wirklich schlimm. Simone rannte ins Zimmer zurück, zog sich hastig an. Kein Suchen, kein Zögern – sie griff einfach den Jogginganzug vom letzten Abend. Das ging schneller. Mantel, Schuhe – halb im Laufen. „Komm schon!" rief sie Peter zu, während sie sich hastig das zweite Schuhband zuband. „Wenn Rosi Markus ruft, dann ist es wirklich schlimm!"

Das Mobiltelefon klingelte nun zum vierten Mal. Stöhnend keuchte eine Frauenstimme: „Hör nicht auf… mach weiter…" Markus ignorierte das Klingeln. Jetzt, in diesem Moment – wo sein Tun

*Begehrlichkeit hervorrief und er selbst genießerisch darin versank –
würde er ganz bestimmt nicht zum Handy greifen. Es war doch sowieso nur Lilly. Die wahrscheinlich wieder nicht allein sein wollte.
Und ganz sicher hatte er keine Lust, den köstlichen Rausch, den er
gerade verursachte – oder empfing – einzutauschen gegen ihre Geschichten über den Großvater, gegen Tränen, gegen Wärme. Er
spürte, wie sich lange Fingernägel in seinen Rücken gruben – und er
genoss den Schmerz. Wollüstig. Frei von Schuld. Und blind für das,
was gerade mit Lilly geschah.*

*Rosi war verzweifelt. Markus ging nicht an sein Handy. So tief
konnte doch kein Mensch schlafen – nicht bei vier Anrufen! „Hoffent-
lich beeilen sich wenigstens Peter und Simone", murmelte sie, während ihr Blick zum Monitor wanderte. Der Puls war viel zu hoch. Viel
zu schnell. Den Blutdruck konnte sie gar nicht messen – Lillys Körper
wand sich auf der Liege, als erleide sie gerade Höllenqualen. Rosi hatte
alle Hände voll zu tun. Mit aller Kraft hielt sie Lilly fest, versuchte
sie zu stützen, zu beruhigen, versuchte einfach nur zu verhindern,
dass dieses junge, geliebte Wesen von der Liege stürzte – in einen Ab-
grund, den niemand sehen konnte.*

Die Bilder in Lillys Kopf verblassten langsam. Auch die
Schmerzen, die Qualen, ließen nach – wie eine Flut, die sich
endlich zurückzieht. Zwei Stimmen mischten sich in den Nebel
ihrer Gedanken. „Zieh ihr den Schuh aus", sagte eine weibliche
Stimme. „Ich bin doch schon dabei. Das Zeug muss abgewischt
werden", entgegnete eine männliche. „Ich mach das doch
schon", erwiderte die Frau, leicht ungehalten. Lilly fand die
Kraft, die Augen zu öffnen. Die Qualen wichen, die Bilder verflogen. Vor ihr kniete ein Mann, der mit abgerupftem Gras ihren Schuh trockenwischte. Eine Frau beugte sich über ihren Fuß
und rieb mit sanften Bewegungen die Wade und die Ferse. Als
der Mann bemerkte, dass Lilly ihn ansah, tätschelte er ihre
Wange. „Mädchen, was machst du nur für Sachen?" sagte er

mit einer Mischung aus Verwunderung und leiser Trauer. „Und was machst du hier?", fügte er hinzu. „Deine Zeit ist doch noch gar nicht gekommen!", ergänzte die Frau mit vorwurfsvollem Ton. „Was ist schon Zeit, außer dieser dumme Weg", erwiderte Lilly und drehte den Kopf – wie ein Zuschauer bei einem Tennismatch – von einem zum anderen. „Rede nicht in diesem Ton mit uns, Fräulein!", schimpfte die Frau streng, während der Mann ihre Wange weiter streichelte – beruhigend, liebevoll.

Peter und Simone stürmten in Rosis Wohnküche – doch niemand war da. Sie hielten inne, sahen sich fragend an. „Rosi?", rief Peter. „Hier!", kam die Antwort – aber von wo? Simone zuckte nur mit den Schultern. Wieder rief Peter: „Rosi?" Wieder: „Hier!" – dieselbe Stimme, ruhig, aber gedämpft. Peter eilte in Rosis Zimmer – leer. Auch dort: niemand. Simone betrat den Raum direkt hinter ihm, deutete plötzlich mit dem Finger in die Ecke – zwischen das Standregal und den großen Kleiderschrank. „Da", flüsterte sie. Jetzt sah auch Peter den kleinen Lichtspalt – kaum breiter als ein Finger, aber leuchtend wie ein Ruf aus einer anderen Welt.

Rosi seufzte erleichtert, als Peter und Simone die kleine Kammer betraten. Lillys Körper lag wieder ruhig auf der Liege, ihr Puls hatte sich beruhigt und kehrte langsam in den normalen Bereich zurück. „Lilly!", rief Simone erschrocken, Sorge in ihrer Stimme. Peter deutete auf die Liege. „Was ist mit ihr?", fragte er. Rosi zuckte mit den Schultern, ehrlich: „Ich weiß es nicht genau." Sie deutete auf zwei Sitzsäcke am Rand des Raums. „Setzt euch." Als sich die beiden gesetzt hatten, begann Rosi zu erzählen – von Lillys Traum, von der Einladung, die der Tod selbst geschickt hatte, und davon, dass sie Lilly geraten hatte, diese Einladung anzunehmen. Sie sprach von ihrer Rolle, ihrer Hilfe – und davon, dass sie glaubt, einen großen Fehler gemacht zu haben.

Lilly kamen die Gesichter der beiden seltsam bekannt vor – doch sie konnte es nicht gleich einordnen. „Immer noch ein Wildfang, unsere Lilly. Auch nach zwanzig Jahren", sagte die Frau und stemmte ihre Fäuste in die Hüften, mehr zum Mann gewandt als zu Lilly. Der Mann grinste breit. „Na, was hast du erwartet? Und ich finde das auch ganz gut so." Da dämmerte es Lilly. Ein Foto in Großvaters Zimmer… Ein Hochzeitspaar. „Mama? Papa?", fragte Lilly leise, während sie ihre Blicke abwechselnd in die Gesichter der beiden legte. Beide nickten. „Ja, mein Kind", sagte ihre Mutter – sanft, als hätte sie nie aufgehört, auf diesen Moment zu warten.

Peter und Simone hatten Rosi aufmerksam zugehört. Peter war sprachlos – nicht weil er nicht wollte, sondern weil sein Verstand noch damit beschäftigt war, alles einzuordnen. Er brauchte Zeit. „Ich mach uns mal einen Tee", sagte er leise und ging in die Küche. Auch Simone fand keine Worte. In ihr tobte ein Sturm widersprüchlicher Gefühle – Angst, Schuld, Sorge, Hoffnung. Alles gleichzeitig. Sie musste das Chaos sortieren, bevor sie sprechen konnte. Schweigend stand sie auf und folgte Peter in die Küche.

Simone lehnte am Türrahmen zwischen Wohnküche und Stube und beobachtete Peter, wie er in Gedanken versunken und mit fast übertriebener Langsamkeit Tee zubereitete – nicht aus Teebeuteln, sondern aus losem Tee, Blatt für Blatt, Löffel für Löffel. Es war offensichtlich, dass er sich Zeit verschaffte, um seine Gedanken zu ordnen. Und genau das musste auch sie tun. In ihr tobte ein Sturm aus Widersprüchen. Sie machte sich Sorgen um Lilly – ihre allerbeste Freundin, seit Kindertagen. Aber gleichzeitig war sie sauer auf sie. Warum musste Lilly Peters Liebe auf sich ziehen? Sie wusste doch, dass Simone in Peter verliebt war. Und Lilly konnte doch jeden haben! Aber das war nicht fair. Lilly konnte nichts dafür. Simone spürte, wie ihre Gedanken sich wie Schrauben durch ihren Kopf bohrten, in Spiralen, die sie nicht mehr halten konnte. Und warum muss Rosi Lilly so einem Risiko aussetzen? – doch dann sofort der Gedanke: Aber Lilly hätte es sowieso gemacht. Und mit Rosi ist es wenigstens sicherer. Und Peter? Dieser Schuft! Er liebt Lilly und ist trotzdem mit ihr, mit Simone, ins Bett gegangen! Aber... war es nicht sie, die ihn verführt hatte? Nicht mit Absicht – es war einfach passiert. Wie es ihr oft einfach passiert. Wenn Peter nicht gewesen wäre, hätte sie ihren kleinen Batteriefreund benutzt oder sich in einer Bar jemanden gesucht. Sie konnte doch auch jeden haben. Na ja... fast jeden. Nicht Markus – den hatte sich Lilly geangelt. Und beste Freundinnen lassen die Finger vom Freund der anderen. Wenigstens war Peter nicht Lillys Freund. Aber dieser Schuft! Er schläft mit mir und denkt dabei vielleicht an Lilly! Der schrille Pfiff des Teekessels riss Simone aus ihrem Gedankenstrudel.

Peter goss den Tee auf, langsam und bedacht. Bevor er damit fertig war, verließ Simone bereits wieder die Küche und kehrte zurück in die kleine Kammer. Rosi war gerade damit beschäftigt, die Manschette vom Blutdruckgerät zu lösen. Als Peter mit zwei dampfenden Tassen hereinkam, fragte Simone leise: „Wie geht es Lilly?" Rosi schüttelte kaum merklich den Kopf. „Ich kann es dir nicht genau sagen", antwortete sie, ohne aufzusehen. „Was hier auf der Liege liegt, ist nur Lillys Körper. Und dem geht es, laut Puls, Blutsauerstoff und Blutdruck, im Moment ganz gut."

„So, jetzt kennst du die Wahrheit, mein liebes Mädchen", beendete Lillys Vater seine Erzählung. Lilly war wie erstarrt. Ihr Blick irrte über den Waldboden, suchte Halt in der Schönheit der fremden Welt, fand aber nur die Leere der Erkenntnis. Hatte sie wirklich richtig entschieden, diese Einladung anzunehmen? Ihren geliebten Großvater hatte sie noch nicht getroffen – stattdessen hatte sie Dinge erfahren, die sie niemals hatte wissen wollen. Dinge, die sie erschütterten. „Es war also kein Unfall, sondern ein Anschlag?" fragte Lilly leise, nur um sicherzugehen, dass sie sich nicht verhört hatte. „Ja", antwortete ihre Mutter. „Und du brauchst nicht weiter zu fragen, mein Kind", fügte ihr Vater hinzu. „Du hast alles richtig verstanden." Eine lange Stille senkte sich über sie, bis Lillys Mutter vorsichtig sagte: „Dann wollen wir jetzt lieber über erfreulichere Dinge sprechen."

Lilly erzählte ihren Eltern von ihrem Leben in der Welt der Lebenden. Von ihrem Job, von Simone, von Peter – doch vor allem sprach sie von Rosi und davon, wie sehr sie ihren Großvater vermisste. Eine ganze Weile plauderten sie, als säßen sie im Garten an einem späten Sommertag. Schließlich mahnte Lillys Vater, dass es nun Zeit sei, weiterzugehen – ihre Zeit in diesem Reich sei begrenzt. Lilly stand auf, klopfte sich die Erde aus den Kleidern und verabschiedete sich von ihren Eltern. „Für uns dauert es ja nicht lange, bis wir uns wiedersehen", sagte ihre Mutter mit einem sanften Lächeln. Lilly öffnete den Mund, wollte noch etwas sagen – doch ihre Eltern begannen bereits, sich in Luft aufzulösen. Lautlos, schwerelos, fast wie Nebel, der vom Sonnenlicht verschluckt wird. Lilly sah ihnen nach und fragte sich, warum hier niemand einfach nur davonzugehen scheint. Warum sich alle immer auflösen müssen.

Lilly wollte weitergehen, doch bereits nach einem einzigen Schritt prallte sie gegen eine unsichtbare Wand. Es war die falsche Richtung – eine, die ihr nicht erlaubt war. Der Zeitweg kann eben nur in eine Richtung begangen werden. „Entschuldigung, war keine Absicht", rief Lilly in die leere Luft, ein wenig beschämt, und drehte sich um. Sie setzte den Weg in die andere Richtung fort. Nach zwei, drei sanften Biegungen lichtete sich der Wald, und Lilly trat an dessen Rand. Vor ihr breitete sich ein idyllisches Tal inmitten einer Mittelgebirgslandschaft aus. In der Mitte des Tals lag ein großer, stiller See, über dem feiner Dampf oder Nebel aufstieg. Der Weg schlängelte sich gemächlich einen sanft abfallenden Hang hinab, direkt auf den See zu – als würde er auf das Wasser zuführen, als hätte er dort einen weiteren Anfang.

Rosi, Simone und Peter beobachten den Monitor, der Lillys Puls anzeigt. Seit einigen Stunden ist dieser völlig normal.

Auch der Blutdruck hat sich stabilisiert und liegt im normalen Bereich. Der Blutsauerstoff war ohnehin die ganze Zeit über unauffällig. Es wird langsam Abend. Peter spürt den Hunger – er hat heute noch nichts gegessen. Er steht auf und fragt in den Raum hinein: „Wollt ihr auch was essen?" Rosi und Simone nicken nur stumm. „Okay", sagt Peter und streicht sich übers Gesicht. „Ich mach uns dann mal ein paar Schnittchen. Ihr könnt ja in der Zwischenzeit überlegen, wie wir Lilly wieder in unsere Welt holen können." Mit diesen Worten verlässt er leise die kleine Kammer und verschwindet in der Küche.

Simone schaut abwechselnd zu Rosi und auf Lillys leblosen Körper. Rosi bemerkt Simones fragenden Blick. „Kindchen, du bist die ganze Zeit am Grübeln. Willst du deiner ‚Oma' nicht erzählen, was los ist?" – „Du bist Lillys ‚Oma', und das auch nicht mal richtig", giftet Simone zurück. Rosi ist weder böse noch überrascht. Auch nicht entsetzt. Sie kennt Simone zu gut – kennt ihre Geschichte, ihre Narben, ihre Art, unter Druck zu sprechen. Und sie weiß, dass sie sich alle in einer Ausnahmesituation befinden, seit Tagen schon. Mit sanfter Stimme erwidert sie: „Simone, Kindchen, natürlich bin ich auch deine ‚Oma'. Das weißt du ganz genau. Du und Lilly, ihr seid seit Kindertagen jeden Tag bei mir gewesen. Ihr habt mir euer Leid geklagt, ihr habt mir freudestrahlend von euren Erfolgen erzählt. Ihr habt euch Rat bei mir geholt. Ihr seid bei Gustav und mir praktisch aufgewachsen." Rosi schaut Simone fest an. „Ich merke doch, dass dich etwas beschäftigt." Simone macht eine hilflose Geste in Richtung Lillys Körper. „Sollte mich das nicht beschäftigen, ‚Oma' Rosi?" fragt sie verzweifelt. „Es ist nicht nur das", erwidert Rosi ruhig, aber bestimmt. „Ich kenne euch beide so gut, als wärt ihr meine eigenen Töchter." Sie macht eine kurze Pause, dann hakt sie nach: „Also, was ist los, mein Mädchen?"

Lilly wandert den Weg den Abhang hinunter. Ihr Blick schweift über die Landschaft, und sie kann sich kaum sattsehen an der sanften Schönheit, die sich vor ihr ausbreitet. Es ist eine

Idylle, die still atmet, fast so, als sei sie selbst lebendig. Und langsam beginnt Lilly zu begreifen: Das Reich des Gevatters ist kein Ort der Strafe. Kein Höllenreich. Der Tod ist keine Pein, keine Furchtgestalt – er ist eine Schwelle. Etwas, das man respektieren muss, nicht fürchten. Wenn man die Regeln achtet, ist dieser Ort still, würdevoll und voller Trost. Und ist es nicht in der Welt der Lebenden genauso? Auch dort gibt es Regeln, und wer sie bricht, dem widerfährt Unheil. Doch wer sie achtet, kann in Frieden leben. Vielleicht sind sich die Welten ähnlicher, als man denkt.

Lilly ist im Tal angekommen. Der Weg verwandelt sich nun in einen schmalen Uferpfad, der sich sanft entlang jenes Sees zieht, den sie bereits vom Waldesrand aus gesehen hatte. Jetzt erkennt sie, was sie zuvor nur für Nebel gehalten hatte. Es sind Seelen, die aufsteigen – leuchtend, beinahe durchsichtig, und doch voller Anmut. Lilly beobachtet, wie Menschen in dem See stehen, sich langsam waschen, als legten sie Schichten von Sorgen, Schmerzen und vergangenen Leben ab. Und dann geschieht es: Nach einer Weile beginnen die Seelen dieser Menschen aufzusteigen, lautlos, friedlich. Ihre Körper lösen sich dabei auf – sie zerfließen wie Wasser, werden eins mit dem See. Ein stiller Übergang, fast heilig. Und Lilly steht am Ufer, stumm, ergriffen – und voller Ehrfurcht.

„Halt!" – Die Stimme, die plötzlich aus dem Nichts ertönt, ist hoch, schrill und voller schneidender Autorität. Lilly bleibt wie angewurzelt stehen. Vor ihr materialisiert sich eine Kreatur, wie aus den Seiten eines dunklen Fantasy-Romans entsprungen. Klein von Gestalt, doch mit langen Gliedmaßen, die sich geschmeidig und lauernd bewegen. Ihre Haut ist grün, glatt, schimmernd, übersät mit Schmutz und alten Narben, als hätte sie viele Kämpfe gesehen – oder geführt. Das Gesicht ist eine Fratze aus Albträumen: spitze Nase, scharfe Zähne, tief liegende Augen, die vor Bosheit funkeln. Lange, spitz zulaufende Ohren rahmen eine hohe Stirn, die der Kreatur einen Ausdruck listiger Intelligenz verleiht. Ihre Kleidung besteht nur aus einem alten, fleckigen Lendenschurz aus Leder, gehalten von einem breiten Gurt mit einer auffälligen, goldenen Schnalle – ein unpassender Glanz an diesem sonst so düsteren Wesen.

„Woher kommst du, Weib?" Die Stimme der Kreatur ist ein keifendes Krächzen, das durch die klare Luft schneidet wie ein rostiges Messer durch altes Pergament. Lilly weicht unwillkürlich einen Schritt zurück. Die Kreatur mustert sie mit zusammengekniffenen Augen, dann streckt sie einen ihrer langen, knochigen Finger in Richtung des Sees. „Als Neuankömmling musst du dich reinwaschen." Lillys Blick folgt dem ausgestreckten Finger – der See, von dem Frau Blume gesprochen hat. Natürlich. Der Ursprung jenes Baches, der aus reiner Qual besteht. Jetzt weiß sie es gewiss: Das ist jener Ort, an dem die Seelen ihre Last ablegen, bevor sie in dieses Reich aufgenommen werden. Lilly spürt, wie sich in ihr Widerstand regt. Doch sie weiß auch: Der Weg führt sie unweigerlich am See vorbei – und sie darf ihn nicht verlassen. Der Tod, so sanft er bisher erschien, kennt keine Umwege.

Die Augen der Kreatur, schwarz wie alte Teergruben, glitzern plötzlich in einem gierigen Licht. „Los! Zieh dich aus und wasche dich rein!", krächzt sie, ihre Fistelstimme schneidet durch Lillys Gedanken. „Bleib in Ufernähe – nicht tiefer als bis zu den Knien!" Lilly stockt der Atem. Ihr Gesicht läuft rot an. Diese Kreatur… sie ist nicht einfach nur ein Wächter, nicht nur ein Mahner der Ordnung. Sie ist ein Lüstling, ein geiler Bock, der sich an dem Anblick ihrer Nacktheit weiden will. Ekel schleicht sich in Lillys Magen – und ein Hauch von Furcht.

Simone war gerade damit fertig, „Oma" Rosi ihre wirren, sich teils widersprechenden, sie durchaus quälenden Gedanken und Gefühle zu schildern, als sie gemeinsam bemerkten, dass Lillys Puls wieder leicht anstieg. Doch es war nur ein leichter Ausschlag – der Wert verharrte an der obersten Grenze der Normalität. Solange er diese Grenze nicht weit oder dauerhaft überschritt, mussten sich Rosie und Simone nicht mehr Sorgen machen als ohnehin schon. „Das ist ja ein ganz schönes Durcheinander", murmelte Rosi mehr zu sich selbst als zu Simone. Diese wusste längst, wie groß das Durcheinander in ihr war. Rosi sah sie an, ein sanftes Lächeln auf den Lippen. „Wenn Lilly zurück ist", sagte sie mit einer Stimme, die keine Widerrede duldete, „dann setzen wir uns alle mit einer großen Kanne Kakao in die Küche und reden. Kein Widerwort, mein Kind. Das muss sein. Nur so bekommen wir die Knoten gelöst – und ihr könnt Freunde bleiben."

Lilly denkt angestrengt nach. Auf der einen Seite will sie nicht die Wichsvorlage für den Gnom sein, auf der anderen Seite weiß sie, dass sie das Wasser nicht berühren darf. Sie würde sonst an den Qualen, die sie dann erleiden müsste, zugrunde gehen. „Na, wird das nun mal was? Ich habe nicht ewig Zeit", keift der Gnom – und muss kichern, denn genau das hat er: ewig Zeit. „Ich bin hier der Wächter. Du kommst nicht weiter, bevor du dich gewaschen hast!" Lilly weiß nicht, wie weiter. Der Gnom versperrt den Weg. Drumherum gehen kann sie nicht – den Weg darf sie nicht verlassen. In den See kann sie aber auch nicht. Geschweige denn, dass sie überhaupt gewillt wäre, sich vor dem vor Geilheit geifernden Gnom auszuziehen. Was soll sie nur tun? Sie fängt, sehr langsam, an, sich ihre Bluse aufzuknöpfen. Dem Gnom läuft bei diesem Anblick schon der Geifer aus den Mundwinkeln. Plötzlich – Lilly hat die Bluse schon zu dreiviertel geöffnet, der Gnom konnte bereits erste Blicke auf ihr Dekolleté und ihren BH erhaschen – durchzuckt es die Kreatur, als hätte sie einen Stromschlag bekommen. „Warte kurz!", befiehlt der Gnom Lilly und dreht sich dann zur Seite. Er schaut leicht nach oben, hört irgendjemandem zu. Es sieht aus, als würde die Kreatur mit jemand Unsichtbarem sprechen. Der Gnom senkt den Kopf und scharrt verlegen mit dem Fuß im Sand des Weges. „Ja, Herr", antwortet er dem unsichtbaren Gesprächspartner. Dann löst sich die Figur in Luft auf – einfach so. Daran werde ich mich wohl niemals gewöhnen, denkt Lilly und knöpft erleichtert ihre Bluse wieder zu. Dann geht sie weiter, auf ihrem Weg.

„Der Puls geht wieder etwas nach unten", kommentiert Peter, was alle drei sehen. Es ist inzwischen Nacht geworden. So sehr sie auch gegrübelt und nachgedacht haben – ihnen ist kein Weg eingefallen, wie sie Lilly von ihrer Reise zurückholen könnten. Sie kamen überein, dass sie nur warten können, bis Lilly von selbst wieder zurückkehrt. Plötzlich hören sie Markus aus der Küche rufen. „Hier!", ruft Rosi, und wenige Augenblicke später erscheint Markus, der die kleine Kammer bereits kennt – die Kammer, in der es jetzt spürbar eng wird. „Wo kommst du denn jetzt her?", will Rosi wissen. „Und warum bist du nicht an dein Handy gegangen? Ich habe mehrfach versucht, dich zu erreichen." Markus hebt beschwichtigend die Hände. „Moment, Moment. Entschuldige bitte, ich musste arbeiten und hatte mein Handy im Spind, sodass ich es nicht hören konnte", erklärt Markus. Innerlich muss er breit grinsen. Das ist nur zur Hälfte gelogen, denkt er sich. Es war fast schon harte Arbeit, Angela zu mehreren Höhepunkten zu bringen. Aber es hat Spaß gemacht. „Was ist denn mit Lilly?", fragt er, während er mit einer beiläufigen Geste auf Lillys leblosen Körper zeigt.

Lilly läuft den Weg weiter. Ein ganzes Stück führt er als Uferweg an dem See entlang. Ab und an bleibt sie stehen und beobachtet, was im See passiert. Auf der anderen Seite des Sees, also am gegenüberliegenden Ufer, stehen Umkleidekabinen mit Stiegen, die direkt ins Wasser führen. Menschen kommen an, gehen in die Umkleiden und steigen kurz darauf in den See. Dort waschen sie sich, tauchen unter und steigen schließlich empor. Ihre Körper zerfließen und werden zu einem Teil des Sees, während ihre Seelen in den Himmel aufsteigen und verschwinden. Lilly fragt sich: Woher kommen diese Menschen? Wer waren sie, bevor sie hierherkamen? Und wohin gehen die

Seelen, die jetzt in den Himmel steigen? Doch der See gibt keine Antwort. Er schweigt. Und das Schweigen scheint zu sagen: Noch ist es nicht an der Zeit, dies zu wissen.

Lilly wandert weiter auf dem Weg. Den See hat sie hinter sich gelassen. Der Weg steigt nun sanft an und führt sie aus dem Tal hinaus. Oben, auf der Kuppe des Hügels angekommen, eröffnet sich ihr ein Blick auf eine weitere idyllische Landschaft. Vor ihr breitet sich eine weite Ebene aus. Rechts und links des Weges liegen grüne Wiesen, auf denen einige Lämmchen grasen – eines flauschiger als das andere. Der Weg schlängelt sich ohne erkennbaren Grund durch die Ebene, als folge er dem Takt einer Melodie, die nur er selbst hören kann. In der Mitte dieser friedlichen Weite erkennt Lilly ein Ausflugs- und Gartenlokal, zu dem der Pfad zu führen scheint. Sie geht weiter. Das Wandern durch diese schöne Landschaft beruhigt sie. Es ist, als würde jeder Schritt ein Stück Last von ihrer Seele nehmen. Fast alles in diesem Reich scheint darauf ausgerichtet, zu trösten, zu heilen. Lilly kommt der Gedanke, dass dieses Verweilen eine Belohnung sein könnte – oder eine Entschädigung für die Mühsal im Reich der Lebenden. Doch dann fragt sie sich, leise und beinahe mit schlechtem Gewissen: Wohin gelangen jene, die eine solche Entschädigung nicht verdient haben?

Während Lilly die Landschaft genießt und spürt, wie sehr sie sich beruhigend auf sie auswirkt, erreicht sie das Ausflugslokal. Unschlüssig bleibt sie stehen. Sie weiß nicht, ob der Weg über das Gelände des Lokals führt oder ob er daran vorbeigeht. Da trifft eine Stimme ihr Ohr – eine Stimme, die sie unter tausenden erkennen würde: „Na, Mädchen, traust dich nicht?" Lilly dreht sich um – und ohne zu zögern fällt sie ihrem Großvater in die Arme. „Ich darf den Weg nicht verlassen", erklärt sie schnell, fast entschuldigend. Gustav lächelt. Es ist das Lächeln, das sie aus ihrer Kindheit kennt. „Kindchen, der Weg führt direkt über diesen Platz hier. Komm, lass uns eine Brause trinken. Bier gibt's hier leider nicht." Mit einer einladenden

Armbewegung deutet Gustav auf die Tische unter den großen, blätterrauschenden Bäumen.

„Wie geht es dir?", beginnt Lilly das Gespräch. Gustav lächelt. „Wie soll es mir denn hier gehen, mein Mädchen? Du hast doch selbst erlebt auf deinem Weg hierher, wie schön es hier ist." – „Hab ich. Aber auch, dass es einige gefährliche Stellen gibt." Gustav lacht. „Lilly, du bist hier nur zu Besuch, bist ein Fremdkörper. Auf dich wirkt hier einiges anders als auf uns Verstorbene. Für uns gibt es hier keine Gefahren. Nun aber los, wir haben nicht lange. Du weißt, deine Zeit hier ist arg begrenzt." Lilly schaut ihren Großvater fragend an. Gustav muss wieder lachen. Lächelnd schaut er Lilly an und sagt: „Lilly, liebes Kind, glaubst du, man bekommt eine Besuchserlaubnis einfach so und ohne Grund?" Gustav lächelt weiter seine Enkelin an. „Ich denke, du hast noch etwas Wichtiges mit mir zu klären." Lilly überlegt. „Großvater?" „Ja, meine Liebe?" „Was war mit dir und ‚Oma' Rosi?" Gustav unterdrückt einen weiteren Lachanfall. „Meine liebe Lilly, was soll mit uns gewesen sein? Sie war allein, ich war allein. Du und Simone verstanden sich gut mit ihr. Wir entschieden uns, dass wir uns beide um euch kümmern. Und sei ehrlich, so schlecht sah Rosi früher auch nicht aus, oder?" Lilly nickt. „Lilly, du kannst dir sicher denken, dass ich auch nur ein Mann bin – äh, war." Lilly muss wieder nicken. „Ich hatte bestimmte Bedürfnisse, und Rosi auch. Warum also nicht?" „Ja, genauso hat es ‚Oma' Rosi auch erklärt." „Warum fragst du mich etwas, wo du die Antwort schon kennst? Lilly, wir haben nur wenig Zeit." Lilly überlegt wieder. „Großvater? Wieso hast du mich allein gelassen?" „Lilly, wieso denkst du das von mir? Ich habe dich doch gar nicht allein gelassen. Erstens ist ja noch Simone da und zweitens bist du langsam auch alt genug, um auf eigenen Beinen zu stehen. Für einige Zeit und den Übergang ist auch noch Rosi da." „Aber du fehlst mir so!" „Fehlt nur noch, dass du mit dem Fuß aufstampfst und die Arme vor der Brust verschränkst. Das hast du früher oft gemacht, wenn du nicht so wolltest, wie ich es dir angetragen habe." Lilly und Gustav müssen beide laut lachen. „Außerdem – das ist der Lauf des Lebens. Es beginnt und es endet. Meine Zeit war einfach ran." „Ich weiß das doch. Aber du fehlst mir trotzdem, Großvater." „Wäre ja auch schade für mich, wenn es nicht so wäre, oder?"

Gustav zwinkert seiner Enkelin zu. „Lilly, du hast auf dem Weg hierher so einige Menschen kennengelernt. Das junge Paar gleich am Anfang. Deine Eltern. Frau Blume. Und am See hast du viele, sehr viele Menschen gesehen. Dir ist bestimmt aufgefallen, dass du nicht nur alte Menschen getroffen hast." – „Ja, das ist mir sehr wohl aufgefallen." – „Dann hast du begriffen, dass man niemals sagen kann, wann für einen die Zeit rum ist. Lebe dein Leben bitte so, dass du dir nie etwas vorwerfen musst, und im Bewusstsein, dass deine Stunde jederzeit gekommen sein kann. Genieße jede Stunde. Umgib dich mit Menschen, die dir guttun, und die du gut leiden kannst, und hüte dich vor Menschen, die dich davon abhalten. Versprichst du mir das? Und hab keine Angst vor der Stunde. Du hast heute, hier, erleben können, dass der Tod keine Strafe, nichts Schlimmes ist." „Das verspreche ich dir." Lilly hat die Worte kaum ausgesprochen, als die grelle Helligkeit sich wieder aus ihr heraus ausbreitete. Ihr Großvater verschwand in dieser Helligkeit. Der Besuch ist wohl jetzt beendet, denkt sich Lilly.

In Rosis kleiner Kammer ist es eng geworden. Neben Rosi, die mit ruhiger Akribie Puls, Blutsauerstoff und Blutdruck von Lilly – oder ist es nur ihr Körper? – überwacht, sitzen auch Simone und Peter, sowie Markus, Lillys derzeitiger Freund. Seit Lilly ihre Reise angetreten hat, sind vierundzwanzig Stunden vergangen. Die Müdigkeit liegt wie ein bleierner Schleier über ihnen. Seit fast zwei Stunden hat niemand mehr ein Wort gesprochen. Die Luft ist schwer von Gedanken, unausgesprochenen Sorgen und der zermürbenden Frage, wie es um Lilly steht. Jeder hängt seinen eigenen Gedanken nach, und obwohl sie eng beieinandersitzen, scheint jeder von ihnen in einer anderen Welt gefangen zu sein.

Rosi macht sich Vorwürfe. Immer wieder fragt sie sich, ob es nicht ein Fehler war, Lilly diese Reise überhaupt zu ermöglichen. Die Sorge um das Mädchen lastet schwer auf ihrem Herzen. Für sie ist Lilly wie eine eigene Enkelin – genauso wie Simone. Die beiden sind seit Kindertagen unzertrennlich, und beide sind sie praktisch bei ihr und Gustav aufgewachsen. In all den Jahren sind sie zu einem Teil ihrer selbst geworden – ein Teil, den sie nicht verlieren darf.

Simone ist noch immer gefangen in einem Wirrwarr innerer Widersprüche. Sie liebt Lilly wie eine Schwester, kann sich kaum vorstellen, wie das Leben ohne sie überhaupt aussehen würde. Und doch verspürt sie zugleich eine merkwürdige Anziehung zu Markus – etwas Dunkles, Animalisches, das nichts mit Liebe zu tun hat, sondern mit Begehren. Ihr Herz aber gehört Peter. In der Nacht nach Gustavs Beerdigung hat sie mit ihm geschlafen. Es war nicht geplant, es geschah einfach. Doch Peter, das weiß sie, liebt Lilly – tief und aufrichtig, vielleicht sogar mehr, als ihm selbst bewusst ist.

Auch Peter macht sich große Sorgen um Lilly – ebenso wie Rosi und Simone. Er kennt Lilly zwar nicht so lange wie Simone, aber immerhin seit der sechsten Klasse. Damals kam er neu in ihre Klasse, und wie das unter Kindern oft ist, hatte er es nicht leicht. Als Neuling war er ohnehin schon ein Außenseiter, doch seine guten Noten machten ihn schnell zum Streber, den viele mieden. Nur Lilly und Simone hielten zu ihm – von Anfang an. Nun fühlt Peter auch Scham. Die Nacht mit Simone lastet auf ihm. Er mag sie sehr, doch er liebt Lilly. War Simone für ihn nur ein Ersatz? Diese Vorstellung kränkt ihn – denn Simone hätte so etwas nicht verdient. Doch Lilly verliebt sich immer wieder in Männer wie Markus. Männer, bei denen Peter nicht verstehen kann, was sie in ihr auslösen.

Markus fragt sich, was er hier eigentlich macht. Offiziell ist er Lillys Freund – zumindest denkt sie das. Und auch der ganze Rest ihrer „Sippschaft", wie er sie in Gedanken nennt. Ihm selbst gefällt diese Rolle durchaus. Denn solange er Teil dieser Gemeinschaft ist, hat er

einen sicheren Ort. Einen Platz, an den er immer zurückkehren kann,
wenn es anderswo zu brenzlig wird. Hier bekommt er seinen Kaffee,
ein Brötchen, manchmal sogar ein Mittagessen – und das alles, ohne
selbst einen Cent auszugeben. Genau deshalb hat er bisher auch die
Finger von Simone gelassen. Dabei ist sie alles andere als ein Kind
von Traurigkeit – das weiß er aus seinem Netzwerk in den Kneipen.
Angeblich geht sie ab wie eine Rakete. Unverbindlich, wild, ohne den
Beziehungsballast – ganz anders als Lilly. Doch er weiß: Wenn er sich
nimmt, was er will, verliert er diesen Rückzugsort. Er verliert sein
Versteck. Und seine kostenlose Nahrungsquelle.

Die grelle Helligkeit beginnt sich zurückzuziehen. Allmählich kann Lilly wieder Umrisse erkennen – erst nur verschwom-
mene Schemen, kaum mehr als ein Hauch von Form und Bewegung. Doch eines spürt sie sofort: Sie ist nicht mehr im
Ausflugslokal, nicht mehr im Reich des Todes. Die erste Farbe,
die sich ihr klar zeigt, ist Rot. Tief und durchdringend. Es dauert nicht lange, bis die Helligkeit sich vollständig aufgelöst hat.
Lilly steht wieder dort, wo ihre Reise begann – vor dem mächtigen Tor, das den Zeitdamm teilt. Zu beiden Seiten des schmalen Weges brodelt das Lavameer. Nichts hat sich verändert.
Und doch – alles ist anders.

Durch das geschlossene Tor treten der Wächter und das
Lämmchen hervor – jene beiden, die Lilly bereits zu Beginn ihrer Reise begegnet waren. Sie erscheinen nicht auf gewöhnliche
Weise, nicht durch Öffnung oder Klinke, sondern gleiten durch
das massive Holz, als sei es Nebel, nicht Materie. „Könnt ihr
nicht einmal ganz normal durch eine Tür kommen?" fragt Lilly,
ein wenig genervt, aber auch mit einem Funken Vertrautheit in
der Stimme. Der Wächter lacht leise, ein tiefes, wohliges Grollen. „Kindchen, das hier ist für mich ganz normal. Das Tor soll
Unbefugten den Eintritt verwehren – nicht mir." Lilly nickt, ein
wenig verlegen. Ja, das leuchtet ihr ein.

„Hallo, Lilly", begrüßte der Wächter sie nun endlich. „Hallo", erwiderte Lilly. Der Wächter deutete mit einer knappen Geste auf das Lämmchen, das in diesem Moment beinahe wie ein treuer Wachhund wirkte, der seinem Herrn zur Seite stand. „Unser Herr", begann der Wächter, „bat uns, dir seinen Dank auszusprechen." – „Wofür denn Dank?", fragte Lilly, „Eigentlich habe doch eher ich zu danken – für die Möglichkeit und die Erlaubnis, diese Reise überhaupt unternehmen zu dürfen." – „Bitte unterbrich mich nicht", sagte der Wächter freundlich, aber bestimmt. „Also, wo war ich? Ah, ja: Wir sollen dir danken. Dafür, dass du dich so konsequent an das Verbot gehalten hast, den Weg nicht zu verlassen. Die meisten Besucher versuchen, dieses Gebot zu umgehen. Und dann sollen wir dich fragen, ob du in Erfahrung bringen konntest, was du zu erfahren hofftest." Lilly nickte langsam. „Ja, das habe ich." – „Das freut uns sehr. Und hast du darüber hinaus auch etwas gelernt?" – „Ja, auch das. Ich…" – „Halt! Nein!" Der Wächter hob die Hand. „So neugierig wir auch sind – wir dürfen es nicht wissen. Bitte frag uns nicht nach dem Warum. Auch wir kennen den Grund nicht. Doch unser Herr verlangt es so – und gewiss aus gutem Grund." Er trat einen Schritt zurück und fügte leiser hinzu: „Es wird jetzt Zeit, dass du zurückkehrst – in deine Welt." Lilly wandte sich instinktiv um, bereit, den Weg zurückzugehen, den sie gekommen war. Doch der Wächter hielt sie sanft, aber bestimmt zurück. „Hast du vergessen, liebe Lilly, dass du diesen Weg nur in eine Richtung gehen kannst? Ich sagte nicht grundlos ‚zurückkehren' – nicht ‚zurückgehen'." Lilly war verblüfft. Wie sollte das gehen? Wie kehrt man zurück, wenn der Weg selbst kein Zurück erlaubt? Da wuchtete der Wächter das große Tor auf – mühsam und unter lautem Knarren. Doch diesmal sah Lilly nicht den schönen Park jenseits der Pforte, wie beim ersten Mal. Diesmal führte der Weg einfach weiter – geradeaus, durch das glühende Meer aus Lava hindurch. Und dennoch… der Weg selbst schien unversehrt. Der

Wächter machte eine einladende Geste. „Geh den Weg der Zeit einfach weiter, Kindchen." Seine Stimme war jetzt nicht mehr seine eigene. Es war die Stimme ihres Großvaters – warm, vertraut, voll Liebe. „Wir sehen uns bald wieder. Leb wohl, mein liebes Mädchen."

Lilly tritt durch das geöffnete Tor. Nach ein paar Schritten bleibt sie stehen und dreht sich noch einmal um – sie will zum Abschied winken. Doch was sie sieht, verschlägt ihr den Atem: Das Tor ist verschwunden. Kein Tor, kein Wächter, kein Lämmchen. Nur der schmale Zeitweg, der sich schnurgerade durch das endlose Lavameer zieht. Also gut, denkt sie, weiter nach vorn – wie immer auf dem Zeitweg. Mit jedem Schritt wird es dunkler. Erst glaubt Lilly, es sei nur ein Gefühl. Doch bald erkennt sie, dass es mehr ist als bloße Empfindung – mit jedem weiteren Schritt schwindet das Licht. Die Dämmerung verschluckt Farben, Umrisse, die Welt selbst. Und dann, als völlige Dunkelheit sie umhüllt, verliert sie plötzlich den Boden unter den Füßen. Ein Moment des Fallens. Ein Gefühl, als würde sie tief und endlos in etwas Unsichtbares stürzen. Dann – Ohnmacht.

Es geht langsam auf Mittag zu. Lilly ist nun fast eineinhalb Tage fort. Rosi, Simone und Peter machen sich große Sorgen – ob sie wohl je zurückkommt? Auch Markus zeigt sich besorgt. Doch seine Sorge gilt weniger Lilly selbst, als vielmehr dem, was mit ihr für ihn auf dem Spiel steht: sein Zufluchtsort, die warme Mahlzeit, der Kaffee, die Tür, die sich immer für ihn öffnete. Ohne Lilly wird er hier kaum noch willkommen sein. Plötzlich beginnt Lillys Körper auf der Liege heftig zu zucken. Sie schlägt um sich, schreit, als falle sie in ein bodenloses Loch. Rosi und Peter springen auf, um sie festzuhalten, doch ehe sie bei ihr sind, ist es vorbei. Lilly richtet sich mit einem Ruck auf, ihre Augen geöffnet, klar, aber fremd. Sie schaut sich in der kleinen Kammer um, ihr Blick schweift durch den Raum – bis er auf Markus fällt. Ohne ein Wort schiebt sie Rosi und Peter zur Seite, steht auf, tritt an Markus heran. Auch er ist aufgesprungen, bereit, sie zu empfangen. Alle rechnen damit, dass Lilly ihm zuerst in die Arme fällt, ihrem Freund, dann den anderen. Doch nichts davon geschieht. Lilly bleibt einen Schritt vor ihm stehen. Und schaut ihn an – kalt. Unverrückbar. Ohne ein Flackern von Erleichterung. Ohne Wärme „Verschwinde!" brüllt Lilly. Rosi, Peter, Simone – selbst Markus – bleibt der Mund offen stehen. „Hau ab, du Schwein! Lass dich nie wieder bei mir und schon gar nicht hier blicken, du Mistkerl!" faucht sie, ihre Stimme voller Wut und Ekel. „Ich weiß, was du getan hast!" Markus zuckt zurück. Einen Moment lang ist er wirklich erschrocken. Woher weiß sie das? An all diesen Hokuspokus – Spiritualität, Träume, Esoterik –, an das Gefasel von Rosi und Lilly glaubt er nicht. Nicht so wie Simone. Nicht so wie Peter. Aber Lillys Stimme, ihr Blick – irgendetwas daran trifft ihn. Er glaubt ihr. Muss ihr glauben. Die Panik macht ihn kurzsichtig. Instinktiv greift er nach dem Klappmesser an seinem Gürtel. Die Klinge blitzt, und er tritt einen Schritt auf Lilly zu. „So, du glaubst also zu wissen, was ich getan habe?" Seine Stimme ist kalt, aber sie zittert. Die Fassade bröckelt. „Dann muss ich wohl verhindern, dass noch jemand anderes davon erfährt." Er wendet sich Rosi, Simone und Peter zu. „Tut mir leid – das ist nichts Persönliches. Aber ich kann keine Zeugen gebrauchen." Die drei erstarren. Es ist, als hätte jemand die Zeit angehalten. Niemand bewegt sich. Niemand atmet. Nur Lilly. Sie bleibt stehen. Unerschütterlich. „Ach Markus...", sagt sie ruhig. Fast mitleidig. „Deine Drohungen schrecken mich nicht. Ich habe keine Angst vor dem Tod. Du kannst das nicht begreifen, ich weiß. Aber ich komme gerade aus seinem Reich. Ich habe gesehen, was du nicht mal zu träumen wagst." Ihre Stimme wird stärker. „Ich weiß, dass es uns – Rosi, Peter, Simone" – sie macht eine Geste zu den drei anderen – „dort gut gehen wird. Der Tod ist keine Strafe für uns. Aber für dich? Für dich wird er das sein.

Denn wenn deine Stunde kommt, Markus... dann wird er dich holen. Und dann beginnt deine eigentliche Strafe."

Markus flucht leise, kaum hörbar. Dann – fast widerwillig – steckt er das Messer zurück in die Ledertasche an seinem Gürtel. Ohne ein weiteres Wort dreht er sich um und verschwindet aus der Kammer. Eine Sekunde später ist aus der Küche wütendes Klirren zu hören. Töpfe, Geschirr – irgendetwas wird umhergeschmissen, als wolle jemand ein letztes Zeichen hinterlassen. Dann schlägt die Hintertür mit voller Wucht zu. Stille. Lilly atmet tief durch. Ihre Schultern sacken ein wenig, der Blick wird weicher. Mit einem Seufzen fällt sie ihrer „Oma" Rosi in die Arme. „Ich habe so einen Hunger", murmelt sie gegen deren Schulter. Rosi, überwältigt von Erleichterung und Tränen, löst sich sanft aus der Umarmung. „Glaub mir, Kindchen – wir haben auch Hunger", sagt sie lächelnd und wischt sich verstohlen die Augen, während sie aus der Kammer in die Küche verschwindet. Lilly wendet sich zu Simone und Peter. Sie umarmt beide nacheinander, fest, warm, dankbar. Für einen Moment ist alles, wirklich alles, einfach gut.

„Entschuldigt, Kinder, es gibt nur Marmeladenbrote. Mehr habe ich im Moment nicht da. Oder soll ich etwas Obst aus dem Laden holen?" Rosi stellt ein großes Holzbrett mit einem Dutzend Marmeladenbroten auf den Tisch, daneben eine dampfende Kanne Kaffee. „Oma Rosis Marmeladenbrote! Lecker!" schallt es aus drei Kehlen, und sechs Hände greifen gleichzeitig zu. Rosi lacht, und ihre Augen füllen sich mit Freudentränen. Früher hörte sie diesen Ruf oft, aus genau diesen drei Mündern. Heute aber – sind alle drei erwachsen. Sie hätte nie gedacht, dass sie das noch einmal erleben darf. „Oma Rosi? Weinst du?" fragt Lilly. „Nein, Kindchen – das sind Tränen der Freude. Freude darüber, dass du wieder bei uns bist. Und Freude darüber, euch drei noch einmal mit solcher Lust meine einfachen Brote essen zu sehen. Nun aber erzähl – was hast du erlebt?" Lilly richtet sich auf, legt die Schultern zurück, versucht feierlich zu wirken. „Das erzähle ich euch morgen, wenn wir ausgeruht sind. Jetzt müssen wir erst etwas anderes klären." Peter, Simone und Rosi schauen gespannt zu ihr hinüber. Lilly fährt fort: „Ich habe viel gelernt – das aber, wie gesagt, morgen. Jetzt ist mir etwas anderes wichtig." Sie wendet sich Peter zu. „Peter, ich weiß, dass du schon seit längerer Zeit in mich verliebt bist. So richtig – bis über beide Ohren." Peter wird rot, öffnet den Mund, doch Lilly hebt die Hand und gebietet ihm zu schweigen. „Ich muss dir gestehen, dass auch ich in dich verliebt bin. Aber ich weiß auch, dass Simone ebenfalls in dich verliebt ist. Simone ist nicht nur meine beste Freundin – sie ist mir wie eine Schwester. Ich kann nicht mit dir zusammen sein, solange ich weiß, dass das Simone das Herz brechen würde." Peter schluckt. Simone senkt den Blick, beschämt und überfordert. Doch anders als Peter lässt sie sich nicht den Mund verbieten. „Wieso hast du mir denn nichts gesagt? Ich würde doch niemals deinem Glück im Weg stehen!" – „Haaaaaalt!" unterbricht Rosi in strengem Ton. Ihre Stimme schneidet durch den Raum wie ein vertrauter Gong. Die drei, sofort zur Ruhe gerufen, erkennen den Tonfall – und wissen genau: Widerspruch ist jetzt zwecklos. Schweigend schauen sie zu Rosi.

„Bevor das hier zu rührselig wird und ihr euch dabei alle drei unglücklich macht, hört zu, was ich euch zu sagen habe. Ich kenne euch alle drei sehr gut – ja, ich wage zu behaupten, dass ich euch besser kenne als ihr euch selbst. Ich weiß, dass ihr euch untereinander sehr liebt. Ihr habt euch sehr früh in euren – bisher kurzen – Leben gefunden. Was euch verbindet, ist selbst für mich kaum in Worte zu fassen. Keiner von euch wird auf den anderen, wie ihr es ausdrücken würdet, verzichten! Ihr drei zieht zusammen in eine Wohnung." Lilly holt Luft, aber eine Handbewegung von Rosi reicht, um sie zum Schweigen zu bringen, bevor sie überhaupt etwas sagen kann. „Ihr werdet die Wohnung von Gustav renovieren und dort einziehen. Sie ist wie geschaffen für euch. Jeder hat ein Zimmer für sich, ihr habt eine große gemeinsame Wohnküche – besser und größer als meine hier – und gleichzeitig eine Erinnerung an euren Großvater. Denn das war er ja nicht nur für Lilly, sondern für euch alle. Und jetzt kommt das Beste: Ihr spart sogar noch Geld, denn ihr zahlt keine Miete. Die Wohnung gehört mir. Wie auch das ganze Haus, in dem sie liegt. Ja, das habt ihr bisher nicht gewusst – aber ehrlich, dachtet ihr wirklich, dass mir der kleine Laden hier so viel einbringt, wie ich ausgebe?" Rosi schaut sich die offenen Münder ihrer drei „Enkel" an. „Aber ..." – zu weiteren Worten kommt Simone nicht, denn wieder reicht ein Handzeichen von Rosi. „Ich weiß, was du sagen willst. Was das betrifft: Ich sagte doch, ich kenne euch besser als ihr euch selbst. Vor allem untereinander. Simone, ich weiß, dass du keine Probleme mit Frauen hast. Ganz im Gegenteil sogar." Simone wird rot. „Und das Gefasel von 'Schwester' nehme ich dir nicht ab. Ich habe deine Blicke schon oft gesehen – seit ihr sechzehn seid. Gerade wenn ihr euch eure neuesten Bikinis oder Dessous vorgeführt habt. Steh endlich zu deinen Gefühlen, Lilly gegenüber! Und nun zu dir, Lilly." Jetzt wird auch Lilly rot. „Ich weiß von deinen zwei 'Experimenten' mit ... wie hieß sie doch gleich? Ah – mit Sahra. Und ich weiß, dass es dir gefallen hat. Und du, Peter?"

Lilly, Simone und Peter sitzen mit geröteten Gesichtern in Oma Rosis Küche und denken scharf nach. Nach knapp einer Minute lachen alle drei fast zeitgleich erleichtert auf. Bei ihren Überlegungen sind sie zum gleichen Ergebnis gekommen: Oma Rosi, wie eigentlich immer, hat völlig recht. Rosi stimmt in das Lachen mit ein. Alle vier lachen aus vollem Herzen, müssen nach Luft ringen, Tränen der Freude stehen ihnen in den Augen. Völlig außer Puste und nach Atem schnappend meint Peter schließlich: „Apropos Markus. Was ist mit dem denn nun? Was hat er getan?" Lilly antwortet ruhig: „Ich erzähl das morgen ganz genau. Ich bin auch müde." Rosi übernimmt wieder das sprichwörtliche Zepter. „Glaubst du wir nicht?" Sie grinst und deutet auf sich, Simone und Peter. „Aber da wir alle drei sehr neugierig sind, zählt jetzt jede Minute Schlaf. Also – Lilly, du schläfst in der Kammer auf der Liege, Peter nimmt mein Bett, Simone das Sofa, und ich mache es mir im Fernsehsessel gemütlich." Gesagt, getan.

Peter verschluckt sich an einem Bissen Marmeladenbrot und errötet. „Von dir weiß ich, dass du in Lilly verliebt bist, aber auch sehr viel für Simone übrig hast. Ich weiß, dass du weißt, dass Lilly und Simone sowieso nur im Doppelpack erhältlich sind. Und ich weiß aus euren Blicken – von dir und Simone – dass ihr vor sehr kurzer Zeit zusammen 'gespielt' habt. Du, Peter, hast – wenn man es mit Markus' Augen sieht – das große Los gezogen!"

Lilly kam als Letzte in die Wohnküche von Rosi. Sie hatte am längsten geschlafen – vom späten Nachmittag des Vortags bis tief in den späten Vormittag hinein, also gut zwölf Stunden. Rosi war wie immer die Erste gewesen, die erwacht war, und hatte in aller Ruhe einen köstlichen Obstsalat zum Frühstück zubereitet. Peter und Simone waren nur eine Viertelstunde vor Lilly erschienen, noch leicht verschlafen, aber spürbar neugierig auf den heutigen Tag. Nun saßen alle vier wieder beisammen, genau wie am Nachmittag zuvor, mümmelten den frischen Obstsalat und tranken Kaffee. Eine ruhige, beinahe heilige Stille lag über der Szene – als hielte das Leben für einen Moment den Atem an, bevor das Schweigen sich in Worte auflöste.

Nach einer Weile begann Lilly zu erzählen. Sie sprach von ihrer Reise ins Reich des Todes, von den seltsamen Orten, die sie durchschritt, von den Begegnungen, die sie hatte – mit dem Lämmchen, dem Wächter, den Stimmen, den Menschen, die nicht mehr lebten und doch so viel zu sagen hatten. Sie ließ bewusst aus, was sie über den Tod ihrer Eltern erfahren hatte – und auch, was Markus getan hatte. Diese Wahrheiten trug sie noch allein in sich, verborgen wie eine Flamme unter der Asche. Ihre Geschichte war auch so spannend genug, dass die anderen meist still lauschten. Nur hin und wieder unterbrachen sie Lilly mit einer Frage, leise, fast ehrfürchtig, als wollten sie den Faden ihrer Erzählung nicht zerreißen.

Nach gut drei Stunden war Lilly mit ihrer Erzählung am Ende angelangt. Es herrschte für einen Moment eine nachdenkliche Stille in der Küche, die nur vom gelegentlichen Klirren der Kaffeetassen unterbrochen wurde. Dann war es Simone, die die Frage aussprach, die allen auf der Seele brannte: „Und… was hast du über Markus erfahren?" Lilly schwieg einen Augenblick, blickte in die Gesichter der Menschen, die ihr am nächsten standen, und spürte, dass sie ein Recht auf die Wahrheit hatten. Sie atmete tief ein – und begann zu erzählen.

„Das erste habe ich gleich bei meiner ersten Begegnung mit Menschen im Reich des Todes erfahren. Ein junges Paar. Er hat sie – ohne es zu wollen – mit in den Tod genommen." Lilly erzählt, was Jenny und Joachim ihr anvertraut haben. Als sie fertig ist, herrscht einen Moment lang erschrockene Stille. Rosi, Simone und Peter sind entsetzt, angeekelt – und verstehen nun voll und ganz, warum Lilly gestern so heftig auf Markus reagiert hat. Doch Lilly ist noch nicht am Ende. „Das ist aber noch nicht alles", sagt sie leise. „Von Gustav habe ich erfahren, dass Markus mich die ganze Zeit betrogen hat. Wieder und wieder." Peter senkt betroffen den Blick, schaut kurz zu Rosi – ein Blick, der nicht unbemerkt bleibt. Lillys Stimme zittert vor Enttäuschung, als sie fragt: „Ihr beide… ihr habt das gewusst?" Rosi atmet tief durch. „Lilly," beginnt sie sanft, „ich habe Peter beschworen, dir nichts zu sagen. Du hättest ihm nicht geglaubt. Du hättest gedacht, er sagt es nur, weil er in dich verliebt ist." Lilly wendet sich an Rosi. „Und du? Warum hast du mir nichts gesagt?" Rosi schaut sie traurig an. „Weil du mir mit deiner rosa-roten Brille genauso wenig geglaubt hättest, mein Kind." Lilly schweigt. Sie weiß, dass beide recht haben. Doch im ersten

Moment war sie einfach nur wütend – nicht auf sie, sondern auf sich selbst.

„Erzähl weiter. So wie dein ‚Das ist noch nicht alles' eben klang, war damit wohl nicht nur gemeint, dass du erfahren hast, wie Markus dich betrogen hat." In Simones Stimme liegt unverkennbar Neugier, aber auch eine leise Angst. Lilly nickt und fährt fort: „Ich hab euch doch erzählt, wie ich beinahe in den Bach der Qualen gefallen bin. Und dass ich ein wenig von diesem... Wasser abbekommen habe." Die anderen drei nicken stumm. „In den unzähligen Bildern von Leid und Qual, die ich in diesem Moment sehen musste, erkannte ich auch, welche davon auf das Konto von Markus gehen. Dass er drei Frauen geschwängert hat, sie dann verleugnet hat und nie einen Cent Unterhalt gezahlt hat – das war dabei noch das geringste Übel." Lillys Stimme wird brüchiger. „Ich habe gesehen, dass er für mindestens zwei Morde verantwortlich ist. Um seine abartigen Triebe auszuleben, hat er zwei Frauen gezwungen, sich vor seinen Augen gegenseitig sexuell zu erniedrigen und zu foltern. Eine der beiden ist dabei gestorben. Die andere… hat er danach weiter gequält. Ihre Leichen hat er im Moor versenkt." Rosi, Simone und Peter sind wie erstarrt. Peter springt plötzlich auf und rennt wortlos in Richtung Toilette – man hört, wie er sich übergibt. Lilly senkt den Blick. „Ich habe noch viel mehr Szenen gesehen, in denen er vorkam… aber in der Flut all der Bilder verschwammen sie. Ich weiß nur noch, dass sie alle gleichermaßen grauenvoll waren."

„Egal, was der Schuft sonst noch getan hat – das, was du uns erzählt hast, reicht mehr als aus. Der gehört bis zu seinem letzten Atemzug hinter Gitter!" Rosis Stimme durchbricht das minutenlange Schweigen mit unerschütterlicher Entschlossenheit. „Da geb ich dir recht, Oma Rosi", beginnt Simone nachdenklich, „aber wie willst du das bitte anstellen? Wir können doch nicht einfach zur Polizei gehen und Lillys Geschichte erzählen. Die lachen uns im besten Fall aus – im schlimmsten

Fall stecken sie uns alle in die Klapse." Peter kommt vom WC zurück. Mit einem großen Schluck kalten Kaffees spült er sich den säuerlichen Geschmack des Erbrochenen aus dem Mund. „Dann müssen wir eben selbst etwas tun!" ruft er, zornig. „Wir können ihn schlecht in den Keller sperren, bis er alt und grau ist", hält ihm Lilly entgegen. „Das meine ich ja nicht", antwortet Peter mit flammendem Blick. „Er hat sein Recht auf Leben längst verwirkt." – „Peter!" Rosi fährt ihn an. „Denk nicht einmal daran! Wir steigen nicht hinab auf sein Niveau." Peter zuckt erschrocken zusammen, dann senkt er den Blick. „Entschuldigung… du hast recht, Oma Rosi. Aber ich bin so wütend. Irgendetwas müssen wir tun. Es darf einfach nicht sein, dass er weiter frei herumläuft. Ja, vielleicht erwartet ihn später seine gerechte Strafe – im Reich des Todes. Aber bis dahin? Bis dahin wird er weiterhin Leid und Schmerz über andere bringen." „Da hat Peter recht", sagt Lilly leise. „Irgendetwas müssen wir tun. Nur was?" Simone sitzt ganz still, die Stirn in Falten gelegt. Dann hebt sie langsam den Kopf. „So wie ich das sehe, bleibt uns gar nichts anderes übrig, als Feuer mit Feuer zu bekämpfen. Nein – wir steigen nicht auf sein Niveau. Aber wir sind wie die Feuerwehr bei einem Waldbrand: manchmal muss man ein Gegenfeuer legen, um das Schlimmste zu verhindern."

„Genug jetzt!" unterbricht Rosi die erhitzte Diskussion mit fester Stimme. „Eines nach dem anderen." Sie greift in die Tasche ihrer Kittelschürze und holt ein kleines, leicht abgegriffenes Schlüsselbund hervor. „Das sind Gustavs Schlüssel. Ihr geht jetzt rüber in die Wohnung und schaut euch um. Überlegt, was ihr an Möbeln und Dingen behalten wollt – und was weg kann." „Oma Rosi?" Peter zögert, etwas verlegen. „Ja, Peterchen?" „Ist es denn überhaupt… erlaubt, dass wir drei als, na ja, als so eine Art Dreierpärchen zusammenleben?" fragt er. Rosi lacht herzlich. „Peter, ihr dürft euch vielleicht nicht alle drei gegenseitig heiraten, das ist wahr. Aber ihr könnt sehr wohl als Wohngemeinschaft zusammenleben – ob ihr nun ein

Paar, zwei Paare oder ein kluges Chaos seid. Und was ihr hinter verschlossener Tür miteinander tut...", sie muss kichern, „...das geht niemanden etwas an." Peter wird rot, aber er muss ebenfalls lachen und nimmt das Schlüsselbund entgegen. „Ach, und noch etwas", fügt Rosi hinzu, ihre Stimme wird für einen Moment weicher. „Im Wohnzimmer von Gustav hängt ein Foto. Es zeigt ihn und mich bei einem Ausflug – zusammen mit euch drei. Wenn ihr morgen rüberkommt, bringt mir das bitte mit. Als kleines Andenken."

Lilly, Simone und Peter schlendern kichernd über den Hof. Die beiden Frauen ziehen Peter mit neckischen Bemerkungen auf, weil er Rosi vorhin so verlegen gefragt hatte, ob sie überhaupt zu dritt zusammenleben dürften. Peter nimmt es mit einem schiefen Lächeln hin, obwohl ihm immer noch ein leichter Rotton auf den Wangen steht. Rosi beobachtet das Trio mit einem liebevollen Lächeln, wie sie langsam über den Hof in Richtung des anderen Hauses gehen und schließlich durch den Hintereingang darin verschwinden.

Gustavs Wohnung – oder besser gesagt: ihre Wohnung – liegt im dritten Stockwerk. Händchen haltend folgen Lilly und Simone Peter die Treppe hinauf. Dabei werfen sie ihm eine anzügliche Bemerkung nach der anderen zu. Peter ist froh, dass er vorausgeht, denn so können die beiden jungen Frauen nicht sehen, wie rot er dabei wird. „Lilly, schau dir doch mal den Knackarsch an, der da vor uns die Treppe hochläuft." – „Mmmm, so hab ich das ja noch gar nicht gesehen!" – „Oma Rosi sagt, er hätte das große Los gezogen." – „Ich denke eher, wir beide haben das." Gekicher folgt, leise und doch spitz genug, um Peter noch mehr ins Schwitzen zu bringen. So nervös ist er inzwischen, dass er Schwierigkeiten hat, den richtigen Schlüssel zu finden. Lilly tritt dicht an ihn heran, umschlingt ihn von hinten und greift ihm neckisch in den Schritt. „Ohoh Peeeeeter", haucht sie ihm kichernd ins Ohr. Simone schmiegt sich gleichzeitig seitlich an ihn, und plötzlich spürt Peter ihre

Zunge, wie sie verspielt sein Ohr berührt. Endlich findet er den richtigen Schlüssel, bekommt ihn mit einiger Mühe ins Schloss, und kaum ist das Schloss entsichert, reißen Lilly und Simone die Tür auf, schieben Peter lachend in die Wohnung und lassen die Tür hinter sich mit einem lauten Klacken zufallen.

Pünktlich zum Morgenkaffee erscheinen Lilly und Simone in Rosis Wohnküche. „Ah, pünktlich wie immer", begrüßt Rosi die beiden jungen Frauen mit einem Lächeln. „Wo habt ihr denn Peter gelassen?" – „Der musste auf halbem Weg umdrehen, um das Foto für dich zu holen", erklärt Simone entschuldigend. „Und?" fragt Rosi neugierig. „Was wollt ihr behalten und was kann weg?" Die beiden erröten leicht, tauschen einen Blick und kichern – dann antworten sie wie aus einem Mund: „Ä-hem. Wir konnten uns nicht entscheiden." In diesem Moment betritt Peter mit dem Bild in der Hand die Küche. Als er die erröteten Gesichter der beiden Mädchen sieht und dazu Rosis wissendes Lächeln, wird auch er knallrot. „Ja, das ist wirklich keine leichte Entscheidung", hilft Rosi den dreien galant aus der Bredouille. „Nach dem Frühstück könnt ihr ja weitermachen mit dem Aussuchen. Ich gehe derweil mal in die Stadt. Ich habe zwei Termine, die ich heute noch erledigen will, damit ich ab morgen den Laden wieder aufmachen kann."

Es duftet nach frischem Kaffee und noch warmem Apfelkuchen. Rosi wirft einen Blick auf die Wanduhr – gleich vier Uhr nachmittags, oder wie man heute sagt: sechzehn Uhr. Wo bleiben die Kinder nur? Kaum hat sie diesen Gedanken zu Ende gedacht, hört sie Gekicher vom Hof. Rosi lächelt. Da kommen sie also – der Duft von Kaffee und Kuchen hat sie wohl doch hergelockt. Die Tür zum Hof geht auf, und mit einem „Mmmmm, frischer Apfelkuchen!" tritt Peter in die Küche. Hinter ihm kichern Lilly und Simone. „Mädchen, warum kichert ihr denn nur so? Habt ihr wieder etwas mit dem Peter angestellt?" fragt Rosi schmunzelnd. Alle drei erröten sofort. „N-n-nein!" stottert Peter hastig. Lilly und Simone bekommen einen regelrechten Lachanfall. „Nein, wirklich," beruhigt Lilly, „wir haben sortiert, was dableibt und was wegkann." Simone reicht Rosi eine altmodische Fototasche: „Und diese Fotos haben wir dabei gefunden." Ein kurzer Blick hinein genügt – alte Aufnahmen aus einem Vergnügungspark, den sie damals mit Gustav besucht haben. Ja, das ist wirklich zum Kichern.

Rosi freut sich, dass alle drei „Kinder" mit ihr in der Küche sitzen, kichernd Kaffee und Kuchen genießen und dabei alte Fotos von ihr und Gustav im Vergnügungspark durchblättern. Zu fast jedem Bild erzählt Rosi eine passende Geschichte – voller Leben, Lachen und Erinnerung. Die vier lachen viel, und Rosi spürt, wie gut diese heitere Stunde ihnen allen tut – als Ablenkung von Markus, aber auch als liebevolle Erinnerung an Gustav. Apropos Gustav, denkt sich Rosi und fragt in die Runde: „Und, Kinder? Was behaltet ihr und was kann weg? Sagt mir einfach die kürzere Liste." Lilly antwortet knapp: „Das Bett." – „Das Bett?" wiederholt Rosi mit gespieltem Erstaunen. „Und zu welcher Liste gehört das Bett?" Alle vier müssen lachen. „Zur Liste: Kann weg," klärt Simone auf. „Das ist aber schade," meint Rosi, „das ist gut und stabil – und vor allem knarzt es nicht." Sie grinst süffisant. „Oma!" protestiert Lilly beschämt und errötet. Es dauert einen Moment, bis auch Simone und Peter die Anspielung verstehen – dann bricht lautes Gelächter aus. Sie lachen so sehr, dass sie kaum noch Luft bekommen und sich Tränen aus den Augen wischen müssen. „Dann sind die Herren mit dem LKW, die ich für morgen Mittag bestellt habe, wohl etwas überplant," japst Rosi atemlos. „Aber dafür geht's dann flott – und ihr habt am frühen Abend auf jeden Fall Zeit. Kommt bitte um halb sechs zu mir. Ich muss euch jemanden vorstellen."

„Das, meine Lieben, ist Herr Schulz von der hiesigen Polizei," stellt Rosi ihren Gast vor, der bereits in ihrer Küche sitzt. „Polizei?" fragt Simone und spricht damit aus, was den drei jungen Leuten ins Gesicht geschrieben steht. „Was ist passiert?

Ein Einbruch?" will Lilly wissen. Peter hat bereits eine Ahnung. „Aber nicht etwa wegen... diesem M.?" fragt er vorsichtig. Rosi holt tief Luft, ihr Blick wandert kurz zu Manfred Schulz, dann zurück zu den Dreien. „Setzt euch und nehmt euch einen Kaffee. Ja, es geht um den Herrn M., wie du dich so schön ausdrückst, Peter. Deshalb habe ich Manfred hergebeten." „Aber..." Lilly setzt sich nicht, sondern dreht sich wortlos um und verlässt die Küche Richtung Hof. Simone zögert nur kurz, dann folgt sie ihrer Freundin. Draußen legt sie den Arm um Lilly, zieht sie behutsam zu sich. „Es wird alles gut," flüstert sie ihr zu. Peter bleibt einen Moment sitzen, dann schüttelt er den Kopf. Sein Blick wandert von Rosi zu dem Polizisten – und wieder zurück. „Wie kannst du nur, Rosi?" sagt er leise, beinahe enttäuscht. Dann steht auch er auf und geht hinaus zu den beiden Mädchen. Rosi seufzt. „Warte bitte einen Moment, Manfred."

„Kinder, hier draußen ist es kalt und nass – einfach ungemütlich. Können wir das nicht drinnen bei einer Tasse Kaffee besprechen?" Rosi zog ihr großes Stricktuch enger um die Schultern, ihre Stimme klang zugleich bittend und bestimmt. „Wir waren uns doch einig, dass uns die Polizei nur auslachen und für verrückt erklären würde. Warum also hast du ihn hierher geholt?" Peter zeigte mit dem Daumen über seine Schulter zur Hintertür, die direkt in Rosis Wohnküche führte. „Habe ich euch je belogen?" fragte Rosi ruhig in die Runde. „Vertraut mir, bitte. Ich erkläre euch alles – aber drinnen. Mir ist wirklich kalt." Die drei jungen Menschen warfen sich kurze Blicke zu. Nach einem Moment des Schweigens nickte Lilly. Simone und Peter antworteten mit knappen Kopfnicken. „Okay", sagte Peter schließlich und ging voraus in die Küche, gefolgt von Lilly, Simone – und zuletzt von Rosi. Im Heizfach von Rosis Kombiherd knisterten ein paar Holzscheite, die sie zuvor in die Glut geworfen hatte. Die Wärme breitete sich aus, ein Hauch von Geborgenheit durchzog die Küche – zumindest auf den ersten

Blick. Wären da nicht das Thema und die Fragen rund um Markus, die wie ein Schatten über allem lagen. Trotzdem saßen nun fünf Menschen um den großen Tisch, tranken heißen Kaffee und aßen belegte Brote. Es hätte beinahe gemütlich wirken können. „Also, noch einmal von vorn", begann Rosi mit fester Stimme. „Das ist Hauptkommissar Schulze von der hiesigen Kriminalpolizei." Sie machte eine einladende Geste in Richtung ihres Gastes. „Ihr könnt mich ruhig Manfred nennen", sagte dieser mit einem knappen Nicken in die Runde. „Ich kenne ihn schon seit einigen Jahren", fuhr Rosi fort. „Wir haben uns auf einer Veranstaltung kennengelernt, bei der er einen Vortrag über Aberglauben und deren reale Ursprünge hielt. Er ist ein sehr spiritueller Mensch – und sein Wissen übersteigt das meine um ein Vielfaches. Er wird dir, Lilly, unvoreingenommen zuhören. Und wenn er seine Sicht mit uns geteilt hat, können wir gemeinsam überlegen, wie wir weiter vorgehen. Einverstanden?"

Lilly schilderte Manfred zunächst den Traum, den sie in der Nacht nach der Beerdigung ihres Großvaters gehabt hatte. Danach übernahm Rosi das Wort und erklärte, wie sie diesen Traum gedeutet hatte – und wie sie Lilly bei der darauf folgenden Reise unterstützt hatte. Anschließend erzählte Lilly in groben Zügen von ihrer Reise ins Reich des Todes und ging dann sehr detailliert darauf ein, was sie dort über Markus erfahren hatte. Manfred hörte aufmerksam zu. Nur gelegentlich unterbrach er mit kurzen Zwischenfragen, um einzelne Punkte besser zu verstehen. Als Lilly geendet hatte – es waren fast zwei Stunden vergangen – zog Manfred eine Pfeife aus der Jackentasche, stopfte sie sorgfältig und schaute dabei fragend zu Rosi. Ein stummes Kopfnicken ihrerseits bedeutete ihm, dass er in ihrer Küche rauchen durfte. Nachdem die Pfeife brannte und der erste Zug genommen war, blickte Manfred die Runde ernst an. „Nun", begann er, „ihr habt recht damit, dass meine

Kollegen euch im besten Fall auslachen würden. Wahrscheinlicher ist jedoch, dass sie Rosi wegen Verstößen gegen das Betäubungsmittelgesetz festnehmen und Lilly auf die geschlossene Station im Sanatorium am Stadtrand einweisen würden." „Ich wusste es doch – das bringt alles nichts!", entfuhr es Peter wütend. „Langsam mit den jungen Pferden!", widersprach Manfred ruhig. „Ich glaube euch." Er stand langsam auf, klopfte seine Pfeife aus und ging zur Tür. „Ich muss einiges durchdenken und nachschlagen. Kommt morgen Abend zu mir – dann sehen wir weiter." Mit diesen Worten verließ er die Küche.

Pulsierendes, blaues Licht durchbricht in regelmäßigen Abständen die Dunkelheit des Stadtparks. Es stammt von zwei Streifenwagen, die mit eingeschaltetem Blaulicht auf dem Hauptweg stehen. Aus einem Gebüsch am Rand des Weges tritt eine junge Polizeimeisterin. Sie taumelt, stolpert fast über eine nahegelegene Bank und muss sich schließlich auf der Motorhaube eines der Einsatzfahrzeuge abstützen, um sich nicht zu übergeben. Kurz darauf tritt ein älterer, bereits ergrauter Polizeihauptmeister aus demselben Gebüsch. Er legt der jungen Kollegin beruhigend eine Hand auf die Schulter. „Deine erste Leiche, oder?", fragt er mit ruhiger Stimme. Die junge Frau nickt – und muss sich dann doch übergeben.

Die Besatzung des zweiten Streifenwagens steht fassungslos mit bleichen Gesichtern zwischen den Büschen neben der Leiche einer jungen Frau. Ihr Rock ist hochgeschoben, der Slip bis zu den Knöcheln heruntergezogen. Die Bluse ist zerrissen. Auf ihrer entblößten rechten Brust sind mehrere Bissspuren zu erkennen. Ihre Augen wurden so tief in die Augenhöhlen hineingedrückt, dass nur noch dunkle Schatten zurückgeblieben sind.

Rosi, Lilly, Simone und Peter stehen vor der Gartenpforte eines kleinen Einfamilienhauses aus rotem Backstein am Rande der Stadt. Das Taxi, mit dem sie gekommen sind, biegt gerade um die Ecke am Ende der Straße. Die Rollläden des Hauses sind fast vollständig heruntergelassen, und dem Vorgarten sieht man an, dass sich schon lange niemand mehr wirklich um ihn gekümmert hat. Lilly sucht nach einem Klingelknopf, findet aber keinen. Simone versucht daraufhin, die Gartenpforte zu öffnen, doch sie ist verschlossen. „Na toll", schimpft Peter. Rosi holt ihr Handy aus der Handtasche und ruft Manfred kurzerhand an. „Wir sind da", sagt sie nach ein paar Augenblicken in das kleine Gerät. Es dauert nicht lange, bis Manfred durch den Vorgarten geschlurft kommt und die Pforte öffnet. „Kommt rein", begrüßt er die vier knapp und schließt hinter ihnen die Gartentür wieder ab.

Im Flur seines kleinen Hauses weist Manfred seinen Besuchern den Weg in die Küche. Schon beim Betreten sieht man, dass hier außer Kaffee kaum je etwas gekocht wird. Überall, besonders auf dem Küchentisch, stapeln sich Akten. In einer Ecke, gleich neben dem überquellenden Mülleimer, türmen sich leere Pizzakartons und mehrere Whiskyflaschen. „Sucht euch einen Platz", bittet Manfred und nestelt währenddessen sein klingelndes Mobiltelefon aus der Hosentasche. Während er den Anruf entgegennimmt, verschwindet er wieder in den Flur. Durch die angelehnte Küchentür ist seine gedämpfte Stimme zu hören. Als er wenig später zurückkehrt, sagt er gerade noch: „Okay, ich bin unterwegs." in sein Telefon. „Ich muss noch mal kurz weg. Ich bin nicht lange fort. Rosi, du kannst in der Zwischenzeit ja schon mal einen Kaffee für uns machen." Ehe jemand etwas erwidern kann, ist Manfred auch schon wieder aus der Küche verschwunden.

Knapp vierzig Minuten später kehrt Manfred zurück. Ohne ein Wort betritt er die Küche, greift sich eine Tasse aus dem Schrank und lässt sich schwer auf einen Stuhl am Küchentisch fallen. Aus der Innentasche seiner Jacke holt er einen Flachmann, gießt dessen Inhalt in die Tasse, riecht kurz prüfend an der dampfenden Kanne und füllt die Tasse schließlich mit Tee auf. Nach einem kräftigen Schluck stopft er sich mit bedächtigen Bewegungen seine Pfeife. Als diese endlich glimmt und der erste herzhaft gezogene Rauch durch den Raum zieht, beginnt Manfred zu sprechen. „Es wird Zeit, dass wir endlich etwas unternehmen. Ich war eben an einem Tatort im Stadtpark. Es gab eine äußerst brutale Vergewaltigung. Meiner bescheidenen Meinung nach hat Markus wieder zugeschlagen." Einige Minuten lang herrscht Schweigen in der Küche. Schließlich ist es Peter, der die Stille bricht. „Woran machst du das fest?" fragt er. „An der Brutalität der Tat. An den eingedrückten Augäpfeln. Und daran, dass es wieder keine verwertbaren Spuren gibt", erklärt Manfred ruhig, aber mit bitterem Nachdruck.

„Nun hört mir bitte gut zu." Manfred zieht an seiner Pfeife, der Rauch kringelt sich gemächlich zur Decke, während er weitererzählt: „Ich bin kein gewöhnlicher Polizist. Ob ihr es glaubt oder nicht – wie alt schätzt ihr mich? Fünfzig? Anfang sechzig? Ich sage es euch: Nach eurer Rechnung bin ich inzwischen dreihundertsiebenundfünfzig Jahre alt. So lange verweile ich in eurer Welt. Und so lange verfolge ich jenen, den ihr unter dem Namen Markus kennt." Peter lacht trocken auf. „Und ich bin der Papst." Manfred nimmt einen weiteren Zug von seiner Pfeife, sein Blick schweift durch die Runde. „Aber mir und Oma Rosi glaubst du?" fragt Lilly ruhig. Peter zuckt mit den Schultern, gibt klein bei. „Okay, das ist ein Argument." Manfred nickt bedächtig. „Dann kann ich ja weitermachen. Wo war ich? Ach ja: So lange jage ich Marak, der sich heute Markus nennt. So lange steht Custos allein am Tor des Zeitweges. Und Messorem – unser Herr – fragte sich, wie es Marak gelungen ist, das Bad im See Purgato zu umgehen und aus seinem Reich zu entkommen. Messorem hat Custos und mich zuerst ordentlich zur Minna gemacht und uns dann einen Auftrag gegeben: Wir sollen dafür sorgen, dass Marak zurückkehrt. Zurück in sein Reich. Zurück ins Bad. Zurück in die Läuterung. Seitdem wechseln wir uns ab – alle vierhundert Jahre. Jetzt bin ich an der Reihe. Und eigentlich", fügt Manfred mit einem angedeuteten Lächeln hinzu, „ist es nicht so, dass ich euch helfe – sondern ihr mir."

„Die Frage ist nur, wie wir dir helfen können, Manfred." warf Simone nachdenklich ein. „Bitte nennt mich nicht Manfred. Ich hasse diesen modernen Namen. Nennt mich bitte Custodes." – „In Ordnung, Custodes. Die Frage bleibt aber bestehen: Wie? Also – wie können wir dir helfen?" Custodes nickte langsam. „Das ist eine gute Frage, Frau Simone, auf die ich im Moment auch noch keine Antwort weiß. Das Einzige, was ich mit Sicherheit sagen kann, ist, dass es so nicht weitergehen darf. Frau Lilly hat selbst gesehen, wozu Marak fähig ist – und heute ist ein weiteres Verbrechen auf seine Liste gekommen." Er versank in Gedanken. Schweigen legte sich über die Küche, so dicht, dass man das Ticken der Wanduhr wie ein Metronom des Schicksals hörte. Schließlich hob Custodes den Kopf. „Hört mir bitte gut zu." Seine Stimme durchbrach die Stille mit seltsamer Klarheit. „Hast du eine Idee?" fragte Rosi ungeduldig, doch Custodes überging die Frage. „Bitte verhaltet euch jetzt weiter so ruhig wie gerade. Vor allem: greift nicht ein. Bleibt da sitzen, wo ihr seid, und macht euch keine Sorgen. Lilly, nimm deinen Stuhl, setz dich bitte neben mich und gib mir deine Hand." Die vier blickten einander erstaunt an. Rosi nickte Lilly zu – ein leiser Befehl ohne Worte. Lilly verstand, stand auf, nahm ihren Stuhl und setzte sich neben Custodes. Ein kurzes Nicken in Richtung Simone und Peter genügte Rosi, um auch deren bevorstehenden Protest verstummen zu lassen.

Lilly ergreift Custodes' Hand. Dieser senkt den Kopf und beginnt in einer fremden, uralten Sprache zu murmeln – für die Anwesenden unverständlich, beinahe wie ein Gebet. „Domine, audi me. Ignoscas mihi commotio. Da mihi audientiam." Immer wieder wiederholt er die Worte, fast wie ein Mantra, immer eindringlicher. Plötzlich versteifen sich die Körper von Lilly und Custodes. Ihre Blicke verharren regungslos, gerichtet auf einen Punkt in der Ferne – so weit entfernt, dass keiner der anderen den Blick zu fassen vermag. Simone und Peter greifen sich instinktiv an die Hände, in der Hoffnung, die Berührung möge beruhigend wirken – doch das Zittern in ihren Fingern bleibt. Rosi schließt beide in ihre Arme. „Custodes weiß, was er tut", flüstert sie ihnen zu – mehr, um sich selbst zu beruhigen, als um den anderen Mut zu machen.

Lilly erkennt den Ort sofort. Es ist das Tal im Reich des Todes – jener Ort mit dem See, in dem sich die Seelen reinwaschen. Doch dieses Mal steht sie auf der anderen Seite, jenseits von See und Erinnerung. „Komm", befiehlt Custodes mit fester Stimme. „Und was auch passiert – lass meine Hand nicht los." Seine Finger umschließen die ihren so fest, dass sie es gar nicht könnte, selbst wenn sie es wollte. Custodes geht mit eiligen Schritten voran und zieht Lilly mehr hinter sich her, als dass sie ihm folgt. Der Weg beschreibt eine weite Kurve und führt in ein kleines Seitental. Dort erhebt sich eine Villa – düster, herrschaftlich, wie aus einem alten englischen Horrorfilm emporgewachsen. Der Vorgarten gleicht eher einem verwilderten Park, eingefasst von einem mannshohen schmiedeeisernen Zaun. Das Tor, schwer und verziert, verwehrt ihnen den Zugang. Custodes läutet eine Glocke, die neben dem Tor hängt. Kurz darauf erscheint – kaum verändert – der Gnom, dem Lilly einst am Ufer des Purgato-Sees begegnet war. Er ignoriert Custodes vollkommen. Stattdessen geifert er sofort Lilly an, sein sabbernder Mund verzerrt vor Gier. „Ah, liebes Kind. Du bist zurückgekehrt. Willst du dich mir heute nackt präsentieren? Das, mein liebes Kind, ist der einzige Weg, mich zu bewegen, dir – und ihm" er deutet auf Custodes – „das Tor zu öffnen." „Lass den Quatsch, du alter, geiler Bock!" fährt Custodes ihn an. Doch der Gnom kichert nur, als habe ihn die Beleidigung eher gestreichelt als getroffen. Sein Blick klebt an Lilly. „Na, wie sieht's aus? Du hast doch keine Zeit zu verlieren, lebendiges Mädchen. Ihr habt hier nie viel Zeit..." Gerade als Lilly beginnt, mit zitternder Hand ihre Bluse aufzuknöpfen, zuckt der Gnom plötzlich zusammen, als habe ihn eine unsichtbare Macht wie ein Blitz getroffen. Er hält sich den Kopf. „Aua! Ja, Herr…" knurrt er und taumelt rückwärts. Widerwillig öffnet er das Tor. Lilly und Custodes treten ein. Kaum sind sie hindurch, fällt das schwere Tor krachend wieder ins Schloss. Der Gnom verschwindet, wie in Luft aufgelöst.

Eine Mischung aus Angst und Ehrfurcht durchströmt Lilly. Vor ihr steht der Tod höchstpersönlich – eine Gestalt von über zwei Metern, in eine wallende Mönchskutte gehüllt. Die Kapuze tief ins Gesicht gezogen, die knochige Hand umklammert eine riesige Sense. Mit einer ruhigen Geste seiner freien Hand bittet er seine Gäste, auf dem Sofa Platz zu nehmen. Lilly und Custodes setzen sich. Ihnen gegenüber, in einem schweren Ohrensessel, erscheint ein älterer Herr – weise, würdevoll, mit einer Aura stiller Macht. In seiner Stimme liegt Sanftmut, Tiefe und eine beinahe tröstliche Ruhe. „Ich habe diese Gestalt gewählt, um Lilly nicht unnötig zu verängstigen", spricht er langsam. „Doch nun erzähle, Custodes. Was führt dich hierher – und warum bringst du eine Lebende mit an diesen Ort?" „Herr," beginnt Custodes mit respektvoller Stimme, „Ihr habt Lilly einen Besuch in Eurem Reich gestattet, den sie auch angetreten hat. Während ihrer Reise kam sie am Bach mit dem Abwasser aus dem See Purgato in Kontakt. Dabei sah sie die Verbrechen von Marak – den sie aus der Welt der Lebenden unter dem Namen Markus kennt. Sie kennt ihn gut. Sie kennt seine Wege, seine Gewohnheiten." Der ältere Herr nickt langsam, blickt Lilly mit einer Mischung aus Mitleid und Schwere an. Doch seine Stimme wandelt sich. Die Sanftheit weicht. Ein Donner grollt leise zwischen seinen Worten: „Das ist mir bekannt, Custodes. Du brauchst mir das nicht berichten. Vor allem aber – du brauchst nicht dafür das Gesetz zu brechen!" Ein jäher Schatten legt sich auf den Raum. „Du weißt, dass Lebende diesen Ort nicht betreten dürfen. Selbst mit der Erlaubnis eines Besuchs endet ihr Weg vor dieser Tür."

„Herr Messorem!" Lillys Stimme durchbricht das Gespräch – klar, fest und doch voller Ehrfurcht. Ein anerkennender Blick des alten Mannes, der in Wahrheit mehr als nur ein Mann ist, trifft sie. Er

scheint überrascht – nicht darüber, dass sie seinen Namen kennt, sondern darüber, dass sie sich endlich traut, selbst zu sprechen. „Ich habe eine Idee", sagt sie, und ihre Worte hallen leise im Raum. „Dann lass sie uns hören", entgegnet Messorem, seine Stimme ruhig, aber drängend. „Doch sprich schnell. Deine Zeit hier ist fast verstrichen. Ich kann sie nicht verlängern – das liegt nicht in meiner Macht. Auch ich unterliege Gesetzen. Auch ich habe einen Herrn."

Der Minutenzeiger der Küchenuhr war bereits zehn Striche weitergewandert. Rosi, Simone und Peter starrten noch immer fassungslos – und vor allem besorgt – auf Lilly und Custodes. „Was machen wir bloß?", fragte Simone leise und voller Sorge. Rosi antwortete: „Das, was Custodes gesagt hat: Wir warten. Und machen uns keine Sorgen." „Und das mit dem 'keine Sorgen machen' – kannst du das wirklich?" wollte Peter wissen. „Natürlich nicht!", entfuhr es Rosi ein wenig wirsch. In genau diesem Moment erschlafften die Körper von Lilly und Custodes fast gleichzeitig. Lilly konnte gerade noch verhindern, dass sie vom Stuhl kippte. „Du kannst mich jetzt wieder loslassen", sagte Custodes mit seiner gewohnten Ruhe zu Lilly. Wie aus einem Munde platzte es aus Rosi, Simone und Peter: „Was war los mit euch?!"

„Erzähle du es, Lilly. Schließlich beruht auf deiner Idee auch der mit Messorem abgestimmte Plan", nickte Custodes Lilly anerkennend zu. „Naja", beschwichtigte Lilly, „es ist eher das Grundgerüst eines Plans." Sie blickte in die Runde. „Also... ich war wieder dort. Custodes und ich waren im Reich des Todes. Wir haben mit Messorem gesprochen. Dort habe ich ihm meine Idee unterbreitet – und er hielt sie für durchführbar. Aber er warnte uns auch: Sie ist gefährlich. Und er kann uns nicht helfen. Wir sind vollkommen auf uns allein gestellt. Was wir jetzt brauchen, ist ein richtiger Plan, der auf meiner Idee aufbaut." Rosi und Custodes begaben sich in die Küche, setzten Wasser auf für Tee und Kaffee und bestellten Pizza für alle. Während der Duft von Kräutern und Teig durch die Räume zog, begann die Ausarbeitung eines Plans – auf Lillys Idee basierend, mit aller Vorsicht und Hoffnung, die das Herz zu tragen vermag.

Simone und Lilly kommen lachend und bepackt von einer ausgedehnten Einkaufstour durch nahezu alle Boutiquen der kleinen Stadt zurück nach Hause. Peter empfängt die beiden mit einem selbst zubereiteten Abendessen. „Und? Alles bekommen?" fragt er mit vollem Mund, und schiebt sich eine Gabel Pasta in den Mund. „Wenn du meinen Abwasch übernimmst, dann bekommst du nach dem Essen eine exklusive Modenschau." Simone grinst und versucht, ihren heutigen Küchendienst charmant auf Peter abzuwälzen. „Au ja, das machen wir!", ruft Lilly begeistert und nimmt Peter damit jede Chance zur Diskussion. Mit einem Augenzwinkern und einem kleinen Anstupser mit dem Ellenbogen fügt sie hinzu: „Ich helfe dir beim Spülen."

Simone schreitet wie auf einem Laufsteg durch die Wohnküche, während ihre beiden Freunde kichernd auf dem Sofa sitzen und sie dabei beobachten. „Wirklich wohl fühle ich mich in den Klamotten und der Wäsche nicht", gesteht sie schließlich. „Ich sehe nuttiger aus als eine Bordsteinschwalbe." – „Also uns gefällt es, wie du darin aussiehst", sagt Lilly mit einem aufmunternden Lächeln. Peter ergänzt sofort: „Aber nur, wenn du das hier in der Wohnung für uns anhast." – „Wirklich?" fragt Simone spitz und zieht dabei fragend die rechte Augenbraue hoch. Lilly errötet leicht und flüstert: „Ja. Das macht mich..." – sie schaut Peter an und deutet dann auf sich und ihn – „...das macht uns richtig an." Peter aber holt alle zurück auf den Boden der Realität: „So, lasst uns schlafen gehen. Ab morgen werden wir einige Tage lang sehr wenig Schlaf bekommen. Und wir müssen morgen auch früh aufstehen. Oma Rosi und Custodes erwarten uns zum Frühstück. Ihr wisst ja, alte Leute stehen immer früh auf."

Rosi und Custodes sitzen in ihren Morgenmänteln in der Küche. Rosi schaut Custodes verträumt an, schüttelt dann leicht den Kopf und mahnt: „Lass uns schnell anziehen. Die Kinder kommen gleich zum Frühstück, und wenn sie uns so sehen, dann denken sie…" – „Genau an das Richtige", fällt Custodes ihr mit einem breiten Grinsen ins Wort. „Du oller Charmeur", erwidert Rosi, als genau in diesem Moment die Tür zum Hinterhof aufgeht und Lilly, Simone und Peter eintreten. Alle drei können sich ein Grinsen nicht verkneifen. „Lilly, mach du den Kaffee, Simone, du schmierst die Marmeladenbrote, und du, Peter, heizt bitte den Beistellherd an", verteilt Rosi ablenkend die Aufgaben und verschwindet, um sich umzuziehen. Custodes folgt ihr wortlos. Die drei jungen Leute prusten vor Lachen los und kichern wie pubertierende Teenager, während sie mit halb unterdrücktem Gekicher die ihnen aufgetragenen Aufgaben erledigen.

Beim Frühstück beraten die fünf – oder besser gesagt: vier Menschen und ein Abgesandter des Reiches des Todes – noch einmal den Plan. Am heutigen Abend soll es losgehen. Jeder wiederholt noch einmal seine Rolle, jeder spricht seine Aufgabe klar aus, sodass am Ende alle sicher sind, dass niemand etwas missverstanden hat. Es darf nichts schiefgehen, beschwören sie sich gegenseitig. Davon hängt nicht nur ab, ob es gelingt, Marak nach Jahrhunderten endlich zurück ins Reich des Todes zu bringen – es geht auch darum, dass keiner von ihnen dabei verletzt wird.

Simone, Lilly und Peter kommen müde, kurz vor fünf Uhr morgens, in Rosis Wohnküche. Rosi begrüßt sie mit einer Kanne warmem Kakao. „Damit ihr besser schlafen könnt", sagt sie, als sie die Kanne auf den Tisch stellt. Zu Simone gewandt fügt sie hinzu: „Komm, Kindchen, ich hab dir deinen Jogginganzug bereitgelegt, damit du aus diesen" – sie betont das Wort mit einem deutlich verächtlichen Ton – „Klamotten herauskommst." „Ich hätte nicht gedacht, dass es mir irgendwann zu viel wird, die ganze Nacht Party zu machen", seufzt Lilly mit einem Schokoladenbart nach einem großen Schluck Kakao. „Es gibt einfach zu viele Clubs in dieser Stadt", sinniert Peter. Custodes betritt gemeinsam mit Rosi und Simone die Küche und versucht, die Stimmung etwas aufzulockern. „Zum Glück sind wir nicht in einer Stadt wie Berlin, Hamburg oder München." – „Fünf Partynächte hintereinander. Ich halte das nicht mehr lange durch. Und was für schmierige Typen mich da anmachen", schüttelt sich Simone angewidert. „Nur der, von dem wir es wollen, nicht", ergänzt Peter mit resigniertem Ton. „Heute Nacht wird er auf dich aufmerksam werden, Simone. Es ist Samstag – da geht er gewöhnlich ins Black Cat. Und wir auch." – „Ich hoffe, wir kommen da auch rein", meint Simone zögerlich. „Dafür habe ich gesorgt", erwidert Custodes ruhig. Der Club ist brechend voll, aber Custodes hat es tatsächlich geschafft: Simone, Lilly und Peter kommen ohne Probleme hinein. Seit sechs Nächten schon spielen sie ihre Rollen – so, als wäre Simone nicht mehr Lillys und Peters Freundin. Allen dreien fällt dieses Schauspiel schwer. Obwohl sie erst seit Kurzem, auf Rosis Vorschlag hin, als Dreiergemeinschaft zusammenleben, hat die Tiefe ihrer gegenseitigen Liebe sie fest zusammengeschweißt. Lilly und Peter lehnen an der Bar, trinken Cola und beobachten Simone. Diese tanzt mit betont aufreizenden Bewegungen – eine Art Lockruf in die Dunkelheit. Unzählige Männeraugen kleben lüstern an ihr. Der eine oder andere hat dafür bereits von seiner Begleitung eine schallende Ohrfeige kassiert. Lilly muss angewidert wegsehen. Auch Peter verspürt Unbehagen, seine Freundin so im Blick gieriger Fremder zu wissen. Um Lilly – und wohl auch sich selbst – abzulenken, fragt er leise: „Was meinst du, wie viele Beziehungen hat unsere Simone in der letzten Woche schon ruiniert?" Lilly lacht, aber ihr Lachen erstirbt abrupt. Hinter Peter steht Markus –

Marak – und grinst sie mit einer abgründigen Kälte an. „Na, stiehlt dir deine ehemalige beste Freundin die Show, mein liebes?" fragt er höhnisch, ohne Peter eines Blickes zu würdigen. „Ich wünsche dir noch einen schönen Abend. Es ist Erntezeit – und ich habe ein reifes Äpfelchen im Auge." Händereibend wendet sich Markus zur Tanzfläche. „Es geht los", raunt Lilly. Peter nickt, ernst: „Das glaube ich wohl auch." Er zieht sein Handy aus der Tasche und tippt eine Nachricht an Rosi und Custodes. „Jetzt heißt es aufpassen – und bereit sein", sagt er und steckt das Gerät weg.

Lilly und Peter beobachten, wie Markus sich hinter Simone schiebt und sie ebenso aufreizend antanzt, wie sie sich selbst bewegt. In beiden steigt ein Gefühl von Ekel und Abscheu auf. Markus bemerkt natürlich, dass Lilly und Peter ihn beobachten – und genau das befeuert ihn noch mehr. Es ist ein Hochgenuss für ihn, den Ekel in den Gesichtern seiner Exfreundin und des "Weicheis" zu sehen. Simone hatte ihm ohnehin immer besser gefallen. Sie war in seinen Augen nicht so spießig wie Lilly – offener, wilder. Doch solange Simone und Lilly befreundet waren, hätte Simone sich niemals auf ihn eingelassen. Und sie sich einfach zu nehmen, so wie er es mit anderen 'widerspenstigen' Frauen getan hatte, erschien ihm damals zu gefährlich. Das hätte zu viel Aufmerksamkeit auf ihn gezogen – und dieser Wächter aus dem Reich des Todes war ihm schon gefährlich nahegekommen. Aber jetzt… jetzt ist alles anders. Jetzt bekommt er, was er will – freiwillig. Und obendrauf die Abscheu seiner Ex, das Zittern des Nebenbuhlers. Marak genießt es in vollen Zügen. Ja, denkt er sich mit einem zufriedenen, inneren Grinsen – es ist Erntezeit.

Inzwischen tanzen Simone und Marak bereits die halbe Nacht – und das auf eine Weise, die mit jeder Minute aufreizender wird. Was zunächst noch wie ein verführerisches Spiel erschien, gleicht nun einer Performance, die an eine Tabledance-Bar erinnert. Der Punkt ist erreicht, an dem selbst die

Geschäftsleitung des Black Cat genug hat. Eine Zeit lang hatten sie es toleriert – schließlich war es gute Werbung für den Club. Doch nun kippt die Stimmung. Lilly und Peter, die Simone mit Argusaugen beobachten, nehmen diese Entwicklung mit Erleichterung wahr. Sie wissen jedoch: Jetzt beginnt der gefährlichste Teil ihres Plans. Jetzt entscheidet sich, ob die Falle zuschnappt oder sie selbst darin gefangen werden.

Simone und Markus stehen am anderen Ende der Bar. Markus hat darauf geachtet, dass sie sich genau so platzieren, dass Lilly und Peter sie sehen können – will er doch Lillys vermeintliche Eifersucht in vollen Zügen auskosten. Er ahnt nicht, dass er es Lilly und Peter damit nur leichter macht. Simone lacht, kichert, wirft den Kopf zurück – doch nur Peter und Lilly erkennen, dass dieses Lachen falsch ist, aufgesetzt wie eine schlecht sitzende Maske. „Ich bezahl lieber schon mal unsere Drinks", flüstert Peter und winkt dem Barkeeper so unauffällig wie möglich zu. Der Moment könnte kaum besser gewählt sein: Markus beugt sich vor, flüstert Simone etwas ins Ohr – und kassiert dafür eine schallende Ohrfeige. Lilly schaut schnell weg, damit Markus glaubt, sie habe die Szene nicht mitbekommen. „Jetzt wird es ernst", raunt sie Peter zu. Der steckt gerade seine Geldbörse weg. Simone erhebt sich dramatisch vom Barhocker, die Wut auf ihrem Gesicht überzeugend gespielt, und geht entschlossen in Richtung Garderobe. Peter und Lilly folgen ihr – so unauffällig wie möglich.

Simone geht den zuvor mit den anderen abgesprochenen Weg. Sie biegt in den Stadtpark ein. Gleich kommt sie an der Bank vorbei, hinter der das Gebüsch liegt, wo vor Kurzem das Mädchen gefunden wurde. Sie muss allen Mut zusammennehmen, um ihren Schritt nicht zu verlangsamen – kein Zeichen der Angst senden. In ihr tobt das Zittern, aber sie geht weiter. Entschlossen. Ruhig. Als sie die Bank erreicht, geschieht das, was sie befürchtet, aber auch erwartet hatte. Jemand packt sie von hinten, hält ihr den Mund zu und zerrt sie ins Gebüsch.

Grob wird sie zu Boden geworfen. Sie richtet sich auf, kniet vor ihm. Markus – Marak – steht vor ihr. In seiner Hand das Klappmesser. „Soso", beginnt er mit seiner kalten Stimme. „Erst machst du mich ganz heiß und dann willst du kneifen? Weißt du was – das macht's nur noch spannender." Seine Worte tropfen vor sadistischer Freude. „Womit soll ich anfangen?" Er grinst breit, dreckig. Er öffnet seinen Hosenschlitz und holt sein „bestes Stück" hervor „Wie wär's mit einem kleinen Solo auf der Flöte?" Er genießt die Situation „Und bevor du auf dumme Gedanken kommst: Ein Messer in der Schläfe ist nicht sonderlich gesund." „An deiner Stelle", erwidert Simone ruhig, „würde ich bedenken, dass der Reflex in solchen Momenten oft bedeutet, dass jemand sehr fest zubeißt … und dann verliert die Flöte ihren Klangkörper." Markus erstarrt, stockt der Atem. „Ihr kommt spät", sagt Simone „Aber wir kommen", antwortet Lilly Peter ergänzt: „Und vor allem nicht zu spät." Markus fängt sich, beginnt zu grinsen. „Was wollt ihr drei jetzt machen?" Er steckt das Messer weg. „Ich gehe hier einfach raus. Bisher konnte mir nie jemand etwas beweisen. Ich bin nicht vorbestraft, ich wurde nie verdächtigt. Wenn die Polizei kommt, glaubt man doch wohl kaum euch Dreien, die mir eine Falle gestellt haben." Er lacht laut. Ein böses, dreckiges Lachen. Da betritt Rosi die Szene „Wenn du dich da mal nicht gewaltig irrst!" Markus lacht weiter. „Ach, Omi ist auch dabei. Doch dann: „Marak." Die Stimme – diese Stimme. Markus erstarrt. Er erkennt sie sofort. Und das reicht. Custodes greift blitzschnell zu, bringt Marak in den Polizeigriff Markus begreift, dass er in eine Falle gelaufen ist. Alles war genau geplant. Lilly, Peter, Rosi – sie alle spielten ihre Rolle, damit Custodes diesen einen Moment nutzen konnte. Custodes spricht eine kurze Formel Kaum hat er geendet, lösen sich er und Marak vor den Augen der anderen auf Sie sind verschwunden. Einfach so. Spurlos.

Custodes und Marak tauchen am See Purgato auf. Gemeinsam mit dem grünen Goblin-Gnom beginnt Custos sofort damit, die Seelen zu evakuieren, die sich gerade im Wasser reinigten. Es muss schnell gehen. Marak windet sich, schreit, kämpft mit aller Macht gegen das Unvermeidliche. Die Seelen fliehen panisch an das rettende Ufer – nicht alle erreichen es rechtzeitig. Einige stehen noch bis zu den Knien im Wasser, als Custodes Marak mit letzter Kraft in den See schleudert. Ein markerschütternder Schrei zerreißt das Tal. Dort, wo Marak ins Wasser tauchte, beginnt es zu brodeln – erst sanft, dann in wütendem Aufruhr, als würde das Wasser selbst versuchen, ihn auszuspeien. Das Brodeln breitet sich rasend schnell aus. Marak windet sich, schlägt um sich wie ein wildes Tier, während sich der See um ihn herum färbt: ein tiefes, finsteres Schwarz überzieht die Oberfläche wie ein Tuch der Verdammnis. Keine weiße Gischt mehr – nur graue, beinahe aschene Schaumkronen. Messorem erscheint lautlos am Ufer. Lange schaut er auf das Spektakel. „Das habe ich befürchtet", murmelt er, ohne den Blick abzuwenden. „Seine Schuld ist so gewaltig, dass selbst der See Purgato nicht ausreicht, um sie zu sühnen." Custodes lächelt. „Ich habe es nicht befürchtet", sagt er leise. „Ich habe es erhofft." Auch Custos, sein Bruder, nickt langsam. Plötzlich kippt die Stimmung im Tal. Ein kalter Wind erhebt sich. Der Himmel verfinstert sich schlagartig, Gewitterwolken türmen sich auf, als würde das Firmament selbst vor Zorn beben. Schwefel liegt in der Luft. Blitze zucken durch das Dunkel. Und dann erscheint er. Er sagt nichts, muss es nicht. Die bloße Präsenz genügt. Der Teufel selbst steht am Ufer. „Ah … einer direkt für mich", sagt er schließlich, seine Stimme samtweich, doch durchdrungen von uralter Macht. Ein kurzer Blickwechsel mit Messorem genügt. Ein Fingerschnipsen – und das Tal ist wieder still. Der Himmel hellt auf, das Wasser beruhigt sich. Die Schwärze weicht, als hätte sie nie existiert. Keine Spur von Marak bleibt zurück. Nur ein Hauch von Salz in der Luft – wie der letzte Atem eines verstoßenen Namens.

Rosi und ihre drei „Enkel" betreten die warme Stube. Zu ihrer Überraschung sitzt Custodes bereits in der Küche, die große Kanne dampfenden Kakaos vor sich, als wäre sie eigens für diesen Moment gebraut worden. Ein Lächeln umspielt seine Lippen. „Ich schulde euch meinen aufrichtigen Dank," begrüßt er die vier mit ruhiger Stimme. „Kommt, setzt euch." „Moment mal!" wirft Rosi protestierend ein, mit funkelnden Augen. „In meiner Küche gebe immer noch ich die Befehle!" Sie lacht herzlich – und die Spannung, die noch in der Luft liegt, verflüchtigt sich ein wenig. Alle nehmen Platz. Custodes zieht seine Pfeife hervor, füllt sie gemächlich mit Tabak, zündet sie an. Ein paar tiefe Züge, dann lehnt er sich zurück. Die Runde wird still. Mit ruhiger Stimme beginnt Custodes zu berichten, was geschah, nachdem er mit Marak in das Reich des Todes zurückgekehrt war.

Custodes war mit seiner Erzählung zu Ende. Rosi, die ihn währenddessen nicht aus den Augen gelassen hatte, spürte es – seine Zeit in der Welt der Lebenden näherte sich unaufhaltsam dem Ende. „Kinder," sagte sie leise, aber mit fester Stimme, „die letzten Tage – und heute ganz besonders – waren anstrengend für uns alle. Geht jetzt schlafen. Morgen feiern wir unseren Sieg in aller Ruhe." Lilly, Simone und Peter waren zu müde, um den leisen Unterton in Rosis Stimme wahrzunehmen. Mit einem kurzen Gute-Nacht-Gruß an Custodes und Rosi verließen sie die Küche und gingen, Arm in Arm, über den stillen Hof zurück in ihre Wohnung.

Rosi tritt zu Custodes und nimmt ihn in die Arme. Einen Moment lang verweilen sie still beieinander.

„Ich weiß, du musst jetzt zurück", sagt sie leise. „Bitte … grüß meinen Gustav von mir. Ganz herzlich." Custodes nickt sanft. „Das werde ich." Und noch ehe der letzte Laut seiner Worte verklungen ist, ist er fort – spurlos, wie vom Wind getragen.

ZWEI

Jack ist ein junger Mann, der seine Gedanken offen und ehrlich teilt. Er ist aufgeschlossen, vielseitig interessiert und voller Neugier auf die Welt. Besonders in der Fotografie findet er seine Sprache: Er liebt es, die Schönheit der Natur und die kleinen, oft übersehenen Momente des menschlichen Lebens einzufangen. Auch die Musik bedeutet ihm viel – Metal und Gothic helfen ihm, seine Gefühle zu kanalisieren und auszudrücken. Er geht mit einer positiven Haltung durchs

Leben und versucht, in jeder Situation das Beste zu sehen. Jack ist jemand, dem man vertrauen kann, mit einem ausgeprägten Sinn für Gerechtigkeit und moralischer Klarheit. Seinen Freunden und seiner Familie ist er zutiefst loyal. Wer Hilfe braucht, findet in ihm einen, der ohne Zögern zur Seite steht. Doch hinter dem selbstbewussten Auftreten verbirgt sich etwas Tieferes – Zweifel, Fragen, vielleicht ein Schmerz, den nur wenige erahnen.

Jack hat eine athletische Figur, geformt durch seine Leidenschaft für das Motorradfahren und regelmäßigen Sport. Seine dunklen Haare trägt er meist schulterlang, und seine braunen Augen verleihen ihm einen offenen, manchmal tiefgründigen Blick. Sein markantes Gesicht wird von klaren Zügen geprägt, durchbrochen von ein paar kleinen Narben – Erinnerungen an seine Motorradabenteuer. Eine feine, kaum verblasste Narbe ziert seine linke Wange, ein Überbleibsel aus seiner Kindheit. In seiner Kleidung ist er leger: Jeans, T-Shirts, meist in dunklen Tönen. Immer bei sich hat er seine Motorradhandschuhe und seine Kamera – beides Werkzeuge seiner Freiheit. Schmuck trägt er ebenfalls: Ohrringe und Armbänder, Souvenirs von Reisen, Geschenke von Freunden – kleine Zeichen der Verbundenheit mit der Welt und den Menschen, die ihn berühren.

Jacks Motorrad ist ein imposantes, tiefschwarzes Gespann, das er mit großer Hingabe pflegt. Unter dem lackierten Stahl schlägt ein kraftvoller 2-Zylinder-Boxer-Motor. Auf dem Kofferraum des Beiwagens ist ein Reserverad montiert – ein Detail, das dem alten Fahrzeug etwas fast Nostalgisches verleiht. Das Beiwagenmotorrad hat viele Jahre auf dem Buckel, doch dank Jacks sorgsamer Hände sieht man ihm das Alter kaum an. Es ist mehr als nur eine Maschine – es ist ein Begleiter. Früher fuhr Jack schnelle, laute Sportmaschinen. Doch diese Zeit liegt hinter ihm. Ein Motorrad mit Beiwagen entschleunigt. Und genau das ist es, was er heute sucht: Langsamkeit. Tiefe. Den Moment.

Früher war Jack ein anderer Mensch. Ein arroganter, selbstverliebter junger Mann, der sich mit falschen Freunden umgab – Menschen, die ihn nicht um seiner selbst willen mochten, sondern wegen seines Geldes. Für sie war er der Anführer, der „Gang-Chef", der Bestimmer. Und Jack? Er sah in ihnen keine Gefährten, keine Seelen zum Anlehnen. Für ihn waren sie Werkzeuge, Spiegel für sein aufgeblähtes Ego, bereit, ihm zu schmeicheln und seine Bedürfnisse zu stillen. Freundschaft war für ihn einst nur ein Mittel zur Befriedigung, nicht zum Verstehen.

Jack war damals getrieben von einer rastlosen Gier nach Aufregung, nach Abenteuern, nach allem, was ihm den nächsten Kick versprach. Skrupel kannte er kaum. Wenn er etwas wollte, nahm er es sich – auch wenn das bedeutete, andere auszunutzen oder über sie hinwegzugehen. Er war besessen von schnellen Autos, auffälligen Motorrädern und all den glänzenden Symbolen, die ihm Bedeutung verleihen sollten. Geld war für ihn kein Werkzeug, sondern ein Spielzeug – und er verschwendete es, als könne es die Leere in ihm füllen. Seine sogenannten Freunde feuerten ihn dabei an. Sie gaben ihm Rückendeckung, wenn er in Schwierigkeiten geriet – aber nicht, weil sie ihn liebten oder verstanden, sondern weil es ihnen nützte. Sie halfen ihm, seine Probleme zu übertünchen, zu verdrängen, ja zu ignorieren. Doch wenn er wirklich Hilfe brauchte, wenn er zerbrach – dann war keiner von ihnen mehr da.

Es war eine unglückliche, eine innerlich leere Zeit, aus der Jack nur langsam erwachte. Erst spät erkannte er, dass er sich auf einem Weg befand, der ihn nicht erfüllte – sondern Stück für Stück ausgehöhlt hatte. Die Erkenntnis traf ihn nicht wie ein Blitz, sondern kam leise, beinahe zögerlich. Doch sie blieb. Er begann, sich Schritt für Schritt von jenen zu lösen, die ihn in die Irre geführt hatten. Die ihn nicht wegen seines Wesens, sondern wegen seines Glanzes gesucht hatten. Stattdessen wandte er sich wieder dem zu, was ihm einst Frieden geschenkt hatte:

dem gleichmäßigen Brummen eines alten Motors, der stillen Sprache eines gelungenen Fotos. Jack lernte, die Dinge zu schätzen, die keine lauten Spuren hinterlassen, sondern stille Erinnerungen.

Ein schwerer Motorradunfall veränderte Jacks Leben endgültig. Der Aufprall war heftig, der Sturz brutal – als hätte das Schicksal ihn aus seiner eigenen Geschwindigkeit gerissen. Wochenlang lag er im Krankenhaus, zwischen Schmerzmitteln und den Schatten der Stille. Doch ausgerechnet dort, wo alles stillstand, bewegte sich in ihm etwas. Es war eine Krankenschwester, die ihm mehr als nur körperliche Hilfe bot. Sie hatte ein offenes Herz, ein wachsames Auge und eine ruhige Art, die Jack in seiner Verletzlichkeit tief berührte. Ihre Fürsorge war kein Mitleid – sondern echte Anteilnahme. Und während sie seine Wunden versorgte, begann auch sein Innerstes zu heilen. Jack verliebte sich – nicht Hals über Kopf, sondern mit einem Herzen, das zum ersten Mal wirklich offen war. Sie half ihm, einen neuen Weg zu finden: Sie zeigte ihm, dass Leidenschaft nicht Zerstörung bedeuten muss, dass seine Liebe zu Motorrädern und zur Fotografie etwas sein konnte, das ihm Halt gab, statt ihn ins Verderben zu reißen. Mit ihr an seiner Seite lernte er, das Wesentliche zu erkennen – fernab von Statussymbolen und falschen Freunden.

Durch ihre stille Kraft begann Jack, nicht nur sich selbst, sondern auch andere mit mehr Respekt und Mitgefühl zu betrachten. Aus dem Mann, der früher nur nahm, wurde einer, der gab – ohne Hintergedanken, ohne Kalkül. Seine Beziehungen, einst oberflächlich und laut, wurden leiser, tiefer – echte Begegnungen, keine Spiegel für sein Ego mehr. Er fing an, seine Zeit mit Sinn zu füllen: Er fuhr nicht mehr einfach nur Motorrad, um der Geschwindigkeit zu entfliehen – er fuhr hinaus, um die Welt zu sehen, wie sie ist. Die Kamera in seiner Hand wurde zum Werkzeug des Staunens. Er hielt Momente fest, statt sie zu verjagen. Jack begann, sich auch beruflich neu zu orientieren –

suchte Wege, seine Kreativität mit Menschen zu teilen. Er wurde ein besserer Mensch – nicht perfekt, aber wach. Und er erkannte, dass Ruhm und Reichtum leer sind, wenn sie nicht mit Sinn erfüllt sind. Was zählt, ist der Blick, den man sich selbst im Spiegel schenkt – und den man den anderen nicht mehr verweigert.

Jack hatte mit Manja eine tiefe, stille Verbindung. Es war mehr als Freundschaft – eine Vertrautheit, die sich wie Heimat anfühlte. Sie war die Krankenschwester gewesen, die ihn damals im Krankenhaus gepflegt hatte, aber ihre Fürsorge ging weit über medizinische Gesten hinaus. Sie teilten Gedanken, sprachen über Ängste, lachten gemeinsam in Momenten, die eigentlich dunkel waren. Manja war klug, mitfühlend, voller feiner Stärke – und Jack schätzte sie mehr, als er es je auszusprechen gewagt hatte. Denn er liebte sie. Heimlich. Zaghaft. Und doch: Er hatte es nie über sich gebracht, ihr seine Gefühle zu gestehen. Die Angst, ihre Freundschaft zu gefährden, hielt ihn zurück. Als Manja nach einer kurzen, aber gnadenlosen Leukämieerkrankung verstarb, zerbrach etwas in Jack. Erst nach ihrem Tod erfuhr er durch ihre Schwester, dass Manja ebenfalls Gefühle für ihn gehegt hatte – auch sie hatte geschwiegen. Zwei Herzen, die sich verpassten, weil Worte fehlten. Jack stand lange an ihrem Grab und sagte all das, was er zu spät ausgesprochen hatte. Es brannte wie Salz auf einer offenen Wunde. Doch aus dieser Trauer keimte ein stiller Entschluss: Nie wieder würde er seine Gefühle verstecken. Nie wieder schweigen, wenn das Herz etwas zu sagen hat.

Nach Manjas Tod war es Jack nicht möglich, sich auf eine neue Beziehung einzulassen. Zu tief hatte sich ihre Nähe in sein Herz gegraben, zu unauslöschlich war der Eindruck, den sie hinterlassen hatte. Es war nicht so, dass er es nicht versucht hätte – hin und wieder traf er andere Frauen, öffnete zaghaft ein Gespräch, suchte Nähe. Doch keine von ihnen konnte das Gefühl in ihm wecken, das Manja ihm einst gegeben hatte. Er verspürte weder große Traurigkeit über sein Alleinsein, noch war er glücklich. Er war einfach da – in einem Schwebezustand, irgendwo zwischen Vergangenheit und Zukunft. Als wäre sein Leben ein Zimmer geworden, in dem das Licht noch brennt, aber keiner mehr hereinkommt. Die Angst, wieder verletzt zu werden, saß tief in ihm. Und noch viel tiefer die Überzeugung, dass Manja nicht zu ersetzen war. Sie war seine große Liebe gewesen, auch wenn sie nie den Mut gefunden hatten, es einander einzugestehen. Manchmal besuchte Jack ihr Grab, brachte frische Blumen mit, redete mit ihr. In diesen Momenten war sie ihm wieder nah. Ihre Bilder standen noch immer auf seinem Nachttisch, ihre Stimme hallte manchmal in seinen Gedanken wider – wie ein ferner Glockenschlag, der niemals ganz verklang. Sie war fort, aber nicht weg. Und er konnte sich nicht vorstellen, jemand anderem diesen Platz in seinem Herzen zu geben.

An einem sonnigen Samstagmorgen, als der Himmel so klar war, dass selbst die Gedanken darin hätten schweben können, entschied sich Jack, aufzubrechen. Er würde mit seinem geliebten Motorrad-Gespann losfahren – ohne Ziel, nur dem Gefühl folgend, dass es Zeit war. Schon früh begann er damit, seine Ausrüstung zusammenzustellen. Mit stiller Routine prüfte er das Motorrad, fuhr mit den Fingern über das matte Schwarz des Lacks, kontrollierte Ölstand, Bremsen und den Reifendruck. Alles musste stimmen. Alles sollte bereit sein – für was, das wusste er selbst nicht genau. Aber etwas in ihm hatte beschlossen, dass heute ein guter Tag war, um der Welt wieder zu begegnen.

Als alles bereit war, zog Jack seinen schwarzen Lederanzug an, dessen weiches, eingetragenes Material sich wie eine zweite Haut an ihn schmiegte. Er setzte sich auf sein Motorrad-Gespann, legte behutsam den Gang ein und startete den Motor. Der Klang des starken Boxer-Motors hallte durch die stille

Straße, tief und vibrierend, wie ein vertrauter Pulsschlag. Ein Lächeln huschte über sein Gesicht. Dieser Klang war Musik in seinen Ohren, ein Stück Heimat, ein Stück Identität. Langsam fuhr er durch die noch menschenleeren Straßen. Die kühle, klare Morgenluft streichelte seine Wangen unter dem Helm, während die ersten Sonnenstrahlen wie goldene Splitter über die Dächer krochen. Jack atmete tief ein, als wolle er die Welt in sich aufsaugen. Für diesen Moment war alles leicht – fast so, als wäre das Leben nicht kompliziert, sondern einfach nur da, um genossen zu werden.

Die Sonne stand hoch am Himmel und warf ihr helles Licht über das flirrende Asphaltband, das sich durch die sanft geschwungene Landschaft wand. Die Straßen waren leer – nur Jack, das Dröhnen des Motors und die Freiheit. Er öffnete den Gasgriff, spürte, wie das Gespann unter ihm lebendig wurde, wie der Wind gegen seine Brust schlug, ihn trug, ihn prüfte. Er jagte durch grüne Felder, deren Gräser sich im Wind wiegten wie Wellen auf einem stillen Meer, vorbei an alten Bauernhöfen mit knorrigen Apfelbäumen und durch verträumte Dörfer, in denen die Zeit langsamer zu fließen schien. Immer wieder hielt Jack an. Er nahm seine Kamera, trat ein paar Schritte abseits des Weges und hielt fest, was ihn berührte: das flackernde Licht zwischen den Bäumen, der Nebel, der über einem See lag wie ein vergessenes Tuch, das goldene Spiel der Sonnenstrahlen auf einem Maisfeld. Besonders die Wälder faszinierten ihn – ihre Tiefe, ihre Dunkelheit, ihre stille Sprache. Und die Berge: schweigend, uralt und ewig. Sie erinnerten ihn an etwas, das größer war als er selbst – und zugleich tief in ihm wohnte.

Nach einer Weile stand Jack auf, streifte sich den Lederanzug über und kehrte zurück zu seinem Motorrad. Der Motor erwachte mit einem satten Grollen, das sich in der Stille der Natur beinahe wie Musik anhörte. Die Straße, die sich ihm nun bot, war schmaler, kurvenreicher – eine Herausforderung, die Jack mit wachsender Freude annahm. Er fuhr durch verwunschene Alleen, durchquerte kleine, fast vergessene Dörfer, deren Namen er noch nie gehört hatte. Es war, als würde er durch eine andere Zeit reisen, durch ein Land der Erinnerungen, das sich ihm neu offenbarte. Die Sonne senkte sich langsam hinter den Horizont, tauchte alles in ein warmes, goldenes Licht. Jack beschloss umzukehren. Der Heimweg wurde zu einem stillen Tanz durch den Sonnenuntergang – der Himmel brannte in Farben zwischen Feuer und Glut, die Schatten wurden länger, und die Landschaft, durch die er fuhr, wirkte in diesem Licht noch eindringlicher, fast märchenhaft.

Auf seiner Rückfahrt von der eindrucksvollen Ausfahrt gleitet Jack durch das Gold des späten Tages. Der Himmel brennt in einem tiefen Orange-Rot, als hätte sich der Tag selbst in Flammen gelegt, um sich würdig zu verabschieden. Wolkenfetzen treiben wie träumende Gedanken über das Firmament und malen eine dramatische Szenerie, die Jack beinahe vergessen lässt, dass er unterwegs ist. Er verlangsamt seine Fahrt, als wolle er dem Moment mehr Raum geben. Jeder Atemzug der Landschaft wird zur Erinnerung, jeder Windhauch ein leiser Ruf. Doch plötzlich reißt ihn ein Bild aus der Träumerei: Am Straßenrand, im Zwielicht der sinkenden Sonne, steht eine einsame Gestalt neben einem Motorrad. Aus der Ferne sieht es aus wie ein Standbild – stumm, reglos, beinahe unwirklich. Jack nähert sich langsam, die Maschinen schnurren wie Raubtiere auf Samtpfoten. Als er näher kommt, erkennt er, dass es sich um einen anderen Biker handelt. Das Motorrad wirkt liegengeblieben, der Fahrer in geduckter Haltung, als ob der Tag für ihn anders verlaufen wäre.

Jack zögert keinen Moment. Er zieht sein Motorrad ruhig an den Rand, parkt neben der alten Maschine des Fremden und steigt ab. Der Abendwind streicht ihm durch das Haar, während er auf den Mann zugeht und sich mit einem freundlichen Nicken vorstellt. Der Fremde – ein schlanker Typ mit nachdenklichem Blick – bedankt sich leise. Ein platter Hinterreifen, erklärt er, und keine Möglichkeit, ihn zu wechseln. „Kein Problem," meint Jack, und beginnt schon, seinen Werkzeugkasten aus dem Seitenwagen zu holen. Wortlos, wie unter alten Brüdern, beginnen sie gemeinsam zu arbeiten. Während der Himmel langsam in dunklem Violett verblasst, kommen sie ins Gespräch. Über alte Maschinen, über Musik, die die Seele zerreißt und heilt, über das Einfrieren von Momenten auf Zelluloid – über Fotografie. Es ist, als spräche Jack mit einem anderen Ich, einem, das er fast vergessen hatte.

Kaum war der Reifen geflickt, bedankte sich der andere Fahrer mit einem stillen, fast rührenden Dank. Seine Stimme klang ruhig, fast zu ruhig – als wäre darin kein Atem, sondern nur Erinnerung. Er schlug vor, gemeinsam weiterzufahren, noch ein Stück Weg, hinein in den glühenden Abend, in das flammende Orange des untergehenden Tages. Jack zögerte einen Moment, doch etwas in ihm – vielleicht die Sehnsucht nach Gemeinschaft, vielleicht das Bedürfnis, diese Stille zu teilen – ließ ihn nicken. So fuhren sie hintereinander her, zwei Maschinen, zwei Körper, zwei Seelen im Gleichklang. Aber bald schon legte sich etwas Seltsames über Jack. Ein Gefühl, das er nicht benennen konnte – ein Kribbeln unter der Haut, ein kühler Hauch im Nacken trotz der warmen Luft. Er warf einen Seitenblick auf seinen Begleiter... und sein Herz setzte einen Schlag lang aus. Der Mann trug keinen Helm. Kein Wind zerrte an seinen Haaren. Und in seiner Hand – hielt er tatsächlich eine Sense? Jack riss die Augen auf. Er spürte, wie ihm das Blut aus dem Gesicht wich. Angst, alt und urtümlich, stieg in ihm auf wie kalter Rauch. Er wusste. Ohne Zweifel. Der Tod fuhr vor ihm.

Der Tod fuhr auf einen kleinen Rastplatz am Rand der Landstraße. Ohne zu wissen warum, folgte Jack ihm. Etwas in ihm, ein innerer Kompass vielleicht, sagte ihm, dass es sich so gehörte. Wenn man zusammen fährt, hält man auch gemeinsam an. Man verabschiedet sich nicht in Bewegung, sondern im

Stillstand – so verlangt es die Höflichkeit unter Fahrern. Und außerdem, dachte Jack, macht es keinen Sinn, dem Tod davonfahren zu wollen. Er würde ihn doch ohnehin einholen. Früher oder später. Vielleicht war es besser, ihn bei Sonnenuntergang zu treffen, bei offenem Visier, auf ebenem Asphalt – und nicht in einem dunklen Krankenhauszimmer, wenn man selbst kaum noch atmet.

Jack und der Tod saßen schweigend auf einer der Bänke am Rande des Rastplatzes. Kein Wort fiel, und doch war alles gesagt. Jack spürte sein Herz rasen – nicht vor Anstrengung, sondern vor nackter, ehrlicher Angst. Ihm gegenüber saß der Tod, still und entspannt, als wäre es das Natürlichste der Welt, Menschen auf diese Weise zu begegnen. Seine Haltung verriet keine Eile. Keine Bedrohung. Nur eine stille Gewissheit. Die Sonne war längst hinter den Bergen verschwunden und hatte den Himmel in warmes, verblassendes Orange getaucht. Ein leiser Zwitscherlaut wehte aus der Ferne herüber, als würden die Vögel die Dunkelheit mit ihren Liedern vertreiben wollen. Die Luft roch nach frisch gemähtem Gras – ein Duft, der seltsam lebendig war in dieser Stunde, da der Tag im Sterben lag.

Jack versuchte, seine Angst zu unterdrücken, doch sie saß ihm tief in der Brust wie ein kalter Stein. Seine Gedanken wirbelten durcheinander, unruhig wie ein Vogelschwarm im Sturm. Warum war er hier? Was wollte der Tod von ihm? Er blickte auf seine Uhr, als könne sie ihm versichern, dass Zeit noch existierte, dass er vielleicht doch noch heimkehren würde – zu seinem Bett, zu seinem Leben, zu seiner Welt. Da brach der Tod das Schweigen. Seine Stimme war nicht das, was Jack erwartet hatte – kein Krächzen, kein bedrohliches Wispern. Sie war ruhig. Tief. Fast warm. „Hab keine Angst", sagte er. „Ich bin nicht hier, um dich mitzunehmen. Ich bin nur hier, um mit dir zu reden." Jack sah ihn ungläubig an. Worte formten sich auf seinen Lippen, doch keine verließ sie. Wovon sollte der Tod mit ihm sprechen? Der Tod lächelte – nicht grausam, nicht hämisch, sondern wie jemand, der die Einsamkeit zu gut kennt. Er klopfte auf die leere Stelle neben sich. „Setz dich", sagte er sanft. „Lass uns reden."

Jack zögerte einen Augenblick. Etwas in ihm wollte fliehen, aufspringen, weglaufen – doch etwas anderes, Tieferes, hielt ihn fest. Vielleicht war es Neugier. Vielleicht war es das Bedürfnis, zu verstehen. Langsam setzte er sich neben den Tod, spürte das kühle Holz der Bank unter sich, hörte das leise Rascheln des Grases im Wind. Er war noch immer nervös. Sein Herz schlug zu schnell, seine Gedanken taumelten, aber er hielt dem Blick des Todes stand. „Was willst du von mir?" fragte er nicht mit Worten, sondern mit seinen Augen, mit seiner Haltung, mit dem fragenden Schweigen zwischen ihnen. Der Tod sah ihn an, nickte fast unmerklich – als hätte er genau diese Reaktion erwartet. Ein leises Lächeln glitt über sein Gesicht, das nicht alt war, nicht jung, nicht hässlich und nicht schön. Dann begann er zu sprechen.

„Jack", begann der Tod mit ruhiger, fast warmer Stimme, „ich bin hier, weil Manja mich gebeten hat, mit dir zu sprechen." Jack blinzelte, als hätte er sich verhört. Der Tod, als Sprachrohr einer verlorenen Liebe? „Sie kann es nicht ertragen, dich so allein zu sehen", fuhr der Tod fort. „Sie weiß, dass du heute Menschen um dich hast, echte Freunde. Aber sie spürt auch deine Einsamkeit – die Leere in dir, wenn die Nächte zu still werden und die Erinnerungen zu laut." Jack schluckte schwer. Der Name Manja, gesprochen von dieser seltsamen, fernen Stimme, ließ sein Herz kurz stocken. „Sie möchte, dass du glücklich bist", sagte der Tod sanft. „Dass du dein Leben mit jemandem teilst. Du sollst lieben dürfen – wieder." Jack sah ihn lange an, dann senkte er den Blick. In seinem Innersten kämpfte ein warmer Schmerz gegen eine kalte Hoffnung. „Aber… wie weiß sie das alles?", fragte er schließlich leise. Der Tod antwortete, als wäre es die natürlichste Sache der Welt: „Weil sie noch über dich wacht. Auch aus dem Reich, in dem sie nun lebt, will sie dir helfen – weiterzugehen." Jack schwieg. In ihm arbeitete etwas. Die Worte des Todes begannen in ihm Wurzeln zu schlagen. Vielleicht war es wirklich Zeit… sein Leben wieder in die Hand zu nehmen. Vielleicht war es nicht Verrat, sondern ein Versprechen an das Leben – und an Manja.

Jack saß still auf der Bank neben dem Tod. Der Himmel über ihnen war längst ins Dunkel übergegangen, nur ein fahler Schimmer lag noch auf der Welt. Tränen standen ihm in den Augen, und seine Stimme zitterte, als er sich räusperte und fragte: „Wie geht es Manja? Kannst du ihr sagen… dass ich verstanden habe, was sie mir sagen wollte?" Der Tod nickte, langsam und ernst. Dann sah er Jack an, seine Augen lagen im Schatten, aber in seiner Stimme lag ein feierlicher Trost. „Manja geht es gut. Sie hat Frieden gefunden. Und sie hat mich gebeten, dir etwas auszurichten." Jack hielt den Atem an. „Sie liebt dich. Noch immer. Und sie wünscht sich nichts sehnlicher, als dass du glücklich wirst. Sie weiß, dass du nun Freunde hast, Menschen, die dich halten. Aber sie sieht auch deine Einsamkeit – dieses leise Sehnen, das du nicht aussprichst. Sie möchte, dass du weißt: Sie ist bei dir. Auf ihre Weise. Immer." Jack nickte nur. Seine Lippen bewegten sich, aber kein Laut kam über sie. Zu viel Gefühl, zu viel, was sich nicht in Worte fassen ließ. Er senkte den Kopf. Und dann saß er einfach da, schweigend, mit schwerem Herz und einem Gedanken, der langsam, ganz langsam, begann, sich in ihm zu formen – wie ein erster Lichtstrahl, der sich zaghaft durch eine geschlossene Tür tastet.

Jack hatte sich etwas gesammelt. Die Tränen waren versiegt, doch ein feines Zittern lag noch auf seinen Lippen. Der Tod saß regungslos neben ihm, und zwischen ihnen lag die Stille – nicht unangenehm, nicht bedrückend, sondern wie ein Tuch, das man gemeinsam über sich legt. Jack räusperte sich leise. „Darf ich dich etwas fragen?" Der Tod nickte. Jack zögerte einen Moment, dann fragte er: „Wie fühlt es sich an… wenn fast alle Menschen Angst vor dir haben?" Der Tod sah nicht überrascht aus. Stattdessen senkte er den Blick, als würde er in etwas sehr Altes und Wehmütiges schauen. Er schwieg lange, ehe er antwortete. „Es ist nicht leicht", sagte er leise. „Die Menschen sehen in mir einen Dämon, einen Schatten, einen Feind. Aber ich bin keiner. Ich bin nur... das, was kommt. So wie der Abend auf den Tag folgt." Er hob den Kopf, sah in die Ferne, wo die Nacht langsam tiefer wurde. „Ich nehme nicht mit Freude. Ich nehme, weil es Teil des Kreises ist. Ich bin der Winter, der den Frühling möglich macht. Der Regen, aus dem neues Leben wächst. Ich schaffe Raum – mehr nicht." Jack nickte langsam. Es war keine Antwort, die Trost schenkte, aber sie ließ ihn die Angst ein wenig besser verstehen.

Der Tod wandte sich Jack zu. Sein Blick war ruhig, seine Augen – so fern und doch voller Wissen – ruhten auf dem jungen Mann, der da neben ihm saß. Dann sprach er, leise, ohne Pathos, als würde er etwas sagen, das er schon hunderttausendmal gesagt hatte – und das dennoch nie an Bedeutung verlor. „Ich habe gesehen, wie du gelitten hast, als Manja gegangen ist. Ich weiß, wie schwer es ist, jemanden zu verlieren, den man liebt." Seine Stimme war nicht kalt – sie war getragen von etwas Altem, von einem Mitgefühl, das nicht sentimental, sondern still war. „Aber das Leben, Jack... das Leben geht weiter. Auch wenn es manchmal wie ein Akt des Widerstands wirkt. Es gibt noch Schönheit auf dieser Welt. Auch wenn sie sich gut zu verstecken weiß." Jack blickte hinunter auf seine Hände, dann in den Himmel, wo sich das letzte Licht in einem sanften Grau verlor. Langsam nickte er. Nicht als Zustimmung, sondern als erste Bewegung aus der Starre. Eine Ahnung. Ein zartes Ja. Er würde weiterleben. Nicht um zu vergessen – sondern um zu erinnern. Und um die Schönheit, von der der Tod sprach, nicht nur zu sehen, sondern eines Tages auch wieder zu fühlen.

Jack war immer noch verwirrt, zu viel wirbelte in seinem Inneren durcheinander – Trauer, Erstaunen, Ehrfurcht. Um seine Gedanken zu ordnen, um dem Herzen eine kurze Pause zu gönnen, versuchte er, das Gespräch auf ein sachlicheres Gleis zu lenken. „Ich bin dir nicht böse, weißt du?", sagte er leise, beinahe entschuldigend. „Ich wollte dir nur helfen, als ich dich mit der Panne sah." Der Tod nickte langsam, sein Lächeln war still und voller Verständnis – als würde er diese Geste aus unzähligen Leben kennen. Jack atmete tief durch, dann fragte er, beinahe zaghaft: „Arbeitest du… im Auftrag eines höheren Wesens?" Der Tod sah ihn einen Moment lang an, dann nickte er wieder. „Ja", antwortete er mit ernster Stimme. „Ich bin ein Diener. Kein Richter, kein Henker, kein Gott. Ich bin nur ein Werkzeug – gesandt, um die Seelen zu geleiten. Nicht mehr. Und nicht weniger."

Jack blickte den Tod an, die Stirn leicht gerunzelt vor Nachdenklichkeit. „Arbeitest du eigentlich… im Auftrag eines höheren Wesens?", fragte er leise. Der Tod nickte mit einem Ausdruck, der zugleich Demut und Ernst in sich trug. „Ja", antwortete er schlicht. „Ich bin lediglich ein Werkzeug. Ein Diener. Meine Aufgabe ist es, die Seelen der Verstorbenen zu geleiten – nicht mehr, aber auch nicht weniger."

Jack ließ den Blick über die stille Landschaft gleiten. Das warme Abendrot hatte sich in ein fahles Dämmerlicht verwandelt, und ein leiser Wind strich über den Rastplatz. Nach einer Weile wandte er sich wieder dem Tod zu. „Ich kann mir vorstellen, dass es keine leichte Aufgabe ist, die du hast", sagte er leise. „Aber ich denke, es ist eine sehr wichtige. Vielleicht sogar eine ehrenvolle Aufgabe – auch wenn die meisten Menschen nur Angst mit dir verbinden." Er machte eine kurze Pause, suchte nach Worten. „Hast du jemals darüber nachgedacht, wie vielen Menschen du das Leben erleichterst? Indem du ihnen den Schmerz nimmst, das Leid ersparst, das sie sonst noch ertragen müssten, wenn sie weiterleben müssten?" Der Tod schwieg, aber sein Blick verriet etwas wie… Dankbarkeit. Oder war es Erleichterung? Vielleicht war auch der Tod manchmal einsam in seiner Rolle.

Der Tod saß still neben Jack, das Abendlicht flackerte schwächer zwischen den Bäumen, als er schließlich antwortete. „Ich sehe meine Aufgabe als notwendig an, Jack – und als bedeutend, ja. Aber Ehre? Nein. Es geht nicht um Ruhm, nicht um Anerkennung. Ich bin kein Held, kein König. Ich bin ein Diener. Ich diene dem Fluss des Lebens, dem Wandel der Zeit." Seine Stimme war ruhig, getragen von einem leisen Ton des Mitgefühls. „Ich habe tatsächlich darüber nachgedacht, was du gesagt hast", fuhr er fort. „Manchmal mag mein Erscheinen schmerzhaft wirken, manchmal furchteinflößend. Doch ich weiß, dass ich für viele ein Ende bringe – nicht des Seins, sondern des Leidens. Ich trage sie hinüber, wenn der Körper müde ist, wenn der Schmerz das Leben gefangen hält. Ich ermögliche ihnen, ihre Reise auf einer anderen Ebene fortzusetzen. Das ist mein Trost. Und das ist, was mir Kraft gibt. Ich handle nie achtlos. Immer mit Respekt. Immer mit Achtsamkeit." Jack schwieg. Aber in seinem Inneren hatte sich etwas verändert. Der Tod war ihm nicht mehr fremd – nicht mehr nur das Ende, sondern ein Hüter des Gleichgewichts.

Jack sah den Tod nachdenklich an, während dieser ihm versicherte, dass er sich tatsächlich Gedanken darüber gemacht habe, wie vielen Menschen er durch seine Aufgabe Erleichterung bringe. Eine neue Frage wuchs in Jack heran – eine, die er leise stellte, fast mehr zu sich selbst als zum Gegenüber: „Hast du je darüber nachgedacht, was geschehen würde, wenn du diese Aufgabe nicht übernähmest? Wenn niemand sie übernähme?" Der Tod schwieg einen Moment. Seine Augen blickten weit in eine Ferne, die kein Sterblicher je sehen kann. Dann sprach er langsam, mit einer Stimme, die schwer war von uralter Erkenntnis: „Ich denke, es würde bedeuten, dass das Leben endlos und schmerzhaft wäre. Ohne die Möglichkeit der Erlösung durch mich – durch den Tod – gäbe es kein Ankommen, kein Ruhen. Die Welt würde überquellen vor Leid, vor Erschöpfung, vor nicht enden wollender Angst. Ohne mich gäbe es keine Gnade des Vergessens, kein Loslassen. Ich glaube, das Leben selbst würde seine Würde verlieren." Jack nickte langsam. Die Worte klangen lange in ihm nach. Die Angst war nicht verschwunden – aber sie war kleiner geworden, leiser. Der Tod war nicht sein Feind. Vielleicht war er das nie gewesen.

Jack nickte nachdenklich, während der Tod über seine Aufgabe sprach – über Schmerz, über Erleichterung, über die Gnade des Loslassens. Ein Moment des Schweigens lag zwischen ihnen, getragen von gegenseitigem Respekt. Dann, fast schüchtern, wie ein Junge, der sich etwas Ungehöriges zu fragen traut, lehnte sich Jack vor. „Ich verstehe das alles besser jetzt", begann er leise. „Aber… ich hätte da auch ein paar ganz profane Fragen – wenn du bereit bist, sie zu beantworten." Der Tod blickte ihn überrascht an, doch seine Augen funkelten. Jack wurde mutiger. „Ist es wirklich ein Hobby von dir, Motorrad zu fahren? Ich habe gehört, dass du ein ziemlich guter Fahrer bist." Für einen winzigen Moment schien die Kapuze des Todes zu zittern, als hätte sich darunter ein Lächeln versteckt. Dann nickte er. „Ja. Das ist es. Motorradfahren…" – er machte eine kleine Geste in die Ferne – „es ist befreiend. Der Wind, die Geschwindigkeit, die völlige Konzentration auf den Moment. Es erinnert mich daran, dass ich, auf meine Weise, auch Teil dieser Welt bin. Dass ich noch atme, wenn auch anders als ihr." Jack lächelte zum ersten Mal seit langer Zeit. Die Vorstellung, dass sogar der Tod dem Wind auf der Haut und dem Summen eines Motors etwas abgewinnen konnte, machte ihn irgendwie menschlicher.

Jack lächelte leise und sagte: „Es scheint fast unmöglich, mit dir nur über profane Dinge zu sprechen." Er machte eine kleine Pause, blickte dann nachdenklich in den dunkler werdenden Himmel. „Aber sag mal… ist es nicht ein Paradox, dass du dich als lebendig empfindest – obwohl du selbst nicht sterben kannst?" Der Tod schwieg einen Moment, als würde er den Gedanken mit Bedacht umkreisen. Dann antwortete er ruhig, mit einer Stimme, die wie ferner Wind klang: „Ich verstehe, was du meinst. Und doch – für mich gibt es kein Paradoxon. Ich bin der Tod. Ich bin weder lebendig noch tot im menschlichen Sinn. Ich bin einfach – Teil des natürlichen Laufs der Dinge. Ich bin Übergang, nicht Zustand. Bewegung, nicht Ziel. Ein notwendiger Takt im Rhythmus des Lebens." Jack nickte langsam, die Stirn in Falten. Diese Antwort war so einfach wie unbegreiflich – wie der Tod selbst.

Jack lächelte, während er den Tod ansah. Noch einmal versuchte er es – ein letzter Versuch, das Gespräch auf etwas Belangloses zu lenken, ein bisschen Normalität inmitten des Unfassbaren. „Hast du denn gar keine Hobbys? Irgendetwas, das dich… ablenkt?" fragte er mit einem schelmischen Unterton. Der Tod erwiderte sein Lächeln – und da war dieses Leuchten in seinen Augen, ruhig und warm, wie die Glut eines alten Feuers. „Mein liebstes Hobby", sagte er mit einem Hauch von Schalk, „ist es, tiefgründige Gespräche zu führen, statt belanglos zu plaudern. Es gibt so viel zu entdecken – in diesem Universum, in uns selbst, in dem, was war und dem, was sein wird." Jack nickte langsam. Er verstand. Und dann, ganz plötzlich, mussten beide lachen. Ein ehrliches, unerwartetes Lachen – nicht aus Spott, nicht aus Verlegenheit. Sondern über die Ironie des Lebens und des Todes. Über die Unfähigkeit, einfach nur oberflächlich zu reden, wenn das Herz schon längst tiefer taucht. Zwei Seelen, die sich unerwartet verstanden – am Rand der Welt, auf einer Bank aus Stille.

Jack und der Tod saßen schweigend auf der Bank am Rastplatz. Die Sonne war längst untergegangen, und der Himmel hatte sich in ein tiefes, samtiges Lila getaucht. Über ihnen spannte sich das Gewölbe der Nacht, still und weit, und der volle Mond hing darin wie ein Versprechen – blassgolden, wachsam, milde. Ein silbriger Schimmer fiel auf ihre Gesichter, und zwischen den Grashalmen tanzten Glühwürmchen wie irrlichternde Gedanken, flüchtig und schön. Die Luft war warm, beinahe zärtlich, und das Zirpen der Grillen bildete eine leise Melodie – nicht laut, nicht aufdringlich, nur gerade genug, um das Schweigen zu rahmen. Keiner sprach. Und doch war das Schweigen nicht leer, sondern erfüllt. Gefüllt mit all dem, was nicht gesagt werden musste, weil es längst verstanden war. Die beiden saßen da wie zwei alte Freunde, die wissen, dass Worte manchmal nur stören würden. Die Zeit schien den Atem anzuhalten. Keine Eile. Kein Danach. Nur dieser Moment – still, klar und unendlich friedlich.

Nach einer langen Weile des Schweigens, in der sie dem Tanz der Glühwürmchen zusahen und den silbernen Schein des Vollmondes auf sich wirken ließen, wandte sich der Tod langsam Jack zu. Sein Blick war ruhig, seine Augen tief und wissend. Mit einer Stimme, so still wie der Wind über einem schlafenden See, sprach er: „Ich frage mich, warum du keine Angst vor mir hast. Du wusstest doch, mit wem du unterwegs warst, als du auf dein Motorrad gestiegen bist." Jack schwieg einen Moment, überlegte, dann hob er den Blick. „Ich hatte Angst", sagte er leise. „Als ich erkannt habe, wer du bist – da war da diese Urangst, tief in mir. Aber je länger wir gesprochen haben, desto mehr ist aus dieser Angst Respekt geworden. Ich habe verstanden, dass du kein Monster bist, sondern eine notwendige Kraft. Kein Fluch. Kein Feind. Du gehörst einfach dazu." Der Tod nickte langsam, beinahe bedächtig – als sauge er Jacks Worte tief in sich auf, als legte er sie in ein Fach seines innersten Archivs.

Wieder trat Stille ein. Aber es war keine bedrückende Leere – eher ein stilles Verstehen, das zwischen ihnen lag wie ein warmer Mantel. Der Himmel war inzwischen samtig schwarz, die Glühwürmchen tanzten weiter, leise Träume aus Licht. Nach einer weiteren Weile war es Jack, der die Stille diesmal durchbrach. Er drehte sich zum Tod und fragte mit einem scheuen, fast jungenhaften Lächeln: „Sag mal … werden wir uns noch einmal wiedersehen? Also – außer am Tag X?" Er lachte leise, verlegen. „Ich meine … Ich hab wirklich Freude daran, mit dir zu fahren, mit dir zu reden … und sogar, mit dir gemeinsam zu schweigen. Es ist … irgendwie beruhigend."

Der Tod sah Jack an – und lächelte. Kein finsteres Grinsen, kein Geheimnis im Schatten, sondern ein stilles, ehrliches Lächeln, das fast menschlich wirkte. „Ich finde das auch schön, Jack", sagte er leise. „Doch ich muss dich daran erinnern, dass du – bis zum Tag X – noch zu den Lebenden gehörst." Er machte eine kleine Pause, als wolle er seinen Worten Raum geben, in Jacks Herz zu sinken. „Und du solltest dich erinnern … an das, was Manja dir hat ausrichten lassen."

Jack nickte langsam. „Ja, das weiß ich", sagte er leise. „Ich werde mich daran erinnern." Er blickte auf seine Hände, dann wieder zum Tod. Ein leichtes, unsicheres Lächeln huschte über sein Gesicht. „Aber ich kann nicht leugnen … ich empfinde eine gewisse Faszination für dich. Es ist … eigenartig. Unheimlich, ja. Und doch auch … irgendwie tröstlich."

Der Tod lachte leise, beinahe zärtlich. „Ich verstehe, was du meinst, Jack. Aber erinnere dich: Ich bin nicht hier, um dir Angst zu machen oder dich zu quälen. Ich bin da, um meine Aufgabe zu erfüllen – damit alles seinen natürlichen Lauf nimmt." Er sah Jack an, ein wissender Blick in dunklen Augen. „Und wer weiß … vielleicht kreuzen sich unsere Wege tatsächlich noch einmal." Jack nickte langsam, ein stilles Lächeln auf den Lippen. „Das würde mich freuen. Es ist schön, jemanden zu haben, mit dem man fahren, sprechen – und auch einfach nur schweigen kann." Der Tod erwiderte das Lächeln. „Ja", sagte er. „Das ist es. Ich schätze deine Gesellschaft, Jack. Lass uns diesen Augenblick genießen – solange du noch zu den Lebenden zählst." Dann schwiegen sie wieder. Und während die Glühwürmchen über die Wiese tanzten, saßen der Tod und der Lebende nebeneinander – zwei Reisende, vereint im Licht des endenden Tages.

Jack nickte langsam, nachdenklich, als der Tod ihn erinnerte, dass er noch zu den Lebenden gehöre – und an Manjas letzte Botschaft. „Ich verstehe, was du meinst", sagte Jack schließlich leise. „Und ich glaube, ich habe auch verstanden, dass unser nächstes Treffen erst an dem Tag sein wird, an dem meine Zeit gekommen ist. Aber ich werde diesen Abend nicht vergessen. Die Fahrt mit dir … das Gespräch … selbst das Schweigen. Ich glaube, das alles wird immer einen besonderen Platz in mir behalten." Der Tod lächelte – ein stilles, fast wehmütiges Lächeln – und nickte. „Ich freue mich auf unser Wiedersehen, Jack. Doch bis dahin: Erinnere dich an das Leben – und lebe es. Voll und ganz."

Nachdem Jack genickt und seine Zustimmung gegeben hatte, dass er die Botschaft verstanden hatte, saßen er und der Tod noch eine Weile schweigend nebeneinander auf der Bank. Keine weiteren Worte waren nötig. Die Luft war schwer von Bedeutung und zugleich leicht wie ein letzter Sommertag. Die Nacht senkte sich sachte über das Land, hüllte die beiden Gestalten in Dunkelheit und flüsterte von Vergänglichkeit. Grillen zirpten leise im Gras, irgendwo rief eine Eule, und über ihnen begann der Himmel sich mit Sternen zu füllen. Sie saßen einfach da, jeder in seine Gedanken versunken, vereint in der Stille. Eine Stille, die mehr sagte als Worte es je könnten.

Nach einer Weile standen beide auf und gingen schweigend zu ihren Motorrädern. Der Tod zog seine Kapuze tiefer ins Gesicht und sah Jack an. „Ich werde mich an diesen Abend erinnern, Jack. Es war eine Freude, mit dir zu fahren und zu sprechen." Jack nickte. „Auch für mich war es ein unvergesslicher Abend, Tod. Eine Erfahrung, die ich mitnehmen werde – bis zum letzten Tag." Sie stiegen auf ihre Maschinen. Eine kurze Pause – ein letzter Blick – dann rollten sie an, in der Stille der Nacht. Die Straße dehnte sich unter ihnen aus wie ein Band zwischen zwei Welten. Als sie an eine Kreuzung kamen, bogen sie ohne Worte ab: Der Tod nach rechts, Jack nach links. Noch einmal hoben sie die Hand zum Gruß, eine stille Geste, die in der Dunkelheit verwehte. Dann waren sie fort, jeder in seiner Richtung, jeder seinem Weg folgend.

Jack fuhr langsam durch die Dunkelheit. Der Fahrtwind kühlte seine Wangen, aber in ihm war Wärme – die Glut einer Erkenntnis, die ihn nicht mehr loslassen würde. In seinem Kopf wiederholte er die Worte des Todes, ließ sie kreisen wie Sterne am Firmament. Über ihm spannte sich der Nachthimmel, tief und still, durchzogen vom Licht ferner Galaxien. Er roch das feuchte Gras, hörte das Knacken der Reifen auf dem Asphalt, und zum ersten Mal seit Langem fühlte er sich: wirklich lebendig. Er wusste, dass er diesen Abend niemals vergessen würde. Und wenn der Tag X eines Tages käme – dann würde er nicht mit Angst, sondern mit einem stillen Lächeln empfangen, wie einen alten Freund.

Er erreichte schließlich seine Heimatstadt. Die Straßen, die er so gut kannte, empfingen ihn wie alte Freunde. Vertraute Häuser zogen an ihm vorbei, Laternen warfen ihr goldenes Licht auf den Asphalt, und Menschen, die er schon oft gesehen hatte, bewegten sich wie in einem stillen Reigen durch die Nacht. Jack spürte ein Gefühl der Geborgenheit – als sei er nicht nur zurückgekehrt, sondern angekommen. Vor seinem Haus stellte er das Motorrad ab, nahm den Helm ab und atmete tief durch. Die Luft roch nach Heim, nach Alltag, nach Leben. Er war froh, wieder da zu sein. Nicht nur körperlich, sondern auch mit dem Herzen. Drinnen erwartete ihn seine Familie mit offenen Armen. Freude, Wärme, Nähe.

Später, bei einer Tasse Tee, erzählte er ihnen von seiner Fahrt. Von der Panne. Und von dem, der ihm auf der Landstraße begegnet war. Er sprach vom Tod – nicht mit Angst, sondern mit einer stillen Ehrfurcht. Und als er endete, sagte er leise: „Ich schätze das Leben jetzt mehr. Jeden Atemzug. Jeden neuen Tag." Seine Worte klangen einfach – aber sie waren wahr.

Jack lebte weiter – aber etwas in ihm war anders geworden. Die Begegnung mit dem Tod hallte in seinem Innern nach, leise und stetig wie ein Echo im Gebirge. Oft dachte er daran zurück, an die Worte, die Stille, die Glühwürmchen im Tanz. Und so bemühte er sich, jeden Tag bewusster zu leben, die kleinen Dinge nicht nur zu sehen, sondern wirklich zu spüren: das Glitzern des Morgentaus auf den Gräsern, das Lächeln eines Fremden, das wohlige Dröhnen seines Motors unter dem Sattel. Eines Tages – es war ein milder Frühlingstag – fuhr Jack wie so oft hinaus ins Land. Die Felder standen in hellem Grün, die Sonne spiegelte sich in Pfützen auf dem Asphalt. Am Straßenrand entdeckte er ein Motorrad mit offener Verkleidung – und daneben eine Frau. Ihr Blick war entschlossen, aber ihre Hände hilflos. Jack hielt an, stellte sein Gespann ab, trat an sie heran. Er half ihr, die Zündkerzen zu wechseln. Während seine Finger arbeiteten, unterhielten sie sich – über Motorräder, Musik, kleine Pannen und große Träume. Ihre Stimme war warm, ihr Lachen echt. Jack empfand Sympathie, ein leises, wohltuendes Echo von Nähe. Als sie gemeinsam das Werkzeug wieder verstauten, fragte sie mit einem Lächeln, ob sie nicht mal zusammen fahren wollten. Jack zögerte nicht. „Sehr gern", sagte er.

Mit der Zeit, ganz sachte, verwandelte sich Jacks anfängliche Sympathie in etwas Tieferes. Anfangs glaubte er, es sei Freundschaft – eine jener seltenen, ehrlichen Verbindungen, die durch geteilte Leidenschaft und stille Übereinstimmung wachsen. Doch nach einigen weiteren Monaten, in denen sie sich nicht mehr nur zum Motorradfahren trafen, sondern auch zusammen ins Kino gingen, gemeinsam durch die Stadt schlenderten oder bei Kaffee und Lachen den Alltag vergaßen, wurde Jack etwas klar: Es war keine Freundschaft. Zumindest nicht nur. Er hatte sich verliebt. Eine Weile wagte Jack es nicht, es ihr zu sagen. Die Angst, abgewiesen zu werden, nagte an ihm wie einst der Zweifel. Was, wenn sie nicht dasselbe empfand? Was, wenn er mit seinem Geständnis alles zerstörte, was sie miteinander hatten? Doch dann erinnerte er sich an jene Nacht mit dem Tod, an das Gespräch unter dem lila Himmel, an die Glühwürmchen und Manjas Worte. Und so holte er tief Luft, sammelte all seinen Mut – und gestand seiner „Kawa", wie er sie seit jeher nannte, weil sie eine Kawasaki fuhr und ihren richtigen Namen ihm nie verraten hatte, was er für ein charmantes Rätsel hielt – dass er sich in sie verliebt hatte. Und das nicht erst seit gestern.

Jack erzählte „Kawa" nicht nur, dass er sich in sie verliebt hatte – er erzählte ihr auch warum. Er sprach von Manja, der warmherzigen Krankenschwester, die ihm einst nach einem schweren Unfall geholfen hatte, körperlich wie seelisch. Er erzählte, wie sie sich immer näher kamen, wie sich aus Dankbarkeit Vertrautheit entwickelte, aus Vertrautheit Zuneigung, und wie daraus Liebe geworden war – eine Liebe, die nie ausgesprochen wurde. „Wir haben es uns nie gesagt", murmelte Jack und blickte in die Ferne, als könnte er Manjas Lächeln im Wind erkennen. „Wir haben es gespürt, beide, aber nie ausgesprochen. Und dann war es zu spät. Sie ist gegangen – und ich blieb zurück, mit dem, was unausgesprochen blieb. Ich will nicht, dass das noch einmal passiert. Ich will nicht wieder schweigen, wo mein Herz schreit." Er sah „Kawa" an – ehrlich, verletzlich, offen. „Deshalb sage ich es dir. Weil ich dich liebe. Und weil ich gelernt habe, dass unausgesprochene Liebe das Schwerste ist, was man im Herzen tragen kann."

„Kawa" wurde rot. Sie senkte den Blick, sodass Jack nicht sehen konnte, wie sich ein leises Lächeln auf ihr Gesicht stahl – zart wie der erste Sonnenstrahl nach einem langen Regen. Jack hingegen spürte ein flaues Gefühl in der Magengegend aufsteigen. In seinem Inneren breitete sich die Überzeugung aus, dass er einen Fehler begangen hatte. „Entschuldige, dass ich dir das gesagt habe", murmelte er und drehte sich bereits um, bereit, sich zurückzuziehen, um ihre Ruhe nicht weiter zu stören. „Ich gehe. Ich wollte dir nicht zu nahe treten." Doch bevor er auch nur einen Schritt machen konnte, spürte er ihre Hand an seinem Arm. Ihr Griff war fest, nicht hart – eher wie ein Anker in der aufgewühlten See seines Herzens. „Willst du nicht wenigstens abwarten, was ich dazu zu sagen habe?" fragte „Kawa" – mit einem Tonfall, der Jack augenblicklich in die Schulzeit zurückversetzte. Es war genau diese Stimme, mit der seine Grundschullehrerin ihn ermahnt hatte, wenn er ungeduldig vorpreschte. Eine Stimme, die ihn innehalten ließ.

Jack blieb stehen. Langsam drehte er sich wieder um, innerlich schon auf den unvermeidlichen Satz gefasst, der beginnen würde mit: „Du bist wirklich ein toller Mensch, Jack, aber …" Er sah sich schon in jener wohlmeinenden Freundschaft verbannt, die alles meint, nur keine Liebe. Doch „Kawa" – die Frau, die bis eben noch diesen Spitznamen trug wie eine zweite Haut – sah ihm fest in die Augen. Es war kein Zögern mehr in ihrem Blick, keine Ungewissheit, nur stille Entschlossenheit. „Nun pass mal auf", begann sie – ruhig, aber bestimmt. „Nenne mich bitte bei meinem richtigen Namen. Ich heiße Manja." Jack zuckte innerlich zusammen. Der Name traf ihn wie ein Windstoß, der aus einer anderen Zeit kam. „Und ich habe schon lange gehofft – und darauf gewartet – dass du mir genau das sagst, was du eben gesagt hast", fuhr sie fort. „Ich habe mich nämlich selbst nicht getraut, mir meine Gefühle einzugestehen."

Jack musste sich setzen. In seinem Inneren glühte es – wie eine Glut, die lange unter Asche geschlummert hatte und nun in loderndes Feuer überging. Freude, Erleichterung, Liebe – alles vermischte sich zu einem Gefühl, das ihn überwältigte. Doch nur für einen Moment. Dann stand er wieder auf, trat an Manja heran und schloss sie in seine Arme. Da fiel sein Blick zur Kreuzung. Dort, wo sich Wege teilen – oder zusammenfinden. Ein Motorrad stand dort, eines, das Jack kannte. Der Tod saß darauf, sein schwarzer Mantel wehte leicht im Abendwind. Und hinter ihm, als Sozia – eine Frau, die Jack ebenfalls nur zu gut kannte. Sie hob die Hand, ihr Daumen zeigte nach oben, ein stilles Zeichen des Einverständnisses, der Freude. Der Tod fuhr langsam an. Und jetzt erkannte Jack sie klar. Es war seine Manja – jene Manja aus der Erinnerung, aus der Zeit vor dem Abschied. Sie lächelte ihn an. Und in diesem Lächeln lag kein Schmerz mehr. Nur Frieden. Und ein letzter stiller Gruß..

D R E I

Dort, wo sich zwei unbefestigte Straßen im tiefen Süden Louisianas kreuzen, südlich von New Orleans, liegt eine Kreuzung, die die Karten längst vergessen haben. Der rote Lehmstaub der Wege wird von keinem Wind verweht, denn die Luft steht still – schwer vom Duft der feuchten Erde und den fauligen Süßnoten des Sumpfes. Sumpfzypressen säumen die Ränder, knorrig und mit hängenden Bärten aus Spanischem Moos, wie alte Greise, die schweigend auf ein längst vergangenes Zeitalter blicken. Kein Laut ist zu hören, außer dem gelegentlichen Rascheln eines Reihers oder dem Knacken eines Astes, das aus der Tiefe des Dickichts dringt. Die Kreuzung selbst liegt da wie ein uraltes Versprechen.

Kein Ort auf dieser Welt scheint so fern von allem, was lebt, wie diese Kreuzung. Keine Häuser in Sicht, kein Strommast, kein Zaun. Nur Erde, Staub und das matte Licht, das sich durch den grauen Schleier der Dämmerung tastet. Die Straße, wenn man sie so nennen will, verliert sich in beide Richtungen wie eine Erinnerung, die keiner mehr erinnert. Kein Motorengeräusch, kein Vogelruf, kein Hund, der anschlägt – nichts. Die Luft ist dick, feucht, fast süßlich, wie das Atmen unter einer nassen Decke. Der Himmel, milchig überzogen, presst sich herab, als wolle er das Land unter sich begraben. Selbst das Rascheln der Bäume hat hier etwas Gespenstisches, als würden sie flüstern, was keiner hören will. Wer hier steht, steht allein – nicht nur körperlich, sondern mit allem, was ihn ausmacht. Die Einsamkeit ist nicht nur draußen, sie kriecht in die Seele.

In der exakt vermessbaren Mitte der Kreuzung – so genau, als hätte jemand mit Lineal und Kompass den Schnitt der Wege festgelegt – steht ein alter schwarzer Mann. Keine Bewegung geht von ihm aus. Er steht einfach nur da, wie eine Statue aus Fleisch, aus Vergangenheit, aus Liedern, die keiner mehr hört. Die feuchte, schwere Luft legt sich auf seine Schultern wie ein Gewicht, das er seit Jahren trägt. Und während der Tag sich hinter Dunst und Dämmerung verliert, kriecht die Einsamkeit in seine alten Knochen, langsam, wie kalter Nebel. Sie tastet sich weiter, sucht die Ritzen in seinem Innersten, um auch die letzten warmen Winkel seiner Seele zu erreichen. Und er weiß: Dies ist der Ort. Der Moment. Die Stille, die alles entscheidet.

Er steht da, als wäre er aus der Erde selbst gewachsen, aus dem Staub der Wege, die sich hier kreuzen, aus dem Klang vergangener Nächte. Seine schwarze Kordhose, längst vom Leben gegerbt, trägt den Staub unzähliger Meilen. Die Kordlippen – einst fein und dicht – sind vielerorts nur noch zu erahnen, wie verblassende Erinnerungen, die nur der Träger selbst noch ganz kennt. Über die Hose spannt sich ein Hemd, das direkt aus den 1970er Jahren gefallen sein könnte: groß gemustert, knallige Farben unter der Sonne verblichen. Und doch wirkt es seltsam neu, als hätte er es heute Morgen sorgfältig gebügelt und angezogen – vielleicht für diesen Moment. Vielleicht für das, was nun kommen soll. Um den Hals trägt er eine dünne Krawatte, mehr ein Band, fast eine Geste, gebunden wie eine schlichte Schleife – ein stummer Gruß an eine Zeit, als selbst der Blues sich noch herausputzte. Seine krausen, weißen Haare – geordnet wie ein Sturm, der sich beruhigt hat – verschwinden fast ganz unter einem schwarzen Hut mit breiter Krempe. Der Hut sitzt tief, wirft Schatten auf sein Gesicht, lässt nur die Konturen erahnen: markant, eingefallen, gezeichnet von Wind, Whiskey und Jahren. Sein Jacket, ebenfalls aus Kord, ist etwas besser erhalten, doch auch hier hat der Staub des Weges Besitz ergriffen. Es scheint grau im Zwielicht, und vielleicht ist es das auch geworden – grau wie der Übergang zwischen Tag und Nacht, zwischen Leben und Tod. An seinen Füßen trägt er Lacklederschuhe – einst sicher glänzend, fast stolz. Nun jedoch so mit Staub bedeckt, dass nur noch schwache Lichtreflexe verraten, was sie einmal waren. Die Absätze sind abgenutzt, aber fest – als hätten sie sich nie von einem Weg abbringen lassen. Die Schuhe eines Mannes, der mehr gegangen ist, als andere gelebt haben. Und so steht er da. Nicht wie jemand, der wartet. Sondern wie jemand, der angekommen ist.

Robert hatte nie das, was man einen leichten Start ins Leben nennt. Geboren in eine zersplitterte Familie irgendwo in den sumpfigen Randzonen von Louisiana, war er das älteste von sechs Kindern. Keines von ihnen hatte denselben Vater. Ihre Mutter, eine erschöpfte Frau mit müden Augen und rauer

Stimme, hatte gelernt, durchzukommen – irgendwie. Der Vater? Nur ein Schatten, ein vergessener Name in einem warmen Sommer, der viel zu schnell verging. Genauso wie die anderen Männer, die kamen und gingen, wie die Züge der dampfenden Southern Pacific Lines in der Ferne. Schon mit elf Jahren endete für Robert die Schule. Nicht, weil er dumm war – oh nein, seine Lehrer sagten, er sei klug, aufgeweckt, musikalisch. Aber jemand musste helfen, die hungrigen Mäuler zu stopfen. Also ging Robert arbeiten: auf Baustellen, in Lagern, in der Hitze, im Staub. Er war fleißig, verlässlich – ein Junge, auf den man zählen konnte. Und vielleicht war es ein Anflug von Güte, aber auf alle Fälle Respekt vor dem hart arbeitenden Robert, der seinen Boss dazu bewegte, ihm zu Weihnachten eine alte, aber gut erhaltene Gitarre zu schenken. Keine große Geste, eher eine dieser stillen Freundlichkeiten, die das Schicksal manchmal wie aus Versehen austeilt. Robert verliebte sich sofort. In das Gewicht der Gitarre, in das Holz, das nach Geschichten roch. Er übte nachts, wenn das Haus schlief, mit schmerzenden Fingern und einem Herzen, das auf jeden Ton lauschte wie auf eine Offenbarung. Er brachte sich alles selbst bei. Der Blues, der ihm aus den Fingern rann, war roh, ungeschliffen – aber echt. Dann kam der Ruf des Krieges. Vietnam. Der Dschungel. Die Angst. Der Lärm. Die Stille danach. Robert überlebte. Seine Seele jedoch blieb in Teilen zurück. Doch dort, im fernen, fiebrigen Dschungel, traf er einen anderen Musiker – ein Bruder im Geiste, ein Mann mit Verbindungen. Nach dem Krieg verhalf er Robert zu einer Anstellung als Studiomusiker. Und so begann ein neues Kapitel.

Robert war schnell mehr als nur ein Studiomusiker – er wurde zu einer Legende hinter den Kulissen. Die Produzenten kannten seinen Namen, die Künstler empfahlen ihn weiter wie ein geheimes Rezept. Mit der Zeit lernte er auch die Mundharmonika zu spielen, nicht aus Ehrgeiz, sondern aus Liebe zum Klang. Diese kleinen, silbernen Kästen, die aus Atem Musik machen, passten zu ihm. Und je mehr Instrumente er beherrschte, desto öfter wurde er gebucht. Wenn ein Gitarrenpart Seele brauchte oder eine Mundharmonika das Herz einer Ballade sein sollte, dann rief man Robert. Er kam nie zu spät, sprach nie viel – und spielte, als würde jeder Ton die Geschichte seines Lebens erzählen. Und je mehr Instrumente er beherrschte, desto öfter wurde er gebucht. Seine Töne lebten auf unzähligen Alben – Blues, Soul, Funk, manchmal auch Jazz –, doch sein Name stand nie auf dem Cover. Er war der Mann hinter den Klängen. Ein Schatten, in dem andere glänzen durften. So konnte er sich eine kleine Wohnung leisten, gemütlich, in einem alten Backsteinhaus am Rande der Stadt. Kein Luxus, aber Frieden. Keine Armut, aber auch kein Überfluss. Er hatte keinen Hunger mehr, das reichte ihm. Es war ein gutes Leben – nicht laut, nicht glänzend, aber warm wie das Licht, das jeden Abend durch sein Küchenfenster fiel. Was ihm fehlte? Eine eigene Stimme. Ein eigener Song. Sein Song. Der eine, der nicht in einer anderen Biografie stand, sondern in seiner. Eine Platte, die sagte: Hier bin ich. Das war mein Lied. Doch dieser Traum erfüllte sich nie.

Weit draußen, jenseits der flirrenden Hitze, wo der Horizont in der staubigen Luft verschwimmt, regt sich etwas. Ein Punkt, kaum größer als der Kopf einer Nadel, zeichnet sich gegen das gleißende Licht ab. Schwarz. Still. Und doch… Hinter ihm bäumt sich eine gewaltige Staubwolke auf, als hätte jemand einen Sack voller Asche in den Himmel geworfen. Der Kontrast wirkt fast lächerlich – wie kann so etwas Kleines so viel Aufsehen erregen? Der Punkt bleibt winzig, und doch tanzt der Staub um ihn wie in einem Sturm aus Sand und Erinnerung. Es sieht aus, als würde sich der Punkt kaum bewegen, und doch wächst er mit jeder Sekunde. Schritt für Schritt frisst er sich durch das endlose Licht, die leere Straße entlang, langsam, aber unerbittlich. Robert hebt den Blick. Er verengt die Augen. Er weiß, was da kommt. Er bleibt stehen, mitten im Kreuz, und wartet.

Der Punkt wächst, wird Form, wird Linie, wird Schatten – und dann, plötzlich, wird er Legende. Ein schwarzer Cadillac DeVille rollt wie ein stilles Unwetter über das staubige Land, majestätisch und schwer, als trüge er die Melancholie einer ganzen Epoche auf seinem Rücken. Sein Lack ist so tiefschwarz, dass er kein Licht spiegelt, sondern es zu verschlucken scheint – wie ein stiller See bei Nacht, in dem sich kein Stern mehr verliert. Die langen, geschwungenen Flanken des Wagens erzählen von einer Zeit, als Eleganz noch eine Haltung war und Geschwindigkeit ein Versprechen, das man nur im Flüsterton aussprach. Die Kotflügel schwingen sich wie sanfte Wellen über riesige Weißwandreifen, die sich gemächlich über den aufgewühlten Schotter schieben, als ob sie dem Ort Respekt zollen wollten. Die Motorhaube – eine glänzende Kanzel – streckt sich endlos nach vorn, so als wolle sie selbst der Zeit ein Schnippchen schlagen. Das Kühlergrillgitter ist ein Gitternetz aus Ordnung und Macht, so fein gewebt, dass sich selbst der Wind darin verfängt. Und über allem, wie eine Signatur auf einem vergilbten Liebesbrief, prangt das Emblem: das Wappen des Cadillac, eingefasst in Chrom, als trüge es den Stolz vergangener Könige. Der Wagen hält. Kein Ruck. Kein Aufbäumen. Nur das Verstummen der Welt. Staub wirbelt nach, senkt sich wie Nebel um die mächtigen Räder. Die Tür öffnet sich nicht – noch nicht. Aber sie wird es.

Die Tür des Cadillac schwingt mit einem leisen, öligen Seufzen auf – nicht hastig, nicht träge, sondern wie ein Versprechen, das sich Zeit nimmt. Aus dem Schatten des Wagens steigt ein junger schwarzer Mann, als sei er dem Glanz vergangener Jahrzehnte entsprungen. Sein Anzug sitzt wie gemalt – tiefschwarz, schimmernd im goldenen Licht der langsam sinkenden Sonne, als sei er aus Nacht selbst geschneidert. Die Schultern breit, die

Hose messerscharf gebügelt. Das weiße Hemd darunter ist so hell, dass es kurz flirrt gegen das matte Glimmen der Staubluft. Um seinen Hals liegt eine schwarze Krawatte, schmal wie ein schlafender Fluss. Auf seinem Kopf ein weißer Hut, breitkrempig, makellos, und doch trägt er ihn, als sei er schon immer dort gewesen – ein Thron aus Filz. Zwischen seinen Lippen glimmt ein Zigarillo, der langsam bläulichen Rauch in den heißen Abend ausatmet. Der Fremde grinst – nicht feixend, nicht überheblich, sondern wissend. Ein Grinsen, das Geschichten kennt. Alte Geschichten. Und vielleicht auch Roberts Geschichte. Er sagt noch nichts. Aber sein Blick spricht. Und Robert spürt, wie der Staub unter seinen Füßen still wird.

Robert steht wie festgenagelt, die Finger umklammern den Hals seiner Gitarre, als hielte er sich an einem Relikt aus Fleisch und Holz fest, das ihn noch an die Welt der Lebenden bindet. Der Staub kriecht ihm in die Stiefel, die Sonne ist längst kein Trost mehr, sondern eine bleierne Last auf seinen Schultern. Und dieser Mann, dieser Fremde in Weiß, tritt wie ein Schatten ans Licht. Der Hut sitzt leicht schräg auf seinem Kopf, als verlange es nach einem Applaus. Die Zigarillo glimmt wie ein müder Stern. Der Mann macht zwei, drei Schritte – keine gewöhnlichen Schritte, sondern kleine Auftritte. Jeder mit einem federnden Schwung, als tanze er über eine Bühne, die nur er betreten darf. „So, so…" sagt er, die Stimme wie aus Rauch geformt, fein gesponnen aus Samt und Spott. „Du willst also ein Geschäft mit mir machen?" Ein Hauch von Belustigung liegt auf seinen Lippen, als hätte er diesen Satz schon unzählige Male gesagt – und doch nie mit weniger als theatralischer Grandezza. Er hebt eine Hand, dreht sie, als wollte er die Luft aufziehen wie eine Spieluhr. „Ein alter Mann mit abgewetztem Klang und staubigen Fingern. Will der Welt noch einen letzten Akkord schenken, ja?" Die andere Hand streicht über sein Revers, ein gestenreiches Schauspiel, affektiert – doch jede Bewegung sagt: Ich darf das. Ich bin der Einzige, der das darf. Robert schluckt. Sein Herz schlägt nicht schneller, aber schwerer. Er weiß nicht, ob es Mut ist oder nur die Verzweiflung, die lange schon Mut spielt. Aber er weiß auch: Jetzt ist der Punkt überschritten. Es gibt keinen Weg zurück. Nicht von hier. Nicht von dieser Kreuzung. „Ob es eine gute Idee war?" murmelt er sich selbst zu. „Zu spät, alter Mann."

Robert öffnete den Mund, wollte sprechen, doch der junge Mann schnitt ihm das Wort mit einer eleganten, fast tänzerischen Handbewegung ab. „Ich weiß, ich weiß, ich weiß ..." begann er, jede Silbe ein bühnenreifes Seufzen. Seine Stimme war seidig und geschmeidig, doch darunter vibrierte ein Ton wie von alten Saiten, die zu oft gespannt wurden. „Du willst Unsterblichkeit. Nicht aus Eitelkeit, nein –" er hob eine Braue und neigte leicht den Kopf, „du willst Zeit. Zeit, um endlich diesen einen Song zu schreiben. Den Song, der bleibt. Der nicht nur gehört, sondern gespürt wird. Der sich in die Herzen der Menschen brennt wie Whiskey in eine Kehle, wie Hitze in Asphalt." Er trat einen Schritt näher an Robert heran, der Zigarillo locker zwischen zwei Fingern, ein süßlicher Qualm umspielte seine Silhouette. „Und weißt du was? Ich schenke dir das. Ja." Er blies den Rauch langsam in den Himmel. „Ich weiß, du hast nichts, was du mir im Gegenzug geben könntest. Noch nicht. Aber das wird sich ändern. Alles ändert sich. Und wenn wir uns wiedersehen – und wir werden uns wiedersehen, Robert –, dann reden wir über den Preis. Ganz in Ruhe." Der junge Mann lächelte breit. Viel zu breit.

Der junge Mann wendet sich mit einem letzten Blick über die Schulter ab, steigt in den Cadillac, dessen Tür sich fast lautlos schließt, als würde der Wagen selbst den Atem anhalten. Noch immer mit diesem unverschämt breiten Grinsen auf den Lippen – einem Grinsen, das mehr versprach als es verriet – kichert er leise, während der Zigarillo in seinem Mundwinkel zu glimmen beginnt wie eine kleine, höllische Laterne. Der Motor erwacht mit einem tiefen Grollen, wie ein uraltes Tier, das aus dem Schlaf gerissen wird. Staub wirbelt auf, tanzt in der Hitze wie goldene Gespenster, und das Auto rollt los, langsam, gemessen, würdevoll wie ein Leichenzug für eine Seele, die noch nicht weiß, dass sie verloren ist. Robert blinzelt. Er hustet. Die Staubwolke wird dichter, reißt die Kreuzung aus der Welt und hüllt ihn in flimmerndes Nichts. Und während der Cadillac sich entfernt, scheint er nicht kleiner zu werden. Er verschwindet. Nicht in der Ferne, nicht hinter einer Kurve – nein. Er löst sich auf. Als hätte ihn der Staub selbst verschluckt. Als sei er nie da gewesen, nur ein Flackern in der Sommerluft. Robert steht allein. Noch immer in der Mitte der Kreuzung. Und die Welt um ihn scheint ein klein wenig leiser geworden zu sein.

Das Licht im Studio war gedämpft, ein warmes Glühen zwischen Mahagoni-Holz und mattschwarzen Mikrofonarmen. Die Luft roch nach Kabelisolierung, nach altem Schweiß und frischem Kaffee – der Duft vergangener Nächte voller Musik und der bittersüßen Hoffnung, dass irgendetwas davon bleiben möge. Robert saß auf seinem Hocker, die Gitarre locker im Schoß, als wäre sie ein Teil von ihm. Die Finger seiner linken Hand glitten prüfend über das Griffbrett, während er mit der Rechten eine alte Saite anspielte, die sich wie ein Seufzer durch den Raum zog. Er hatte schon hunderte solcher Sessions erlebt. Tausende. Doch heute war anders. Irgendetwas schwang mit in der Stille vor dem ersten Ton – etwas, das ihn aufmerken ließ. Der junge Produzent ihm gegenüber – kaum älter als ein paar Silben im Kalender seines Lebens – nickte ihm zu.

Er war jung – nicht jünger als das Licht, aber jünger als die Müdigkeit in Roberts Knochen. Vielleicht Mitte dreißig, vielleicht jünger, schwer zu sagen. Energie umgab ihn wie ein unsichtbares Feld, vibrierend, ruhelos. Nicht aufdringlich, aber spürbar – wie das Summen einer gespannten Saite. Blond war er, fast weiß das Haar, ein feines Gesicht, beinahe androgyn, als hätte man die Züge von Vater und Mutter so harmonisch aufeinander abgestimmt, dass sie sich aufhoben – und etwas Drittes entstanden war. Sein Stil war lässig, nicht achtlos: abgewetzte Bluejeans, weiße Sneaker, ein schlichtes, sauberes T-Shirt. Darüber ein schwarzer Blouson, der offen stand, als hätte er es eilig zu leben. Trotz seiner Jugend haftete ihm eine stille Autorität an, wie sie nur jemand ausstrahlt, der mit Musik aufgewachsen ist wie andere mit Muttersprachlichkeit. Der Vater ein Produzent, die Mutter erste Solistin im Orchester – er hatte Takte im Blut und Melodien in der Lunge. Seine Bewegungen, seine Haltung, sogar sein Schweigen schienen vom Klang durchzogen. Er sah nicht wie jemand aus, der Blues machte – aber er war jemand, der ihn verstand.

Beide warteten. Schweigend. Auf das Popsternchen, das sich bereits eine Stunde verspätete. Es war eine „Dame" jener Namen, die derzeit überall auftauchten und doch nirgends hafteten – weichgespült, glattgezogen, mit genug Lippenstift und Autotune, um das Fehlen echter Geschichten zu kaschieren. Robert war es recht. Je länger sie ausblieb, desto länger blieb ihm dieser Studio-Raum vom süßlichen Duft der Künstlichkeit verschont. Er mochte diesen neuen Pop nicht. Diese durchkalkulierten Songs, die am Reißbrett entworfen wurden: geschrieben von fremden Federn, arrangiert von Profis, eingespielt von Studiomusikern wie ihm – und dann mit ein paar glitzernden Vokal-Hauchern überzogen, die man „Gesang" nannte Das Ergebnis? Töne, die keine Seele trugen. Texte, die nichts erzählten, weil es nichts zu erzählen gab. Und mittendrin diese aufgebrezelten Stimmen, die sich selbst für Künstlerinnen hielten, obwohl sie nur die letzten Boten eines langen Produktionsprozesses waren. Robert war alt. Und er hatte vieles gesehen. Aber nie hätte er gedacht, dass Musik einmal so seelenlos werden könnte. Nein – es war ihm recht, dass sie sich verspätete. Sehr recht sogar.

Aus reiner Langeweile begann Robert, mit den Fingern über die Saiten seiner Gitarre zu streichen. Ein paar schlichte Töne, nur so dahin geworfen, fast achtlos. Doch was da aus dem Holz klang, war mehr als bloße Zeitvertreib. Es war eine Melodie, roh und reduziert, wie aus Staub geboren. Sie war nicht mehr als ein Hauch, aber sie hatte Gewicht. Das Gewicht von Jahren, von Schmerzen, von Geschichten, die nie erzählt wurden. Der junge Produzent hob den Kopf. Ohne ein Wort griff er zu einer der Studiogitarren, die neben dem Mischpult lehnte – irgendeine, es war egal. Seine Finger fanden schnell ihren Weg über das Griffbrett, als hätten sie nur auf diesen Augenblick gewartet. Er stimmte mit ein, leise zunächst, suchend. Dann antwortend. Fragend. Weitertragend. Und so begannen sie zu spielen – ein alter Mann und ein junger. Zwei Körper, zwei Seelen, zwei Gitarren. Es war ein Blues, geboren aus dem Nichts, improvisiert, doch wie aus einer anderen Welt gesandt. Schwer war er, voller Schmerz, aber in seinem Kern lag eine seltsame Leichtigkeit, wie die einer Schwanenfeder, die auf einem stillen Teich tanzt. Kein Wort wurde gesprochen. Der Raum war erfüllt von etwas Echtem. Und draußen, jenseits der Studiowände, schien die Welt für einen Moment stillzustehen.

Plötzlich verstummte der junge Produzent. Seine Finger hielten inne, die Saiten unter ihnen schwiegen. Nur Roberts Spiel war noch zu hören – ein leichtes, beinahe zärtliches Zupfen, das mehr fragte als spielte. Verwirrt hob er den Kopf und blickte den Jüngeren an, die Augenbrauen leicht gehoben, ein fragendes Knurren im Blick, das keine Worte brauchte. „Weißt du", sagte der junge Mann schließlich, leise, fast ehrfürchtig, „ich habe noch nie jemanden mit so viel Herz spielen hören wie dich. Da ist… da ist Geschichte in deinem Spiel. Und Schmerz. Und… Schönheit." Er hielt inne, fuhr sich durch das helle Haar, als müsse er seine Gedanken ordnen, dann fragte er: „Wie heißt du?" „Robert", antwortete der Alte schlicht. Der Produzent lachte leise und schüttelte den Kopf. „Robert. Ja. Aber… ich meine deinen ganzen Namen. Für ein Cover. Für die Bühne. Für das, was wir hier gerade anfangen. ‚Nur Robert' – das ist zu wenig." Robert zuckte mit den Schultern. „Alle haben mich immer nur Robert genannt. Nichts weiter." Ein Moment des Schweigens. Dann lehnte sich der junge Mann zurück, legte die Gitarre sanft auf den Boden, als wäre sie ein schlafendes Tier, und sagte: „Dann wirst du ab heute Robert the Blues heißen. Weil du es bist. Weil du der Blues bist." Robert blinzelte, als hätte ihn ein Windhauch gestreift. Und dann – ein kaum merkliches Nicken. Kein Widerspruch. Kein Lächeln. Nur das leise Einverständnis eines Mannes, der weiß, dass ihm soeben ein Name gegeben wurde, der schon immer der seine war.

„Robert the Blues, huh?" sagte Robert leise, als würde er den Namen kosten wie einen guten Whiskey. Dann schüttelte er kaum merklich den Kopf, hob die Mundharmonika vom Tisch, ließ sie aber wieder sinken, noch bevor ein Ton erklang. Stattdessen blickte er auf seine Hände, auf die vom Leben gegerbte Haut, die Schwielen an den Fingerkuppen. „Ich danke dir, Junge. Wirklich. Aber… Robert reicht. Reicht seit Jahrzehnten. Ich bin kein Name für ein Cover. Ich bin einer, der die Noten bringt, damit andere sie glänzen lassen." Er lachte rau, ohne Freude. „Ich bin ein Studiomann. Einer von denen, die man hört, aber nicht sieht. Kein Schwein kommt auf die Idee, mit mir 'nen Song aufzunehmen. Schon gar keinen, den ich geschrieben hab. Und erst recht keinen, den ich selbst sing." Der junge Mann antwortete nicht sofort. Stattdessen stand er auf, streckte sich wie jemand, der das ganze Universum umarmen will, trat dann langsam zu Robert und streckte ihm die Hand hin. „Jason", sagte er. „Ich heiße Jason. Und du irrst dich, Robert." Robert sah ihn an. Seine Augen – dunkel wie Mississippi-Schlamm, tief wie Südstaaten-Sommernächte – wurden schmal. „Ach ja?" Jason nickte. „Ja. Denn ich bin genau dieser Niemand, den du gerade erwähnt hast. Ich bin der, der einen Song mit dir aufnehmen will." Er ließ eine Pause, schob die Hände in die Taschen seines Blousons. „Nicht einen. Zehn. Ein ganzes Album." Stille. Der Raum hielt den Atem an. Die

Schatten an den Wänden lauschten. „Zehn?" Jason nickte, als sei das das Selbstverständlichste der Welt. „Zehn Lieder, Robert. Zehn Geschichten. Zehn Wahrheiten. Und jede davon gehört dir. Ich will sie hören. Ich will sie aufnehmen. Ich will, dass die Welt weiß, wer Robert the Blues ist."

Robert ließ den Blick auf den Saiten seiner Gitarre ruhen, zupfte beiläufig, fast nachlässig, ein paar Töne. Es war ein Spiel ohne Richtung, ohne Ziel – aber dennoch nicht leer. „Junge," murmelte er, ohne aufzusehen, „hör auf, 'nen alten Mann zu verscheißern." Jason grinste – nicht spöttisch, nicht überheblich. Es war das Grinsen eines Menschen, der weiß, dass er nicht recht geben muss, um recht zu behalten. „Schon gut, Robert. Wir machen's, wie du willst." Robert nickte kaum merklich und griff fester in die Saiten. Die ersten Akkorde flossen, gemächlich wie ein alter Fluss nach einem langen Sommer. Jason setzte sich wieder, schnappte sich die Studiogitarre, folgte dem Fluss mit eigenen Melodiebögen. Kein großes Konzept, keine festgelegten Takte – nur Musik. Atem und Herzschlag aus Klang. Ohne ein Wort hob Jason die Hand und deutete dem Tontechniker durch das Glas: Aufnahme. Ein stilles Nicken hinter dem Mischpult. Ein rotes Licht glimmte auf – nicht hell, nicht aufdringlich. Nur da. Zeuge eines Anfangs. Robert bemerkte es nicht. Oder tat zumindest so. Seine Finger bewegten sich über die Gitarre wie im Schlaf, wie in Träumen, die älter sind als Worte. Und Jason? Jason hörte zu. Nicht nur auf die Noten – sondern auf das, was zwischen ihnen lag. So vergingen drei Stunden. Drei Stunden voller Riffs, Brüche, Phrasen, die Geschichten erzählten, bevor sie überhaupt Worte hatten. Drei Stunden, in denen zwei Musiker aus zwei Welten denselben Akkord fanden. Und am Ende – da war nichts gesagt. Keine große Geste. Nur ein Nicken. Ein Aufstehen. Ein Verstummen. Aber das rote Licht brannte noch.

Der nächste Tag im Studio war dumpfer als der vorherige, als hätte die Luft das Gewicht des Erwartbaren angenommen.

Das Popsternchen, exakt geschminkt und mit mehr Parfüm als Seele, trällerte ihren Text ins Mikrofon. Worte ohne Wurzeln, Gefühle aus zweiter Hand. Robert begleitete sie mit seiner Gitarre – präzise, nüchtern, professionell bis in die Fingerspitzen, aber man hörte, dass sein Herz sich in den Ruhezustand begeben hatte. Kein Glanz in den Tönen, nur Handwerk. Reines, sauberes, perfektes Handwerk. Jason saß neben dem Tontechniker und verzog bereits beim zweiten Take leicht das Gesicht – nicht vor Entsetzen, sondern aus dem Wissen heraus, dass es keinen dritten brauchte. Besser würde es niemals werden. Er lehnte sich zurück, ließ die Finger über das Mischpult gleiten, fast schon müde. „Super. Wir haben's," sagte er tonlos. Das Popsternchen drehte sich mit einem affektierten Lächeln um. „Ich sagte doch immer, dass ich gut bin. Ich weiß gar nicht, warum ich überhaupt 2 Takes einsingen musste." Dann drehte sie sich auf dem Absatz um und verschwand – eine Silhouette aus Lack und leerem Applaus. Jason ließ die Tür hinter ihr zufallen und trat zu Robert, der wortlos seine Gitarre im Case verstaute „Hey, Robert..." begann Jason vorsichtig, „wir haben noch fast 'ne Stunde Studiozeit. Hättest du Lust, noch ein bisschen zu jammen? Ganz frei, nur du und ich." Robert hob eine Braue, sein Blick war wachsam. „Nur wenn du versprichst, dass du diesmal nicht heimlich aufnehmen lässt." Jason hob beide Hände. „Pfadfinder-Ehrenwort. Kein rotes Licht. Kein Tonband. Nur Musik." Robert nickte, schloss den Gitarrenkoffer wieder und hob sein Instrument mit einem Seufzen heraus. Dann hielt er inne, sah Jason prüfend an – lange, forschend. „Also, Junge... wenn du nicht so ein Weißbrot wärst, ich würd' schwören, ich hab dich schon mal gesehen." Jason grinste nur, setzte sich, nahm eine Gitarre vom Haken, und begann – ganz langsam – zu improvisieren. Robert schüttelte leicht den Kopf, aber dann fiel er ein. Mit einem Ton, der wie ein Seufzer klang. Und dann flossen sie wieder zusammen – zwei Stimmen, zwei

Gitarren, zwei Seelen, die sich trafen in einem Klang, der kein Zuhause brauchte, weil er selbst eins war.

Am nächsten Morgen betrat Robert das Studio und runzelte leicht die Stirn, als er Jason schon dort sitzen sah – leger wie eh und je, mit einer Kaffeetasse in der einen und einer Zigarette in der anderen Hand, obwohl drinnen längst Rauchverbot herrschte. „Du schon wieder, Junge?" fragte Robert, seine Stimme halb verwundert, halb amüsiert. Jason grinste. „Tina hat gestern zu tief ins Glas geschaut. Die Diva hat sich selbst außer Betrieb gesetzt. Kann heute keinen Ton singen. Aber das Studio ist gebucht – drei Tage, im Voraus bezahlt. Und du bist auch gebucht, Robert." Robert schob seine Gitarre etwas höher auf die Schulter. „Ich dachte, der bezahlte Tag sei für ihre Sirenengesänge reserviert." „War er auch. Aber der Kater hat ihr den Auftritt vermasselt. Ich hab den Tontechniker schon nach Hause geschickt, damit du mir glaubst – kein rotes Licht, kein verstecktes Mikro." Jason hielt demonstrativ die leeren Hände hoch, fast feierlich. „Ich will einfach nur jammen. Den ganzen Tag. Nur du und ich. Kein Plan. Keine Erwartungen." Robert nickte langsam, seine Augen schmal, aber nicht misstrauisch – eher nachdenklich. „Ein ganzer Tag zum Spielen, ohne jemandem gefallen zu müssen… Das hatte ich lange nicht." Er nahm Platz, ließ die Gitarre von der Schulter gleiten wie einen alten Mantel, der endlich wieder passte. „Also gut, Junge. Lass uns Musik machen. Nur Musik."

Nach einer ganzen Weile, als ihre Finger längst im Rhythmus einer wortlosen Geschichte über die Saiten glitten, fragte Jason plötzlich, ohne den Blick zu heben, ohne aufzuhören zu spielen: „Sag mal, Robert… wie kommt es, dass du so gut bist? Ich hab viele Gitarristen gehört – richtig gute. Aber keiner klingt wie du." Robert antwortete nicht sofort. Seine Finger bewegten sich weiter, als würden sie erst in der Musik nach einer Antwort suchen. Schließlich sagte er leise, fast nach innen gesprochen: „Ich weiß nicht, ob ich wirklich so gut bin, wie du sagst… Vielleicht ist das alles nur Gefühl. Aber wenn's stimmt, dann kommt das nicht aus den Händen, Junge. Dann kommt's aus der Seele." Er hielt kurz inne, ließ eine Note ausklingen wie einen letzten Gedanken. „Ich hab viel erlebt. Viel verloren. Hab gelernt, wie's sich anfühlt, wenn dir der Boden unter den Füßen wegbricht. Und wenn du mit solchen Geschichten lebst, dann findest du irgendwann einen Weg, sie klingen zu lassen. Nicht für andere. Für dich selbst. Damit du nicht daran erstickst." Jason hielt inne – abrupt, als hätte er ein Geheimnis berührt, das mehr war als nur Musik. Er sah Robert an, und in seinem Blick lag weder Bewunderung noch Staunen – sondern ehrlicher Respekt. Und eine Spur Demut.

Robert hob den Blick, seine Finger ruhten nun auf den Saiten, ohne Ton. Jason lächelte schief, fast verlegen. „Robert, ich hab Hunger. Lass uns Mittag machen. Und während wir essen, erzählst du mir ein bisschen was. Von dir. Von früher. Von den Geschichten hinter dem, was du spielst." Robert blinzelte, sah ihn an, als müsse er erst prüfen, ob der junge Mann das ernst meinte. „Warum sollte ich einem Jüngelchen, das ich kaum kenne, meine Geschichten erzählen?" fragte er trocken. Jason zuckte nicht zurück. Er sah ihn offen an. „Weil ich ehrlich frage. Und weil es mich wirklich interessiert." Ein Moment verging, der still war, aber nicht leer. Dann legte Robert die Gitarre langsam beiseite. „Okay", sagte er schließlich. „Aber du lädst mich ein." „Abgemacht." Jason grinste. „Und ich such das Restaurant aus. Ich will keine hippe Bio-Kette mit Gabeln aus Bambus." Jason lachte laut auf. „Fairer Deal. Führ mich dahin, wo man den Blues nicht nur hören, sondern schmecken kann."

Sie standen vor einer schmalen, abgenutzten Tür, die in eine bröckelnde Fassade eingelassen war. Darüber ein handgemaltes Schild, das schon bessere Tage gesehen hatte: "Aretha's". Jason warf einen skeptischen Blick zur Seite. Robert, der das natürlich bemerkte, schnaubte leise durch die Nase. „Sieht runtergekommen aus, ich weiß. Aber das Essen hier ist ein verdammter Traum." Mit einem leisen Quietschen öffnete sich die Tür, und sie traten ein. Drinnen – eine andere Welt. Kleine, runde Tische, rot karierte Tischdecken, frische Blumen in schlichten Vasen. Aus den Lautsprechern floss leise Soulmusik, Aretha Franklin, natürlich. Die Stimme wie warmer Honig in einem Raum, der nach Geborgenheit roch. Sie setzten sich an einen Tisch in der Ecke. Kaum hatten sie Platz genommen, trat eine Bedienung an den Tisch, ein Lächeln auf den Lippen. Jason hob fragend die Brauen. Die Frau lachte leise. „Nein", sagte sie, „ich bin nicht die Aretha. Und verwandt bin ich auch nicht mit ihr. Leider." Sie nahmen es mit Humor, bestellten – Po' Boys und Gumbo – und kurze Zeit später standen dampfende Teller vor ihnen. Zwischen einem Bissen und dem nächsten begann Robert zu erzählen. Keine langen Monologe. Eher kleine Schnipsel, Anekdoten, Bilder aus einer Zeit, die längst vergangen war. Von Straßenmusik in brütender Hitze. Von Studioaufnahmen in Kellerräumen, in denen der Schweiß von den Wänden tropfte. Von Nächten, in denen er mehr Musik als Schlaf fand. Jason hörte zu, wie jemand, der nichts verpassen will. Seine Augen blieben an Roberts Gesicht hängen, seine Gabel vergaß immer wieder, was sie tun sollte. Nur ab und zu stellte er eine Frage – nicht, um das Gespräch zu lenken, sondern um besser zu verstehen.

Ein paar Tage später betrat Robert wieder das Studio. Es war einer dieser Aufträge, die er nur noch aus Gewohnheit annahm – Begleitung für irgendein weiteres Popsternchen, das weniger für Gesang als für Klickzahlen engagiert worden war. Musik, glatt wie Plastik, kaum mehr als der akustische Vorwand für Videos, die eigentlich ein FSK-18-Siegel verdient hätten. In der Aufnahmepause – Robert saß schweigend auf seinem Hocker und stimmte seine Gitarre, der Blick leer durch das große Fenster ins Mischpult – kam der Tontechniker zu ihm. Ein zerknitterter Umschlag in der Hand. „Ist vor ein paar Tagen hier für dich abgegeben worden. Von diesem Jason." Robert runzelte die Stirn, nahm den Umschlag, riss ihn mit dem Daumen auf. Nur ein handgeschriebener Zettel darin. Jasons Schrift, leicht geneigt, fast nervös wirkend.

„Robert…

Ich kann deine Geschichten nicht vergessen. Sie hängen mir nach wie ein Lied, das nicht mehr aus dem Kopf geht. Ich hab mir erlaubt, ein paar Strukturen aufzuschreiben – zehn Songs, lose Skizzen, keine Texte, keine Melodien. Nur Bilder, Gedanken.

Ich bitte dich, Robert: Schreib sie. Die Musik. Die Worte.

Für dich.

Für Robert the Blues."

Robert verdrehte die Augen, wie um die Rührung von sich zu schütteln. Wortlos steckte er den Brief in die Innentasche seines staubigen Jacketts, so beiläufig, als sei er nichts weiter als ein Kassenzettel. Dann hob er die Gitarre auf den Schoß, die Finger glitten über die Saiten – aus reiner Routine. Aber etwas hatte sich verändert. Ganz leise, kaum spürbar, wie der erste warme Wind im Frühjahr. Ein Gedanke, der sich in ihm festsetzte.

Ein Monat war vergangen, seit Robert diesen Brief in die Innentasche seines Jacketts gesteckt und scheinbar vergessen hatte. Die Tage waren wie immer: Spiel hier, Session da, Akkorde wie Rechnungen – korrekt, routiniert, bezahlt. Heute aber war es anders. Der Agent hatte ihm am Telefon gesagt: „Robert, das ist 'ne Bluessession. Kein Plastikpop. Kein Seelenstriptease im Glitzerbikini." Robert war erleichtert. Endlich wieder Musik, die atmet. Kein aufgebrezelter Unsinn, keine Rockballade, die sich selbst für eine Offenbarung hielt. Nur der Blues. Und Robert. Als er das Studio betrat, erwartete ihn nicht etwa eine Gruppe schwitzender Musiker oder ein Produzent mit Sorgenfalten und zu enger Hose. Nein – Jason stand da. Strahlend. Vibrierend vor Tatendrang. In seinem Gesicht lag ein Ausdruck, den Robert nur zu gut kannte: Der Blick eines

Mannes, der etwas in Bewegung gesetzt hatte und nun die Welt mitziehen wollte. „Robert!" rief Jason, als hätte er ihn seit Jahren nicht gesehen – dabei war es kaum vier Wochen her. Er nickte dem Tontechniker zu. Der verstand. Sekunden später begannen die Lichter zu glimmen, die Mikrofone surrten wach, rote Knöpfe blinkten. Robert sah sich um. „Wo sind die anderen?" fragte er trocken. Jason grinste, wie ein Kind, das heimlich ein Geschenk aus dem Schrank geholt hatte. „Es gibt keine anderen. Wir haben sechs Stunden. Für zehn Songs. Du brauchst vielleicht drei fürs Einspielen – und dann bleiben uns noch drei fürs Abmischen." Robert zog eine Augenbraue hoch, langsam, bedrohlich wie ein Donnerschlag in Zeitlupe. Jason lachte. „Ich weiß, ich weiß. Du hast gesagt, keine Aufnahmen ohne Absprache. Aber ich... ich weiß einfach, dass du's getan hast. Dass du die Songs geschrieben hast." Robert öffnete den Mund, schloss ihn wieder. In seinem Blick lag der Versuch, Entrüstung zu spielen – doch etwas in ihm zuckte, rührte sich. Vielleicht die Wahrheit. Vielleicht der Blues.

Ein paar Wochen später sitzen sie wieder im Aretha's. Der vertraute Duft nach Soul Food, das Klirren von Besteck und die sanften Stimmen der Aretha-Lieder bilden den Rahmen. Jason legt eine Ausgabe einer großen Musikfachzeitschrift auf den Tisch, schlägt sie auf und schiebt sie wortlos zu Robert. „Du bist auf Platz eins", sagt er schließlich, mit einem Lächeln, das zwischen Stolz und Staunen schwankt. „The Dust Never Lies führt die Albumcharts an. Und dein Song Last Call at the Crossroads – der hält sich seit drei Wochen ganz oben in den Singlecharts." Robert starrt auf das gedruckte Papier. Sein Name. Sein Titel. Seine Musik. Er blinzelt mehrmals, als könne er nicht glauben, dass all das wirklich vor ihm liegt. „Ich?" murmelt er nur. „Ich…?" Jason nickt. „Du." Robert legt die Hand auf die Zeitschrift, streicht einmal sacht über das Papier, als würde er das Geschehene begreifen wollen – nicht mit dem Kopf, sondern mit der Seele.

Ein grauer Morgen. Jason steht allein auf dem Friedhof, vor einem Grab. Die Luft ist still, kein Lied spielt, keine Kamera läuft. Nur das Rauschen der Bäume. Sein Blick ruht auf dem Stein. „Danke", sagt er leise, so leise, dass es fast vom Wind verweht wird. Dann wendet er sich ab und geht langsam davon. „Unvergessen: Robert the Blues." Steht auf dem Stein.

„Du!" Es fährt aus Robert heraus, schärfer als ein Slide über rostiges Blech, rauer als jede Blueszeile, die er je gespielt hat. Er erkennt ihn sofort – diesen jungen, aalglatten Kerl mit dem zu weißen Anzug, dem Lächeln, das nie ganz echt ist, und der Art zu sprechen, die wie Hohn klingt, selbst wenn sie freundlich gemeint scheint. Er steht da wie damals an der Kreuzung, nur dass sie jetzt nicht von Staub und Hitze umgeben sind, sondern von einer Stille, die nach Ewigkeit schmeckt. Der andere zieht langsam den Hut, als sei er bei einer Gala, neigt leicht den Kopf und sagt mit übertriebener Herzlichkeit: „Robert! Lange nicht gesehen. Ich hoffe, du hast den Übergang hierher gut überstanden. Du weißt ja, ich bemühe mich stets um Komfort." Er spricht in genau jenem Ton, der einem Musiker sagt: Du bist gut – aber nicht gut genug. Ein Lächeln, das wie ein Haarriss durch Marmor zieht. Und Robert spürt, wie sein Zorn sich ballt – aber auch, dass er die Antwort verdient. „So, ich habe dich also betrogen…"

Die Stimme, die antwortet, ist vollkommen ruhig. Kein Hohn liegt darin, kein Spiel, keine affektierte Pose. Sie ist weich wie der letzte Lichtstrahl vor der Dämmerung, getragen von einer Ruhe, die keine Eile kennt. „Habe ich dir wirklich Zeit genommen, Robert? Oder habe ich dir Zeit geschenkt?" Während diese Worte gesprochen werden, beginnt sich der junge Mann zu verändern. Die dunkle Haut wird heller, sein Anzug verschwindet wie Staub im Wind – weicht einer abgetragenen Bluejeans, einem einfachen weißen T-Shirt. Doch das Gesicht, diese Augen – sie bleiben, was sie waren: klug, wach, zugewandt. „Habe ich nicht Stunden, Tage mit dir verbracht? Habe ich nicht zugehört? Mit dir gespielt? Habe ich nicht das Beste in dir hervorgeholt, Robert – nicht mit Magie, sondern mit Achtung? Mit Vertrauen? Mit Musik? Und war da nicht dieser Song… dieses Album… das erste Mal, dass dein Name auf der ganzen Welt erklang?" Robert steht da, die Wut versickert zwischen seinen Fingern wie Sand. Etwas zwischen Herzschlag und Flüstern entweicht ihm: „Jason…?"

„Und Unsterblichkeit…" – die Stimme hallt nicht, sie braucht keinen Nachdruck. Sie liegt in der Luft wie eine Wahrheit, die nie laut sein muss, um zu bestehen. „Ja, die habe ich dir versprochen, Robert." Jason – oder der, der ihn einst spielte – tritt einen Schritt näher. Seine Augen sind nun vollkommen klar. Nicht überirdisch. Einfach menschlich. „Schau in die Jahre, die da kommen. Sieh hundert Jahre nach deinem Tod: Musiker aller Sparten spielen deine Lieder, Blueser und Rocker, Jazz-Sängerinnen und Folkpoeten. In Interviews nennen sie dich. Nicht als Randnotiz, nein – als Quelle. Sie sagen, du hättest ihre Seele berührt, ihre Richtung gewiesen." Er macht eine langsame Bewegung mit der Hand, als würde er durch ein unsichtbares Archiv blättern. „Dein Album wird nicht vergessen. Es taucht immer wieder auf. In Sammlungen, in Filmen, auf den Plattenspielern derer, die fühlen wollen, was echt ist. Generation um Generation wird diese zehn Songs hören. Und sie werden deinen Namen kennen." Er tritt noch einen Schritt auf Robert zu. „Ist das nicht Unsterblichkeit, alter Freund? Die Art, die zählt? Die in Herzen lebt, nicht in Jahren? Und dabei blieb dir erspart, was wahrhaft Unsterbliche ertragen müssen: Jahrhunderte der Abschiede. Jahrzehnte, in denen du siehst, wie alles, was du liebst, vergeht. Ich habe meinen Vertrag erfüllt, Robert. Du bist unsterblich." Er lächelt. Nicht triumphierend. Nicht stolz. Sondern wie jemand, der wirklich geglaubt hat, das Richtige zu tun.

Robert steht schweigend da. Die Wut in ihm ist längst verraucht, verglommen wie die letzte Glut eines alten Lagerfeuers. Nur noch Reue bleibt – ehrlich, still, aufrecht. „Es tut mir leid", sagt er. Seine Stimme ist brüchig, aber aufrecht. „Ich habe dich angeschrien, beschuldigt… Ich habe nicht verstanden, was du getan hast. Ich… Ich dachte, ich wüsste, was ich will." Er senkt den Kopf, nicht aus Schwäche, sondern aus Demut. „Sag mir, was ich schulde. Sag mir den Preis – ich zahl ihn doppelt, dreifach. Ich zahl mit allem, was ich bin." „Jason" – oder wer immer er nun wirklich ist – lächelt. Nicht wie ein Richter, nicht wie ein Sieger. Sondern wie ein Vater, wie ein Bruder, wie ein Freund, der schon lange wusste, dass dieser Moment kommen wird. „Der Preis wurde längst bezahlt, Robert." Robert blickt auf. Verwirrung liegt auf seinem Gesicht. „Durch dich, durch deine zehn Lieder… hast du mehr gegeben, als du ahnst. Du hast Herzen berührt, Seelen geweckt, Menschen gerettet, die am Rande standen. Deine Musik hat Türen geöffnet, Wege gezeigt, Tränen getrocknet. Du hast den Blues zurückgebracht – nicht als Klang, sondern als Wahrheit. Und weil du das getan hast…" Er sieht zur Seite, in eine Richtung, in die Robert nicht zu schauen wagt. „… wird die Kreuzung, die du kennst, für lange, lange Zeit still bleiben. Kein neuer Pakt. Keine neuen Bitten. Du warst genug. Mehr als genug." Er sagt das mit einer Milde, die schwerer wiegt als jedes Urteil.

VIER

Der Flur erstreckte sich endlos wie ein Gedanke, der sich im Kreis dreht, ohne je zur Ruhe zu kommen. Ein schmaler Strom von kaltem Neonlicht rann über den abgewetzten Linoleumboden, spiegelte sich in stillen Pfützen aus Wachslicht, das von den Wänden zu tropfen schien. Alles wirkte zu glatt, zu steril, als wäre der Schmerz hier nicht willkommen – oder längst ein so alltäglicher Gast, dass er seinen Schatten verloren hatte.

Türen reihten sich wie verschlossene Kapitel aneinander, jedes mit seinem eigenen Schweigen dahinter, ein Schweigen, das man hören konnte, wenn man nur lange genug stehen blieb. Der nächtliche Geruch des Krankenhauses – eine Mischung aus Desinfektionsmittel, abgestandener Luft und der Erinnerung an zu viele Tränen – schwebte schwer über allem. Von draußen drang kein Laut herein. Keine Autos, keine Stimmen. Nur das Summen der elektrischen Systeme, das Ticken einer fernen Uhr, und manchmal – ganz leise – das kaum hörbare Atmen von jemandem, der nicht mehr lange atmen würde. Dann, am anderen Ende des Flures, fiel ein anderes Licht. Wärmer, gelblich, fast weich. Es quoll durch den schmalen Türspalt des Schwesternzimmers und legte sich wie ein sachter Trost auf den Boden. Dort drinnen saßen zwei Krankenschwestern. Sie tranken Kaffee aus schlichten Bechern, flüsterten, lachten leise – nicht fröhlich, sondern wie Menschen, die wissen, dass das Lachen nachts in einem Krankenhaus ein Akt des Widerstands ist. Eine der Frauen stützte den Kopf auf die Hand, die andere schaute gedankenverloren auf die Kachelwand, als könnte sie dort etwas finden, das ihr Halt gäbe. Sie bemerkten nicht, wie die Zeit verging. Niemand bemerkte das hier. Die Uhren in einem Krankenhaus ticken nicht – sie atmen. Und manchmal halten sie für einen Augenblick den Atem an, wenn der Tod durch die Gänge schleicht. Weiter hinten im Flur – fast zu übersehen – hing ein kleines, weißes Schild neben einer jener schlichten Türen. In nüchterner, schwarzer Schrift stand dort: Dr. med. Simon Müller – Stationsarzt. Die Tür war geschlossen. Dahinter saß ein Mann. Noch wusste er es nicht, aber auch für ihn hatte diese Nacht ein leises, flackerndes Flüstern vorbereitet.

Hinter jener Tür, auf der sein Name in schwarzer Schrift so sachlich prangt, sitzt Dr. Simon Müller – ein Mann von Anfang fünfzig, dessen Gesicht mehr Müdigkeit als Falten trägt. Das dunkle Haar, einst dicht und trotzig wie sein Wille, beginnt, dem Grau zu weichen – leise, fast entschuldigend, wie Schnee, der auf eine noch warme Straße fällt. Seine Figur verrät noch Spuren sportlicher Disziplin, doch der kleine Bauchansatz unter dem weißen Hemd erzählt von Nachtschichten, Kaffee statt Training, und einem Fitnessstudio, das Monat für Monat Geld von seinem Konto abbucht, ohne ihn je wiederzusehen. Simon war nie ein Mann großer Worte, aber seine Seele sprach durch andere Dinge: durch die verrauschten Akkorde eines alten Bluesalbums – The Dust Never Lies war sein Heilmittel gegen zu viel Welt. Durch das Knattern seiner alten MZ, einem braven, blauen Zweitakter aus einer anderen Zeit, die noch wusste, wie Maschinen riechen müssen. Wenn er las, verlor er sich gerne in Geschichten, die größer waren als das Leben, oder in jenen absurden japanischen Monsterfilmen, in denen Godzilla durch Städte stapft wie eine wandelnde Allegorie auf das Unkontrollierbare. Er ist Arzt aus Überzeugung. Aber Überzeugung hat ihren Preis. Sie zermürbt. Sie fordert. Sie lässt einen übersehen, dass auch der eigene Körper, der eigene Geist, Ruhe braucht. Und so sitzt er da, in seinem Büro, umgeben von Ordnern, Monitoren, einem halbgetrunkenen Kaffee – und ahnt nicht, dass der Flur heute Nacht nicht nur Patienten führen wird.

Dann – ein schrilles Piepen. Kein Donnerschlag, kein Schrei – nur dieses plötzliche, messerscharfe Piepen, das sich wie ein Schnitt durch die Nachtruhe bohrt. Es kommt nicht oft vor, aber wenn es kommt, dann ohne jede Vorwarnung. Sekunden später ruft Schwester Diana, die Stimme ruhig, aber fest: „Zimmer 13 – Frau Schmidt! Sie krampft!" Dr. Simon Müller ist sofort auf den Beinen. Der Flur, eben noch ein stiller Fluss aus Linoleum und Schlaf, wird zur Rennbahn. Seine Schritte hallen zwischen den Wänden wie das Herz eines erschrockenen Kindes. Zimmer 13 – der Weg ist ihm vertraut. Viel zu vertraut. Als er die Tür aufstößt, ist das Licht grell. Schwester Diana beugt sich bereits über das Bett, Schwester Simone kontrolliert den Monitor. Ihre Bewegungen sind präzise, ruhig, als würden sie gemeinsam ein altes Ritual vollziehen. „Puls unregelmäßig, Sauerstoff fällt – 84 – jetzt 81", ruft Diana. „EKG zeigt Ventrikelflimmern", ergänzt Simone. Simon ist schon neben ihnen, seine Stimme schneidet klar durch die flackernde Spannung: „Midazolam, zehn Milligramm i.v. – sofort." Seine Stimme zittert nicht. Noch nie gezittert. Die beiden Schwestern verstehen. Wie eingespielt ziehen sie die Spritze auf, zügig, aber mit jener Ruhe, die nur aus vielen Nächten geboren ist, in denen das Leben auf Messers Schneide stand. Die Injektion – ein Atemstillstand der Welt. Dann, nach einer kurzen Ewigkeit: Der Monitor beruhigt sich. Die Linien glätten sich, das Piepen wird wieder gleichmäßig. Frau Schmidt atmet ruhig. Simon sagt nichts. Er nickt nur leicht – nicht zu den Schwestern, sondern sich selbst. Ein stilles, inneres Lächeln huscht durch ihn hindurch, ohne sich im Gesicht zu zeigen. Wieder einer. Wieder dem Tod ein Schnippchen geschlagen. Diese Nacht, denkt Simon, holst du niemanden von meiner Station.

Simon atmete tief durch, als das monotone Piepen der Monitore verstummte und das Zimmer 13 sich erneut in jenes schummrige Halbdunkel hüllte, das allen Räumen der Nacht eigen war. Er nickte den beiden Schwestern zu, ein stummes Dankeschön mit warmem Blick und einem Hauch von Stolz. „Gut gemacht", sagte er leise, mehr eine Geste als ein Lob, und fügte mit einem schiefen Lächeln hinzu: „Wollen wir hoffen, dass es dabei bleibt. Eine ruhige Nacht – das wär mal was." Schwester Diana erwiderte den Blick mit einem kurzen Zwinkern, während Schwester Simone nur nickte, bereits wieder in Gedanken beim nächsten Check. Die Stunden glitten dahin, lautlos wie Schatten. Hier und da summte ein Monitor, ein leises Husten im Nebenzimmer, das knarzende Geräusch eines Wagens mit Verbandsmaterial auf dem Linoleumboden. Doch kein neuer Alarm riss die Stille in Fetzen. Die Nacht hielt still, als hätte sie selbst erkannt, dass ihr Frieden kostbar war. Kein Herz setzte aus, kein Atem stockte. Die Zeit schien sich zu dehnen wie ein sanftes Gummiband – zäh, aber nicht reißend. Gegen halb sechs, als der erste Schimmer des Morgens in mattem Blau an den Fenstern leckte, saßen die drei in der kleinen Personalnische neben dem Stationszimmer. Auf dem Tisch dampften drei Tassen Tee, dampfend, kräutergrün, beruhigend. Keine Worte waren nötig. Man trank, man atmete, man war einfach – für einen kostbaren Moment – nur da. Zwischen der Nacht, die gegangen war, und dem Tag, der schon auf der Schwelle stand. Dann kamen sie, die fünf aus dem Frühdienst – müde, aber frisch gewaschen, mit routiniertem Lächeln und dem Duft nach Duschgel und Kälte. Ein stiller Wechsel, fast ein Ritual. Simon erhob sich, gähnte leise und verabschiedete sich mit einem Nicken. Auch für ihn war die Zeit gekommen, sich zurückzuziehen. Seine Ablösung war auf dem Weg. Noch war die Welt ruhig – doch der Tag, das wusste er, hatte eigene Pläne.

Die Nacht begann wie so viele zuvor, mit dem gedämpften Rascheln frischer Kittel, dem Summen der Neonröhren, die sich wie Müdigkeit an die Decke klammerten, und dem leisen Klicken der Uhr über dem Schwesternzimmer, deren Zeiger unermüdlich in die Dunkelheit vordrangen. Simon trat ein, sein Blick freundlich, sein Gesicht gezeichnet von Routine und einem inneren Kalender, der nicht nach Tagen, sondern nach Schichten zählte. „Diana, Simone – wieder wir drei", sagte er mit einem kleinen Nicken, das mehr sagte als Worte. Die beiden Schwestern erwiderten den Gruß mit einem Lächeln, vertraut, fast wie unter alten Freunden. Es war ein leiser Schulterschluss gegen die langen Stunden, gegen das, was kommen mochte – oder eben nicht. Ein kurzes Gespräch über die Übergabe, ein Blick in die Patientenakte von Zimmer 13, und dann trennten sich ihre Wege – jede zurück in ihr Muster, in ihre vorbereitende Bewegung für die Nacht. Diana richtete das Verbandsmaterial, Simone prüfte den Wagen mit den Notfallmedikamenten. Simon schob die Tür zu seinem Arztzimmer auf, ließ sie offen stehen, wie er es immer tat – als Geste der Erreichbarkeit und des stillen Vertrauens. Die Nacht senkte sich langsam wie ein schwarzer Samtvorhang über die Gänge. Noch war alles ruhig. Noch bewegte sich die Zeit nur in Atemzügen.

Wieder war es der grelle Klang, der alles durchschnitt – der Alarm, scharf wie eine Klinge, riss sich durch die Nachtruhe. Bevor Schwester Diana überhaupt den Namen rufen konnte, hatte Simon ihn bereits erraten. Zimmer 13. Frau Müller. Das Echo ihrer Stimme war kaum verklungen, da war er schon auf dem Flur, rannte, wie von einer inneren Unruhe getrieben – oder von etwas anderem. Auf halber Strecke traf ihn etwas Kaltes, Unsichtbares, wie ein Hauch aus einer anderen Welt – ein Flüstern aus Frost, das über seine Schulter strich. Für den Bruchteil einer Sekunde wollte er stehen bleiben, sich umsehen. Doch er zwang sich weiter, riss die Gedanken von sich wie einen zu engen Mantel und stürmte durch die Tür von Zimmer 13. Drinnen herrschte die geübte Unruhe der Not – keine Panik, sondern jenes flüssige Ineinandergreifen von Handgriffen, wie es nur in Nächten wie diesen entsteht. Diana und Simone standen bereit, ihre Augen sprachen mit jener stummen Dringlichkeit, die nur in solchen Augenblicken verständlich ist. Der Monitor flackerte, Frau Müllers Haut hatte bereits dieses fahle Grau, das keinen Zweifel lässt. Simon reagierte blitzschnell. „0,5 Atropin. Diazepam 5 Milligramm. Adrenalin bereithalten!", befahl er, während er die Spritze selbst aufzog – die Geste desjenigen, der sich dem Moment nicht überlässt, sondern ihn bezwingt. Er injizierte, wartete. Sekunden, die sich zu Ewigkeiten dehnten. Der Monitor zeigte keine Reaktion. Der Ton wurde langgezogen, eine Linie – gerade, unerbittlich, gleichgültig. Ein Summen, das sich durch Mark und Bein fraß. Der Tod hatte einen Fuß in den Raum gesetzt. „Diana!" Simon rief, scharf wie ein Peitschenknall, und Diana wusste, was zu tun war. Mit routinierter Geschwindigkeit schob sie das Reanimationsbrett unter Frau Müllers schlaffen Körper. „Simone!" rief er, kaum hatte Diana gehandelt, und Simone deaktivierte den Alarm, das Piepen verstummte – doch der stille Ton des Todes blieb. Simon begann mit der Herzdruckmassage. Seine Hände bewegten sich kraftvoll, rhythmisch, das Gesicht schweißnass, seine Atmung laut in der Stille. Diana beatmete, in kurzen, präzisen Abständen. Eine Choreografie gegen die Vergänglichkeit. Sie gaben alles – was sie hatten, was sie waren. „Adrenalin!", befahl Simon keuchend, seine Hände zitterten, aber sie hörten nicht auf. Simone reichte ihm die Spritze, er injizierte. Nichts. Kein Ausschlag auf dem Monitor. „Defibrillator, jetzt! 200 Joule!", rief er, und als die Pads platziert waren, rief er laut: „Zurücktreten!" Der Schlag durchzuckte den Körper der alten Frau. Nichts. Noch ein Versuch. Noch ein Schlag. Nichts. „300 Joule!" – der letzte Versuch. Der Körper hob sich, fiel zurück. Nichts. Simon schrie fast: „Noch eine Dosis Adrenalin!" Doch bevor Simone sich bewegte, legte sie ihm sanft die Hand auf die Schulter. Ihr Blick war ruhig, erschöpft, aber voller Menschlichkeit. „Doktor… dieses Mal haben wir verloren." Simon erstarrte. Alles war still. Die Sekunden dehnten sich, das Neonlicht summte wie eine ferne Stimme, die keinen Trost mehr bringen konnte. Seine Hände ruhten noch immer auf Frau Müllers Brust, zitternd. In seinem Innersten wusste er: Der Tod hatte diese Nacht nicht nur besucht – er war geblieben.

Nach außen war er die Ruhe selbst – wie eine Statue aus kühlem Marmor, die keinen Schmerz, keinen Zorn, keine Enttäuschung zeigt. Simon wandte sich von dem reglosen Körper ab, richtete sich auf, glättete mechanisch das zerknitterte Hemd unter seinem Kittel und atmete einmal tief durch, so tief, dass es fast wie ein Seufzen klang. „Diana, verständigen Sie bitte die Angehörigen", sagte er mit fester Stimme, die keinerlei Risse zeigte. „Simone, kümmern Sie sich darum, dass Frau Müller in den Kühlraum gebracht wird." Diana zögerte kurz, warf Simon einen Blick zu, den man in Worte hätte kleiden müssen, um ihn wirklich zu verstehen – dann sagte sie ruhig, beinahe sanft:

„Frau Müller hatte keine Angehörigen mehr, Doktor. Ich helfe Simone, und danach desinfizieren wir das Zimmer." Simon nickte nur, die Lippen zu einer schmalen Linie gepresst. Kein weiteres Wort. Kein „Danke". Kein „Gut so". Er drehte sich um und ging – nicht hastig, aber auch nicht langsam. Wie ein Mensch, der etwas mit sich trägt, das ihm schwer auf den Schultern liegt, aber der sich nicht erlaubt, darunter zu wanken. In seinem Arztzimmer fiel die Fassade. Da war kein Publikum mehr, kein Pflichtgefühl, das ihn trug. Nur vier kahle Wände, der schwache Geruch von Aktenstaub und die stille Wut eines Mannes, der wieder verloren hatte. Der „Stressball", jener kleine gelbe Ball mit dem falschen Lächeln, flog mit einem dumpfen Schlag gegen die Wand – einmal, zweimal, dreimal. Immer dieselbe Stelle, ein Schatten aus Dellen und Kratzern, der sich seit Jahren dort hielt, wie eine Narbe in der Farbe der Wand. Der Ball flog weiter. Immer wieder. In rhythmischer Wut. In stummer Verzweiflung. Wie ein Morsezeichen für ein „Warum", das niemand je beantworten würde. Diana und Simone hörten es. Die ganze Nacht hindurch. Doch sie sagten nichts. Denn sie kannten das Geräusch. Sie kannten Simon. Und sie wussten, dass er gerade dort saß – in seinem Arztzimmer, allein mit dem Echo eines Herzschlags, der nie wieder schlagen würde.

Die Nacht legte sich über das Krankenhaus wie ein Tuch aus Blei und Erinnerungen. Auf dem langen, schwach beleuchteten Flur hallten Simons Schritte gedämpft wider – das vertraute Ritual einer neuen Nachtschicht begann. Die Tür zum Schwesternzimmer stand halb offen, warmes Licht fiel auf den Gang wie der letzte Sonnenstrahl in einem langsam vergessenen Sommer. Drinnen saßen Diana und Simone, die Gesichter müde, aber freundlich, vertraut wie alte Bücher, deren Zeilen man auswendig kennt. „Hallo, ihr beiden", sagte Simon leise, fast mechanisch. Diana reichte ihm eine Tasse Kaffee, ihre Hand berührte kurz die seine, nur einen Hauch zu lang, als wollte sie etwas sagen, das nicht in Worte zu fassen war. „Wird schon werden, Doktor", meinte sie schließlich, und ihr Blick sprach mehr Mitgefühl aus als jedes gesprochene Wort. Simon nickte, nahm den Kaffee entgegen wie ein kleiner Trost, den man nicht erbeten hatte. Dann verließ er das Zimmer, die Türe fiel leise hinter ihm zu. Wieder allein. Wieder das Klicken der Schlüssel im Türschloss seines Arbeitszimmers. Wieder der Schreibtisch, die Lampe, das Flackern des Bildschirms, die leeren Patientenakten, die nur darauf warteten, sich mit Schicksalen zu füllen. Und der Stuhl in der Ecke, auf dem noch immer der Schatten der letzten Nacht zu sitzen schien. Die Routine begann. Doch irgendetwas war anders. Etwas lauerte unter der Oberfläche. Nicht laut. Nur ein leiser Hauch. So wie Nebel, den man erst bemerkt, wenn er die Sicht nimmt.

Die Nacht war noch jung, als Schwester Diana und Schwester Simone mit geübten Händen die Abendroutine durchliefen. Es war ein Tanz ohne Musik, nur begleitet vom leisen Summen der Neonröhren und dem gelegentlichen Piepsen der Monitore. In jedem Zimmer ein prüfender Blick, ein kurzer Händedruck, ein beruhigendes Wort. Die Medikamente wurden vorbereitet, die Vitalwerte kontrolliert, die Bettlaken glatt gezogen wie ein Versprechen. Das Protokoll war ihnen so vertraut wie das eigene Spiegelbild, und doch trug jede Handlung, so klein sie auch war, die Schwere der Verantwortung.

Diana machte sich stumm Notizen in die Kurve von Zimmer 15, während Simone in Zimmer 9 eine neue Infusion anhängte. Kein überflüssiges Wort. Kein Zögern. Alles saß. Wie Zahnräder in einem uralten Uhrwerk griff jede Bewegung in die andere, mit einer Präzision, die sich nicht aufdrängte – sie war einfach da. Selbst der Gang in den Medikamentenraum war rhythmisch – ein Schritt, ein Griff, ein kurzes Nicken. Erst als die letzte Runde getan war und die Lichter in den Patientenzimmern gedimmt waren, trafen sie sich im Schwesternzimmer. Die Uhr über der Tür zeigte halb eins. Die Welt draußen schien vergessen, eingeschlossen in das matte Leuchten des Flurs. Diana stellte zwei Tassen dampfenden Kaffees auf den Tisch – eigentlich zu spät für Koffein, aber heute brauchte es das. Mit einem Seufzer sank Simone auf den Stuhl gegenüber. „Weißt du, Diana… manchmal frage ich mich, wie lange der Doktor das noch so weitermachen kann…"

Diana (blickt auf, nickt langsam): „Du meinst das mit den Nachtschichten? Oder wie er sich in jeden Fall hineinstürzt, als ginge es um Leben und Tod?"

Simone: „Beides, denke ich. Er ist immer da. Nie ein böses Wort. Immer konzentriert. Aber… hast du gesehen, wie er heute früh aussah? Blass. Augen wie ausgewaschene Tinte. Ich glaube, er schläft kaum noch."

Diana (lehnt sich zurück, die Tasse in beiden Händen haltend): „Er trägt so viel allein. Wenn etwas schiefläuft – nimmt er es mit nach Hause. Wenn jemand stirbt, tut es ihm weh. Auch wenn er es nicht zeigt. Aber ich sehe es. In den Schultern. In seinem Gang."

Simone: „Er erinnert mich manchmal an seine alte MZ – weißt du, diese DDR-Motorräder, die einfach weiterliefen, egal wie viel man ihnen zumutete. Nur irgendwann… irgendwann stottern auch sie."

Diana (schmunzelt kurz, dann wird ihr Blick wieder ernst): „Und was dann? Wer fängt ihn auf, wenn er sich einmal nicht mehr aufraffen kann? Wer sagt ihm, dass er nicht jedes Leben retten muss, um wertvoll zu sein?"

Simone: „Ich bewundere ihn. Wirklich. Seine Ruhe, seine Entschlossenheit. Wie oft haben wir zusammen gearbeitet und ich dachte – das war's – aber er hat die richtigen Worte, den richtigen Griff. Und manchmal, Diana, manchmal glaube ich, dass der Tod selbst Respekt vor ihm hat."

Diana (leise, fast flüsternd): „Oder ihn prüft. Nacht für Nacht."

Simone (nickt langsam): „Ich hoffe nur, dass er sich nicht verliert in diesem ewigen Kampf."

Diana: „Vielleicht... vielleicht braucht er einfach mal jemanden, der ihm sagt, dass er genug ist. So wie er ist. Auch wenn er nicht jeden retten kann."

Simone (blickt in ihre Tasse): „Vielleicht sagen wir ihm das. Bei der nächsten Pause. Oder... irgendwann, wenn es passt."

Diana (sanft): „Ja. Irgendwann. Wenn er wieder schweigend im Türrahmen steht und so tut, als würde er nur den Kaffee kontrollieren."

Simone (lächelt schwach): „Dann geben wir ihm einen. Und vielleicht ein bisschen von dem, was er so selten bekommt. Verständnis."

Simon schreckte hoch. Ein Rucken, ein kurzes Luftholen – das Echo eines ungewollten Sekundenschlafs, wie er ihn von ruhigen Nachtschichten kannte. Die Teetasse vor ihm war halb leer, der Teebeutel längst aufgequollen, das Papieretikett leicht feucht vom aufsteigenden Dampf. Die Uhr tickte weiter, als sei nichts geschehen. Doch da war etwas. Jemand. Im Dämmerlicht seiner Schreibtischlampe zeichnete sich eine Gestalt ab, die auf dem Stuhl gegenüber saß – regungslos, als wäre sie schon immer dort gewesen. Für einen Moment war das Bild verschwommen, als läge noch Schlaf auf seinen Augen. Dann klärte sich sein Blick. Die Konturen schälten sich aus dem Zwielicht: Ein langer dunkler Mantel, Kapuze tief ins Gesicht gezogen. Keine Totenschädel-Maske, kein knöcherner Spuk. Nur Präsenz. Tiefe, alte, erdenschwere Präsenz. Und die stille Gewissheit, dass der Schatten hier nicht durch Zufall saß. Simon blinzelte. Ein Teil von ihm weigerte sich zu glauben. Ein anderer wusste es sofort. Der Tod war gekommen. Nicht mit Sense, nicht mit Kälte. Sondern mit Geduld. Und er sprach kein Wort. Noch nicht.

Mit einem Satz war Simon auf den Beinen, der Stuhl kippte nach hinten und schlug dumpf auf den Linoleumboden. Seine

Hand, halb zur Faust geballt, zeigte zitternd auf die Gestalt im Schatten. „Verschwinde!", fuhr er den Tod an, seine Stimme scharf wie ein Skalpell. „Du hast hier nichts zu suchen! Das hier ist ein Krankenhaus! Hier kämpfen wir – um jedes Leben, jede Nacht, jedes verdammte Herz, das zu schlagen aufgehört hat!" Er keuchte vor Zorn, der Puls pochte ihm in den Schläfen. „Mag sein, dass du draußen dein Werk verrichtest, in stillen Schlafzimmern und auf verregneten Landstraßen. Aber nicht hier. Hier retten wir. Hier heilen wir." Der Tod rührte sich nicht. Kein Widerwort. Kein Laut. Nur dieses unerschütterliche Sitzen, dieses Sein, das sich nicht vertreiben ließ – wie die Dunkelheit, wenn man zu lange in sie starrt. Und Simon spürte, wie seine Worte im Raum nachhallten, sich brachen an etwas, das älter war als Wut.

Der Tod rührte sich nicht. Kein Zucken unter der Kapuze, kein Atem, kein Grollen – nur eine kaum merkliche Bewegung seiner knöchernen Hand. Sie deutete auf den umgekippten Stuhl. Und als hätte die Geste allein genügt, richtete sich der Stuhl wie von Geisterhand auf. Lautlos. Mühelos. Als sei er nicht gefallen, sondern nur kurz eingenickt. Dann, aus der Tiefe dieser Gestalt, kam eine Stimme. Keine Halluzination, keine Einbildung, sondern ein Laut, der Simon bis in den Solarplexus fuhr. Ruhig. Klar. Unaufgeregt wie der letzte Glockenschlag eines Tages. „Setz dich. Wir müssen reden." Es war kein Befehl. Und doch war es mehr als eine Bitte. Es war das Gewicht der Jahrhunderte, das auf diesen Worten lag – eine Schwerkraft jenseits der Naturgesetze. Simon wollte widersprechen. Er öffnete den Mund. Doch die Wut, die eben noch durch seine Adern gebrannt war, zerfiel in kühlen Nebel. Seine Finger hörten auf zu zittern. Sein Puls verlangsamte sich. Wie in Trance – oder vielleicht einfach nur im Wissen, dass es sinnlos war, sich zu wehren – setzte er sich. Rücken gerade. Hände auf den Knien. Er war Arzt. Und er war ein Mensch. Und der Tod saß ihm gegenüber.

Simon (Er spricht ruhig, beinahe resigniert, wie ein Mann, der keine Kraft mehr hat, sich zu wehren – oder einfach nicht mehr will.): „Warum bist du hier? Wer ist heute dran?"

Der Tod (Seine Stimme ist ruhig, dunkel und von einer seltsamen Sanftheit durchdrungen – wie Nebel, der sich über ein müdes Feld legt.): „Heute ist niemand dran, Simon. Ich bin nicht gekommen, um zu nehmen. Ich bin gekommen, weil wir reden müssen. Du stehst am Rand, kurz davor zu fallen. Und das, Simon, das darf nicht geschehen. Weil ich dich brauche."

Simon (Er runzelt die Stirn, seine Stimme schärfer, gereizt, wie ein Mensch, der zu oft gegen Mauern gerannt ist): „Wofür solltest du ausgerechnet mich brauchen?"

Der Tod (Er lässt eine kleine Pause entstehen, seine Stimme bleibt tief, beinahe sanft – als wolle er nicht erschrecken, sondern einladen): „Du sollst es erfahren …"

Simon (Er hebt die Stimme nicht, aber in seinen Worten liegt eine glühende Entschlossenheit – wie Stahl, der im Feuer geformt wurde. Seine Augen brennen vor Müdigkeit und Überzeugung): „Ich entreiße dir jeden, den ich kann. Tag für Tag, Nacht für Nacht. Ich kämpfe gegen dich, seit ich diesen weißen Kittel das erste Mal trug. Und ich werde weiterkämpfen. Solange meine Hände nicht zittern, solange mein Kopf noch klar denkt – und wenn er das nicht mehr tut, dann kämpfe ich mit dem Herzen. Ich habe geschworen, Leben zu schützen. Und sei es nur für eine Stunde mehr, für einen Atemzug mehr. Und wenn du wiederkommst, egal für wen, dann wirst du mich wiedersehen. Denn solange ich lebe, bist du mein Gegner."

Der Tod (Seine Stimme bleibt ruhig, fast liebevoll, doch sie trägt nun einen Nachhall, als käme sie von weit her, aus einem Ort jenseits der Zeit. In ihr liegt etwas wie Achtung – aber auch eine unerschütterliche Wahrheit): „Du ehrst mich, Simon. Wirklich. Es ist lange her, dass ich jemandem gegenüber saß, der das Leben der Menschen so leidenschaftlich verteidigt wie du. Dein Kampf ehrt dich. Aber… du wirst mich nicht besiegen.

Das geht nicht. Ich bin kein Feind, den man bezwingen kann, Simon. Ich komme nicht zu früh. Ich komme nicht zu spät. Ich komme immer. Am Ende bekomme ich jeden."

Simon (Seine Stimme ist brüchig, seine Schultern beben. Er presst die Hand vor die Augen, doch die Tränen lassen sich nicht mehr verbergen. Die Worte kommen langsam, tastend, wie von einem Ertrinkenden, der sich an Sinn klammern will): „Aber… was soll das dann alles? Wofür mache ich das alles? Wofür habe ich so lange studiert, all die Nächte, das Lernen, der Druck…? Ich hatte nichts. Keine reichen Eltern. Kein Netz. Ich habe gearbeitet… auf Station, Schichten geschoben, Wunden versorgt, Menschen gewaschen… Und wozu? Wenn ich dich doch niemals besiegen kann… Dann war es umsonst. All die Jahre. Meine Arbeit. Mein Kampf … ist umsonst."

Der Tod (Seine Stimme ist kaum mehr als ein Flüstern, ein Hauch, in dem dennoch eine seltsame Schwere liegt – als würde er jede Silbe mit Bedacht aus der Tiefe einer unendlichen Müdigkeit heben): „Denkst du das wirklich, Simon? Dass es umsonst war? Wenn das deine Antwort ist… dann träfe sie mich wie eine Kugel den Soldaten, der fällt, ohne je den Grund seines Marsches zu begreifen. Dann würde das, was du gerade gesagt hast, mich traurig machen. Sehr traurig." (Mit einem kaum sichtbaren Kopfschütteln, mehr eine Geste in der Luft als eine wirkliche Bewegung.) „Denn wenn selbst du den Sinn nicht mehr siehst… wer soll ihn dann noch sehen?"

Simon (Er spricht leise, mit brüchiger Stimme, als würde jedes Wort ein kleines Stück mehr von ihm abtragen. Seine Augen sind rot vom Weinen, seine Haltung zusammengesunken, ein Mann im Schatten seiner selbst): „Es ist Verschwendung… Kämpfe zu kämpfen, die längst verloren sind. Ich renne gegen eine Wand aus Nebel, und jedes Mal, wenn ich glaube, ein Leben gehalten zu haben, zerfließt es mir zwischen den Fingern." (Ein bitteres Lächeln huscht über sein Gesicht, erschöpft und leer.) „Ich rette sie – nur um sie später wieder gehen zu sehen. Was bleibt da am Ende noch, außer Müdigkeit?"

Der Tod (Seine Stimme bleibt ruhig, aber sie trägt nun einen anderen Ton – wie eine warme Dunkelheit, in der Erkenntnis liegt. Kein Vorwurf, kein Spott – nur eine Wahrheit, die lange darauf gewartet hat, gesprochen zu werden): „Du denkst das… weil du nur die halbe Wahrheit kennst, Simon. Deine Bücher, deine Professoren, die langen Nächte mit kaltem Kaffee und heißen Träumen vom Heilen – sie haben dir vieles beigebracht. Aber nicht alles. Es gibt Dinge, die man nicht im Studium lernt. Wahrheiten, die nicht in Lehrpläne passen. Und Erkenntnisse, die erst im Dunkel flüstern, wenn das Licht nicht mehr weiter weiß…"

Simon (Er lacht leise, ein bitteres, erschöpftes Lachen – nicht aus Spott dem Tod gegenüber, sondern aus Enttäuschung über sich selbst, über das, was ihm fehlt. Seine Worte sind scharf, aber dahinter liegt der Wunsch nach einer Antwort, die seine Welt wieder zusammensetzt): „Dann erklär sie mir doch, die andere Hälfte. Los. Mach mich klüger als meine Bücher. Zeig mir, was mir all die Jahre gefehlt hat."

Der Tod (Seine Stimme ist leise, aber sie trägt weit – wie ein ferner Glockenschlag in der Nacht. Kein Tadel liegt darin, kein Triumph, nur Wahrheit, die lange gewartet hat, endlich ausgesprochen zu werden): „Wenn ich es in einem Satz sagen soll, Simon… Dann diesen: Wir stehen auf derselben Seite."

Simon (Er lacht – nicht laut, sondern heiser, erschöpft, höhnisch. Ein Lachen wie kalter Wind durch kahle Bäume. Dann spricht er, seine Stimme zittert leicht, mehr aus Wut als aus Schwäche): „Dieselbe Seite? Ich will Leben erhalten. Du willst es nehmen."

Der Tod (Seine Stimme ist leise, fast traurig, als trage jedes Wort das Gewicht von Jahrhunderten. Kein Zorn, keine Reue – nur Wahrheit): „Muss. Ich will nicht.

Ich muss."

Simon (Er blickt den Tod lange an, seine Stimme ist ruhig, aber voller Zweifel, als wolle er begreifen, was unbegreiflich scheint): „Selbst wenn. Wir stehen damit trotzdem auf zwei gegenüberliegenden Seiten."

Der Tod (Seine Stimme ist sanft, aber trägt einen Hauch leiser Enttäuschung, wie von jemandem, der nicht recht verstanden wurde): „Denk mal drüber nach, Simon.

Wenn deine Weisheit und dein Können am Ende sind – wie lange sollen die Menschen dann noch leiden? Ist es nicht… egoistisch, nur um gegen mich zu gewinnen, sie weiter an Schmerzen zu binden? War deine Intention früher nicht einmal, das Leid zu verringern?"

Simon (Sein Blick ist plötzlich scharf, seine Stimme zittert vor unterdrücktem Zorn, aber auch Verletzung – wie ein Mensch, der nicht weiß, ob er schreien oder weinen soll): „Hast du mich gerade… egoistisch genannt? Weil ich Menschen helfen will? Weil ich versuche, sie zu retten? Ist das jetzt dein Ernst?"

Der Tod (Seine Stimme bleibt leise, aber sie trägt nun eine unerbittliche Schwere, wie aus der Tiefe eines Brunnens, in dem Wahrheit ruht): „Ja, das ist mein Ernst. Du hast es selbst gesagt – es sei Verschwendung, einen Kampf zu führen, der längst verloren ist. Sag mir, Simon… warum dann das Leiden verlängern, wenn das Ende unausweichlich ist? Warum quälen, was gehen könnte? Warum festhalten, wenn der Weg schon dunkler wird und müde?"

Simon (Seine Stimme bricht aus ihm hervor, laut, rau, fast wie ein Aufschrei gegen das eigene Herz – ein letzter Versuch, sich zu behaupten gegen das, was er zu begreifen beginnt): „Warum?! Warum sollte ich dann überhaupt hier weitermachen?! Wenn ich doch nie gewinnen kann?! Wenn am Ende… du… immer da bist?!"

Der Tod (seine Stimme bleibt ruhig, aber sie trägt jetzt einen Hauch von Müdigkeit, wie ein alter Lehrer, der die Antwort nicht geben kann, sondern nur die Tür zeigt): „Wir drehen uns im Kreis, Simon. Immer wieder dieselbe Schleife aus Kampf, Zweifel und Trotz. Aber ich kann diesen Kreis nicht durchbrechen – nur du kannst das. Denk darüber nach, was ich dir gesagt habe. Nicht mit dem Verstand des Arztes, sondern mit dem Herzen eines Menschen."

Simon (die Stirn in Falten gelegt, seine Stimme leise, fast entschuldigend, als spräche er zu einem alten Freund, dem er lange nicht mehr zugehört hat): „Ich versuche es ja."

Der Tod (mit jener tiefen, ruhigen Stimme, die keinen Zweifel kennt – und doch so etwas wie Mitgefühl trägt): „Ich sehe es."

(Das Ticken der Wanduhr füllt den Raum. Kein Urteil, keine Eile – nur das Sehen. Ein uraltes Sehen.)

Simon (leise, beinahe ehrfürchtig, als spreche er ein uraltes Geheimnis aus, das gerade erst in ihm zu keimen beginnt): „Wenn ich am Ende mit meiner Kunst bin … dann kommst du … und bringst Erlösung?"

Der Tod (sanft, fast erleichtert, als würde ihm eine schwere Last von den Schultern genommen): „Jetzt beginnst du zu begreifen …"

Simon (leise, fast wie ein Kind, das etwas begreift und doch nicht versteht): „Wenn ich doch nie gewinnen kann … warum soll ich dann überhaupt heilen?"

Der Tod (mit einer Wärme in der Stimme, die fast väterlich klingt): „Ich erzähle dir etwas, Simon – etwas, das in keinem deiner Bücher steht. Manchmal, durch Unfälle, Krankheiten, Kriege oder Dinge, die selbst ich kaum begreife, soll ich Seelen holen, deren Zeit noch nicht gekommen ist. Sie sind verletzt, zerschunden, verloren, aber ihr Tag, ihr wirklicher Tag, ist noch fern. Dann bist du an der Reihe. Dann brauchst du all dein Wissen, all deine Hingabe. Dann bist du es, mein Freund, der diesen Menschen Zeit schenkt. Zeit, bis ihr Tag X kommt."

Simon (die Worte brechen aus ihm hervor, als hätte etwas in seinem Inneren laut und grell eingeschlagen): „Ich begreife es. Wir stehen doch auf derselben Seite! Wir sind beide Diener des Lebens – du, indem du Erlösung bringst, wenn es keine Hoffnung mehr gibt... und ich, ich schenke Zeit. Ich schenke Zeit!"

Der Tod (er lehnt sich zurück, als wäre eine große Last von ihm abgefallen; seine Stimme ist weich, beinahe zärtlich): „Lange hat es gedauert... fast zu lange. Beinahe wärst du zerbrochen, Simon. Und ich... ich hätte einen unschätzbar guten Freund und Helfer verloren."

Simon (er spricht leise, fast flehend, als ringe er mit einem unsichtbaren Gegner in sich selbst): „Dann sag mir... warum weiß ich nicht, ob ich auf verlorenem Posten kämpfe oder ob ich das Geschenk der Zeit bringe? Dieses Wissen... es würde alles so viel einfacher machen für mich."

Der Tod (mit ruhiger, fast väterlicher Stimme, die jedoch einen unüberhörbaren Ernst trägt): „Würde es das wirklich, Simon? Stell dir vor, du wüsstest, ob der Tag X für deinen Patienten unmittelbar bevorsteht... Würden deine Handlungen – selbst wenn du dich bemühst, selbst wenn du es nicht willst – nicht unweigerlich Zeichen senden? Kleine Gesten, ein Blick zu viel, ein zögerliches Wort... Und glaub mir, Menschen sind darin sehr gut, zwischen den Zeilen zu lesen, besonders dann, wenn sie es am meisten fürchten. Wäre das wirklich gut? Würdest du ihnen wirklich helfen – oder würdest du ihnen das rauben, was sie am meisten brauchen: Hoffnung?"

Simon fuhr hoch, das Herz klopfte ruhig, aber wach. Der Sekundenschlaf hatte ihn umarmt, wie er es in stillen Nächten oft tat – sanft, beinahe liebevoll. Doch diesmal war etwas anders. Der Raum wirkte nicht verändert, und doch lag eine eigentümliche Klarheit in der Luft, als wäre der Schatten eines Gedankens noch nicht ganz verflogen. Ein Traum, so intensiv, dass er wie Rauch an den Rändern seiner Erinnerung klebte. Die Worte, die Bilder, sie verblassten bereits – doch etwas blieb.

Eine Erkenntnis, so zart wie der erste Lichtstrahl vor dem Morgengrauen. Sie hatte sich in ihm eingenistet, nicht laut, nicht mit Donner, sondern wie ein Same, der in der dunklen Erde ruht und dennoch schon zu wachsen begonnen hat. Simon atmete tief ein. Irgendetwas in ihm war nun anders. Nicht leichter, aber vielleicht... richtiger.

Mit einem leichten Tritt öffnete Simon die angelehnte Tür zum Schwesternzimmer. Seine Hände waren verborgen hinter dem Rücken, sein Blick hellwach, und ein feines Lächeln spielte um seine Lippen – nicht ausgelassen, eher zart, wie Morgendunst über stillen Feldern. „Guten Morgen, ihr zwei", sagte er mit warmer Stimme. „Ich finde, heute ist ein guter Tag… für einen kleinen besonderen Schluck." Diana und Simone blickten überrascht auf, das erste Zwinkern des Tages noch in ihren Augenwinkeln. Dann zog Simon, mit einer fast feierlichen Bewegung, drei schlanke Sektgläser hinter seinem Rücken hervor, gefolgt von einer kleinen, kühlen Flasche. „Nur ein wenig. Auf das Leben. Und auf das, was wir tun – und was wir manchmal nicht verstehen, aber trotzdem richtig machen."

Der Himmel war fahlblau, wie ausgewaschene Erinnerung, als Diana und Simone das Krankenhaus verließen. Die Müdigkeit der Nacht lag schwer in ihren Gliedern, doch das erste Licht des Morgens streichelte die Welt mit zögerlicher Zuversicht. An der Bushaltestelle standen sie schweigend nebeneinander, den Kragen leicht hochgeschlagen gegen die frühe Kühle. Simone sah zur Seite, ihre Stimme leise, fast verträumt: „Ist dir aufgefallen, dass Dr. Müller irgendwie… frischer aussah?" Diana nickte langsam. „Ja. Irgendetwas war anders." Dann kam der Bus, schnaufend wie ein alter Freund, der seine Geschichten mit sich trug. Die Türen öffneten sich zischend, und ohne ein weiteres Wort stiegen sie ein – zwei Silhouetten in der Stille eines neuen Tages, der vielleicht nicht alles, aber genug verheißt.

FÜNF

Seit der Mensch zum ersten Mal den aufrechten Gang wagte, seit seine Finger begannen, Stein und Feuer zu zähmen, wuchs in seinem Innersten ein zweites Werkzeug – die Sprache des Zwists. Was einst bloß Gezanke am Rande des Lagerfeuers war, wurde über die Jahrtausende zu einem Orchester aus Gewalt. Aus Knüppeln wurden Schwerter, aus Schwertern Kanonen, aus Kanonen Maschinen, die aus der Ferne töten – lautlos fast, als sollte der Tod selbst sich erschrecken über die Kälte ihrer Effizienz. Je weiter die Welt sich drehte, desto schneller drehte sich auch der Mensch in seinem Tanz aus Machtgier, Stolz und Angst. Seine Konflikte wuchsen mit seinem Wissen, und mit jedem Schritt, den er in den Himmel wagte, hinterließ er ein Schlachtfeld im Staub. Kriege wurden zu Chroniken, zu Denkmälern, zu Mahnmalen – und doch nie zur Warnung. Es ist, als hätte der Mensch nie begriffen, dass er bei jedem Krieg nicht nur seinen Bruder erschlägt, sondern auch sich selbst. Und irgendwo – in den Schatten zwischen den Gewehrläufen und Kommandos, zwischen den Marschtrommeln und Gebeten – steht einer, der nicht jubelt. Einer, der erntet, was der Teufel gesät hat.

Am Rande der Schlachtfelder steht er – der Tod. Nicht als Dämon, nicht als Spuk, sondern als uralter Schnitter in dunkler Stille. Seine Sense beschreibt weite Bögen, halbkreisförmig, wie die Bewegung eines Bauern, der reifes Korn von seinem Feld holt. Nur dass das Feld aus Fleisch besteht, und die Ähren bluten. Je weiter der Mensch in der Geschichte voranschreitet, je präziser seine Waffen, je größer seine Explosionen, desto schneller muss der Tod die Sense kreisen lassen. Er kommt kaum hinterher. Die Ernte ist reich – zu reich. Und wer seiner Klinge entgeht, nicht vom Eisen zerrissen, nicht vom Feuer verzehrt – der trägt die Wunde oft in der Seele, tief, unsichtbar, und doch brennend. In einem Sanitätszelt am Rand eines dieser Höllenschauplätze kämpfen junge Sanitäter um das, was noch zu retten ist. Sie verbinden, sie pressen, sie beten. Der Boden ist durchweicht vom Blut derer, die noch nicht sterben dürfen – und jener, die es längst schon sind. Einer der jungen Männer, blass vom Schmerz des Anblicks, sagt leise zu seinem Kameraden: „Wenn wir wenigstens jemanden hätten wie diesen deutschen Arzt... wie hieß er noch? Müller, ja... Simon Müller. Der soll mit zwei Schwestern in einer Klinik gearbeitet haben, irgendwo fern von hier. Die haben Nacht für Nacht Wunder vollbracht, heißt es. Der Tod selbst soll sich bei ihnen bedankt haben."

Der Tod hört die Worte. Sie treffen ihn wie ein ferner Glockenschlag aus einer besseren Zeit. „Der Tod selbst soll sich bei ihnen bedankt haben." Ein Satz, gehaucht zwischen Dreck, Schweiß und Blut – und doch hallt er nach in der Kammer, in der das Zeitlose wohnt. Er hält inne. Die Sense ruht in seinen Händen, schwer vom Werk der Stunde. Die Knochen seiner Finger umklammern den Schaft fester als gewöhnlich – nicht aus Pflicht, sondern aus Müdigkeit. Der Stahl, einst so scharf, ist stumpf geworden. Nicht durch die Härte der Körper, sondern durch die Weichheit seines Willens. Jeder Schwung reißt ihm die Schultern auf, nicht sichtbar, nicht blutig – aber fühlbar. Eine stumpfe Klinge verursacht mehr Leid. Mehr Splitter, mehr Schreie, mehr Zeit bis zum Ende. Das weiß er. Das hat er nie gewollt. Langsam hebt er den Blick. Über das Feld, das kein Feld mehr ist, sondern ein offener Riss in der Welt. Und ganz langsam, wie ein Gedanke, der sich nicht vertreiben lässt, wächst in ihm ein Wunsch. Noch ist es kein Entschluss. Kein Befehl. Kein Bruch. Nur ein Gedanke. Ein Wispern: Was wäre… wenn ich nicht mehr ernte? Und der Gedanke beginnt Wurzeln zu schlagen – in einem Herz, das kein Fleisch kennt, und doch spürt, was Leid bedeutet.

Tief unter allem, was Welt genannt wird, sitzt der Teufel inmitten seines Reiches – ein Palast aus Schatten und flackerndem Glanz, erbaut aus Eitelkeit, gestützt von Leid. Er thront nicht auf einem Thron, sondern in sich selbst, als wäre sein Stolz Sitz genug. Vor ihm das große Tor – ein Spalt in der Wirklichkeit, durch den sie kommen, in endlosen Zügen: die Verlorenen. Zerbrochene Seelen, verbrannt vom Hass, zerschunden von Gier, erblindet durch Lügen. Sie strömen hinein wie Blut aus einer offenen Wunde, und das Tor kennt kein Halten. Er beobachtet sie mit ruhiger Freude, mit einem Grinsen, das keine Zähne zeigt – nur Überlegenheit. Wieder so viele, so herrlich viele, denkt er. Soldaten, die dachten, sie kämpften für Vaterland, für Ehre, für ein Morgen. Männer, Frauen, Kinder gar – in den Mahlstrom gezogen von Fahnen, die höher flatterten als ihr Verstand. Er kennt ihre Namen nicht, braucht sie nicht. Er kennt ihre Schwächen. Und er grinst. Denn diese Kriege – diese wundervollen, selbstverschuldeten Kriege – waren einst seine Idee. Seine Versuchung. Sein Flüstern. Er säte nur Zweifel, nur Misstrauen, und die Menschen taten das Übrige. Und nun… nun bringt jede neue Schlacht ihm neue Ernte. Es war eine seiner besten Ideen, denkt er mit stillem Triumph. Nicht die Hölle ist seine größte Schöpfung – es ist der Krieg.

Wieder stand er da, am Rande des Schlachtfeldes, wo Blut den Boden düngte und der Himmel schweigsam wurde vor Entsetzen. Die Sense in seiner Hand war schwer, nicht vom Metall, sondern vom Leid, das an ihr haftete. Mit jedem Schwung riss sie Körper aus dem Dasein, und die Seelen, die sich an ihn klammerten, flehten nicht um Gnade, sondern um Sinn. Doch der Sinn war längst zerschellt, irgendwo zwischen Granatsplittern und zerrissenen Fahnen. Eigentlich hätte er längst weiterziehen sollen. Es gab Menschen, die ihn brauchten – Menschen, deren Zeit gekommen war, nicht durch das Handwerk der Gewalt, sondern durch das langsame Verlöschen. Ein Mädchen, zehn Jahre alt. Verbrannt vom Fieber, erschöpft vom Schmerz. Ein Körper, kaum mehr als eine Erinnerung an Leben. Und doch konnte er nicht zu ihr – nicht, solange hier die Sense schwingen musste. Da hielt er inne. Mitten im Gemetzel, mitten im Dröhnen der Ferne, mitten im Wanken des Weltgefüges. Ein Gedanke kroch in seine Brust, zaghaft, aber stetig: Warum? Warum sollte er das weiter tun? Warum sollte er weiter ernten, was nicht reif, sondern mutwillig verdorben war? Und so – ließ er los. Er legte die Sense nieder, als wäre sie eine Last, die er nicht länger tragen wollte. Er wandte sich ab. Kein Donner, kein Gewitter, kein Fluch begleitete ihn. Nur das plötzliche Verstummen der Klingen. Er ging, Schritt für Schritt, fort von den Schreien. Fort von der Ordnung der Ernte. Dorthin, wo niemand mehr etwas von ihm wollte. Dorthin, wo selbst der Wind sich nicht zu flüstern traute. Er setzte sich. Und tat – nichts. Keine Seele wurde geholt. Kein Körper verließ sein Leid. Die Kranken litten weiter. Die Alten atmeten schwer. Die Soldaten hörten auf zu sterben. Doch auch das Töten erstarb. Denn wenn niemand mehr stirbt, verliert der Krieg seinen düstersten Triumph. Und so lag über der Welt eine neue Stille – eine Stille, die weder Frieden noch Trost war, sondern nur die Frage: Was geschieht, wenn der Tod geht?

Der Tod saß. Still. Regungslos wie ein uralter Baum, dessen Wurzeln längst das Gedächtnis der Erde durchzogen. Die Sense lag neben ihm, stumpf im Staub, und er hob nicht einmal den Blick, als die Welt zu begreifen begann, dass er nicht mehr tat, wozu er geschaffen war. Auf den Schlachtfeldern, wo eben noch Kugeln durch Fleisch fuhren, Granatsplitter Haut zerfetzten und Schreie durch die Luft schnitten wie rasiermesserscharfe Klingen, geschah etwas Unerhörtes: Die Männer fielen – doch sie starben nicht. Sie wanden sich, schrien, bluteten – aber der letzte Atemzug, der befreiende, kam nicht. Verwundete blickten sich an, mit Augen voller Schmerz und voller Staunen. Einer, dem ein halbes Bein fehlte, stöhnte: „Warum… bin ich noch hier?" Und niemand hatte eine Antwort. Immer mehr Soldaten hielten inne, zogen sich taumelnd in Deckung zurück – nicht aus Angst, sondern aus Ratlosigkeit. Denn was bedeutete ein Krieg, wenn niemand mehr fiel? Wofür kämpfen, wenn der Tod nicht mehr kam, um die Schlacht zu entscheiden? So verstummten die Gewehre. Erst zögerlich, dann in wachsender Zahl. Die Fronten bröckelten nicht im Kugelhagel – sondern in der Abwesenheit des Todes. Und der Tod… saß nur da. Und lauschte der Stille, die er geschaffen hatte.

Zuerst war es nur ein Flüstern, kaum hörbar, wie der erste Windstoß vor einem Sturm. Ein Chirurg, der mitten in einer Operation innehielt, weil das Herz, das er für verloren hielt, einfach nicht aufhörte zu schlagen. Eine Krankenschwester, die bei der Visite vor dem Bett einer 98-jährigen Frau stand, deren Atmung längst ausgesetzt hatte – nur um festzustellen, dass die Frau Stunden später die Augen öffnete und flüsterte: „Ich war schon fast drüben. Aber da war niemand." Ein Priester, der die Sterbesakramente spendete, zitterte, als er bemerkte, dass niemand starb – nicht im Hospiz, nicht im Unfallwagen, nicht im Schlaf. Die Nachricht breitete sich aus wie ein Rätsel ohne Lösung. Erst in Krankenhäusern, dann auf Friedhöfen, in Pflegeheimen, an den Grenzen von Leben und Vergehen. Die Totengräber warteten vergeblich. Die Bestatter begannen, sich über das Ausbleiben der Arbeit zu wundern. Fernsehsender berichteten: „Tag 3 ohne Todesfälle – Ein globales Wunder?" Auf den Straßen sah man Menschen, die innehielten, in den Himmel starrten, als wollten sie ein Zeichen lesen. Sie sprachen leise miteinander, in Cafés, an Bushaltestellen, in Kirchenbänken: „Ist das gut? Ist das… richtig so?" Es war, als hätte jemand die Musik des Lebens plötzlich auf Pause gedrückt. Und die Welt begann zu horchen – nicht auf den Tod. Sondern auf sein Schweigen.

Zuerst war es nur ein Stocken. Der Strom der verlorenen Seelen, der sonst unaufhörlich durch das gewaltige Tor der Hölle floss, versiegte. Kein wimmerndes Flüstern mehr, kein schreiender Aufprall auf dem schwarzen Fels des Jenseits. Nur Stille. Der Teufel, thronend in der Mitte seines Reiches, blinzelte erstaunt. Dann begriff er. Ein Laut, wie aus dem Innersten der Erde geboren, rollte durch die Hallen der Verdammnis. Die Flammen zuckten zurück, als hätten sie Angst. Der Himmel über dem Höllentor – wenn man es denn so nennen konnte – färbte sich pechschwarz. Der Teufel schrie. Kein Wort, kein

Name – nur ein Urschrei aus Frust, Zorn, Enttäuschung. Seine Klauen gruben sich in das Fleisch des Thrones, sein Atem wurde zu glühender Asche. Er stampfte mit dem Fuß, und das Gestein unter ihm barst wie morsches Holz. Die verdammten Schatten in seiner Nähe warfen sich zu Boden, flehten um Gnade, obwohl er sie keines Blickes würdigte. Dann – ein Innehalten. Seine Augen, zwei rotglühende Kohlen, verengten sich zu Schlitzen. „So geht das nicht…", zischte er. „So. Geht. Das. Nicht." Mit langsamer, beinahe bedächtiger Bewegung richtete er sich auf. Seine Stimme war nun nur noch ein Wispern, aber sie hallte durch jede Ebene seines Reiches: „Er will mir den Krieg erklären? Dann wird er ihn bekommen."

Der Tod saß noch immer da, reglos, wie eine Statue aus Nacht. Die Sense lag neben ihm, vergessen, als sei sie nichts weiter als ein altes Werkzeug, das niemand mehr brauche. Die Stille um ihn war vollkommen. Kein Windhauch, kein Laut. Nur die Leere, die er sich selbst geschaffen hatte – eine Leere, die sich in ihm ausbreitete wie kalter Nebel. Dann kam sie. Sanft, beinahe lautlos – und doch mit einer Präsenz, die selbst den Tod aufblicken ließ. Gaia. Die Mutter. Die Lebendige. Die Erde selbst in Menschengestalt. Ihr Haar war Moos und Morgentau, ihr Blick trug die Trauer aller Jahreszeiten in sich. „Was tust du da?", fragte sie leise, ohne Vorwurf, nur mit ehrlichem Staunen. Der Tod sah sie an, seine Stimme war brüchig wie alter Stein. „Ich bin müde. Ich kann nicht mehr. So viel sinnloses Sterben, so viel Blut – und das nur, weil der Teufel seinen Hunger nach Seelen nicht stillen kann. Ich will nicht mehr sein Ernteknecht sein." Gaia setzte sich neben ihn, ihre Berührung ließ das Gras aufblühen, wo sie sich niederließ. „Ich verstehe dich. Glaub mir, mehr als du denkst. Aber ohne dich…" Sie seufzte. „Ohne dich gerät alles aus dem Gleichgewicht. Die Welt wird voller und voller, doch nicht reicher. Die Leidenden schreien, doch niemand hört sie. Die Alten siechen dahin, ohne dass jemand sie erlöst. Du bist nicht das Ende, du bist der Anfang des Kreislaufs." Der Tod wandte den Blick ab. „Soll sie doch enden, deine Welt. Ich habe genug gesehen. Genug geerntet." Gaia schwieg einen Moment, dann hob sie ihre Hand und vollführte eine kreisende Bewegung in der Luft. Ein Fenster aus Licht öffnete sich – flimmernd, lebendig, so zart wie Seifenhaut. Der Tod sah hinein. Ein Mädchen. Blass, ausgezehrt, kaum zehn Jahre alt. Ihr Körper von Schmerzen gezeichnet, ihre Augen weit geöffnet – voller Qual, aber auch voller Bitte. Sie sah ihn an. Sah ihn wirklich. Und dann sagte sie ein einziges Wort. „Bitte." Es war kein Schrei. Kein Flehen. Nur dieses Wort. Leise. Klar. Und es schnitt tiefer als jede Klinge. Der Tod schloss die Augen. Seine Finger zuckten. Seine Brust hob sich. Und die Stille bekam plötzlich Risse.

Der Tod saß noch immer da – der mächtigste aller Schatten, zusammengesunken wie ein Kind, das man vergessen hat. Seine Kapuze war gefallen, die Sense lag stumm im Gras, und aus seinen Augen, so alt wie die Welt, flossen Tränen. Nicht laut, nicht jäh – sondern still, zitternd, tropfenweise. Sie hinterließen Spuren auf seiner Haut, Spuren, die kein Wind der Zeit je würde verwehen können. Er weinte. Bitterlich. Wie jemand, der nicht weiß, ob er das Richtige tun kann, weil beides falsch scheint. Er weinte nicht um sich, sondern um das Mädchen. Um all die Mädchen. Um all die, die in Betten lagen, allein, mit Blicken voller Flehen und Körpern voller Schmerz. Er weinte, weil er wusste, dass er ihnen helfen könnte. Dass er ihnen die Last nehmen könnte. Aber dass diese Hilfe einen Preis hatte – einen Preis, den er nicht mehr zahlen wollte. Nicht so. Nicht länger für den Teufel. „Ich kann nicht…", flüsterte er, seine Stimme rau wie verbrannter Wind. „Ich will nicht mehr…" Neben ihm saß Gaia. Die große Mutter, die Erde selbst – und sie war machtlos. Ihre Hände ruhten im Schoß, als hätte sie Angst, ihn zu berühren, um ihn nicht noch weiter zu zerbrechen. Ihr Blick war weich, doch in ihm lag dieselbe Verzweiflung. Sie verstand ihn.

In jeder Faser. Sie sah, wie die Sense seine Seele wundgeschnitten hatte. Und doch konnte sie nicht zustimmen. Denn ohne ihn… würde das Leben ersticken. „Ich weiß, wie schwer es ist…", sagte sie leise, und ihre Stimme war nicht viel mehr als das Zittern der Blätter in einem windlosen Wald. „Aber wenn du aufhörst… hört alles auf. Ohne das Ende gibt es kein Morgen. Keine Geburt. Kein Anfang. Kein Lied." Der Tod presste die Hände vors Gesicht, seine Schultern bebten. Und dann öffnete sich erneut das Lichtfenster in der Luft – und das Mädchen erschien wieder. Noch blasser. Noch schwächer. Doch ihre Augen leuchteten. Nicht aus Hoffnung. Sondern aus Klarheit. Sie sah ihn an. Direkt. Und ein weiteres Mal sagte sie nur dieses eine Wort. „Bitte." Ein einziges Wort, das schwerer wog als alle Bücher der Menschheit. Der Tod schluchzte. Nicht wie ein Dämon, nicht wie ein Schreckenswesen. Sondern wie ein Mensch.

Der Tod streckte die Hand aus, zögernd noch, als koste ihn jede Bewegung einen Teil seiner Ewigkeit. Seine Finger umschlossen den Schaft der Sense, und als er sie hob, schien selbst das Licht anders zu werden – schwerer, ernster. Der Stahl der Klinge funkelte nicht, sondern schwieg – wie ein Werkzeug, das zu lange untätig war und nun das Gewicht seiner Verantwortung spürte.

In diesem Moment zerriss ein Spalt die Luft. Die Schatten kräuselten sich, als wären sie zu Staub geworden – und dann trat er hervor: der Teufel. Sein Antlitz ein Zerrbild von Charme und Grausamkeit, sein Schritt federnd wie der eines Tänzers auf dem Weg zur Hinrichtung. Der Blick seiner glühenden Augen fiel sofort auf den Tod – und dann auf Gaia. Ein Grinsen kroch über seine Lippen, so falsch, dass selbst der Wind innehielt. Gaia sprang auf. Ihre Hände funkelten wie Gewitter in Menschengestalt, ihre Augen waren uralt und sturmgleich. Alles schien für den Bruchteil eines Atemzugs zu beben. War dies das Ende? Sollte nun der letzte Kampf beginnen – nicht um eine Seele, sondern um das Wesen der Welt selbst? Doch bevor der

Teufel nur den Mund öffnen konnte, hob der Tod die Hand. Eine einfache Geste. Kein Zorn, kein Schrei – nur eine ausgestreckte, ruhige Hand. Und der Teufel... schwieg. Vielleicht aus Respekt. Vielleicht aus Neugier. Oder vielleicht, weil selbst das Böse weiß, wann es besser ist zu lauschen.

Der Tod stand still. Wie der Schatten einer alten Eiche, der sich auch dann nicht rührt, wenn der Sturm tobt. Die Sense ruhte in seiner Hand, nicht wie eine Waffe, sondern wie ein Bekenntnis. Dann sprach der Tod. Seine Stimme war nicht laut. Und doch füllte sie alles, was war. Die Luft. Die Zeit. Die Herzen. „Ich weiß, was du willst." Er machte einen Schritt. Kein Laut begleitete ihn. Und doch bebte die Erde. „Du bekommst, was du willst. Die Ordnung kehrt zurück. Die Seelen werden wieder zu mir kommen, wenn ihre Zeit gekommen ist. Aber glaube ja nicht, dass du siegst. Nicht du." Der Tod richtete sich auf. Höher. Fester. Nicht bedrohlich – aber gewaltig wie die Nacht. „Nicht du hast gewonnen... sondern Gaia." Ein Flackern zog durch die Augen des Teufels. Doch er schwieg. „Ja, du kannst viele Menschen verführen. Du flüsterst ihnen von Macht und Ruhm, von Stolz und Vaterland. Du nährst ihren Hass mit Geschichten aus Lügen, du fütterst ihre Angst mit Rauch und Spiegeln. Und sie glauben dir. Sie ziehen in deine Kriege, schießen, metzeln, brennen und schreien deinen Namen, ohne es zu wissen. Aber diese Menschen, die mir dann in die Arme fallen... sie sind längst verloren, wenn sie dich gewählt haben. Sie gehören dir. Ich kann sie nicht mehr retten." Der Tod sah an dem Teufel vorbei. Als würde er durch ihn hindurchsehen. Weit. Tiefer. „Aber Gaia zeigte mir, was ich zu vergessen drohte. Sie zeigte mir die anderen. Die Kinder, die leiden und nicht verstehen warum. Die Greise, die sich nach Stille sehnen. Die Menschen, die in Krankenhäusern, auf Feldern, in dunklen Zimmern liegen – wartend. Nicht auf dich. Nicht auf Ruhm. Sondern auf mich. Weil ich, und nur ich, sie von ihrem Leid erlösen kann." Seine Stimme bebte nicht. Aber sie trug alles. „Ich bin nicht dein Erntehelfer. Ich bin kein Knecht deiner Saat. Ich bin der Schlussstrich, nicht das Blutvergießen. Ich bin der Atem, der kommt, wenn der letzte Schrei verklungen ist. Ich bin die Tür, die sich schließt, wenn das Licht zu grell, das Leben zu schwer geworden ist." Und dann trat Stille ein. Als hätte selbst die Welt das Atmen eingestellt. „Ich kehre zurück. Nicht wegen dir. Nicht wegen deiner Kriege. Nicht wegen deines Spiels." Der Tod hob die Sense, doch nicht drohend, nicht triumphierend. Es war die Geste eines Mannes, der seine Arbeit wieder aufnimmt, obwohl sie ihn zermürbt. „Ich kehre zurück… für sie." Sein Blick wurde weich. Nicht schwach – weich wie der Wind, der eine Blume streichelt. „Für das Mädchen. Das kleine Mädchen, das mich ansah, ohne Angst. Und das nur ein einziges Wort sprach." Er schloss die Augen. Und flüsterte: „Bitte." Dann wandte er sich ab. Die Sense an seiner Seite, Gaia an seiner Seite, und in seinem Rücken der Teufel, klein wie ein Schatten in der Morgensonne. Und der Tod ging wieder seiner Arbeit nach.

SECHS

Es war ein Tag, der so leicht war, dass selbst die Zeit vergaß, sich zu bewegen. Über der Wiese lag ein flirrendes Licht, das die Blumen wie vergessene Kindheitsworte zum Leuchten brachte – Gelb, Weiß, ein wenig Himmelblau. Und mitten darin, wie ein Versprechen, das niemand ausgesprochen hatte, lief ein kleines Mädchen barfuß durch das Gras. Etwa zehn Jahre mochte sie alt sein, die Zöpfe tanzten bei jedem Sprung, und ihre Augen trugen noch das volle Gewicht der Unschuld – oder vielleicht schon einen Hauch von dem, was tiefer geht. Ihre Hände griffen nach Blüten, als pflückte sie Erinnerungen, die erst noch geschehen sollten. Im Hintergrund, kaum mehr als zwei warme Silhouetten auf einer Bank, saßen ihre Eltern, versunken im Gespräch, nicht ahnend, wie nah das Glück gerade an ihnen vorbeihuschte – in Gestalt dieses Kindes, das für einen Augenblick dem Leben selbst ein Geschenk machen wollte. In der Nacht hatte sie geweint. Allein. In jenem Raum aus Schatten und geflüstertem Schmerz, den nur Kinderherzen kennen, wenn sie in Träumen mit dem Tod sprechen. Sie hatte gelegen wie ein Blatt, das sich nicht mehr rührt. Hatte gewispert, gebettelt, er möge sie erlösen – nicht aus Trotz, nicht aus Angst, sondern aus einem tiefen, kleinen Leid, das keine Worte fand. Und nun? Nun war da Sonne. Und Gras. Und eine Blume, die auf dem Handrücken kitzelte, wie eine Berührung, die sagt: Noch bist du hier. Noch schlägt dein Herz. Noch darfst du rennen, lachen, lieben. Und sie lachte. Lachte hell, mit offenen Armen, sprang von Blume zu Blume, als könnte sie die Nacht abschütteln, wie man Regentropfen aus dem Haar schüttelt. Für einen Moment war alles gut. Alles heil. Alles wahr.

Die Wiese war ein sanftes Meer aus Farben und Düften, das sich in leichten Wellen unter dem tiefblauen Himmel verlor. Kein Laut war laut, kein Schatten fiel scharf – alles hatte die Sanftheit eines vergessenen Liedes. Das Gras, satt und grün wie Hoffnung im Frühling, streichelte ihre Knöchel bei jedem Schritt, und hier und da neigten sich die Halme, als wollten sie ihr heimlich zuneigen. Die Blumen wuchsen wie aus einem Traum – Löwenzahn, der golden glühte, Gänseblümchen wie kleine Sonnenräder, und dazwischen blaue Kornblumen, die funkelten wie Kinderaugen, wenn sie etwas zum ersten Mal sehen. Sogar ein paar Mohnblumen standen da, leuchtend rot wie ein Herzschlag, der nichts ahnt vom Schmerz. Am Rand der Wiese standen alte Bäume – ehrfürchtig, still, mit ausladenden

Kronen, die sich über das Land neigten wie Wächter, die über diesen Tag wachten. Der Wind spielte nur leise mit den Blättern, zu leise, um zu stören, aber gerade laut genug, um zu sagen: „Hier bist du sicher." Und über allem spannte sich der Himmel wie ein Versprechen – weit, wolkenlos, in jenem tiefen Blau, das man nur an Tagen sieht, die niemand je vergisst. Die Sonne schickte ihre Strahlen nicht grell, sondern warm, freundlich, fast wie eine Hand auf der Stirn eines Kindes. Und in diesem Licht, in dieser vollkommenen, beinahe unwirklichen Schönheit, verlor sich der Traum der Nacht. Er löste sich auf, langsam, sacht – wie ein Nebel, der nie da war.

In der Mitte der Wiese stand eine Kastanie, so alt, dass man glauben konnte, sie sei schon hier gewesen, als das erste Lied über diese Erde ging. Ihr Stamm war breit, von der Zeit gezeichnet wie das Gesicht eines alten Geschichtenerzählers, und ihre Äste breiteten sich aus wie Arme, die alles umfangen wollten, was lebt. Die Blüten ragten wie silberweiße Kerzen gen Himmel – still, leuchtend, stolz – als hätte jemand den Baum in einen Weihnachtsabend verwandelt, mitten im Frühling. Der Schatten, den sie warf, war nicht kühl, sondern weich – ein Schatten, der nicht verdrängte, sondern schützte. Die Kastanie stand da wie ein Wächter über dieser Welt, wie eine stille Gestalt aus uraltem Holz, erschaffen von Gaia selbst, um über das Leben zu wachen, das sich unter ihren Zweigen regte. Nicht als Grenze, sondern als Segen. Und als das kleine Mädchen, beschwingt vom Pflücken der Blumen, sich unter ihren Blätterhimmel begab, schien selbst die Zeit für einen Augenblick innezuhalten. Sie setzte sich an den Stamm, das Kleid über die Knie gezogen, die Blumen locker im Schoß – ein bunter Strauß aus Licht und Duft. Und dann hob sie die Hand, winkte ihren Eltern zu, die noch immer auf der Bank am Rande der Wiese saßen. Ihre Mutter lachte und winkte zurück, der Vater hob die Hand zum Gruß. Alles war leicht, alles war still. Kein Schatten des Alptraums hatte es bis hierher geschafft. Die Kastanie rauschte leise über ihr, und das Licht zwischen den Blättern tanzte wie kleine Erinnerungen, die sich nicht mehr schmerzen – nur noch wärmen. Es war ein Moment außerhalb der Zeit. Und wer genau hinsah, hätte schwören können, dass selbst der Himmel stiller geworden war.

Da, wo der Schatten der Kastanie am dichtesten war, dort, wo Licht und Dunkel einander die Hände reichten, löste sich lautlos eine Gestalt. Kein Knacken, kein Rascheln begleitete sein Kommen – er war einfach da, als wäre er schon immer dort gewesen, nur vom Blick der Welt vergessen. Ein alter Mann. Kein Greis im klassischen Sinn, nicht gebückt, nicht zerbrechlich. Aber alt – in einer Weise, die sich nicht in Zahlen fassen ließ. Alt wie ein Fluss, der die Landschaft formt, ohne dass man seinen Anfang kennt. Alt wie ein Lied, das Menschen über Generationen hinweg singen, ohne zu wissen, wer es einst erfand. Sein Haar war silbern, nicht grau – und schien doch nicht zu altern. Seine Haut war gefurcht, aber nicht müde. Und seine Augen... ach, seine Augen trugen das Leuchten derer, die gesehen haben, was andere nicht einmal ahnen. Er setzte sich sacht neben das Mädchen, nicht aufdringlich, nicht wie jemand, der etwas will – sondern wie einer, der weiß, wann es Zeit ist, zu schweigen. „Ein wunderschöner Strauß", sagte er, und seine Stimme klang wie das Knistern alten Papiers, warm und voll Erinnerungen. Das Mädchen blickte zu ihm auf, lächelte, stolz und voller Freude. „Für meine Mama", sagte sie – und in ihren Worten lag mehr Liebe als in allen Liedern dieser Welt. „Ich pflücke nur die schönsten. Sie wird sich freuen. Ganz sicher." Der alte Mann nickte langsam. In diesem Nicken lag eine Stille, die schwerer wog als Worte. Er sah nicht nur die Blumen – er sah das Herz, das sie gesammelt hatte.

Das Mädchen sah den alten Mann mit großen Augen an. So, wie nur Kinder schauen können – offen, direkt, ohne Scheu, aber voller Staunen über die Welt. „Wer bist du?" fragte sie, so schlicht, so ehrlich, wie nur ein Kind fragen kann. Der Alte lächelte, nicht geheimnisvoll, sondern still, als hätte er auf genau diese Frage gewartet. „Ich bin ein Gärtner", antwortete er ruhig. Das Mädchen runzelte die Stirn. „Der Gärtner… dieser Wiese?" Kaum waren die Worte gesprochen, da huschte ein Schatten durch ihr Gesicht. Ihr Blick glitt zu den Blumen in ihrer Hand, und für einen Moment schien die Freude zu entgleiten, wie ein Schmetterling, der sich erschrickt. „Oh… dann gehören die Blumen dir…" sagte sie leise und streckte ihm zögernd den Strauß entgegen. Der Alte hob eine Hand, eine Geste so sanft wie der Wind zwischen den Blüten. „Nein, mein Kind", sagte er mit einem Lächeln, das in den Augen Wurzeln schlug. „Sie gehören nicht mir. Die Blumen sind dazu da, dass Menschen wie du sie pflücken. Damit sie damit anderen ihre Liebe zeigen können. Was wäre ein Garten wert, wenn niemand seine Schönheit mitnehmen dürfte?" Das Mädchen atmete auf. Das Lächeln kehrte zurück wie ein Sonnenstrahl hinter einer kleinen Wolke. „Und… du bist wirklich der Gärtner von dieser Wiese?" Der Alte schüttelte leicht den Kopf, und dabei klang sein Lächeln fast wie ein Hauch von Ewigkeit. „Nicht nur. Ich kümmere mich um viele Wiesen. Um Wälder. Um Berge. Um Meere. Um alles, was lebt." Er blickte in den Himmel, der über ihnen leuchtete wie ein versprochenes Lied. „Die ganze Welt… ist mein Garten."

Das Mädchen staunte. Große, runde Augen, in denen sich der Himmel spiegelte, schauten zu dem Alten auf. „Gärtner von der ganzen Welt?" fragte sie mit einer Stimme, in der sich Ehrfurcht und kindlicher Unglaube mischten – wie bei einem Märchen, das zu schön ist, um es sofort zu glauben. Der Alte nickte, langsam, mit einem Lächeln, das zugleich geheimnisvoll und voller milder Geduld war – wie jemand, der solche Fragen oft gehört, aber nie ohne Freude beantwortet hat. „Auch von den Bäumen?" fragte das Mädchen und zeigte auf eine junge Birke am Rand der Wiese, deren Blätter im Wind tanzten wie das Lachen eines Sommerabends. Der Alte nickte. „Und von den Vögeln?" – ihre Stimme war nun ganz leise, fast ehrfürchtig. „Und von den Schmetterlingen?" Wieder nickte der Alte, ohne Eile, ohne jeden Zweifel. Dann, mit einer Stimme so ruhig wie der Schatten unter alten Ästen, sagte er: „Von allem, mein Kind. Wirklich von allem. Von dem, was wächst und vergeht. Von dem, was fliegt und fällt. Von dem, was lebt, und von dem, was zu träumen beginnt."

Der alte Mann blickte hinaus über die Wiese, als könnte sein Blick durch Baumkronen, Hügel, Städte und Zeiten wandern. Eine Wehmut schlich sich in seine Stimme, aber es war eine warme, sanfte Wehmut – nicht die des Verlustes, sondern die des Erinnerns. „Weißt du," begann er, während seine Hände sich sacht in das Gras legten, „ich mache das nicht allein. Ich habe eine Frau." Er schwieg kurz, und sein Blick glitt empor zu den Blüten der Kastanie, die wie weiße Kerzen still im Morgenlicht standen. „Sie ist es, die alles beginnen lässt. Sie streut das Leben aus, lässt es keimen, lässt es wachsen, erblühen, tanzen. Ihre Hände berühren das Wasser und es beginnt zu singen. Ihre Finger gleiten durch die Luft, und das Licht findet seinen Glanz." Das Mädchen lauschte mit offenem Mund, wie gebannt. Ihre Augen waren groß und still. „Und was machst du dann?" fragte sie leise. Der Alte lächelte. Es war ein müdes, aber gütiges Lächeln. „Ich sorge dafür, dass Platz ist. Dass genug Raum bleibt für das, was sie noch säen will. Irgendwer muss ja dafür sorgen, dass nichts zu voll wird... denn wenn alles voll ist, wo soll sie dann das Leben pflanzen?" Er sah sie an, und in seinem Blick lag der Schatten eines sehr alten Gedankens. „Das Leben braucht Platz, um zu atmen. Und manchmal... braucht es mich, damit wieder Platz wird." Seine Stimme verlor sich ein wenig, wie ein Windhauch, der in eine alte Glocke fährt, und für einen Moment war es, als spreche er mehr zu sich selbst als zu dem kleinen Mädchen.

Das Mädchen sah den alten Mann an – lange, ruhig, ohne Scheu. Es hatte nicht die Worte, um zu sagen, was es fühlte.

Und doch wusste es: Da war etwas in ihm, das Trost suchte, auch wenn er selbst es vielleicht vergessen hatte. Etwas, das still geworden war über all den Jahren, über all die Zeiten, in denen er Platz gemacht hatte, Raum für Neues, Raum für Leben. „Du hast eine ganz doll wichtige Aufgabe", sagte sie mit dieser unbeirrbaren Klarheit, die nur Kinder haben, „denn ich will ja nächsten Sonntag wieder Blumen pflücken können. Dann für meinen Papa." Der alte Mann sah sie an, und für einen Moment glänzten seine Augen wie Morgentau auf welken Blättern. Sein Lächeln wurde tiefer, leiser – als hätte sie ihn an etwas erinnert, das in ihm geschlummert hatte wie ein Lied, das man lange nicht gesungen wurde. Aus der Ferne rief eine Stimme. „Emma! Komm, mein Schatz!" Die Mutter. Das Mädchen sprang auf, die Blüten fest in der kleinen Hand. Doch bevor sie losrannte, drehte sie sich noch einmal um. „Danke für die schönen Blumen!" rief sie und lächelte so strahlend, dass selbst die Kastanie ein Blatt zu neigen schien. „Ich möchte dich gern wiedersehen", sagte sie. Der Alte nickte langsam. „Das wirst du. Wenn deine Zeit gekommen ist." „Auf Wiedersehen!" rief sie – voller Freude, voller Licht – und dann drehte sie sich um und rannte los. Die Blumen vorgestreckt wie ein kleines heiliges Geschenk, das nichts zurückhalten wollte, nichts auf später verschieben.

Und der Alte blieb sitzen im Schatten der Kastanie.

Allein.

Und doch nicht mehr allein.

SIEBEN

Marie saß an ihrem Schreibtisch, über den sich das fahle Licht der Deckenlampe legte wie ein müder Schleier. Vor ihr häuften sich Papierstapel – Rechnungen, Belege, das endlose Echo eines Tages, der nie wirklich endete. Ihr Chef hatte ihr mehr Arbeit hinterlassen, als ein einzelner Mensch in einer

Nacht bewältigen konnte. Ringsum war das Büro längst verstummt. Ihre Kolleginnen und Kollegen waren schon fort, heimgekehrt zu ihren Familien, zu Freunden, zum warmen Herzschlag des Lebens.

Marie aber blieb.

Seit drei Jahren war ihre Mutter fort, seit fünf ihr Vater. Freunde waren ihr immer fremd geblieben, ebenso wie das laute Glück der anderen. Die Überstunden hatten ihr längst jene Bindungen abgenagt, die vielleicht noch hätten wachsen können. Und Franz – Franz hatte sie verlassen. Drei Monate war es her, und doch fühlte sich sein Verrat wie ein Schnitt an, der nie ganz heilen wollte. "Wir haben uns auseinandergelebt", hatte er gesagt, aber Marie wusste: Eine Jüngere hatte längst seinen Blick gefangen, eine, die das Leben noch feierte, während Marie es nur noch verwaltete.

Nach einer Weile stand Marie auf. Ihre Glieder fühlten sich schwer an, als trügen sie nicht nur die Last der Stunden, sondern auch die der Jahre. Sie ging zur Kaffeemaschine, schaltete sie ein – ein vertrautes Gurgeln und Röcheln setzte ein, als würde das Gerät selbst gegen die Müdigkeit ankämpfen. Noch zwei, vielleicht drei Stunden würde sie brauchen. Während die Maschine zum Leben erwachte, glitt Marie ins Bad. Vor dem Spiegel blieb sie stehen. Eine Frau Anfang dreißig blickte ihr entgegen – schulterlanges, lockiges Haar, rotblond und von einem matten Schimmer durchzogen. Ihre Haut war noch glatt, fest, doch die Augen – jene grünen Augen hinter der schlichten Brille – trugen eine Müdigkeit in sich, die kein Schlaf heilen konnte. Ihr Business-Outfit – weiße Bluse, schwarzer knielanger Rock – betonte eine sportliche Figur, als wollte ihr Körper die Lebensfreude retten, die ihr Geist längst verloren hatte. Ein Klopfen riss sie aus ihren Gedanken. "Herein", sagte sie, ohne sich umzudrehen. Thomas, der Hausmeister, steckte den Kopf zur Tür hinein. "Frau Marie, immer noch hier? Sie dürfen sich nicht zu Tode arbeiten. Eine schöne Frau gehört unter

Menschen, nicht allein hinter Papierbergen." Ein Lächeln, zaghaft wie der erste Schnee, huschte über ihr Gesicht. Sie ging zur Kaffeemaschine, nahm den dampfenden Becher an sich – und kehrte zurück an ihren Schreibtisch, dorthin, wo die Stille sie bereits erwartete.

Marie arbeitete weiter, ließ ihre Finger mechanisch über die Tasten gleiten, während sie Rechnungen sortierte und Zahlen in das Buchhaltungsprogramm eintippte. Die Zeit schien stillzustehen – ein endloser Strom aus Beträgen und Belegen. Doch dann, wie ein plötzlicher, heller Blitz in der Dunkelheit, kam eine Erinnerung über sie. Sie war vielleicht zehn Jahre alt gewesen, damals, an einem jener klaren Frühlingstage, an denen ihre Eltern sie mit in den Park nahmen. Ihre Eltern hatten auf einer Bank gesessen, in der träge schimmernden Sonne, während sie barfuß über die Blumenwiese sprang, lachend, ein Kind, das nichts kannte als das Jetzt. Müde geworden, hatte sie sich an den Stamm einer alten Kastanie gesetzt. Dort, in der stillen Wärme, hatte sich ein alter Mann neben sie gesetzt. Er hatte ihr erzählt, er sei der Gärtner hier – sein Werk sei es, Platz zu schaffen, damit seine Frau neues Leben erblühen lassen könne. Ihre Eltern hatten ihr später lächelnd und von einem Tagtraum gesprochen. Erst Jahre später hatte Marie verstanden: Sie hatte mit dem Tod gesprochen. Und er hatte ihr damals versprochen, dass sie sich eines Tages wiedersehen würden – wenn ihre Zeit gekommen sei. Marie schüttelte die Erinnerung ab, versuchte, sie wie lästige Asche von sich zu wischen. Und doch… Ein Teil von ihr, tief verborgen und leise, sehnte sich danach, den alten Mann wiederzusehen.

Thomas betrat das Großraumbüro, als Marie wieder ihrer Arbeit vertieft war. Leise und bedacht ging er seiner Tätigkeit nach, ordnete die verstreuten Papiere auf den verwaisten Schreibtischen, leerte die Papierkörbe, als würde er die letzten Spuren des Tages einsammeln. Bei Marie verharrte er einen Moment länger. Er wollte sie nicht stören – also nahm er nur schweigend ihren Papierkorb an sich. Doch als er sich bückte, bemerkte er unter ihrem Schreibtisch einen Brief, der still auf dem Boden lag, ungeöffnet, als hätte ihn der Zufall oder ein leiser Windstoß dorthin getragen. Behutsam hob er ihn auf und reichte ihn Marie. "Der lag da unten", sagte er, fast entschuldigend. Marie nahm ihn mit einem kleinen Lächeln entgegen, das mehr Müdigkeit als Freude in sich trug. "Danke, Thomas", murmelte sie. Dann, während sie den Brief prüfend in der Hand drehte, fragte sie: "Und Sie? Wann machen Sie Feierabend?" Thomas zuckte mit den Schultern und schob seinen Papierwagen ein Stück weiter. "Noch gut zwei Stunden", antwortete er und verschwand dann auf den Flur, um im nächsten Büro weiter die Spuren eines langen Tages zu tilgen.

Marie betrachtete den Brief in ihrer Hand. Er fühlte sich schwer an, schwerer als Papier sein sollte, als trüge er in sich ein Versprechen oder ein Urteil. Das Kuvert war aus kostbarem, dickem Papier gefertigt, wie es kaum noch jemand verwendete, und ihre Adresse war in einer eleganten, fast altmodischen Handschrift verfasst – gezogen mit feiner Feder, in dunkelblauer Tinte. Direkt an sie gerichtet: „Zu Händen von Marie Schönfeld." Kein Absender schmückte das Kuvert, keine Briefmarke klebte in der Ecke. Es war, als sei der Brief aus einer anderen Wirklichkeit gekommen, in der Regeln wie Zeit und Raum längst verblasst waren. Einen Moment lang hielt sie ihn nur, strich mit dem Daumen über die saubere Schrift, die von Geduld und einem langen gelebten Leben zeugte. Dann, behutsam wie jemand, der ein zerbrechliches Geheimnis berührt, öffnete Marie den Umschlag und zog ein ebenso schweres, erlesenes Blatt Papier hervor.

Marie begann zu lesen. Die ersten Worte ließen sie erstarren, so vertraut klangen sie, als kämen sie aus einem lange vergessenen Traum: "Mein liebes Kind," stand dort, in jener eleganten Handschrift, die noch immer von einer ruhigen, unbeirrbaren Hand zeugte. Es folgte eine leise Frage, zärtlich und voller

Wehmut: "Wo nur ist das lebenslustige kleine Mädchen geblieben, das einst unter der alten Kastanie saß und stolz die Blumen präsentierte, die es für seine Mama gepflückt hatte?" Marie spürte, wie ihre Kehle sich zuschnürte, während ihre Augen weiter über die Zeilen glitten. "Deine Eltern lassen dich grüßen, mein Kind. Nun, da sie an einem Ort weilen, an dem die Zeit ihre Fesseln verloren hat, wissen sie, dass du damals keinen Tagtraum hattest. Du hast wirklich mit mir gesprochen." Ihre Hände begannen leicht zu zittern. Dann las sie die nächsten Worte, sanft und zugleich schwer wie Blei: "Deine Zeit ist noch nicht gekommen, so sehr ich es auch bedaure." Am Ende des Briefes stand eine poetische Abschiedsformel, schlicht und doch von jener Art, die einen Herzschlag für immer bewahren konnte: "Wie die Kastanie neue Blüten treibt nach jedem Winter, so wird auch dein Tag kommen, Marie. Bis dahin: Tanze noch ein wenig im Wind der Welt."

Das letzte Wort auf dem schweren Papier begann zu verschwimmen, als eine einzelne Träne aus Maries wunderschönen grünen Augen darauf fiel. Behutsam, fast als fürchte sie, den Zauber zu zerbrechen, steckte sie den Brief zurück in den Umschlag und schob ihn in ihre Handtasche. Noch einmal setzte sie sich an ihren Schreibtisch, blickte auf die geordneten Rechnungen, auf das monotone Flimmern des Bildschirms – doch die Welt hatte sich bereits verschoben. Arbeiten war unmöglich. Wie von einer unsichtbaren Hand getrieben, sprang sie auf, griff ihr Jackett vom Stuhl und eilte hinaus. Auf dem Flur stieß sie beinahe mit Thomas zusammen. "Frau Marie," sagte er erschrocken und trat einen Schritt zurück, "kann ich Ihnen helfen?" Seine Stimme war besorgt, ehrlich, durchdrungen von einer Wärme, die sie fast vergessen hatte. Marie schüttelte den Kopf, zwang sich zu einem schwachen Lächeln. "Nein, danke, Thomas," erwiderte sie höflich. Dann wandte sie sich ab, stieg in den Aufzug. Thomas blieb zurück, den Papierwagen vergessen, sah ihr nach, wie die Aufzugtüren sich langsam schlossen. In dem schmalen Spalt, der noch blieb, trafen sich ihre Blicke – ein kurzer, flüchtiger Moment. Und doch fuhr durch Thomas ein elektrischer Schlag, als hätte sich die ganze Schwere der Welt in diesem einen Augenblick entladen.

Zu Hause ließ sich Marie an ihrem eigenen Schreibtisch nieder. Ohne viel Aufhebens schob sie die Papierstapel, die sie in den letzten Tagen von der Arbeit mitgebracht hatte, achtlos zur Seite. Sie glitten herab, fielen wie welkes Laub zu Boden – und blieben dort unbeachtet liegen. Mit einer Bewegung, die zugleich entschlossen und zögerlich war, öffnete sie die Schublade. Dort, zwischen vergessenen Dingen, fand sie das einst gekaufte, niemals genutzte Briefpapier – schweres, feines Papier, das auf einen besonderen Moment gewartet hatte, den sie nie zu finden schien. Sie nahm auch einen Kugelschreiber zur Hand, hielt ihn einen Atemzug lang über das leere Blatt – doch dann legte sie ihn beiseite, als würde er dem Ernst dieser Stunde nicht gerecht. Marie begann zu suchen. Tief in der Schublade, zwischen längst vergilbten Erinnerungen, ertastete sie schließlich den alten Füllfederhalter. Schwarz, mit feinen silbernen Verzierungen, schwer in der Hand wie eine Verheißung. Er war ein Erbstück – erst ihrem Großvater, dann ihrem Vater gehörend. Doch als sie den Füller prüfte, stellte sie fest, dass keine Patrone mehr darin war. Ein kurzer Moment der Enttäuschung durchzuckte sie – bis ihre Finger auf die verblichene Pappschachtel stießen, in der noch einige Tintenkapseln lagen, alt und etwas spröde, doch bereit, wieder Leben in Worte zu gießen.

Marie setzte die Feder an und begann zu schreiben: "Mein lieber Gärtner," So nannte sie ihn, wie damals, als sie noch ein kleines Mädchen gewesen war. Zeile um Zeile floß aus ihr heraus, was so lange ungesagt geblieben war. Sie schrieb von dem verlorenen Kind, das einst über die Wiese getanzt war – und wie es auf seinem Weg verloren ging, verstrickt in die Welt der Erwachsenen, in die Jagd nach Besitz und Anerkennung. Sie erzählte, wie sie sich in die Arbeit gestürzt hatte, um das Materielle anzuhäufen, in der Hoffnung, Franz damit zu gefallen – jenem Franz, der ihre Mühen erst bewundert, dann hingenommen, schließlich verachtet hatte. Wie er sie verließ, angeblich, weil sie zu wenig Zeit für ihn hatte – und doch wusste Marie, dass sein Herz längst zu einer Jüngeren gewandert war, zu einer, die das Leben noch leicht nahm, während sie selbst unter der Schwere der Jahre zusammensank. Sie schrieb davon, wie der Schmerz über den Verlust ihrer Eltern sie noch tiefer in die Arbeit getrieben hatte – in eine rastlose Suche nach etwas, das sie nie wiederfinden konnte. Am Ende ihres Briefes standen Worte, zitternd, doch klar: "Ich kann den Augenblick kaum erwarten, an dem ich dich wiedersehe, mein Gärtner. Wenn die Zeit gekommen ist, will ich mich an deine Seite setzen, unter die große Kastanie, und endlich wieder blühen." Sorgsam faltete Marie den Brief, als wäre er ein kostbarer Schwur. Sie schob ihn in einen Umschlag und legte ihn behutsam auf die kleine Kommode neben ihrem Bett. Dann schlüpfte sie unter die Decke. Der Schlaf kam rasch, wie eine gütige Hand, die sich über ihre Stirn legte. Doch ihr Kopfkissen wurde bald feucht von jenen stillen, salzigen Tropfen, die aus ihren so grünen Augen quollen – Augen, die einst inmitten einer blühenden Wiese auf die Welt geblickt hatten und in deren Tiefe noch immer ein letzter Schimmer jenes Frühlings bewahrt war.

Der nächste Morgen begann, wie so viele andere. Marie betrat das Büro, den Kopf gesenkt, das Herz schwer, und noch ehe sie ihren Platz erreichen konnte, stellte sich ihr Vorgesetzter in den Weg. Seine Stimme war scharf, ungeduldig, sein Gesicht gerötet vom eigenen Ärger. Er hatte selbst einen Anpfiff von oben kassiert – weil die Buchhaltungszahlen noch nicht eingepflegt waren – und nun entlud sich seine Wut auf Marie. Sie stand einfach da, ließ die Worte auf sich niederprasseln wie einen kalten, gleichgültigen Regen. Kein Versuch, sich zu verteidigen, keine Erklärung. Nur ein stummes Nicken, während ihr

Innerstes sich mehr und mehr von der Szene entfernte. Als er sich schließlich abwandte, drehte Marie sich um und verließ das Großraumbüro. Sie ging nicht in das kleine, zugige Bad für die Mitarbeiter – sie wählte das Gäste-WC draußen auf dem Flur, wo niemand Zeuge ihrer Tränen werden konnte. Auf dem Weg dorthin huschte sie an Thomas vorbei, ohne ihn wahrzunehmen. Er stand da, den Mopp in der Hand, und sah ihr nach, sah, wie ihre Schultern sich unter dem unsichtbaren Gewicht wölbten. Es brach ihm fast das Herz. In seinem Blick lag eine stille Hilflosigkeit, als wollte er ihr etwas zurufen, sie aufhalten – doch die Worte blieben ihm im Hals stecken, und Marie verschwand hinter der schweren Tür, die sanft ins Schloss fiel wie ein letzter Seufzer.

Etwa zehn Minuten später kehrte Marie an ihren Schreibtisch zurück. Sie hatte sich auf dem Gäste-WC frisch gemacht, ihr Gesicht gewaschen, die Spuren der Tränen fortgespült, und sich eine Maske aufgesetzt – jene Maske, die sie in der Firma kannte: die einer energiegeladenen, unermüdlichen Powerfrau, unerschütterlich und immer einen Schritt schneller als die Müdigkeit. Doch als sie sich an ihren Platz setzte, hielt sie einen Moment inne. Auf ihrem Schreibtisch stand ein Strauß frischer Frühlingsblumen – bunte Farbtupfer im grauen Meer der Akten, leuchtend wie kleine Erinnerungen an eine Zeit, die längst vergangen schien. Verwundert blickte sie sich um. Es gab keinen Hinweis darauf, von wem sie stammten. Keine Karte, kein Zettel, nur der stille Gruß der Blüten selbst. Mit einem leisen Kopfschütteln begann Marie, die heutige Post zu sortieren, ordnete die Briefe nach ihrer Wichtigkeit, so wie sie es immer tat – bis ihre Hände innehielten. Da war ein Brief. Wieder. Das gleiche schwere, edle Papier. Die Adresse in sorgfältiger Handschrift gesetzt, ergänzt um den Zusatz: "An Frau Marie Schönfeld persönlich." Kein Absender, keine Briefmarke. Nur diese stille, gewichtige Botschaft, die den Raum zwischen den Sekunden verdichtete und Marie das Atmen schwerer machte.

Gerade als Marie den schweren Brief betrachtete, bog ihr Vorgesetzter um die Ecke. Rasch schob sie das edle Kuvert in ihre Handtasche, griff die drei sorgsam sortierten Stapel der übrigen Post und richtete sich auf. Ihr Chef trat an den Schreibtisch, nahm die Briefe mit einem kurzen, dankbaren Nicken entgegen und wollte sich schon wieder abwenden – doch dann hielt er inne. Er drehte sich noch einmal um, beugte sich leicht zu ihr hinüber, und in einer Stimme, die kaum mehr als ein gehauchtes Flüstern war, sagte er: "Entschuldigung, Frau Schönfeld... wegen vorhin. Ich... ich stand selbst unter Druck. Mein Vorgesetzter..." Seine Worte verloren sich. Marie lächelte höflich, doch in ihrem Inneren formten sich klare Gedanken: So sind sie, die Vorgesetzten. Sie entschuldigen sich – doch schieben die Schuld zugleich weiter, als wäre das eigene Versagen eine Krankheit, die man vererben könnte. Und überhaupt, so dachte sie weiter: Man kann sich nicht selbst entschuldigen. Man kann nur um Entschuldigung bitten – und nur der, der verletzt wurde, kann diese Gnade gewähren. Trotzdem nickte sie leicht, ein stilles Zeichen, dass sie seine Bitte annahm. Es war besser so. Kein Aufruhr, keine weiteren Worte. Dann setzte sie sich und wandte sich wieder ihrer Arbeit zu, als hätte das Leben nicht einen feinen Riss mehr bekommen, sondern liefe einfach weiter, gleichmäßig, unaufhaltsam, wie ein grauer Fluss unter einem bleiernen Himmel.

Draußen hatte sich die Dunkelheit längst über die Welt gelegt, und auch im Büro war die Zeit zu einem zähen Strom erstarrt. Fast zwölf Stunden war Marie nun schon hier, hatte die aufgelaufenen Zahlen eingepflegt, den Stau aufgearbeitet, den ihr gestriges "frühes" Verschwinden hinterlassen hatte. Sie spielte gerade mit dem Gedanken, endlich Feierabend zu machen, als sie hinter sich ein verlegenes Räuspern hörte. Marie drehte sich um – und da stand Thomas, klammerte sich an seinen Papierwagen, als müsse er sich festhalten, um nicht von seiner eigenen Unsicherheit fortgerissen zu werden. Ein

Lächeln, leise und echt, huschte über Maries Gesicht. In diesem einen Moment wusste sie es ganz genau, von wem die Frühlingsblumen auf ihrem Schreibtisch stammten. Nicht die Lampe, nicht der Bildschirm erhellten diesen Platz – es war die Wärme der Blüten, eine Wärme, die nicht zu beschreiben war, weil sie aus dem Herzen kam. "Vielen Dank, Thomas," sagte Marie, ihre Stimme weich und aufrichtig. "Die Blumen... Ohne sie hätte ich mich heute krankgemeldet. Vielleicht hätte ich meinen Job verloren." Thomas errötete heftig. Seine sonst feste Stimme zitterte, als er stammelte: "Frau Marie... Sie sind ja immer noch hier..." Marie lachte leise, fast neckend: "Und Sie doch auch, Thomas." Er wurde noch röter, so sehr, dass man alle Lichter im Büro hätte ausschalten können, und es wäre nicht dunkler geworden. "Na ja..." murmelte er, "ich muss ja warten, bis Sie gehen, damit ich Ihren Schreibtisch aufräumen und den Papierkorb leeren kann..." Dann wandte er sich hastig ab, ehe Marie etwas erwidern konnte, und verschwand mit schnellen, schlurfenden Schritten auf den Flur hinaus. Marie blickte ihm nach, dann schaltete sie die Schreibtischlampe aus, den Monitor, hob die Blumen auf – liebevoll, fast wie einen zerbrechlichen Schatz – und trat den Heimweg an, hinaus in die Nacht, in der ein kleiner Lichtschein in ihr zu brennen begonnen hatte.

Zu Hause angekommen, stellte Marie ihre Handtasche achtlos neben der Eingangstür ab. Noch ehe sie den Mantel ausgezogen hatte, begann sie nach einer Vase zu suchen. Die Blumen, die sie in den Armen trug, schienen eine andere Sorgfalt zu verlangen als alles, was ihr sonst in letzter Zeit begegnet war. Sie öffnete Schränke, kramte auf Regalbrettern – fand Vasen in allen Formen und Größen. Doch jede, die sie in die Hand nahm, schien unangebracht. Hier eine Vase, einstmals ein Geschenk von Franz. Dort eine, die einst Blumen gehalten hatte, die Franz ihr in den frühen, besseren Tagen ihrer Beziehung geschenkt hatte. Nein – diese Vasen waren Teil einer Welt, die längst Risse hatte. Teil einer Liebe, die Bedingungen kannte, Erwartungen,

Forderungen. Die Blumen auf ihrem Tisch aber stammten aus einer anderen Quelle: Sie waren einfach. Ehrlich. Geschenkt von einem Mann, der keine Bedingungen stellte, dessen Verletzlichkeit sie heute gespürt hatte, gerade weil er in einem Beruf arbeitete, der Stärke erforderte. Und so entschied sie sich, ganz bewusst, für ein leeres Marmeladenglas. Sie spülte es sorgfältig aus, füllte es mit frischem Wasser und stellte die Blumen hinein. Das Glas war wie Thomas: schlicht, ungeschmückt, stark – und doch offen, verletzlich, echt. Marie trug das Marmeladenglas mit den Herzensblumen zum kleinen Tisch am Fenster, stellte es dort ab, wo das fahle Licht der Straßenlaternen sie erreichen konnte. Erst jetzt hob sie ihre Handtasche auf und stellte sie auf ihren angestammten Platz. Und in diesem Moment erinnerte sie sich. Der Brief.

Der Brief war wichtig. Sehr wichtig. Marie spürte es, wie eine sanfte, doch beharrliche Stimme in ihrem Inneren, die sie rief. Und doch – in diesem Moment gab es etwas, das selbst diesen Brief für einen Atemzug in den Schatten stellte. Fast mechanisch, doch mit wachsender Unruhe, setzte sie sich an ihren Computer und schaltete ihn ein. Der Monitor flackerte auf, das vertraute Summen erfüllte den Raum. Sie loggte sich in das Netzwerk ihrer Firma ein, klickte sich durch Menüs, als würde eine unsichtbare Hand sie leiten. Zielsicher rief sie die Personalverwaltung auf und suchte einen Namen. Thomas. Wenige Sekunden später erschien sein Datensatz auf dem Bildschirm. Marie beugte sich näher heran und las, was dort stand. Ein wissendes, ja fast triumphierendes Lächeln huschte über ihr Gesicht. Sie hatte es gespürt. Thomas war nicht einfach nur ein Hausmeister. Er war einmal ein „hohes Tier" gewesen, eine bedeutende Figur in der Firma, bevor er – wie es nüchtern hieß – „versetzt" wurde. Versetzt. Ohne weitere Erklärung. Nur dieses eine kalte Wort. Marie starrte auf den Bildschirm, ihr Blick fragte – doch die Antworten blieben verborgen. Das Warum, dachte sie, konnte warten. Ein anderes Mal. Vielleicht. Jetzt war der Brief an der Reihe. Jetzt musste sie hören, was das Schicksal ihr zu sagen hatte.

Marie öffnete vorsichtig den Umschlag. Ihre Finger glitten behutsam über das schwere Papier, als wolle sie einen Schatz heben, ohne ihn zu beschädigen. Es ging ihr nicht darum, das Äußere zu bewahren – sie wollte an das Innere, an das, was verborgen lag. Behutsam entnahm sie das edle Briefpapier, schlug den Brief auf und begann zu lesen. "Mein liebes Kind, Marie," stand dort, und schon in diesen wenigen Worten lag ein tiefer Ton aus Bedauern, Verständnis – und Sorge. Der Schreiber sprach von ihrer Sehnsucht, von ihrem stillen Wunsch nach einem schnellen Wiedersehen – und wie sehr ihn diese Ungeduld bekümmerte. Die Zeit, schrieb er, würde kommen. So oder so. Für ihn, der jenseits der Zeit lebte, war das bedeutungslos. Doch für sie, für Marie, war Zeit ein Geschenk. Ein Schatz. Etwas, das man nicht wegwarf, nur weil man glaubte, keine Verwendung mehr dafür zu haben. Zeit war ein Reichtum, den man verschenkte, indem man ihn teilte – und dadurch erst seinen wahren Wert offenbarte. Marie ließ den Brief sinken. Die Hand, die ihn hielt, zitterte leicht. In ihrem Inneren brodelte es, wie Wasser, das kurz vor dem Sieden steht. Wut, Trauer, Verzweiflung – alles vermischte sich zu einem formlosen Drängen. Behutsam legte sie den Brief zurück in den Umschlag, schob ihn neben den ersten in die Schublade ihres Schreibtisches, schloss die Lade, als wolle sie für eine Weile die Welt aussperren. Dann ging sie zu Bett. Der Schlaf kam schnell, erbarmungslos, doch auch diese Nacht blieb nicht trocken. Tränen netzten erneut ihr Kissen, warme, salzige Tropfen, doch dieses Mal weckten sie sie wieder – zogen sie mit einer sanften, brennenden Wärme zurück an die Oberfläche ihrer eigenen, schmerzlichen Wirklichkeit.

Marie setzte sich erneut an ihren Schreibtisch. Das fahle Licht der Nacht fiel schräg durch das Fenster und tauchte den Raum in ein sanftes, gedämpftes Grau. Mit ruhiger Hand zog sie das edle, alte Briefpapier hervor und legte es vor sich hin. Der Füllfederhalter lag schwer und vertraut in ihrer Hand. Doch bevor sie die Feder auf das Papier setzte, stockte sie. Eine Frage stieg in ihr auf, so plötzlich, so dringlich, dass sie den Atem anhielt: Sie hatte doch schon einen Brief geschrieben – letzte Nacht. Den ersten Brief, ihre Antwort, ihre Sehnsucht. Sie hatte ihn nicht abgeschickt. Wie hätte sie auch? Es gab keine Adresse, keine Möglichkeit, ihn in die Welt zu entlassen. Hastig begann sie auf dem Schreibtisch zu suchen, zwischen Papieren, Briefumschlägen, Büchern – doch der Brief war fort. Nicht mehr dort, wo sie ihn gelassen hatte. Als hätte ihn jemand geholt. Oder als hätte er selbst gewusst, wohin er gehörte. Marie schloss für einen Moment die Augen, atmete tief ein – und setzte dann doch an, eine neue Antwort zu schreiben. "Mein lieber Gärtner," begann sie, und in diesen wenigen Worten schwang so viel Müdigkeit, so viel gebrochene Hoffnung. Sie schrieb davon, dass dieses Geschenk der Zeit, so kostbar es in den Augen des Gärtners erscheinen mochte, für sie leer war, wertlos, weil niemand da war, mit dem sie diesen Schatz teilen konnte. Was nützte Reichtum, wenn man ihn nur für sich selbst hortete? Was nützte Zeit, wenn niemand da war, der an ihr teilhatte? Wieder endete sie mit einer Abschiedsformel, in der ihr Wunsch laut und klar hervorklang: den Gärtner – ihren alten, vertrauten Gärtner – so bald wie möglich wiederzusehen.

Am nächsten Morgen, als Marie sich fertig gemacht hatte und schon die Hand an der Tür hatte, um zur Arbeit zu gehen, fiel ihr ihr Brief wieder ein. Sie hielt inne, drehte sich um und ging zurück zum Schreibtisch. Dort lag er noch immer – der Brief im Umschlag ohne Adresse, still wie eine letzte Frage, die auf Antwort wartete. Marie nahm ihn in die Hand, ging zum kleinen Tisch am Fenster und legte ihn behutsam unter den Strauß der wunderschönen Blumen, die Thomas ihr geschenkt hatte. Dann atmete sie tief durch, schloss die Tür hinter sich und machte sich auf den Weg zur Arbeit. Kurz bevor sie das

Bürogebäude betrat, setzte sie wieder ihre Maske auf – jene Maske der energiegeladenen Powerfrau, die Maske, die die Menschen – oder vielmehr Roboter – hier von ihr kannten. Auf dem Weg zu ihrem Großraumbüro begegnete sie Thomas. Er stand da, seinen Papierwagen leicht vor sich herschiebend, und als er sie sah, huschte ein verlegenes Lächeln über sein Gesicht. Mit zitternder Stimme begrüßte er sie. Marie erkannte sofort, dass Thomas mehr sagen wollte – es lag in seinem Blick, in der unsicheren Art, wie er sich von einem Fuß auf den anderen verlagerte. Sie grüßte ihn freundlich zurück, doch diesmal war es kein aufgesetztes, kein höfliches Lächeln. Es war echt. Ehrlich. Ein Lächeln, das von Herzen kam. Ermutigt von dieser Wärme, rang Thomas sich durch. Fast stolpernd über seine eigenen Worte, platzte es aus ihm heraus: ob sie heute mit ihm die Mittagspause verbringen wolle. Jetzt war es Marie, die errötete. Ein sanftes, unsicheres Rot stieg ihr in die Wangen. Thomas, der es sah, wurde sofort blass vor Schreck und bat sie um Entschuldigung – nicht plump, nicht aus einer Laune heraus, sondern aufrichtig, bittend, respektvoll. Doch als er sich beschämt abwenden wollte, hielt Marie ihn sanft am Arm fest. "Ich würde mich sehr freuen," sagte sie leise, "mit Ihnen die Mittagspause zu verbringen."

An ihrem Schreibtisch angekommen, begann Marie wie jeden Morgen damit, die Post zu sortieren. Routiniert glitten ihre Finger über die Umschläge, ordneten nach Wichtigkeit – bis sie wieder einen dieser besonderen Briefe entdeckte. Handgeschriebene Adresse, schweres, edles Papier, direkt an sie adressiert. Ohne Zögern steckte sie den Brief in ihre Handtasche. Dann arbeitete sie konzentriert weiter, versuchte, sich ganz auf die endlosen Zahlen und Listen zu fokussieren. Aber heute war etwas anders. Heute war da eine leise Aufregung in ihrem Inneren, ein freudiges, unruhiges Pochen in ihrer Brust. Immer wieder ertappte sie sich dabei, wie sie auf die Uhr schielte. Ihr Herz schlug schneller, ihr Blutdruck stieg, und einmal musste sie sogar ein kleines, unterdrücktes Kichern hinter der Hand verbergen. Sie fühlte sich wie ein Teenager, der sich in einer versteckten Ecke des Pausenhofs zum ersten Kuss verabredet hatte. Es war ein Gefühl, warm und sprudelnd, so fremd und doch so wundervoll vertraut – ein Gefühl, das sie lange, lange verloren geglaubt hatte. Und die Zeiger der Uhr, diese unbarmherzigen Wächter, bewegten sich heute so quälend langsam, als wollten sie ihr Glück absichtlich hinauszögern.

Marie und Thomas saßen auf einer Bank im Innenhof des Bürokomplexes. Es war ein Ort, der wenig Romantik ausstrahlte: ein quadratischer Hof, auf allen vier Seiten von den kalten Glasfassaden des Gebäudes umschlossen, der Boden gesäumt von einem schmalen Asphaltstreifen und einem makellosen Rasen, so perfekt gestutzt, dass er jedem englischen Golfclub zur Ehre gereicht hätte. Kein Gras, das wild und frei wuchs – nur Rasen, akkurat und diszipliniert, wie Soldaten auf einer Parade, Reihe für Reihe, Halm für Halm. Und doch – inmitten dieser kühlen Korrektheit war es eine Pause, wie Marie sie noch nie erlebt hatte. Thomas öffnete seine Brotdose aus Aluminium, ein schlichter, altmodischer Behälter, und reichte Marie eine belegte Scheibe Brot – Salami und Käse, liebevoll geschichtet. Marie, die nie etwas dabeihatte und sich sonst immer etwas aus der Kantine holte, nahm sie dankbar an. Thomas schraubte seine Thermosflasche auf, goss ihr einen Kaffee in den kleinen Becher, der zugleich als Deckel diente, und trank dann selbst vorsichtig aus der Flasche, das heiße, aromatische Getränk zwischen den Händen wie ein kostbares Gut haltend. Sie saßen einfach nur da. Sie aßen. Sie tranken. Sie sagten kein einziges Wort. Und doch – sie fühlten sich beide so wohl, so geborgen, wie seit Äonen nicht mehr. Keine großen Gesten, keine Reden, keine Erklärungen. Nur die Stille zwischen ihnen, warm, einhüllend, wie der erste echte Frühlingstag nach einem endlosen Winter.

Nach der Pause setzte Marie sich wieder an ihren Schreibtisch und arbeitete weiter. So leicht war es ihr seit Jahren nicht gefallen, Zahlen zu sortieren und einzugeben, als hätte die Stille der Mittagspause ein Gewicht von ihren Schultern genommen. Auf den Fluren schritt Thomas von Büro zu Büro, und wer genau hinsah, konnte bemerken, dass er fast tänzelte. Mit einer Leichtigkeit, die ihm sonst fehlte, leerte er Papierkörbe, wechselte Glühlampen, als wäre er nur dafür geboren worden, kleine, stille Dienste mit großer Würde zu verrichten. Als Marie später auf die Toilette ging – der Kaffee forderte nun einmal seinen Tribut – traf sie dort eine Kollegin am Waschbecken. Eine von jener Sorte, deren Erscheinung immer adrett war, deren Lippenstift nie verwischt und deren Bluse niemals eine Falte trug, die doch in ihren Augen jene verhärmte Kälte trugen, die von verpassten Träumen sprach. Frauen, die alles wollten und doch nichts erreichten, weil sie das Leben verlernt hatten, während sie nach oben strebten. Diese Kollegin sprach Marie an, als sie gemeinsam im Spiegel standen. Ob sie sich nicht getäuscht hätte, fragte sie mit süßlicher Stimme, ob es wirklich die erfolgreiche, energiegeladene Chefsekretärin gewesen sei, die draußen auf der Bank mit dem Hausmeister ein einfaches Wurstbrot gegessen habe, wie ein Bauarbeiter, unter freiem Himmel. Marie sah ihr Spiegelbild an, sah in ihre eigenen grünen Augen, in denen ein neues, leises Licht glomm. Dann drehte sie sich zur Kollegin und sagte ruhig, fast zärtlich: "Und wenn?" Eine kleine Pause, dann, mit einem leichten Lächeln: "Was geht Sie das an?"

Heute ging Marie die Arbeit so leicht von der Hand, dass sie zum ersten Mal seit Wochen wieder pünktlich Feierabend machen konnte. Mit einem Stapel sauber geordneter Akten unter dem Arm verließ sie das Großraumbüro. Auf dem Flur traf sie wieder auf Thomas. Freundlich verabschiedete sie sich von ihm, und fügte, scheinbar ganz nebenbei – so beiläufig, dass es fast wie ein Scherz klang – hinzu: "Und morgen hätte ich gerne ein Leberwurstbrot zum Mittag." Sie winkte ihm noch einmal lächelnd zu und verschwand im Aufzug. Thomas stand da, und sein Grinsen war so breit, dass er im Kreis gegrinst hätte, hätte er keine Ohren gehabt, um es zu begrenzen. Im Aufzug, während die Türen sich schlossen, fiel Marie plötzlich etwas auf. Seit Jahren hatte sie Thomas höchstens einmal oder zweimal die Woche gesehen – und selbst dann nur spät abends, wenn sie wieder viel zu lange im Büro gewesen war und er still ihren Papierkorb geleert hatte. Doch in den letzten Tagen – da begegnete sie ihm täglich. Manchmal sogar mehrfach. Ein leiser Verdacht regte sich in ihr, doch noch bevor er Form annehmen konnte, öffnete sich die Aufzugtür. Marie schob den Gedanken beiseite, lächelte, und ging nach Hause.

Thomas stand am Fenster des Flurs und sah Marie nach, wie sie mit leichtem Schritt zur Bushaltestelle ging. Er hob die Hand und winkte ihr hinterher, wohl wissend, dass sie ihn durch die von außen verspiegelten Fensterscheiben nicht sehen konnte. Sein Herz schlug dabei so schnell, als könnte es die Entfernung zwischen ihnen überbrücken. Aus der hinteren Gesäßtasche seiner Arbeitshose lugte ein Briefumschlag hervor – edles, schweres Papier, derselbe Typ Umschlag, der Marie in den letzten Tagen Rätsel aufgegeben hatte. Langsam, fast feierlich, ging Thomas in seine kleine Kammer, wo er seine Materialien lagerte und sich nach der Schicht umzog. Er setzte sich auf den schlichten Holzstuhl, zog den Umschlag hervor, öffnete ihn mit behutsamen Fingern, als halte er etwas Zerbrechliches, das jede falsche Bewegung zerstören könnte. Dann entnahm er das Papier, faltete es auf und begann zu lesen.

Marie kam nach Hause, stellte ihre Handtasche achtlos neben der Tür ab und ging sofort zu dem kleinen Tisch am Fenster, zu den Blumen, die Thomas ihr geschenkt hatte. Sie blühten noch immer, so strahlend, so lebendig, als hätten die vergangenen Tage ihnen nichts anhaben können. Einen Moment lang fragte sich Marie, wie das möglich sein konnte – drei

Tage alt und doch so frisch, so unberührt. Doch sie verlor sich nicht in diesem Gedanken, denn ihr Blick fiel auf etwas, oder vielmehr auf das Fehlen von etwas. Der Brief. Er war weg. Hastig schaute sie unter den Tisch, vielleicht war er heruntergefallen, vielleicht hatte sie ihn am Morgen unachtsam angestoßen – doch da war nichts. Eilig lief sie zurück zur Tür, griff nach ihrer Handtasche, kramte hektisch und ungeduldig darin herum, bis sie den neuen Brief herauszog. Dieses Mal zerriss sie den Umschlag fast, so groß war ihre Ungeduld. Nur eine Zeile stand auf dem schweren, kostbaren Papier: "Du musst nur schauen. Und das nicht mit den Augen!" Marie ließ den Brief sinken. Er glitt ihr aus den Händen, fiel wie ein herbstliches Blatt sanft zu Boden und blieb dort liegen. Irritiert, aufgewühlt, zog sie sich um, setzte sich an ihren Schreibtisch und starrte lange auf das leere Blatt vor sich. Minuten vergingen, vielleicht Stunden, bis sie endlich den Füller ansetzte und schrieb: "Ich schaue. Ich schaue auf die Zeiger der Uhren, auf die Blätter der Kalender und frage mich, wie lange noch, bis wir uns wiedersehen." Sorgsam schob sie das Papier in einen neuen Umschlag, legte ihn behutsam auf den kleinen Tisch unter die Blumen und ging schlafen.

Es war eine seltsame Woche. Marie spürte nicht, wie sehr sie hin- und hergerissen war. Sie bemerkte nicht das Schwanken in ihrem Inneren, nicht die Veränderung, die sich fast unmerklich durch ihr Leben schlich. Sie spürte nicht, wie widersprüchlich es war: Abends die Sehnsucht nach dem Gärtner, nach jenem alten Versprechen unter der Kastanie, und morgens die freudige Erwartung auf eine gemeinsame Mittagspause mit Thomas. An diesem Morgen erwachte sie, machte sich fertig, schminkte sich – dezenter als gewöhnlich – und eilte zum Büro. Heute brauchte sie keine Maske. Heute strahlte sie von innen heraus. Zuversicht. Freude. Energie. Fast schon enttäuscht war sie, als sie Thomas nicht auf dem Weg ins Büro begegnete. Doch das Gefühl, dieses jugendliche Kribbeln, dieses freudige

Erwarten, ließ sich nicht vertreiben. Wie ein Teenager, der aufgeregt auf das Wiedersehen mit dem heimlichen Schwarm wartet, wurde ihr Herz leicht und schneller, als sie an ihrem Schreibtisch einen kleinen Zettel entdeckte. In klarer, schlichter Handschrift stand dort: "Ich wusste nicht, ob Sie lieber grobe oder feine Leberwurst mögen. Also habe ich zwei Brote gemacht. Suchen Sie sich aus, was Ihnen gefällt – ich nehme das andere." Keine Unterschrift. Keine Erklärung. Aber Marie wusste genau, von wem er war. Ein Lächeln, heller als jedes Neonlicht, breitete sich auf ihrem Gesicht aus. Und wieder war da diese beschwingte Leichtigkeit, die ihre Arbeit beinahe von selbst geschehen ließ. Die Zahlen flossen unter ihren Fingern wie ein klarer Bach, schnell und mühelos, leichter, als sie es seit langer, langer Zeit empfunden hatte.

Endlich schlug die Stunde der Mittagspause. Marie ging durch das Großraumbüro, doch sie bemerkte die schäbigen Blicke ihrer Kolleginnen nicht. Jene Blicke, die sie mit Tuscheln verfolgten, Blicke, die sich heimlich fragten, ob die Chefsekretärin wirklich etwas mit dem Hausmeister hatte. Blicke, in denen sich Abscheu und Gier miteinander vermischten, wie giftiger Rauch, der aus einem heimlich schwelenden Feuer aufsteigt. Manch ein Blick war angeekelt – doch wer genauer hätte hinsehen können, hätte auch die feuchte, schmutzige Fantasie dahinter erkannt, jenes leise Knistern, das aus Neid geboren wird und sich in Sehnsüchten verliert, die sie niemals zugeben würden. Doch Marie sah nichts davon. Ihr Herz war leicht, ihr Blick war auf etwas anderes gerichtet. Draußen, auf der kleinen Bank im kühlen Innenhof, wartete Thomas. Marie setzte sich neben ihn, wählte das Brot mit der feinen Leberwurst, und bemerkte, dass Thomas heute auch zwei Becher dabei hatte. Wieder saßen sie da, schweigend, kauend, und genossen jene Nähe, die keiner großen Worte bedurfte. Der Hof, von kalten Glasfassaden eingerahmt, war für sie beide ein Ort geworden, an dem die Welt sich leise auflöste – eine Insel, ein stilles Versprechen, versteckt vor aller Bosheit und allem Getuschel. Hinter den Fenstern des Großraumbüros drückten sich die Frauen die Nasen platt, jene, die sich selbst für etwas Besseres hielten. Doch könnten ihre Gedanken gelesen werden, wüsste man, dass sie sich irrten. Dass sie nichts waren als verhärmte Ziegen mit schmutzigen Fantasien, verfangen in ihrem eigenen vergifteten Spiegelbild.

Marie kam nach Hause. Noch immer getragen von der warmen Leichtigkeit des Tages, bemerkte sie nicht, wie sie langsam wieder zurückglitt in die Sehnsucht nach dem Gärtner, nach jener stillen, uralten Verheißung. Wie ferngesteuert ging sie zum kleinen Tisch am Fenster. Der Brief, den sie am Morgen dort hingelegt hatte, war verschwunden. Doch diesmal bückte sie sich nicht. Sie suchte nicht unter dem Tisch. Etwas in ihr wusste, dass es keinen Sinn hatte. Wieder war keine Antwort in der Tagespost gewesen. Nur Routine, Rechnungen, Werbung. Eine leise Enttäuschung legte sich über ihr Herz, wie der erste kalte Nebel des Herbstes. Sie zog sich um, streifte die Geschäftigkeit des Tages ab und ließ sich auf das Sofa sinken. Vielleicht ein wenig fernsehen, nur für einen Moment, nur ein wenig vergessen. Sie wollte sich gerade ein Kissen zurechtrücken, um es bequemer zu haben, als ihre Hand an etwas stieß. Ein Umschlag. Einer dieser Umschläge. Schwer, edel, so vertraut und so ersehnt. Mit klopfendem Herzen öffnete sie ihn. Langsam, fast ehrfürchtig, zog sie das Papier hervor. Nur ein einziges Wort stand darauf, in jener kunstvollen, alten Handschrift: "Thomas."

Ungläubig starrte Marie auf das Papier. Ihre Augen glitten über das eine Wort, immer wieder, als könnte sie nicht begreifen, was so klar vor ihr stand. Und ganz langsam – so langsam wie eine Schnecke, die bedächtig von Blatt zu Blatt kriecht – dämmerte es ihr. Die letzten Tage zogen in Gedanken an ihr vorbei, nicht als Vergessenes, sondern als etwas, das sich nun, erst jetzt, in seinem wahren Licht zeigte. Marie blickte nicht mehr nur auf die Ereignisse – sie blickte dahinter. Sie sah die Zeichen, die kleinen Gesten, die Worte ohne Stimme. Ihr Herz wurde warm, eine stille, leuchtende Glut breitete sich in ihrer Brust aus. Ihre grünen Augen, die an eine Sommerwiese voller Blumen erinnerten, füllten sich mit Tränen. Aber es waren keine Tränen der Trauer. Keine Tränen des Leides. Keine Tränen des Schmerzes. Es waren Tränen der Erkenntnis. Tränen der Freude. Tränen der Dankbarkeit. Marie stand auf, ging leise ins Schlafzimmer, legte sich auf das Bett, schloss die Augen. Je schneller sie einschlief, desto schneller würde der nächste Tag erwachen – der Tag, auf den sie sich nun mit jener Sehnsucht freute, die nicht neu war, sondern alt. So alt, dass sie sich ihr ganzes Leben danach gesehnt hatte, ohne je zu wissen, wonach.

Marie eilte zur Arbeit. Sie verfluchte innerlich den Busfahrer, weil er ihr zu langsam fuhr, verfluchte die rote Ampel, an der sie warten musste, und jeden Schritt, der sie von ihrem Ziel abhielt. Als sie endlich aus dem Aufzug trat, sah sie ihn. Thomas. Ohne zu zögern, lief sie auf ihn zu, warf sich in seine Arme, und küsste ihn – auf den Mund, leidenschaftlich, verloren, endlich angekommen. Die Kolleginnen, die Zeuginnen dieses Moments wurden, waren außer sich. Empört. Doch diese Empörung war nur ein dünner Schleier, unter dem die nackte Enttäuschung brodelte – die Erkenntnis, dass sie genau das nicht hatten. Nicht dieses Glück. Nicht diesen Mut. Nach dem Kuss blieb Marie noch einen Augenblick in Thomas' Armen, als wolle sie sich in seiner Wärme verankern. Thomas beugte sich zu ihr und flüsterte ihr ins Ohr: "Heute gibt es Schinkenbrot." Marie lächelte, und in diesem Lächeln lag all das Glück, das sie so viele Jahre entbehrt hatte. Auch Thomas strahlte, wie ein Mann, der endlich heimgekehrt war. Er nahm ihre Hand, zog sie mit sich, in seine kleine Kammer – dort, wo die Welt sie nicht erreichen konnte. Die schmutzigen Fantasien der Kolleginnen schlugen Purzelbäume, sie glaubten fast, schon das ekstatische

Stöhnen Maries zu hören, das sie sich in ihren neidischen Hirnen ausmalten. Doch in der Kammer war es still. Kein Laut. Kein Wort. Nur das Atmen zweier Menschen, die einander wirklich gefunden hatten. Thomas holte einen Brief hervor, und Marie erkannte sofort das edle, schwere Papier. Er reichte ihr den Umschlag, und als sie ihn mit fragendem Blick ansah, nickte er nur. Sanft. Ermutigend. Marie öffnete den Umschlag, zog das feine Papier hervor, und sah das eine Wort – gerade noch, bevor ihre Tränen es verschwimmen ließen. "Marie." Geschrieben in jener Handschrift, die sie nun verstand – mit dem Herzen, nicht mit den Augen.

ACHT

Herr Schatz war verärgert. Seit nunmehr fast vierzig Jahren diente er der städtischen Bibliothek, und in all dieser Zeit hatte er mehr Wissen über Bücher, Geschichten und Autoren angesammelt, als man jemals in Karteikästen oder Computerdateien hätte speichern können. Oft genügte ein kurzer Blick oder eine beiläufige Frage eines Lesegastes, und Herr Schatz wusste nicht nur den Titel, sondern konnte auch sagen, in welchem Gang, in welchem Regal, auf welchem Fach genau das gesuchte Buch zu finden war. Er hatte ein wachsames Auge und ein feines Gespür dafür, die jüngeren Besucher – jene, die von der Monotonie des Lernens in Unruhe gerieten – mit einer sanften, respektvollen Ermahnung zur Ordnung zu rufen, ohne je ihre Würde zu verletzen. Und nun – nun war er ins Archiv versetzt worden. Verdrängt von einer Frau, die kaum älter als Anfang dreißig war, und, wie man munkelte, nicht einmal ausgebildete Bibliothekarin. Marie. Sie hatte ihren gut bezahlten Job als Chefsekretärin aufgegeben, um mehr Zeit mit einem Mann zu verbringen. Was sollte das? Warum? Herr Schatz verstand es nicht. Diese Frau hatte doch alles gehabt, was man sich wünschen konnte: einen guten Verdienst, eine angesehene Position – und, wenn den Gerüchten Glauben zu schenken war, auch ein erfülltes Liebesleben mit dem jungen, kräftig gebauten Hausmeister, dessen Potenz und andere Vorzüge hinter vorgehaltener Hand diskutiert wurden. Warum also hatte sie all das weggeworfen? Warum hatte sie ihn, Herrn Schatz, dafür in das staubige Archiv verdrängt?

Herr Schatz betrachtete sein neues Büro. Es lag tief im Keller, und nur wenig Licht fiel durch ein kleines, schmales Fenster. Wäre er sehr viel jünger und unreifer gewesen, hätte er sich vielleicht darüber gefreut, könnte man doch durch dieses Fenster im Sommer den Frauen auf der Straße unter die Röcke schauen. Aber Herr Schatz war keine sechzehn mehr. Er war fast siebzig. Diese Gelüste hatte er vor unendlich langer Zeit abgelegt, abgelegt wie einen Mantel, der einem irgendwann nicht mehr passt. Sein Schreibtisch war schlicht, aber sauber, und ebenso war das gesamte Büro, so klein es auch war, in auffallender Ordnung gehalten. Wäre Herr Schatz nicht so sauer gewesen, nicht so erfüllt von stiller Wut und verletztem Stolz, hätte er bemerken können, dass dies eine Geste des Respekts war. Von Marie. Und von Thomas, der ihr geholfen hatte. Ohne seine Verbitterung hätte Herr Schatz die Frühlingsblumen auf dem Tisch neben dem Monitor bemerkt, ein stilles Zeichen der Achtung, genauso wie den Umstand, dass der Karton mit seinen persönlichen Sachen nicht achtlos auf den Boden gestellt worden war, sondern ordentlich, gerade, auf dem Schreibtisch platziert worden war, bedacht auf seine Liebe zur Ordnung. Aber in diesem Moment war seine Seele zu aufgewühlt, um solche Dinge zu sehen.

Mit Erstaunen stellte Herr Schatz fest, dass selbst der Inhalt des Kartons, seine persönlichen Dinge, seine kleinen Erinnerungsstücke, mit großer Sorgfalt behandelt worden waren. Seine alte Kaffeetasse, die ihm einst seine längst verstorbene Frau geschenkt hatte, war sorgsam in Zeitungspapier eingewickelt worden, damit sie keinen Schaden nahm. Auch das Bild, das ihn und seine Frau an ihrem Hochzeitstag zeigte, war in Papier eingeschlagen – und als Herr Schatz es auswickelte, bemerkte er, dass es abgestaubt und das Glas mit Glasreiniger gesäubert worden war. Die Wut, die in ihm brannte, verrauchte dadurch nicht. Aber sie verschob sich. Sie verlagerte sich, zog sich ein wenig zurück, wie ein Tier, das die Bedrohung nicht mehr ganz so nahe wähnte. Als Herr Schatz einen Brief im Karton fand, geschrieben von Marie und Thomas, las er ihn mit misstrauischen Augen. In dem Brief baten sie um Entschuldigung, erklärten, dass es nie ihre Absicht gewesen sei, ihn zu verdrängen. Sie beschrieben, wie Marie ihre alte Stellung verlassen musste, wie sie beide sich eigentlich um den Job des Archivars beworben hatten, nicht um etwas zu zerstören, sondern um etwas Neues zu bewahren. Herr Schatz' Zorn auf Marie verflüchtigte sich, aber die Wut blieb. Sie hatte nun kein klares Ziel mehr, irrte in ihm umher, suchte nach einem neuen Ort, an dem sie sich festkrallen konnte. Selbst als er den kleinen Kuchen fand, eine wohlschmeckende Aufmerksamkeit, schwand sein Zorn nicht. Nur für die kurze Zeit, in der der süße Geschmack auf seiner Zunge lag, vergaß er ihn.

Herr Schatz begann, sich widerwillig in seinem neuen Büro einzurichten. Es war keine Freude daran, keine Neugier, nur die schlichte Notwendigkeit, einen Platz zu schaffen, an dem er sich ertragen konnte. Eigentlich hätte er schon längst in Rente gehen können. Seit Jahren. Aber was hätte er zu Hause tun sollen? Dort wartete niemand mehr auf ihn. Seine Frau war tot, seine große Liebe, seine stille Gefährtin, die seine Strenge immer verstanden hatte, weil sie wusste, was sich hinter ihr verbarg. Sein Sohn lebte weit entfernt, zu weit, und der Kontakt war längst zu einem leeren Ritual verkommen, wenn überhaupt. Seine Tochter – sie lebte noch immer in derselben Stadt, aber sie redete nicht mehr mit ihm. Ignorierte ihn. Sie glaubte noch immer, seine Strenge sei gegen sie gerichtet gewesen, nicht dafür, sie auf das Leben vorzubereiten. Selbst jetzt, da sie eine erfolgreiche Geschäftsfrau geworden war, hatte sie das nie begriffen. Also – was sollte er zu Hause? Allein, ohne Aufgabe, nur wartend, den Blick auf die tickende Uhr gerichtet, auf das gleichmäßige, grausame Verrinnen der Zeit lauschend, bis der Gevatter ihn endlich holen würde? Nein. Er brauchte eine Aufgabe, so wie andere die Luft zum Atmen brauchen. Darum blieb er in der Bibliothek. Darum kündigte er nicht, selbst jetzt, selbst hier, im Archiv.

Als Herr Schatz fertig war, sich in seinem neuen Reich einzurichten, war der Arbeitstag auch schon zu Ende. Er ließ seinen Blick noch einmal durch das kleine Büro schweifen, prüfte, ob alles an seinem richtigen Platz war, so wie es sein sollte. Dann zog er seine Jacke an, setzte seinen alten, abgetragenen Hut auf, und verließ das Büro. Mit der ihm eigenen Sorgfalt und der tief verwurzelten Liebe zu Routine und Ordnung schloss er die Tür zweimal ab, prüfte die Klinke, prüfte sie noch einmal, bis er sicher war, dass alles so war, wie es sein musste. Auf dem Weg zum Aufzug bemerkte er, dass sogar der Flur im

Keller frisch gereinigt worden war. Nicht so husch husch, wie es der alte Hausmeister stets getan hatte, halbherzig, fahrig. Nein – dieser Thomas, der neue Mann, schien ein sehr gewissenhafter Arbeiter zu sein. Ein Lächeln stahl sich auf Herrn Schatz' Gesicht. Nur für einen winzigen Augenblick. Dann schüttelte er es ab, als wollte er es nicht dulden, nicht jetzt, nicht hier. Ordnung musste sein. Und dieser Thomas – nun, er tat einfach, was getan werden musste. Nur eben gründlicher als – ja, als der andere, dessen Name ihm nicht einmal mehr einfiel.

Zu Hause angekommen, vollzog Herr Schatz die immer gleiche Routine, die ihm Halt gab. Sorgfältig legte er seinen Hut auf die Hutablage, hängte die alte, aber gepflegte Jacke ordentlich auf einen Bügel. Dann ging er in die kleine Küche. Er füllte einen Topf mit Wasser, stellte ihn auf den Herd, legte zwei Bockwürste hinein. Während die Würste langsam warm wurden, schnitt er zwei Scheiben Graubrot ab, strich sie mit Butter, holte den Senf aus dem Schrank und eine Flasche Bier aus dem Kühlschrank. Als die Bockwürste heiß waren, legte er sie zusammen mit einem Klecks Senf und den beiden Brotscheiben auf einen Teller, füllte das Bier in ein Glas und trug alles auf den kleinen Beistelltisch neben dem alten Sessel vor dem Fernseher. Pünktlich zum Beginn der Nachrichtensendung saß er da, wie jeden Abend, das einfache Abendessen auf dem Schoß, den Blick auf den Bildschirm gerichtet, auf die Welt, die ihn längst vergessen hatte. Nach den Nachrichten stellte er das Geschirr in den Geschirrspüler, so ordentlich, so exakt, als handle es sich um eine Zeremonie. Ein prüfender Blick sagte ihm, dass er den Spüler erst morgen anschalten musste. Nicht heute. Dann ging er ins Schlafzimmer. Ohne Eile. Ohne Aufregung. Ein weiterer Tag war zu Ende gegangen.

Am nächsten Morgen, auf dem Weg zum Aufzug, traf Herr Schatz auf Marie. Sie grüßte ihn freundlich, und er nickte ihr nur kurz zu, ohne stehenzubleiben, ohne ein weiteres Wort zu verlieren. Im Kellerflur begegnete er Thomas, und auch ihm schenkte er nur ein knappes Nicken. Doch als er ein Stück Papier auf dem Boden sah, das Thomas wohl übersehen hatte, zeigte Herr Schatz stumm darauf. Thomas bedankte sich höflich, fast ein wenig verlegen, doch Herr Schatz erwiderte daraufhin ebenfalls nur ein Nicken. Sein Herz war immer noch schwer. Nicht mehr aus Wut auf Marie oder Thomas – sondern aus jener dumpfen, widerspenstigen Traurigkeit, dass seine Ordnung, seine Welt, einen Umbruch erlitten hatte, und er nun gezwungen war, sich eine neue aufzubauen. Trotzdem, tief in seinem Inneren, musste er ein wenig lächeln. Thomas schien ein Mann zu sein, der ebenfalls ein Gespür für Ordnung und Sauberkeit hatte, und dazu noch eine freundliche, unaufdringliche Art – ganz so wie seine Marie. Als Herr Schatz an seinem Büro ankam, fiel ihm auf, dass die Tür nur einmal abgeschlossen war. Ein kurzer Moment der Irritation, dann öffnete er die Tür – und blieb stehen. Jemand hatte die kaputte Glühlampe gewechselt, den Raum gesäubert, und dabei genau auf seine Ordnung geachtet, seine Strukturen respektiert, als seien sie etwas Heiliges. Herr Schatz ging zurück auf den Flur, trat an Thomas heran, und bedankte sich bei ihm, bestimmt, aber höflich. Dann wies er ihn ebenso bestimmt darauf hin, dass sein Büro bitte immer zweimal abzuschließen sei, so wie es sich gehörte.

Seiner täglichen Routine folgend, machte sich Herr Schatz Wasser für seinen Tee heiß. Mit der ihm eigenen Bedachtsamkeit goss er das kochende Wasser über den Teebeutel in die Tasse, nahm die Küchenuhr zur Hand und stoppte die Zeit. Exakt nach zwei Minuten und dreißig Sekunden zog er den Teebeutel aus der Tasse, legte ihn ordentlich auf die Untertasse, und setzte sich an seinen Schreibtisch. Mit einem leisen, routinierten Klick schaltete er den Computer ein, wartete geduldig, bis das langsame Gerät endlich einsatzbereit war, und öffnete sein E-Mail-Programm, um seine E-Mails zu lesen. Wobei – "Plural" ist hier zu viel gesagt. Es war nur eine E-Mail da, wie fast jeden Morgen. Eine einzige Nachricht, in der ihm erklärt wurde, welcher Auftrag heute auf ihn wartete.

Herr Schatz folgte dem Auftrag, ging hinunter in das Lager, wo ein neues Buch angekommen war, das er begutachten und katalogisieren sollte. Bevor er jedoch sein Büro verließ, schaltete er, wie immer, den Computer aus. Nicht wie die anderen, die bloß den Bildschirmschoner aktivierten, als wäre Energieverschwendung eine Nebensache. Nein – für Herr Schatz gehörte es sich, das Gerät vollständig abzuschalten, wenn man den Arbeitsplatz verließ. Er spülte seine Teetasse aus, trocknete sie sorgfältig ab und stellte sie auf ihren festen Platz im Schrank. Dann richtete er die Schreibtischunterlage, prüfte mit einem letzten Blick, dass alles in perfekter Ordnung war, und schloss die Bürotür – zweimal, wie es sein musste. Auf dem Weg durch den Kellerflur bemerkte er – und zum ersten Mal registrierte er es wohlwollend – dass nicht nur der Teil des Flurs geputzt war, den er täglich zwischen Aufzug und Büro zurücklegte, sondern der ganze Flur. Sogar die kaputten Leuchtstoffröhren waren ersetzt worden. Ein stilles, anerkennendes Nicken huschte über sein Gesicht, und diesmal schüttelte er es nicht ab.

Doch das zarte Wohlwollen, das Herr Schatz eben noch gespürt hatte, wurde rasch von stillem Ärger verdrängt, als er am Lagerraum ankam, in dem das neue Buch auf ihn warten sollte. Nur einmal abgeschlossen. Er atmete tief durch, schloss auf, und betrat den Raum. Sein Blick glitt prüfend durch den Raum, suchte nach dem Buch. Auf dem großen Tisch lag ein einzelner Band – ein dicker Wälzer, der alt und schwer wirkte, doch mit einer dicken, grauen Staubschicht bedeckt war. Herr Schatz runzelte die Stirn. Das konnte unmöglich das gesuchte Buch sein. Etwas, das so lange unbeachtet dalag, konnte nicht erst gestern eingetroffen sein. Er begann, systematisch zu suchen, durchforstete Regal um Regal, reihte Stapel um, fluchte leise über die Unordnung, über die fehlende Struktur, über den fahrlässigen Umgang mit Wissen. Doch trotz aller Mühe – er fand kein anderes Buch. Schließlich, ärgerlich und entschlossen, wollte er zurück in sein Büro gehen, um seinem Vorgesetzten mitzuteilen, dass das gesuchte Exemplar nicht auffindbar sei. Ein Handy besaß er nicht. Wollte er nicht. Brauchte er nicht. Wozu auch? Es gab Telefone auf den Schreibtischen, und erreichbar zu sein, außer an den Orten, an denen er Ordnung walten ließ, war ihm ein Gräuel. Nur, um sich nicht nachsagen zu lassen, er habe nicht gründlich genug gesucht, warf er doch noch einen genaueren Blick auf den staubbedeckten Wälzer. Mit wachsendem Erstaunen erkannte er – es war genau das Buch, das ihm in seinem Auftrag genannt worden war. Ungläubig ließ er es auf dem Tisch liegen. Er würde Thomas suchen, um ihn um einen Staublappen zu bitten. Denn Ordnung, so sehr sie auch von der Welt verlacht wurde, musste gewahrt bleiben.

Im Kellerflur traf Herr Schatz Thomas nicht an. Doch die Sauberkeit, die frisch gewischten Böden, die makellose Ordnung, verrieten ihm, dass der junge Mann seine Arbeit hier bereits erledigt hatte. Also ging Herr Schatz zum Aufzug und fuhr eine Etage nach oben. Als er an seinem alten Arbeitsplatz vorbeikam, dort, wo heute Marie wirkte, sah er gerade noch, wie die junge Frau um die Ecke verschwand. Sein wachsames Auge glitt über ihren Schreibtisch – und mit einem Anflug von Anerkennung stellte er fest, dass auch sie den Computer ausgeschaltet hatte. Nicht im Standby-Modus, nicht im Ruhezustand, sondern richtig, mit Sorgfalt und Achtung. Kurz darauf entdeckte er Thomas. Er trat zu ihm, bat höflich um einen Staublappen. Thomas, der sofort bereit war zu helfen, bot an, das Buch für ihn zu reinigen. Doch Herr Schatz verneinte, mit ruhiger Stimme, in der zum ersten Mal ein Hauch von Respekt mitschwang. "Das ist mein Auftrag," sagte er nur. Und Thomas verstand. Fünfzehn Minuten später saß Herr Schatz wieder in seinem Büro. Vor sich auf dem Schreibtisch lag das große Buch, nun von der dicken Staubschicht befreit, und wartete auf seine Begutachtung. Über dem Rand des kleinen Waschbeckens hing der Staublappen, sorgfältig ausgebreitet zum Trocknen, damit Herr Schatz ihn später sauber und ordentlich an Thomas zurückgeben konnte.

Nach einer kurzen, oberflächlichen Begutachtung schob Herr Schatz das Buch ein Stück zur Seite, gerade so weit, dass er an seine Computertastatur herankam. Das Buch lag nun rechts neben ihm, exakt an den Kanten des Schreibtisches ausgerichtet, als hätte es dort schon immer gelegen. Während der Computer langsam hochfuhr, nutzte Herr Schatz die Zeit, um noch einmal den Titel und den Autor zu überprüfen. Nur zur Sicherheit, um ganz sicher zu sein, dass das richtige Buch vor ihm lag. Als der Computer endlich einsatzbereit war, öffnete Herr Schatz die Datenbank und begann, das Buch zunächst provisorisch einzutragen – mit Titel und Autor, wie es das Protokoll verlangte. Alle anderen Angaben, die er erst nach einer genaueren Prüfung des Buches ergänzen würde, würden später folgen. Aber das Buch war nun einmal hier, und musste so schnell wie möglich in den Bestand aufgenommen werden. Was wäre, wenn jemand danach fragte, und Frau Marie es nicht ausleihen könnte, nur weil sie gar nicht wusste, dass es existierte? Mit umständlicher Geduld tippte Herr Schatz die Daten ein, im altbewährten Zweifinger-Adler-Suchsystem, während er leise den alten Zeiten nachtrauerte, als noch Karteikarten seine Welt beherrscht hatten – greifbar, geordnet, und für jeden sichtbar, nicht verborgen hinter einem flackernden Bildschirm.

Jetzt war es soweit. Endlich konnte Herr Schatz das Buch genauer erkunden, seinen Inhalt erfassen, um später eine präzise Kurzbeschreibung in die Datenbank eingeben zu können. Endlich konnte er den Zustand des Buches prüfen, jede Seite, jede Bindung, jede Spur vergangener Hände. Endlich durfte er das tun, wofür er einst Bibliothekar geworden war. Er hielt inne. Ein Gedanke, fast wie ein leises Licht, ging ihm durch den

Kopf: Als Archivar war er den Büchern noch näher als früher. Er war nun der Erste, der sich mit den neu eintreffenden Werken beschäftigen durfte. Nicht als einer von vielen, nicht zwischen hektischem Betrieb, sondern in der stillen, andächtigen Einsamkeit, die er so sehr liebte. Ein Lächeln huschte über sein Gesicht. Eines, das er nicht mehr abschüttelte. Er wollte das Buch gerade aufschlagen, seine Finger berührten schon den Einband, als er auf die Uhr blickte. Feierabend. Herr Schatz seufzte. Nur ungern verschob er diese stille Entdeckung auf morgen. Aber Regeln waren Regeln, und Ordnung war Ordnung. Er legte das Buch sorgfältig in das dafür vorgesehene Regal, schaltete den Computer aus, rückte den Stuhl ordentlich heran, richtete noch einmal die Schreibtischunterlage, nahm Hut, Jacke und den trocken gewordenen Staublappen, und schloss sein Büro – zweimal, so wie es sich gehörte.

Als Herr Schatz aus dem Aufzug trat, traf er auf Thomas und Marie. Mit einem knappen, aber aufrichtigen Dank reichte er Thomas den Staublappen zurück, wünschte dann – zuerst Marie, wie es sich gehörte – und anschließend Thomas einen schönen Feierabend. Er fügte noch hinzu, dass man sich ja morgen wiedersehen würde, so sicher, so selbstverständlich, als wäre Ordnung auch hier eine Brücke zwischen den Tagen. Thomas und Marie waren einen Moment lang erstaunt, verbergen es jedoch höflich, und verabschiedeten sich ebenso freundlich und respektvoll von Herrn Schatz. Als die Tür sich hinter ihm geschlossen hatte, mussten beide grinsen. Thomas hob den Staublappen hoch, sah ihn an, und dann Marie. Mit einem breiten Lächeln, aber auch einem ehrlichen Anflug von Respekt, sagte er: "Der Staublappen ist jetzt sauberer als vorher. Fehlen nur noch die Bügelfalten." Marie lachte leise, und beide wussten, ohne es auszusprechen, dass dieser kleine, sorgfältige Akt mehr über Herrn Schatz erzählte als viele Worte es je könnten.

Herr Schatz hatte seine Morgenroutine vollendet. Der Tee stand dampfend auf dem Schreibtisch, neben ihm das alte

Buch, das endlich seine Aufmerksamkeit verlangen durfte. Er setzte sich, zog die Tasse ein wenig näher, legte die Hände auf das schwere Buch, bereit, sich ihm ganz zu widmen. Da klopfte es an der Tür. Herr Schatz seufzte leise, strich sich über das Kinn und sagte mit einem Ton, der gleichzeitig Geduld und leichte Verärgerung verriet: "Herein." Thomas steckte den Kopf zur Tür herein, wollte etwas sagen, besann sich, trat ganz ein, und schloss die Tür leise hinter sich. Herr Schatz registrierte diese Geste mit viel mehr Wohlwollen, als er zugeben wollte. Thomas wünschte höflich einen guten Morgen und bat um Entschuldigung für die Störung. Herr Schatz nickte anerkennend. Dann huschte Thomas zum Fenster, zog eine Schraube am Fenstergriff fest, prüfte sein Werk mit einem kurzen, sachlichen Blick, entschuldigte sich abermals, und verließ das Büro so leise, als wäre er nie da gewesen. Herr Schatz atmete tief durch. Ein kleines Lächeln stahl sich über seine Lippen. "Nun aber," dachte er, "nun endlich zum Buch."

Vorsichtig und bedächtig schlug Herr Schatz das Buch auf. Kaum hatte er die erste Seite gesehen, kam das Erstaunen. Was war das für ein seltsames Buch? Dick, schwer, alt – ja. Aber so alt, dass es noch aus einer Zeit stammte, in der Bücher von Hand kopiert wurden, aus dem Mittelalter vielleicht? Nein, dafür wirkte es doch zu jung. Er schlug das Buch wieder zu, betrachtete den Einband, fühlte das Leder, prüfte die Kanten. Sein Stirnrunzeln wurde tiefer. Er konnte das Alter nicht bestimmen. Es gab Spuren großer Altertümlichkeit – und doch Hinweise, dass es erst in jüngerer Zeit gefertigt worden sein könnte. Er schlug das Buch erneut auf, in der Hoffnung, so etwas wie ein Impressum zu finden, eine Jahreszahl, einen Hinweis. Doch da war nichts. Stattdessen begegnete ihm eine Handschrift, so fein und klar, dass sie nur von jemandem stammen konnte, der viel Wissen besaß – und Weisheit. Er las noch einmal den Titel, den er schon hastig in die Datenbank eingetragen hatte: "Verba ultima antequam mecum abirent." Latein.

Neugieriger als je zuvor tippte er den Titel in den Computer, suchte im neumodischen Internet, das er sonst so skeptisch betrachtete. Und als er die Übersetzung las, stockte ihm der Atem: "Letzte Worte, bevor sie mit mir gingen." Herr Schatz starrte auf den Bildschirm. Und mit jedem Herzschlag wuchs die Verwirrung in ihm.

Er schlug ein paar Seiten weiter auf, neugierig, aber auch mit einer gewissen Vorsicht, um den Inhalt des Buches zu erfassen. Alles war handschriftlich. Keine gedruckte Zeile weit und breit. Immer dieselbe Schrift, fein, klar, mit einer Sorgfalt und Andacht geschrieben, dass man den Respekt des Autors vor seinen Worten spüren konnte, ohne auch nur einen Satz gelesen zu haben. Herr Schatz beugte sich vor und las: "Herbert Naumann, 21.04.1958: Danke, dass du meine Leiden von mir nimmst." Er blätterte weiter: "Susanne Schlegel, 03.05.1873: Bringst du mich endlich zu meinem Sohn, der für das Vaterland gefallen ist?" Noch eine Seite: "Richard Pochwitz, 07.12.1998: Bitte lass mich noch sehen, wie meine Enkel ihre Geschenke auspacken." Herr Schatz runzelte die Stirn. Was sollte das? Was war das für ein Buch? Was war dies für eine merkwürdige Sammlung? Er blätterte weiter, weit nach hinten, hoffte auf eine Erklärung, auf ein Muster. Doch überall dasselbe: Ein Name, ein Datum, ein Satz. Immer dieselbe ruhige, weise Handschrift, immer diese letzten Worte, so schlicht, so endgültig.

Herr Schatz blätterte weiter, ungläubig, zweifelnd. Je tiefer er in das Buch eindrang, desto mehr stieg in ihm eine stille Unruhe auf. Es war nicht nur die eigenartige Sammlung von Namen, Daten und je einem Satz. Es war auch die Vielfalt der Sprachen. Manche erkannte er sofort – Deutsch, Englisch, Französisch, Latein. Andere waren ihm fremd, klingend wie ferner Gesang, Sprachen, die er nie zuvor gehört hatte, ungewöhnlich und fremdartig, wie Unordnung in seinem eigenen Zuhause. Er wusste nicht weiter. Sein Verstand, geschult an Systematik und klaren Regeln, fand keinen Halt. Nach kurzem Zögern griff er zum Telefon. Er wählte die Nummer seines alten Arbeitsplatzes, dort, wo nun Marie saß. Es klingelte einmal, zweimal – dann meldete sich Marie höflich. "Frau Marie," sagte Herr Schatz, seine Stimme so ruhig wie immer, doch etwas steifer als gewöhnlich, "seien Sie bitte so nett und kommen Sie kurz in mein Büro. Ich brauche Ihre Hilfe." Nur zwei Minuten später klopfte es zaghaft an seine Bürotür.

Herr Schatz bat Marie, sich das Buch anzusehen. Sie trat an den Schreibtisch, beugte sich über die Seiten, las ein paar Zeilen, blätterte vorsichtig weiter. Ihr Gesicht zeigte Konzentration – und dann ein leichtes Stirnrunzeln. Schließlich musste sie Herrn Schatz gestehen, dass auch sie sich keinen Reim darauf machen konnte. Und doch – etwas ließ sie nicht los. Diese Handschrift. Irgendwo, irgendwann, hatte sie diese feine, klare Schrift schon einmal gesehen. Aber sie schwieg darüber. Herr Schatz hätte ihr wohl nicht geglaubt. Oder schlimmer noch: er hätte noch mehr an seiner geordneten Welt gezweifelt. Mit Bedauern in der Stimme bat Marie um Entschuldigung, dass sie nicht helfen konnte. In diesem Moment klingelte das Telefon und riss beide aus ihren Gedanken. Herr Schatz nahm ab, hörte kurz zu, sagte dann nur: "Ja, wird gemacht." Er legte den Hörer auf, wandte sich an Marie und sagte: "Man braucht Sie oben." Marie nickte, verabschiedete sich freundlich, und Herr Schatz nahm diesen Abschied wohlwollend auf. Der Feierabend war noch weit entfernt, und doch hatte sie die Höflichkeit, ihm respektvoll bis später zu sagen. Dann war er wieder allein. Allein mit dem Buch, allein mit seinen Gedanken, allein mit der leisen Unruhe, die das Buch in seinem Inneren wachgerufen hatte.

Herr Schatz stand am Wasserkocher und wartete darauf, dass das Wasser heiß wurde. Er brauchte eine Tasse Tee, um sich dem Rätsel auf seinem Schreibtisch erneut zu widmen. Der Kocher begann leise zu singen, dieses feine, zischende Geräusch, das dem Brodeln vorausgeht, als er hinter sich eine

Stimme hörte. Weich. Sonor. Voller Weisheit und einer Ruhe, die tiefer schien als Zeit selbst. "Bekomme ich bitte auch eine Tasse Tee?" Herr Schatz drehte sich abrupt um, bereit zu schimpfen, zu meckern, zu brüllen, weil es gegen jede Ordnung war, ohne Anklopfen einfach in sein Büro zu kommen. Aber er brachte kein Wort heraus. Sein Schimpfen blieb ihm sprichwörtlich im Halse stecken. Er stand einfach da, den Wasserkocher hinter sich zischend, und starrte den Besucher an, während sein Herz langsam, ganz langsam, einen anderen Takt annahm.

Doch plötzlich verschwand die Gestalt. Sie war einfach weg. Kein Geräusch, kein Flackern, kein Schatten – nur Leere, wo eben noch jemand gestanden hatte. Herr Schatz blieb reglos stehen, das Herz schwer, die Gedanken taumelnd. Ist er einer Täuschung aufgesessen? Einer Sinnestäuschung, geboren aus Müdigkeit und Überarbeitung? Da klopfte es an der Tür. Herr Schatz reagierte nicht sofort, noch gefangen in seiner Schockstarre. Es klopfte erneut. Er räusperte sich, sprach dann, etwas lauter als gewöhnlich, um das brodelnde Geräusch des Wasserkochers zu übertönen: "Herein." Die Tür öffnete sich. Und herein trat genau jene Gestalt, die eben noch wortlos vor ihm gestanden hatte – nun jedoch sehr viel konventioneller gekleidet, fast, als wolle sie sich den Regeln dieser Welt unterwerfen. Freundlich, fast heiter, grüßte die Gestalt und bat nochmals um eine Tasse Tee. Herr Schatz, dessen Welt langsam wieder ein wenig Kontur gewann, bot dem Besucher einen Platz an. Mit zitternden Händen holte er eine zweite Tasse aus dem Regal, einen zweiten Teebeutel, und stellte beides auf den Tisch.

Der Herr spürte die Anspannung, die Angst, die in Herr Schatz aufgestiegen war. Er sprach leise, doch so klar und eindringlich, dass es klang, als donnere seine Stimme wie ein Düsenjet: "Entschuldigen Sie, ich wollte Sie in keinem Falle erschrecken. Ihre Zeit ist noch nicht gekommen. Aber trotzdem muss ich dringend mit Ihnen sprechen." Es war merkwürdig.

Herr Schatz, der eben noch voller Unruhe gewesen war, fühlte, wie sich seine Angst löste. Fast als habe dieser eine Satz einen Schleier fortgezogen, der ihn umfangen hatte. Es war, als könne man dem Tod ins Gesicht sehen und erkennen, dass er nicht Feind war, sondern Begleiter. Wenige Augenblicke später – um genau zu sein: zwei Minuten und dreißig Sekunden später – saßen Herr Schatz und der Gevatter sich gegenüber an dem Schreibtisch. Der Tod, wenn auch in modernem und gefälligem Outfit, wirkte in dieser Umgebung ebenso fehl am Platz wie ein Gedicht in einem Steuerformular – und doch schien er genau hierher zu gehören.

Der Tod räusperte sich leise, fast, als wolle er Herrn Schatz die Möglichkeit geben, sich innerlich zu sammeln. Dann begann er zu sprechen, mit jener ruhigen, unaufdringlichen Stimme, die tiefer wirkte als jedes Donnerwort. "Ich bin hier," sagte er, "um Ihnen zu erklären, was für ein Buch Sie da vor sich liegen haben." Herr Schatz hörte aufmerksam zu, die Hände gefaltet auf der Schreibtischkante, das Gesicht ernst und wach. "Dieses Buch," fuhr der Tod fort, "ist ein wichtiges Buch. Ein Buch wider das Vergessen. Eine Sammlung der letzten Worte, der letzten Gedanken der Menschen, bevor sie mit mir gingen." Er machte eine kleine Pause, als wolle er Herrn Schatz Zeit zum Atmen geben. "Ich habe Sie ausgewählt, sich um dieses Buch zu kümmern. Weil Sie Ordnung verkörpern. Weil Sie Zuverlässigkeit verkörpern. Und weil ich weiß, dass Sie verstehen, dass manche Dinge nicht verloren gehen dürfen." Herr Schatz schluckte, fühlte eine Mischung aus Ehrfurcht und Pflichtbewusstsein in sich aufsteigen. "Das Buch," fuhr der Tod fort, "soll nicht in der öffentlichen Datenbank stehen. Es ist nicht für Hinz und Kunz bestimmt. Diese letzten Worte sind zu intim, zu heilig, als dass sie zum bloßen Objekt der Neugier werden dürften." Er beugte sich leicht vor, die Hände ruhig auf den Knien: "Ich bitte Sie, das Buch aus der Datenbank zu entfernen." Sein Ton blieb freundlich, fast zärtlich. "Und ich verspreche Ihnen," sagte er, "nur nachts hierherzukommen, um neue Eintragungen vorzunehmen. Ich werde Ihre Ordnung achten. Und ich werde Sie nicht weiter erschrecken." Herr Schatz saß still da. Sein Herz hämmerte, doch sein Verstand war klar. Hier lag eine Aufgabe vor ihm, größer als alles, was er je verwaltet hatte. Und doch – in einer Welt, die immer flüchtiger, immer chaotischer geworden war, war dies eine Aufgabe, die seinem Wesen entsprach. Er sah den Tod an, verneigte leicht den Kopf – und sagte ruhig: "Ich werde Ihrer Bitte nachkommen."

Der Tod nickte, voller stiller Dankbarkeit, und trank seinen Tee aus – mit einer Würde, die nur entstehen konnte, weil er alle Zeit der Welt gehabt hatte, um sie zu entwickeln. Dann sprach er weiter, sanft, aber unmissverständlich: "Und eine zweite Bitte: Bereiten Sie bitte Marie und Thomas darauf vor, irgendwann Ihre Aufgabe zu übernehmen." Kaum waren diese Worte gesprochen, war der Stuhl leer. Der Tod war verschwunden. Einfach so. Ohne Geräusch, ohne Schatten. Nur die leere Tasse zeugte noch von seinem Besuch, und das stille Echo seiner Gegenwart hing in der Luft. Herr Schatz blickte auf die Uhr. Feierabend. Mit der ihm eigenen Routine schuf er Ordnung auf seinem Schreibtisch, prüfte zweimal, ob alles an seinem Platz war, schaltete den Computer aus, rückte den Stuhl heran. Dann nahm er Hut und Jacke, ging zur Tür, schloss sie sorgfältig ab – zweimal, wie es sich gehörte. Und trat hinaus in die Nacht, die auf einmal ein wenig stiller wirkte, als sonst.

Als Herr Schatz am nächsten Morgen zur Arbeit kam, ging er in sein Büro und bereitete drei Tassen Tee vor. Dann nahm er das Telefon zur Hand und bat Marie und Thomas, zu ihm zu kommen. Kurze Zeit später klopfte es an der Tür. Doch sie öffnete sich nicht sofort. Herr Schatz, dem es zwar zuwider war, aber der sich leidlich daran gewöhnt hatte, dass heutzutage zwar geklopft, aber gleich darauf eingetreten wurde, hob überrascht die Augenbrauen. Es klopfte ein zweites Mal. Er rief: "Herein!" Und nun traten Marie und Thomas ein, höflich, abwartend, ohne Hast. Herr Schatz bot ihnen Platz an und reichte jedem eine Tasse Tee. Dann begann er zu erzählen. Er sprach von dem gestrigen Besuch, von dem Fremden, der ihm eine unglaubliche Aufgabe anvertraut hatte. Er sagte, er wisse, dass sie ihn für verrückt halten könnten, ja müssten, doch er schwöre, dass jedes Wort wahr sei. Zu seiner Überraschung sah er in beiden Gesichtern kein Spott, kein Zweifel. Nur ruhiges Verstehen. Marie flüsterte etwas, so leise, dass Herr Schatz es kaum verstand: "Hatte ich mich doch nicht geirrt..." Und als Herr Schatz schließlich auch Thomas das Buch zeigte, blätterte dieser nur wenige Seiten auf, blickte auf die feine, gleichmäßige Schrift – und nickte, als würde er einen alten, vertrauten Freund wiedererkennen.

Herr Schatz nahm seine zusätzliche Aufgabe sehr ernst. Behutsam, mit der ihm eigenen Geduld und Sorgfalt, bereitete er Marie und Thomas darauf vor, eines Tages an seiner Stelle die Verantwortung für das Buch zu übernehmen. Diese gemeinsame Aufgabe führte dazu, dass sie sich nun oft sahen, viel miteinander redeten, Zeit miteinander verbrachten. Und eines Tages folgte Herr Schatz einer Einladung von Marie und Thomas zu einem Abendessen. Es blieb nicht bei einem Mal. Mit der Zeit wurden die beiden für ihn wie eine Tochter und ein Sohn. Sonntags gingen sie gemeinsam in den Park, spazierten gemächlich unter alten Bäumen, und Herr Schatz freute sich still, zu sehen, wie ihre kleine Tochter – bald vier Jahre alt – barfuß über die Blumenwiese lief, mitten unter dem weiten Schirm der großen, alten Kastanie. Sie pflückte Blumen, strahlend vor Glück, und brachte kleine bunte Sträuße, für ihre Mama, für ihren Papa, und für "Opa Schatz". Und Herr Schatz, der auf einer Parkbank saß, den Stock locker zwischen den Händen, erkannte mit der Zeit, welch schöne Bezahlung ihm zuteil geworden war für seine zusätzliche Aufgabe: Keine Medaille, kein

Denkmal – sondern Lächeln, Vertrauen, und die stille Gewissheit, dass etwas Wertvolles in guten Händen war.

NEUN

Herr Schatz hatte das Frühstück für seine Frau vorbereitet. Mit prüfendem, genauen Blick kontrollierte er noch einmal, ob alles stimmte. Nicht nur auf dem Küchentisch, sondern in der ganzen Küche. Die Brotdose stand ordentlich an ihrem Platz, die Butter lag exakt mittig auf dem kleinen Teller, die Teetasse war so ausgerichtet, dass der Henkel genau nach Osten zeigte, wie sie es immer mochte. Er rückte noch eine Kleinigkeit zurecht, ein winziges Stück Serviette, das sich widerspenstig in die falsche Richtung gebogen hatte. Dann erst, und nur mit innerem Vorbehalt, war er zufrieden. Nicht mit der Gesamtsituation – nicht mit dem, was unausgesprochen zwischen den Wänden hing – aber mit der Ordnung in der Küche. Mit dem, was er bewahren konnte.

Herr Schatz stieg die Treppe zum Schlafzimmer hinauf, um seine Frau zu wecken. Seine Elisabeth, die seine und ihre perfekte Ordnung so sehr brauchte. In den zwei Jahren seit der Diagnose war es schlimmer geworden. Aber mit der exakten Ordnung – mit jedem Glas am rechten Ort, mit jedem Buch im richtigen Winkel – ging es gerade noch. Sie musste nicht in ein Heim, noch nicht. Sie konnte in ihrem kleinen Haus bleiben, das sie kurz nach ihrer Hochzeit von seinen Eltern geerbt hatten. Hier, wo die vielen kleinen Dinge wohnten, die Erinnerungen trugen, wie Blumen alte Düfte bewahren. Und manchmal – nur manchmal – wenn Elisabeth eines dieser Dinge berührte, eine bestimmte Tasse, ein altes Kissen, ein vergilbtes Foto – dann kamen für einen kurzen, kostbaren Augenblick ein paar Erinnerungen zurück.

Es waren diese kleinen Augenblicke, die ihn am tiefsten trafen. Diese Momente, wenn Elisabeth plötzlich innehielt, ihre Augen – diese so vertrauten Augen – aufleuchteten und sie, ganz leise, sagte: "Robert, weißt du noch...?" Dann trieben Herrn Schatz die Tränen in die Augen. Tränen der Freude, weil für einen kostbaren Atemzug wieder die alte Vertrautheit da war, ihr gemeinsames Leben, ihr gemeinsames Lachen, ihr gemeinsames Erinnern. Aber auch Tränen der Verzweiflung, weil er sich – anders als sie – immer und genau erinnern konnte. An alles. An die glücklichen Tage, an die schweren Stunden, an jede Kleinigkeit, an alles, was nun in ihr langsam verblasste wie Tinte unter der Sonne.

Herr Schatz betrat das Schlafzimmer und blieb für einen Moment in der Tür stehen. Ein stilles Lächeln stahl sich in sein Gesicht. Heute schien einer jener selten gewordenen Tage zu sein, an denen der Wind des Vergessens etwas nachgelassen hatte. Seine Elisabeth war bereits aufgestanden, hatte sich selbst angezogen, sorgfältig, wie früher. Gemeinsam gingen sie in die Küche und setzten sich zum Frühstück. Ein Frühstück, wie Herr Schatz es besonders liebte, weil es in den letzten Monaten zu einer raren Kostbarkeit geworden war. Elisabeth erzählte. Keine wirren Fetzen, kein loses, verwobenes Murmeln, sondern echte Erinnerungen – mit Namen, mit Orten, mit Farben. Herr Schatz hing an ihren Worten, trank jedes Bild in sich hinein wie ein verdurstender Wanderer den Regen. Doch der Moment wurde jäh durchbohrt von dem Geräusch der Haustür, die sich öffnete. Lilly trat ein, leichtfüßig, freundlich, wie jeden Morgen. Lilly war die Tagespflege, die Helferin, die Wächterin über die Stunden, während Herr Schatz in der Bibliothek seiner Arbeit nachging. Und während Elisabeth sich mit einem freudigen "Guten Morgen" an Lilly wandte, spürte Herr Schatz einen stillen Schmerz, der schwer auf seiner Brust lag. Der Zauber des Morgens begann, sich in der Helligkeit des Alltags aufzulösen.

Am späten Nachmittag kam Herr Schatz aus der Bibliothek zurück. Lilly öffnete ihm die Tür, begrüßte ihn mit einem freundlichen Nicken, bevor sie sich, wie jeden Abend, verabschiedete. Dann begann das tägliche, abendliche Ritual. Frau und Herr Schatz standen Seite an Seite in der Diele, verabschiedeten Lilly mit einem herzlichen Lächeln, einem Dank, einer Umarmung. Und Herr Schatz bemerkte, dass der lichte Tag seiner Elisabeth geblieben war. Kein Nebel in ihren Augen, kein zielloses Umherschweifen ihrer Gedanken. Sie war da. Ganz da. So verzichteten sie auf das abendliche Fernsehen, auf die gleichförmigen Bilder, die sonst die Stunden füllten. Stattdessen setzten sie sich an den kleinen Tisch und spielten

"Mensch ärgere dich nicht". Herr Schatz' Herz war übervoll von Freude, eine leise, warme Flut, die ihm fast die Luft nahm. Aber selbst an einem solchen Abend musste die Ordnung gewahrt bleiben. Um zehn Uhr gingen sie zu Bett, wie immer. Routine, Ritual, Anker in einem Meer aus Möglichkeiten. Herr Schatz schlief ein mit einem dankbaren Lächeln auf den Lippen, dankbar für einen weiteren Tag, an dem seine Elisabeth bei ihm gewesen war und nicht jene fremde Frau, die ihn manchmal kaum noch erkannte. Er wusste nicht, wie viele solcher Tage ihnen noch geschenkt sein würden. Und er bemerkte nicht den Schatten in der Ecke, der reglos dort stand, leise wie der Atem der Nacht.

Hein stand in seiner Ecke, reglos, wissend, dass er nicht bemerkt worden war. Eigentlich, bei einem wie Robert Schatz, wäre es anders gewesen. Herr Schatz gehörte zu jenen seltenen Menschen, die aufmerksam waren, die Empathie atmeten, wie andere den Duft frisch gebackenen Brotes. Aber die Ordnung, diese schwer errungene, diese überlebenswichtige Ordnung, die längst ein Teil von ihm geworden war, verstellte ihm den Blick. Und auch das seltene Glück des Tages, das warme, flüchtige Licht, das sich auf seine Seele gelegt hatte, ließ ihn blind bleiben. Hein schlug sein kleines Büchlein auf, das Buch, in dem die Namen standen. Er blätterte, prüfte, und ein leises Seufzen entfuhr ihm, kaum hörbar, kaum mehr als ein Flüstern im Raum. Elisabeth Schatz stand noch nicht darin. Noch nicht. Und Hein fragte sich, wie so oft, warum. Warum durfte er sie noch nicht erlösen? Warum musste sie noch bleiben, gebunden an ein Leben, das manchmal hell, aber oft auch schwer war? Es tat ihm fast weh.

Hein schloss die Augen, nur für einen Moment, und sah vor seinem inneren Auge noch einmal die Szene, die er soeben beobachtet hatte. Herr und Frau Schatz gingen zu Bett. Langsam, bedächtig, so, wie alles zwischen ihnen geworden war – achtsam, kostbar, jeder Schritt eine kleine Zeremonie. Bevor Herr

Schatz das Licht löschte, beugte er sich über Elisabeth und sang das kleine, liebliche Schlaflied, das sie ihr ganzes gemeinsames Leben begleitet hatte. Ein Lied, so schlicht, so zart, dass selbst die Zeit es nicht hatte auslöschen können. Elisabeth summte leise mit, ihre Stimme kaum mehr als ein Hauch, doch voller Wärme. Erst dann, nachdem das letzte Summen verklungen war, löschte Herr Schatz das Licht, küsste seine Frau sanft auf die Stirn und legte sich zu ihr. Und so schliefen sie ein, umhüllt von einem Lied, das stärker war als alles Vergessen.

Herr Schatz hatte das Frühstück für seine Frau vorbereitet. Mit prüfendem, genauen Blick überprüfte er noch einmal, ob alles stimmte. Ob alles an seinem richtigen Platz war. Nicht nur auf dem Küchentisch, sondern in der ganzen Küche. Er rückte noch eine Kleinigkeit zurecht, ein Messer, das einen Fingerbreit zu schräg lag, und erst dann, nach einer letzten, stillen Inspektion, war er zufrieden. Nicht mit der Gesamtsituation – nicht mit dem, was in der Luft hing wie ein leiser, kühler Hauch – aber mit der Ordnung in der Küche. Mit dem, was er bewahren konnte.

Es war wieder Alltag. Leider. Nichts vom gestrigen Tag, an dem der Wind des Vergessens für einen kostbaren Moment abgeflaut war, war geblieben. Heute wehte er wieder stärker, trieb seine kalten Finger durch Elisabeths Geist, ließ Erinnerungen verwehen, ließ Gesichter und Stimmen verschwimmen. Aber ganz tief in Herrn Schatz, unter all der mühselig aufrecht erhaltenen Ordnung, glomm ein kleiner Funke der Dankbarkeit. Dankbarkeit für einen weiteren Tag, den er mit seiner Frau verbringen durfte. Auch wenn seine Elisabeth ihn nicht mehr spürte, nicht mehr erkannte. Für sie war Herr Schatz ein Fremder geworden, eine freundliche Erscheinung, ohne Namen, ohne Vergangenheit. Und doch blieb er, blieb treu, blieb still an ihrer Seite. In diesen Gedanken versunken, zuckte Herr Schatz zusammen, als das Klingeln der Haustür ihn plötzlich aus seinen stillen Kreisen riss.

Herr Schatz öffnete die Tür und war für einen Moment erstaunt. Er hatte Lilly erwartet, die – mal wieder – ihren Schlüssel vergessen hatte. In letzter Zeit passierte ihr das öfter. Anfangs, bei den ersten beiden Malen, hatte Herr Schatz sich darüber geärgert, still, innerlich. Aber bald schon hatte er bemerkt, dass Lilly eine andere Ausstrahlung hatte als an jenem ersten Tag, an dem sie bei ihnen angefangen hatte. Etwas Leichtes, etwas Leuchtendes ging von ihr aus. Ein Leuchten des Glücks. Und obwohl Neugier nicht zu seinen bevorzugten Eigenschaften gehörte, hatte Herr Schatz sie eines Tages danach gefragt. Lilly hatte gelächelt, und erzählt, dass sie sich verliebt hatte. In einen jungen Mann namens Jack. Doch heute stand nicht Lilly vor der Tür. Sondern ein junger Mann, ungewöhnlich höflich, mit einem entschuldigenden Blick. Er stellte sich als Eddie vor, und erklärte, kurz und sichtlich betroffen, dass Lilly die nächsten Tage, vielleicht Wochen, vielleicht überhaupt nicht mehr kommen könne. Sie lag nach einem Unfall im Krankenhaus.

Herr Schatz öffnete den Mund, wollte Eddie alles erklären: die Ordnung, die Abläufe, die kleinen Eigenheiten, die wichtig waren, um Elisabeths zerbrechliche Welt nicht ins Wanken zu bringen. Doch Eddie hob ruhig die Hand und lächelte entschuldigend. "Das ist nicht notwendig, Herr Schatz," sagte er sanft. Er zog ein kleines Notizbuch aus seiner Jackentasche und hielt es hoch. "Hier hat Lilly alles vermerkt," erklärte er. "Für solche Fälle – oder wenn sie einmal Urlaub hat. Damit die Vertretung genau im Bilde ist." Ein Hauch von Stolz lag in Eddies Stimme. "So ist Lilly," fügte er hinzu. "Sie nimmt ihre Aufgabe sehr ernst. Sie ist die Einzige in der Firma, die das macht." Herr Schatz lächelte innerlich. Er hatte es immer gewusst, immer gespürt, dass Lilly eine von den Guten war. Still, in sich hinein, sprach er ein Gebet für sie, ein schlichtes, ehrliches Gebet, dass sie bald wieder gesund werden möge. Nicht, weil Lilly ihm als

Tagespflege lieber war, nicht aus Eigennutz – sondern, weil er ihr von Herzen alles Gute wünschte.

Am Ende des Tages, nachdem alle kleinen Pflichten getan waren, bettete Herr Schatz seine Elisabeth. Sorgfältig schlug er die Decke über sie, rückte das Kissen zurecht, so wie sie es mochte, wie sie es immer gemocht hatte. Bevor er das Licht löschte, beugte er sich über sie und sang das kleine, beiden so lieb gewordene Schlaflied. Elisabeth summte leise mit, ihre Stimme kaum mehr als ein Flüstern, und doch voller Wärme, voller alter Vertrautheit. Herr Schatz lächelte still, beugte sich vor und hauchte einen sanften Kuss auf ihre Stirn. Dann löschte er das Licht, ließ die Dunkelheit einziehen, nicht als Feind, sondern als alten Bekannten. Und schließlich legte auch er sich zur Ruhe, das Herz still gefüllt mit einer Dankbarkeit, die keine Worte mehr brauchte.

In der Ecke, die inzwischen seine Ecke geworden war, stand Hein und beobachtete die Szene. Reglos, wie ein Schatten, wie ein Gedanke, der sich nicht vertreiben ließ. Er schlug sein kleines Buch auf, das Buch, in dem alles geschrieben stand, was sein musste. Seine Finger, dünn und ruhig, blätterten über das vergilbte Papier. Er suchte. Und wieder tauchte der Name Elisabeth Schatz nicht auf. Nicht heute. Nicht jetzt. Ein leiser, kaum hörbarer Seufzer entwich ihm, wie der Flügelschlag eines müden Vogels. Schwermütig klappte Hein das Buch zu. Er blieb stehen, ein stiller Wächter, ein geduldiger Freund, der wusste: Manche Türen öffnen sich nicht mit Macht, sondern nur mit der Zeit.

Herr Schatz hatte das Frühstück für seine Frau vorbereitet. Mit prüfendem, genauen Blick kontrollierte er noch einmal, ob alles stimmte. Ob alles an seinem richtigen Platz war. Nicht nur auf dem Küchentisch, sondern in der ganzen Küche. Er rückte noch einmal eine Kleinigkeit zurecht, ein Teller der noch nicht den richtigen Abstand zur Tischkannte hat, und erst dann, nach einer letzten, langen Inspektion, war er zufrieden.

Nicht mit der Gesamtsituation – die längst wie dunkler Tau auf allem lag – aber mit der Ordnung in der Küche. Mit dem, was er noch bewahren konnte.

Am Ende des Tages, nachdem alle kleinen Rituale erfüllt waren, bettete Herr Schatz seine Elisabeth. Sorgsam schlug er die Decke über sie, glättete den Stoff mit einer Zärtlichkeit, die sich in Jahren geformt hatte. Dann setzte er sich auf die Bettkante und begann, wie jeden Abend, das kleine Schlaflied zu singen, das beiden so lieb geworden war. Elisabeth lag still da, lauschte, hörte jedes Wort, jede Melodie – doch sie summte nicht mehr mit. Sie ließ es sich einfach still in ihr Herz fallen, wie warme Tropfen auf trockene Erde. Herr Schatz beugte sich vor, hauchte einen leisen Kuss auf ihre Stirn, löschte das Licht und legte sich ebenfalls zur Ruhe. Die Dunkelheit schloss sich sanft um sie, wie ein schützender Mantel, und nahm sie in ihre stille Umarmung.

In seiner Ecke stand Hein. Reglos. Wachsam. Wartend. Er beobachtete die Szene, wie er es so oft getan hatte. Herr Schatz hatte seine Elisabeth gebettet, hatte ihr das Schlaflied gesungen, hatte das Licht gelöscht, hatte sich selbst zur Ruhe gelegt. Und als schließlich auch Herr Schatz eingeschlafen war, schlug Hein sein kleines Buch auf. Er blätterte, suchte – und dieses Mal fand er den Namen, auf den er so lange gehofft hatte. Elisabeth Schatz. Ein leiser Hauch von Wehmut stieg in ihm auf, doch auch eine stille Erleichterung. Mit einer Bewegung, so sanft, dass selbst der Schatten an der Wand nicht erzitterte, trat Hein aus seiner Ecke und ging auf Elisabeth zu. Nicht laut, nicht fordernd – sondern wie ein alter Freund, der gekommen war, um eine Heimreise anzutreten.

Elisabeth öffnete die Augen und sah ihn sofort. Mit großen, klaren Augen blickte sie Hein an, als hätte sie auf ihn gewartet. Keine Angst lag in ihrem Blick, keine Verwirrung. Nur eine stille, tiefe Erwartung. "Bekomme ich jetzt all meine Erinnerungen wieder?" fragte sie, ihre Stimme ein Hauch, zart wie das

Rascheln trockener Blätter. Hein nickte. Langsam, würdig, voller jener Geduld, die nur einer kennt, der alle Zeit der Welt in sich trägt. Er streckte die Hand aus, und Elisabeth, ihre Seele wie ein leuchtender Schatten, löste sich sanft aus ihrem schlafenden Körper. Behutsam legte sie ihre Hand in seine. Und gemeinsam gingen sie fort, leicht, wie ein letzter Sonnenstrahl, der über eine stille Wiese wandert. Kein Laut, kein Schmerz – nur Heimkehr.

In einem Buch, einem dicken, schweren Wälzer, dessen Existenz Herr Schatz noch nicht kannte, aber noch kennenlernen sollte, erschien eine neue Zeile. Fein geschrieben, mit einer Hand, die die Ewigkeit selbst zu führen schien. Elisabeth Schatz, 27.04.2023 "Bekomme ich jetzt all meine Erinnerungen wieder?"

Z E H N

Eddie schlug die Augen auf und wollte gerade einen neuen Tag beginnen. Er wunderte sich, dass er keinen Kater hatte. Immerhin hatte er gestern Nacht, nach dem Verlust fast seiner gesamten Ersparnisse bei einer Pokerrunde, versucht, den Frust mit mehr Alkohol wegzuspülen, als ein einzelner Mensch vernünftigerweise verkraften konnte. Aber da war kein hämmernder Schädel, kein aufgewühlter Magen. Nur eine merkwürdige Leere in seinem Kopf, wie nach einem Traum, an den man sich nicht erinnern konnte. Er setzte sich langsam auf und sah sich um. Der Raum, in dem er erwacht war, erinnerte vage an einen Wartebereich. Kahle Wände, ein paar abgenutzte Stühle, keine Fenster. Eddie rieb sich die Stirn und versuchte, einen Reim darauf zu machen. Sicher hatte ihn jemand gefunden, betrunken bis zur Besinnungslosigkeit, und zu einem Arzt gebracht. Irgendeine Entgiftungsstation vielleicht. Er zuckte mit den Schultern. Wäre ja nicht das erste Mal. In diesem Moment knackte ein alter Lautsprecher, und eine kratzige Stimme ertönte: "Eddie Luck, bitte in Raum 666." Eddie grinste schief. Na klar. Typisch. Wenn schon, denn schon.

Ohne zu klopfen – schließlich war er ja aufgerufen worden – trat Eddie in den Raum. Er hielt kurz inne. Hinter einem schlichten, alten Schreibtisch saß ein Mann, dessen Alter Eddie beim besten Willen nicht schätzen konnte. Er wirkte zeitlos. Seine Kleidung – weder altmodisch noch modern. Seine Frisur – unklar, weder streng noch lässig. Selbst die Einrichtung des Raumes – ein Tisch, zwei Stühle, ein Bücherregal – strahlte jene merkwürdige Unbestimmtheit aus, die weder Vergangenheit noch Gegenwart zuzuordnen war. Der Mann sah Eddie an, seufzte leise, und deutete auf den freien Stuhl. "Setzen Sie sich," sagte er mit ruhiger Stimme, in der doch ein Hauch von Müdigkeit lag. Nicht, weil er Eddie nicht mochte – aber weil er genau wusste, mit was für einem Typ Mensch er es zu tun hatte. Allein schon, wie Eddie hereingeplatzt war, ohne anzuklopfen.

Eddie ließ sich auf den Stuhl fallen. Oder besser gesagt: Er fletzte sich darauf, als säße er in irgendeiner Bar am Tresen. Er verschränkte die Arme hinter dem Kopf, lehnte sich zurück, und blinzelte seinen Gegenüber herausfordernd an. In seinem Kopf herrschte die feste Überzeugung, dass das hier nicht lange dauern würde. Er war ja wieder nüchtern. Soweit jedenfalls.

Also keine Behandlung, keine große Sache. "Also," sagte er in lässigem Tonfall, "lassen Sie uns das hier hinter uns bringen. Brauchen Sie noch irgendwelche Angaben für Ihr Protokoll? Adresse? Sozialversicherungsnummer? Was weiß ich." Er grinste schief. "Ich will einfach nur nach Hause, bisschen schlafen und heute Abend..." Er stockte. Heute Abend? Was wollte er eigentlich heute Abend tun? Ein feiner, unangenehmer Nebel breitete sich in seinem Kopf aus. Eddie runzelte die Stirn. Ein Filmriss? So schlimm? Dass er sich an fast nichts mehr erinnern konnte? Ein unbehagliches Flackern huschte durch seinen Blick, doch er schüttelte es hastig ab wie einen lästigen Gedanken.

Sein Gegenüber lehnte sich leicht vor. Ein feines, kaum sichtbares Grinsen umspielte seine Lippen, wie ein Schatten auf stillem Wasser. "Was ist denn heute Abend?" fragte er, fast herausfordernd, und seine Stimme war so ruhig, dass sie beinahe spöttisch wirkte. Eddie zuckte zusammen, verlegen, und suchte hastig nach einer Antwort, während in seinem Kopf nur Nebel waberte. Der Mann hinter dem Schreibtisch beobachtete ihn aufmerksam, ohne jede Hast. Er genoss diesen Moment. Nicht aus Grausamkeit – das war nicht seine Art – sondern weil er wusste: Eddie musste selbst begreifen. Langsam. Widerwillig. Aber unvermeidlich. Es gehörte zu dem Vorhaben, das er sich vorgenommen hatte. Und er hoffte, dass es ihm gelingen würde.

Der Herr hinter dem Schreibtisch beugte sich leicht vor. Sein Blick war ruhig, fast freundlich, doch etwas in seinen Augen flackerte wie ferne Blitze. "Vielleicht hilft es Ihnen," sagte er leise, "wenn Sie daran denken, was gestern Abend war." Eddie setzte an, wollte die Antwort herausschleudern, wollte diesem überheblichen Kerl zeigen, dass er ihn durchschaut hatte, dass er sich an alles erinnerte, besser noch – dass er der Herr seiner selbst war. Doch die Worte blieben ihm im Hals stecken. Was war gestern Abend? Er wusste es nicht. Vor wenigen Minuten, im Wartebereich, war es ihm doch noch glasklar gewesen – Poker, Alkohol, Verlieren. Jetzt aber: Nur Nebel. Nur Bruchstücke, die ihm durch die Finger glitten wie Sand in einem zerbrochenen Stundenglas. Eddie schluckte trocken. Er spürte, dass etwas nicht stimmte. Etwas, das er nicht kontrollieren konnte. Etwas, das ihm längst entglitten war.

Der Herr hinter dem Schreibtisch öffnete mit einer ruhigen, bedächtigen Bewegung eine der Schubladen. "Ich will mich, der Höflichkeit halber, kurz vorstellen," sagte er, während seine Hand in der Schublade kramte. "Nennen Sie mich Hein. Herr Hein." Er lächelte freundlich, fast geschäftsmäßig, und zog ein kleines Päckchen hervor: Ein Kartenspiel, noch eingeschweißt in klare Folie. Wie zufällig, als bräuchte er einfach nur etwas, um seine Hände zu beschäftigen, drehte er das Päckchen langsam in seinen Fingern. Eddie spürte, wie es in ihm zu brodeln begann. Seine Gedanken wirbelten durcheinander, ein chaotischer Sturm in einem dichten Nebel. War er doch noch nicht nüchtern? War das hier ein Delirium? Ein irrer, überdrehter Traum? Er schüttelte unmerklich den Kopf, aber die Welt um ihn herum fühlte sich fester an als jeder Rausch. Und genau das machte ihm Angst.

Dr. Müller seufzte leise und bat Schwester Diana, den Ton des Überwachungsmonitors leiser zu drehen. Das endlose, hohe Piepen schnitt sich durch den Raum wie eine Nadel durch Seide. "Schwester Simone," fragte er, ohne den Blick vom Patienten zu nehmen, "haben wir schon Blutwerte?" Simone nickte, sichtlich bemüht, ihren Ärger hinter einem professionellen Lächeln zu verbergen. "Es wurde sogar etwas Blut in seinem Alkohol gefunden," sagte sie trocken. Dr. Müller riss den Kopf herum. "Schwester Simone!" Sein Ton war scharf, wie ein Peitschenhieb. Simone errötete, senkte den Blick und murmelte eine Entschuldigung. "Damit wollte ich sagen," fügte sie hinzu, "es handelt sich um eine klassische Alkoholvergiftung. Er hat mehr Gift als Blut in den Adern." Dr. Müller nickte knapp. "Diana, ziehen Sie Adrenalin auf." Sekunden später, nach einer kurzen Herzmassage und der Injektion, flackerte der Monitor auf – ein schwacher, aber regelmäßiger Puls erschien. Dr. Müller atmete tief durch. "Nicht zu früh freuen," murmelte er. "Dieser Kampf ist noch lange nicht gewonnen."

Ein stechender Schmerz durchzuckte Eddies Brust. Er keuchte leise und fuhr sich fahrig über die Stirn. Etwas stimmte hier nicht. Ganz und gar nicht. Dann, wie ein Schlag, traf ihn die Erkenntnis. Hein. Hein. Wurde der Tod nicht manchmal "Gevatter Hein" genannt? Sein Gegenüber grinste breit, wie einer, der ein besonders kniffliges Rätsel gelöst hatte. Eddie spürte, wie ihm der Boden unter den Füßen wegzog. Sollte das heißen... ? Fast beiläufig nickte Herr Hein, als hätte er Eddies unausgesprochene Frage schon lange erwartet. "Nein," murmelte Eddie, "das kann nicht sein. Noch nicht. Noch nicht..." Sein Blick fiel auf das Päckchen Karten, das immer noch in Hein's Händen lag, wie eine Verheißung, wie ein letzter Strohhalm. Ein Ruck ging durch ihn. Eine Hoffnung flammte auf – wild, trotzig, verzweifelt. Vielleicht, nur vielleicht, war noch ein Spiel möglich.

Eddie straffte die Schultern. Ein bisschen von seiner alten Sicherheit kroch in seine Haltung zurück – oder zumindest das, was er sich selbst davon noch vorspielen konnte. Er setzte ein Grinsen auf, lässig, viel zu lässig, und lehnte sich zurück. "Na, Alter," sagte er, während er mit dem Kinn auf das Kartenspiel deutete, "wie wär's? Wagen wir ein kleines Spielchen?" Er versuchte, den Klang von Übermut in seine Stimme zu legen, aber irgendwo, ganz tief darin, zitterte etwas. "Um mein Leben," fügte er hinzu, fast schon herausfordernd. "Sie haben ja nichts zu verlieren, oder?" Hein betrachtete ihn still. Seine Hände ruhten ruhig auf dem Tisch, das Päckchen Karten eingeklemmt zwischen den Fingerspitzen. Er sagte nichts. Noch nicht. Aber in seinem Blick lag ein Wissen, das älter war als jede List, als jedes Spiel, das Eddie je gespielt hatte.

Nach einer Ewigkeit, in der Eddie glaubte, die Luft selbst würde vor Anspannung zerreißen, antwortete Herr Hein. "Okay," sagte er ruhig. "Lass uns spielen." Er drehte das Päckchen in seinen Händen und sein Lächeln war freundlich, fast gnädig. "Ich habe ja nichts zu verlieren." Er legte das noch eingeschweißte Kartenspiel langsam auf den Tisch und sah Eddie unverwandt an. "Aber," fügte er hinzu, "wir spielen ein Spiel, in dem nicht geschummelt werden kann." Eddie hob herausfordernd eine Augenbraue. "Und welches soll das sein, Alter?" Herr Hein lächelte dünn. "Krieg," sagte er. "Sie kennen das Spiel doch sicher: Beide haben einen verdeckten Stapel Karten. Beide ziehen die oberste Karte. Wer die höhere Karte hat, gewinnt den Stich." Er klopfte sanft mit einem Finger auf das Päckchen. "Kein Bluffen. Kein Tricksen. Nur Schicksal gegen Schicksal." Eddie schluckte trocken, doch er zwang sich zu grinsen. "Einverstanden," murmelte er rau.

Herr Hein nahm das Päckchen auf, zog bedächtig an der Folie und ließ sie achtlos zu Boden segeln. Die Karten lagen nun nackt in seinen Händen. Er begann zu mischen. Nicht hastig, nicht fahrig, sondern mit einer Sorgfalt, als mische er die Fäden eines Lebens neu zusammen. Die Karten rauschten leise, flüsterten über seine Finger hinweg, und Eddie musste schlucken, denn dieses Geräusch klang seltsam endgültig. Nach einer Weile hielt Hein das Spiel Eddie hin. "Bitte," sagte er ruhig. Eddie hob ab, ganz wie in jeder verrauchten Spielhölle dieser Welt. Dann begann Hein zu teilen: eine Karte für Eddie, eine für sich, eine für Eddie, eine für sich. Verdeckt. Immer verdeckt. Wieder und wieder, gleichmäßig, unaufhaltsam. Es dauerte eine gefühlte Ewigkeit, bis schließlich zwei Stapel vor ihnen lagen, perfekt ausgerichtet, wie zwei kleine Berge im Zentrum der Stille. Eddie spürte, wie sein Herz schneller schlug. Jetzt, wusste er, jetzt begann das wichtigste Spiel seines Lebens. Um sein Leben.

Mit zittrigen Fingern zog Eddie die erste Karte von seinem Stapel. Gegenüber griff Hein ebenso, ruhig, zur Seinen, sein Gesicht eine unbewegte Maske. Eddie spürte, wie sein Herz gegen seine Rippen hämmerte. Für ihn ging es um alles. Alles! Und doch – Hein strahlte eine Ruhe aus, die nicht einfach nur Gelassenheit war. Es war eine Ruhe, so tief und alt, dass selbst die Stille davor zurückwich. Ohne ein Wort legten beide ihre Karten auf den Tisch. Ein König auf Heins Seite. Eine Neun auf Eddies Seite. Der erste Stich – ging an Hein. Eddie schluckte hart. Irgendwo, ganz tief in ihm, begann etwas zu bröckeln.

Herr Hein griff nach den beiden Karten, um sie langsam aus dem Spiel zu nehmen. Und während seine Finger die Kanten berührten, traf Eddie ein Blitz. Eine Erinnerung, hell und schmerzhaft. Er sah sich selbst: Gerade hatte er seinen ersten Arbeitstag bei diesem alten Ehepaar Schatz beendet. Ein ruhiger, freundlicher Nachmittag. Er hatte Elisabeth geholfen, den Gartenstuhl zurechtzurücken, hatte mit Herrn Schatz über Bücher gesprochen. Als er das kleine Häuschen verließ, fühlte er sich leicht und frei. Später am Abend traf er sich mit seinen Freunden. Sie spielten Poker, wie so oft, nur zum Spaß, nur um Streichhölzer. Doch diesmal brachte Peter einen neuen Kumpel mit. Ein schlaksiger Typ, der verächtlich die Nase rümpfte, als er die Streichhölzer sah. "Kommt schon," sagte er, "lasst uns richtig spielen." Er knallte ein Bündel Scheine auf den Tisch. Eddie und seine Freunde ließen sich darauf ein. Eddie gewann. Haushoch. Auf dem Heimweg, im flackernden Licht der Straßenlaternen, zählte er die Scheine. Er hatte in einer Nacht mehr verdient, als er in einem Monat bei den Schatz' verdient hätte. Am nächsten Morgen kam er nicht zur Arbeit. Herr Schatz wartete. Und wartete. Und verzweifelte. Er rief in der Bibliothek an, musste sich einen Tag freinehmen, musste sich neu kümmern, musste erklären, musste hoffen, dass Lilly irgendwann aus dem Krankenhaus zurückkam. Und Eddie? Eddie schlief aus und dachte keinen Moment mehr an sie.

Die Stimme von Herrn Hein riss Eddie aus der Erinnerung, so plötzlich, dass er zusammenzuckte. "Was ist?" fragte Hein ruhig, mit einem kleinen Anflug von Spott. "Spielen oder träumen wir?" Eddie blinzelte, schüttelte die Bilder ab, als könnte er damit auch die Schuld abschütteln, die schwer auf ihm lastete. Er griff hastig zur nächsten Karte. Auch Hein zog eine neue. Wieder legten sie gleichzeitig auf. Wieder sah Eddie die Wahrheit, noch bevor die Karten ganz auf dem Tisch lagen. Ein Ass bei Hein. Eine Sieben bei ihm. Der Stich – ging erneut an Hein. Ein kaum wahrnehmbares Zittern lief durch Eddies Hände. Aber er zwang sich, nicht wegzusehen. Nicht zu fliehen. Nicht jetzt.

Herr Hein griff nach den beiden Karten, um sie aus dem Spiel zu nehmen. Und wieder – traf Eddie der Blitz einer Erinnerung. Er sah sich selbst: Wieder einmal hatte er seinen Job verloren. Wieder einmal irrte er auf der Suche nach Arbeit durch die Stadt. Dann sah er die Anzeige: eine Pflegefirma suchte Tageshelfer. Keine Ausbildung nötig. Nur ein wenig Hilfsbereitschaft, ein wenig Zuverlässigkeit. Eddie erschien früh am Morgen. Ein gutes Dutzend anderer war ebenfalls da. Müde Gesichter, verzweifelte Hoffnungen. Neben der Tür stand ein Stapel frisch gewaschener weißer Kittel. Eddie griff sich einen. Zog ihn über. Dann trat er in den Wartesaal. "Entschuldigen Sie," sagte er mit fester Stimme, "die Stelle ist leider schon vergeben. Ich wünsche Ihnen viel Erfolg bei der nächsten Bewerbung." Die Menschen, zögernd, enttäuscht, standen auf und gingen. Als der Raum leer war, zog Eddie den Kittel wieder aus und versteckte ihn in einer Ecke. Kurze Zeit später kam die Sekretärin, um die Bewerber abzuholen. Sie sah den leeren Raum, runzelte die Stirn, schaute Eddie an – und sagte dann: "Ich schätze, Sie haben den Job." Eddie hatte gelächelt. Damals. Heute würgte ihn die Scham.

Wieder riss ihn die Stimme von Herrn Hein aus dem Strudel seiner Erinnerungen. "Ich warte," sagte Hein ruhig, fast freundlich. Eddie schnappte nach Luft, presste die Lippen zusammen und griff zur nächsten Karte. Zwei Stiche hatte er schon verloren. Aber es waren erst zwei. Noch war das Spiel nicht entschieden. Noch konnte er gewinnen. Noch konnte alles gut werden. Herr Hein zog ebenfalls eine Karte. Wieder legten sie sie gleichzeitig auf. Wieder fiel der Stich an Hein. Eddie sah es sofort, noch bevor sein Verstand es ganz begriffen hatte: eine Zehn bei Hein, eine Fünf bei ihm. Es schnürte ihm die Kehle zu. Aber er zwang sich, das Gesicht zu wahren. Noch hatte er Karten. Noch konnte er hoffen. Noch...

Herr Hein griff nach den beiden Karten, um sie aus dem Spiel zu nehmen. Und wieder – traf Eddie der Blitz einer Erinnerung. Er sah sich selbst: Es war spät in der Nacht. Er kam von einem Konzert, die Musik dröhnte noch in seinen Ohren. Er war beschwipst, leicht, gleichgültig. An der Bushaltestelle merkte er, dass der letzte Bus bereits weg war. Er fluchte, schwankte, wollte nur noch nach Hause, in sein Bett. Da kam ein junger Kerl auf einem Fahrrad vorbei, keuchend, eilig, atmete in stoßenden Zügen. Ohne groß zu überlegen streckte Eddie den Arm aus, schubste den Jungen vom Rad. Er selbst wollte schneller wegkommen, wollte schneller zu Hause sein. Der Junge rappelte sich auf, Tränen in den Augen, und flehte: "Bitte... ich muss ins Krankenhaus... meine Mutter... sie stirbt..." Doch Eddie hörte es nicht. Oder wollte es nicht hören. Er schwang sich auf das Rad und fuhr davon, wankend, lachend, taumelnd. Er dachte nicht mehr daran. Damals. Heute riss es ihm die Seele auf.

Die Stimme von Herrn Hein riss Eddie erneut aus der Erinnerung. "Die Karte – oder ein Stück Holz," sagte Hein ruhig. Eddie blinzelte, sah die wartenden Stapel vor sich. Er griff zur nächsten Karte. Drei zu null. Drei verlorene Stiche. Jetzt musste es doch langsam klappen. Jetzt musste sein erster Stich kommen. Niemand konnte so viel Glück haben. Nicht einmal der Tod. Nicht einmal Herr Hein. Mit dieser trotzigen Hoffnung deckte Eddie seine Karte auf. Hein tat es ihm gleich. Und wieder – war es unübersehbar. Die Karte von Herrn Hein strahlte ihn kühl an, höher, stärker, unerschütterlich. Der Stich – ging erneut an Hein.

Als Herr Hein auch zu diesen beiden Karten griff, wusste Eddie es bereits. Es würde kommen. Es musste kommen. Eine neue Erinnerung. Vielleicht – hoffte er verzweifelt – vielleicht diesmal etwas Gutes. Etwas Helles. Doch die Hoffnung starb, noch bevor sie sich regen konnte. Die Bilder schlugen über ihm zusammen: Er war wieder ein Junge. Ein schmaler, schmutziger Junge in einer engen, kalten Küche. Seine Mutter stand am Herd, erschöpft, die Schultern gebeugt. Sie arbeitete viel. Sie lachte selten. Der Vater – versoff mehr als die Hälfte dessen, was sie mühselig verdiente. Das bisschen Geld, das blieb, hütete sie wie einen Schatz. Eddie wusste das. Und doch – er griff nach ihrer Geldbörse. Leise. Hastig. Schamvoll. Ein paar zerknitterte Scheine. Gerade genug für ein neues Spielzeug, für eine Jacke, für irgendetwas, was die Leere füllen sollte. Seine Mutter merkte es. Natürlich merkte sie es. Aber sie sagte nichts. Nie. Nur ihre Augen, diese müden, enttäuschten Augen, blieben ihm, brennen ihm bis heute in die Seele.

machen wir weiter ....

Eddie griff nach der nächsten Karte. Dieses Mal – dieses eine Mal – musste es klappen. Es konnte gar nicht anders sein. Keine Statistik der Welt konnte eine weitere Niederlage erklären. Trotzig warf er die Karte auf den Tisch. Eine hohe Karte. Höher als alles Bisherige. Ein Lächeln, hektisch, gehetzt, huschte über sein Gesicht. Hein griff gemächlich nach seiner Karte. Deckte sie auf. Und in Eddies Kopf – hörte er es klirren. Nicht das Geräusch zerberstenden Glases. Nicht das Splittern einer Fensterscheibe. Es war seine Hoffnung, die in tausend kalte, scharfe Splitter zerbrach. Heins Karte – war höher. Wieder ging der Stich an Hein.

Als Herr Hein auch nach diesen beiden Karten griff, machte sich Eddie schon bereit. Bereit für den Schmerz. Bereit für die nächste Narbe. Und sie kam. Er sah sich selbst – Sechzehn Jahre alt. Ein schmaler Junge, mit aufgerissenen Träumen und unbeholfenen Händen. Er war mit ihr zusammen, seiner ersten Freundin. Sie lachten, sie knutschten, sie waren jung und dumm und glücklich. Bis Eddie mehr wollte. Sie bat ihn, bat ihn wirklich, noch zu warten. Sie sagte, sie sei noch nicht bereit. Aber Eddie – er hörte die Stimme seines Vaters im Kopf: "Ein Mann bekommt immer, was er will." Er drängte. Er überredete. Er log und schmeichelte und lachte die Unsicherheit weg. Und schließlich, mit gesenktem Blick, ließ sie es geschehen. Dreißig Sekunden später stand sie auf. Weinte. Ging. Und kam nie wieder zurück. Eddie, der sich damals als Sieger fühlte, wusste heute: Er hatte mehr verloren, als er je gewonnen hatte.

Herr Hein drängte sich wieder in Eddies Gedanken. "Die nächste Karte," sagte er, und sein Ton war nun härter, drängender geworden. Eddie starrte ihn an. Sein Blick voller Trotz, verzweifelter Rebellion. "Ich will nicht mehr," sagte er, die Stimme kratzig vor Auflehnung. Doch Hein schüttelte nur langsam den Kopf. "Es gibt kein Zurück, Eddie," sagte er ruhig. "Du hast dieses Spiel gewollt. Nicht ich." Eddie ballte die Fäuste. "Ich glaube, du betrügst!" schleuderte er ihm entgegen. Ein leises, fast trauriges Lächeln spielte um Heins Mundwinkel. "Dieses Spiel kann man nicht betrügen," sagte er. "Du hast gesehen, wie die Karten gemischt wurden. Du hast selbst abgehoben. Du hast gesehen, wie sie ausgeteilt wurden. Und selbst wenn ich es könnte..." Er lehnte sich leicht zurück, die Hände gefaltet. "Was hätte ich zu gewinnen? Du selbst hast es gesagt: Ich habe nichts zu verlieren." Stille senkte sich über den Raum, schwer und unumstößlich. Nur die Karten warteten noch.

Trotzig, fast schon mit einem stummen Fluch, zog Eddie die nächste Karte. Er wusste es. Er wusste, dass er auch diesen Stich verlieren würde. Er wusste, dass ihn dann wieder eine Erinnerung ereilen würde, die ihn zerschnitt, so wie er einst andere zerschnitten hatte. Und so kam es. Hein deckte auf. Und der Stich – war erneut sein. Und wieder – kam die Erinnerung: Wie Eddie einer Frau die große Liebe vorgespielt hatte, nur um sie um ihr erspartes Geld zu betrügen. Wie er einer Freundin, wer weiß der wievielten, ein Kind gemacht hatte und dann die Vaterschaft verleugnete, sich aus dem Staub machte, als wäre es nichts weiter als ein verlorenes Spiel. Wie er stahl, wie er log, wie er betrog – immer nur auf den eigenen Vorteil bedacht, ohne einen Blick für das, was er bei anderen zerstörte. Stich um Stich. Erinnerung um Erinnerung. Kein Blitz. Kein Donner. Nur diese kalte, stille Abrechnung mit einem Leben, das nie wirklich gelebt, sondern nur genommen hatte.

Der letzte Stich war gemacht. Alle – wirklich alle – hatte Herr Hein gewonnen. Eddie saß zusammengesunken auf seinem Stuhl. Er weinte. Er heulte, wie ein kleiner, verlorener Junge, wie der sprichwörtliche Schlosshund, dem endlich bewusst geworden war, dass er nie ein König war, sondern nur ein Bettler. Und jede einzelne Träne, die seine Wangen hinablief, war Schmerz. Aber – nicht nur Schmerz. Es war auch Reue. Echte, bittere, reine Reue. Zum ersten Mal, seit einer Ewigkeit, tat es ihm wirklich leid. Nicht, weil er verloren hatte. Nicht, weil er ertappt worden war. Sondern, weil er endlich verstand, was er angerichtet hatte.

Doch dann – regte sich etwas in Eddie. Der Spieler, der nie ganz gestorben war, erwachte erneut. Langsam richtete er sich auf, wischte sich die Tränen aus dem Gesicht, und ein Grinsen, schief, trotzig, ungebrochen, breitete sich auf seinen Lippen aus. Er sah Hein an, direkt, herausfordernd. "Du denkst, du hast gewonnen," platzte es aus ihm heraus. "Du denkst, du hast mich bestraft. Mich kleingemacht. Mich gedemütigt." Er lachte rau. "Nein, Alter. Das hast du nicht. Mag sein, dass du jeden Stich gemacht hast. Mag sein, dass ich verloren habe, auf dem Papier. Aber in Wahrheit – habe ich gewonnen. Ich habe erkannt, was ich getan habe. Ich bereue. Und damit, Hein..." Er schlug sich mit der Faust leicht gegen die Brust, wo noch das pochende, müde Herz schlug. "...habe ich den Tod besiegt."

Mit sanfter Stimme und einem Lächeln, das alles entschuldigte, alles verzieh, antwortete Hein: "Mein junger Freund..." Seine Stimme klang weich, wie warmer Wind an einem kalten Morgen. "Du hast nicht nur nach den Regeln verloren. Du hast auch nicht gesiegt. Ich habe gewonnen. Und ich bin froh darüber." Er lehnte sich leicht zurück, die Augen halb geschlossen, als würde er in eine weite Ferne blicken, die Eddie noch nicht sehen konnte. "Nicht, weil ich einen weiteren Sieg errungen hätte. Was wäre das wert? Nichts. Sondern, weil eingetreten ist, was ich gehofft habe: Du hast erkannt. Du hast bereut. Das, Eddie – das war alles, was ich wollte." Staunend, ungläubig, schaute Eddie Herrn Hein an. Und es kam nur ein einziges, flüsterndes Wort über seine Lippen: "Warum?"

Hein antwortete, mit einer Stimme, die alle Ruhe und alle Liebe der Welt in sich trug. "Warum?" wiederholte er leise. "Warum, Eddie?" Er lächelte mild, so mild, dass selbst die Schatten in den Ecken des Raumes für einen Moment weicher wurden. "Weil ich weiß, warum du so geworden bist, wie du warst." Seine Stimme schwebte durch den Raum, sanft wie fallender Schnee. "Ja, du hast schlimme Schuld auf dich geladen. Ja, du musst dafür büßen. Ja, es wird ein beschwerlicher Weg werden. Aber ich weiß auch: Du warst nicht nur Täter. Du warst auch Opfer. Angefangen bei deinem Vater, der, gefangen in seiner eigenen Verzweiflung, dir statt Liebe nur falsche Floskeln gab. Der dir nicht zeigte, wie man liebt, sondern nur, wie man nimmt. Und darum, Eddie..." Er beugte sich leicht vor, sein Blick klar und unendlich gütig. "Darum habe ich versucht

– und, zum Glück, mit Erfolg – deine Seele dem Teufel zu entreißen."

Dr. Müller beugte sich über Eddie. Zischend befahl er: "Zurücktreten!" Der Defibrillator entlud seine Energie, ein letztes Mal. Doch auch der zehnte Versuch brachte keinen Pulsschlag zurück. Die Linie auf dem Monitor – flach, unbeirrbar, eine gerade Spur ins Nichts. Schwester Diana legte Dr. Müller sanft die Hand auf die Schulter. "Dr. Müller," sagte sie leise, "wir können nicht immer gewinnen. Manchmal hatte der Tod einfach das bessere Blatt auf der Hand." Dr. Müller wollte etwas erwidern, doch dann winkte Schwester Simona ihn heran. "Schaut euch sein Gesicht an," sagte sie. "Es hat sich verändert." Und tatsächlich – Eddies Gesicht, eben noch grau und verkrampft, hatte sich gelöst. Ein feines, kaum wahrnehmbares Lächeln spielte um seine Lippen. Nicht spöttisch. Nicht trotzig. Ein Lächeln voller Frieden. Dr. Müller schüttelte den Kopf, versuchte sich die Empfindung wegzuerklären. "Eine Sinnestäuschung," murmelte er, und verließ mit schweren Schritten den Raum. Er wusste, die beiden Schwestern würden wissen, was nun zu tun war. Als seine Schritte verklungen waren, sah Diana Simona an. Und leise, so leise, dass es fast ein Gebet war, sagte sie: "Du hast recht."

ELF

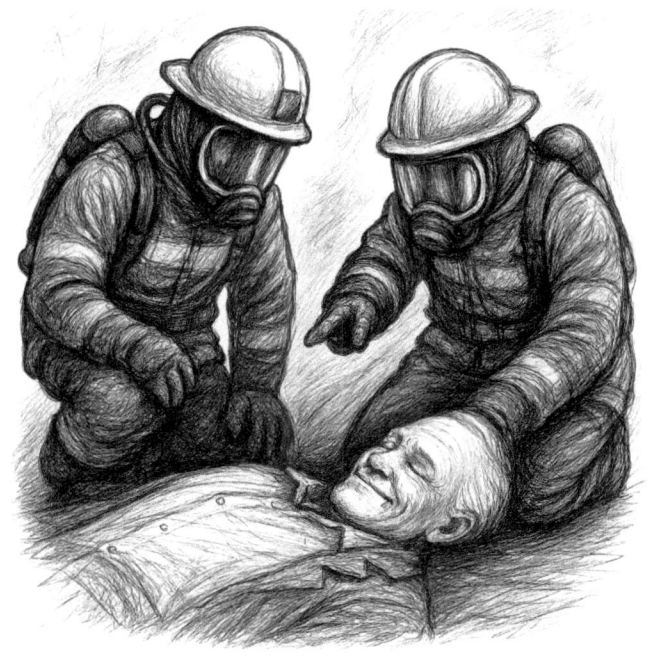

Wolfgang Libri betrat die Bibliothek wie an jedem anderen Tag. Pünktlich zur Öffnungszeit, mit dem ersten Schlüsselklirren an der schweren Holztür, trat er ein, zusammen mit Marie, Thomas und Herrn Schatz. Wie immer trug er einen schlichten, aber gepflegten Anzug, in dessen Brusttasche ein Notizbuch steckte, dessen Seiten leer blieben, so wie die Tage, die er darin niemals notierte. Freundlich grüßte Wolfgang die drei, und ebenso freundlich, fast vertraut, grüßten sie zurück. Es war ein Ritual geworden, eine kleine Zeremonie der Beständigkeit, unsichtbar für den Rest der Welt. Wolfgang ging seinen üblichen Weg, geradewegs zu seinem Lieblingsplatz, in der hinteren Ecke der Lesesäle, wo der Staub sich seltener niederließ und die Schatten stiller waren. Dort, an diesem immer gleichen Ort, verbrachte er seine Tage: Wartend. Lesend. Träumend. Und doch – niemals lebend.

Sein Lieblingsplatz war eine stille Ecke, abseits der großen Fenster, wo das Licht gefiltert durch die hohen Regale fiel und die Zeit ihre Schritte zu verlangsamen schien. Ein alter Holzstuhl, dessen Lehne vom häufigen Gebrauch glatt poliert war, stand neben einem kleinen Tisch, auf dem immer eine Lampe mit grünem Schirm leuchtete, sanft und unaufdringlich, wie ein stilles Versprechen, dass die Welt draußen bleiben müsse. Hier, in diesem kleinen Reich aus Papier und Staub, suchte Wolfgang Libri Zuflucht vor dem, was ihm das Leben genommen hatte. Ein Arbeitsunfall, so banal und doch so endgültig, hatte seine Hände ihrer Kraft beraubt und seinen Körper der Unbeschwertheit. Die Träume, die er einst gehegt hatte – von langen Reisen auf einem knatternden Motorrad, von staubigen Landstraßen, von Städten, die in der Abendsonne glühten – sie waren in einem einzigen Moment zerbrochen, so fragil wie Glas. Und so saß er nun hier, Tag für Tag, ließ die Geschichten der anderen durch seine Gedanken ziehen, begierig, fast gierig, atmete sie ein wie den letzten Hauch einer Welt, die ihm selbst nicht mehr offenstand. Die Abenteuer, die Heldentaten, die Liebesgeschichten und Tragödien, sie waren für ihn wie Schatten an der Wand einer Höhle, jene Schatten, die andere Leben nannten und er nur erträumen konnte.

Wolfgang Libri las die letzte Zeile des Buches, schloss es langsam, als müsse er sich von einem alten Freund verabschieden. Mit einer Bewegung, die mehr Ritual als Notwendigkeit war, stand er auf und ging gemessenen Schrittes zum Kaffeeautomaten in der Ecke. Das leise Summen und Klicken der Maschine begleitete ihn, während der bittere Duft von frischem Kaffee sich in der Luft ausbreitete. Mit der dampfenden Tasse in der Hand kehrte er an seinen Platz zurück, stellte sie behutsam neben die Lampe, so, als könnte ein unachtsames Abstellen das fragile Gleichgewicht dieser kleinen Welt stören. Damit der Kaffee ein wenig abkühlen konnte, griff er das geschlossene Buch, drückte es gegen seine Brust, und ging hinüber zu Marie, die an ihrem Platz hinter dem Tresen saß, in eine Akte vertieft. Er legte das Buch auf den Tresen, lächelte leicht und sagte leise: „Dieses hier bin ich fertig. Es war… schön." Dann wandte er sich um, ging zu einem der hohen Regale, ließ seinen Blick wahllos über die Buchrücken schweifen – nicht suchend, nicht wählend, nur folgend einer Regung, so zufällig und doch bedeutungsvoll wie ein Blatt im Wind. Er zog ein Buch hervor, ohne den Titel zu beachten, und kehrte damit zu Marie zurück. „Das hier wird das nächste", sagte er, und seine Stimme klang dabei fast bittend. „Kennen Sie es? Wissen Sie etwas darüber?" Er sah sie an, hoffnungsvoll, als könne ein einziges Wort von ihr das nächste Kapitel seines Lebens beeinflussen.

Marie nahm das Buch lächelnd entgegen, ihre Bewegungen ebenso freundlich wie gewohnt. Sorgfältig betrachtete sie den Einband, strich mit den Fingern über den Titel, las leise den Namen des Autors: „Schnitter, Hein – Vita, non aliorum, sed tua." Ein leises Stirnrunzeln glitt über ihr Gesicht, doch sie sagte nichts, sondern wischte mit einer fließenden Mausbewegung den Bildschirmschoner ihres Computers fort. In die Suchzeile der Bibliotheksdatenbank tippte sie gewissenhaft: Schnitter, Hein und darunter: Vita, non aliorum, sed tua. Sekunden vergingen, dann erschien in nüchterner Schrift die Meldung: Titel und Autor nicht gefunden. Verwundert hob Marie den

Blick zu Wolfgang, bedauerte mit ehrlichem Bedauern: „Es tut mir leid, Herr Libri... ich kann Ihnen nichts dazu sagen. Es scheint nicht in unserem Bestand verzeichnet zu sein." Sie griff einen kleinen Block, notierte sich das Buch und den Autor, damit sie später Herrn Schatz fragen könnte, ob vielleicht ein neuer Zugang übersehen worden war. Dann reichte sie Wolfgang das Buch mit einem sanften Lächeln zurück, als wollte sie sagen: Manche Geschichten müssen erst gefunden werden.

Wolfgang Libri nahm das Buch entgegen, behutsam, fast ehrfürchtig, als wüsste er, dass dies kein gewöhnlicher Band war. „Klingt spannend", sagte er mit einem leisen Lächeln. „Ich werde es lesen und Ihnen dann erzählen, wovon es handelt." Marie erwiderte sein Lächeln, ein wenig geheimnisvoll, als spüre auch sie, dass hier mehr im Spiel war als nur bedruckte Seiten. Mit dem Buch an seine Brust gedrückt kehrte Wolfgang zu seinem Platz zurück. Der Kaffee wartete, nur noch lauwarm, genau richtig, um ihn daran zu erinnern, dass manches erst dann vollkommen ist, wenn die Hitze vergangen ist. Er nahm einen vorsichtigen Schluck, kostete die stille Bitterkeit, stellte die Tasse beiseite, streckte die Hände aus – und schlug das Buch auf.

Er stutzte. Der Titel im Inneren des Buches war nicht gedruckt, wie es sich gehörte, sondern mit feiner, schräger Handschrift auf das vergilbte Papier geschrieben. Wolfgang hob den Kopf, wollte Frau Marie darauf aufmerksam machen, doch ihr Platz am Tresen war leer – sie war offenbar kurz fortgegangen. Zögernd schlug er die nächste Seite auf. Ein sonderbares Gefühl überkam ihn: Es war, als würde genau in diesem Moment eine unsichtbare Hand die letzten Worte dieser Seite vollenden. Er schüttelte den Kopf, versuchte, sich zu beruhigen – Albernheiten. Doch als er weiterblätterte, erwartete ihn der nächste Schock: Die folgende Seite war leer. Und auch die nächste. Und die übernächste. Wolfgang blätterte hastig zurück. Ja – da waren sie, Zeilen über Zeilen, zart und makellos geschrieben. Er sah wieder zum Tresen – Frau Marie war noch immer nicht zurück. Ein Zittern lief ihm über die Fingerspitzen, als er sich entschloss, das Buch zu lesen.

Wolfgang begann zu lesen. Er war noch so verwundert über all das, dass es ihn kaum noch erstaunte, dass der Text in feinstem Deutsch geschrieben war, obwohl der Titel in strenger, fremder Lateinschrift prangte. Sein Blick glitt über die ersten Zeilen, zögernd zuerst, dann schneller, so wie ein Wanderer, der auf unbekanntem Pfad festen Boden unter den Füßen spürt. Die Worte schienen für ihn geschrieben, nur für ihn, in diesem Moment, in diesem Atemzug zwischen zwei Schlägen der Ewigkeit. Es war, als würde das Buch ihm zuflüstern, ganz leise, ganz nah.

Die erste Zeile sprang ihm sofort ins Auge: „Mein lieber Wolfgang, ich will dir eine Geschichte erzählen, die …" Wolfgang stutzte, ein weiteres Mal an diesem merkwürdigen Vormittag. Er blinzelte, rieb sich unwillkürlich die Augen, doch die Worte standen klar und unverändert vor ihm. Nicht „mein lieber Leser", nicht irgendeine unpersönliche Anrede – nein. Sein Name. Direkt. Unverkennbar. Ein nervöses Lächeln stahl sich auf sein Gesicht. Vielleicht, dachte er, erzählt das Buch ja einfach die Geschichte eines anderen Wolfgangs. Es ist ein Zufall, nichts weiter als ein Zufall. Und doch, tief in seinem Innersten, regte sich eine Ahnung, leise und unerklärlich, dass dies kein Zufall war. Dass dieses Buch ihn gefunden hatte – und nicht umgekehrt.

Wolfgang las weiter: „... dir eine Geschichte erzählen, die vor langer Zeit – leider – ihr Ende gefunden hat. Ein abruptes Ende. Ein Ende, das im Bruchteil einer Sekunde entstand. Ein Ende, das Träume zerstörte …" Er hielt inne. Langsam rieb er sich die Augen, als könne er damit das Gelesene wegwischen, als wäre es nur eine Täuschung, hervorgerufen durch zu viele Bücher, zu viele Jahre im Schatten fremder Welten. Doch als er wieder auf die Seite blickte, standen die Worte unverändert dort, klar, ruhig, geduldig. Wolfgang schluckte schwer. Sein Unfall … vor fünfzehn Jahren … die zerplatzten Pläne, die gestohlenen Träume – Konnte das ein Zufall sein? Er schüttelte den Kopf, ein trotziges Lächeln zuckte um seine Lippen. Aber tief in seinem Inneren, in jenem Winkel, wo kein Selbstbetrug je Wurzeln schlagen kann, fühlte er es längst: Dies war kein Zufall. Dies war eine Einladung.

„… und nicht nur die eines Menschen. Träume, die zwei verwandte Seelen gemeinsam leben wollten. Doch die zweite Seele zerbrach daran, ausgeschlossen zu sein. Sie …" Wolfgang schluckte schwer. Das konnte nicht sein. Das durfte nicht sein. Und doch – das Wissen schlich sich in ihn wie kalter Nebel durch einen rissigen Fensterrahmen. Damals … Als der Unfall ihm nicht nur das Laufen, sondern auch die Zukunft nahm, die er gemeinsam mit Simone erträumt hatte. Er war zerflossen im Selbstmitleid, hatte sich zurückgezogen in eine Welt aus Papier und fremden Leben, hatte geblättert, gelesen, geträumt – während sie, Simone, immer mehr zur Randnotiz wurde. Er hatte nicht bemerkt, wie sie zerbrach an seiner Abwesenheit im eigenen Leben. Zuerst zog sie zu ihrer Freundin Diana, einer warmherzigen Kollegin aus dem Krankenhaus. Später fand sie eine eigene Wohnung. Und irgendwann hörte sie auf, überhaupt noch anzurufen. Hilfesuchend hob Wolfgang den Blick zum Tresen – doch Marie war verschwunden, oder nie zurückgekehrt. Er war allein. Allein mit diesem Buch, allein mit seiner Vergangenheit.

„Blättere nun auf die nächste Seite. Lese diese Geschichte." Wolfgang folgte der Aufforderung, seine Finger zitterten leicht, als er die Seite umschlug. Leer. Nichts als das matte Weiß des Papiers. Verwirrt blätterte er weiter. Leer. Noch eine Seite. Leer. Sein Atem ging schneller, in seinem Magen zog sich etwas zusammen. Seite um Seite – nur Stille, nur Leere. Als er schließlich, fast trotzig, die letzte Seite aufschlug, stand dort, in feiner Handschrift: „Wie fandest du die Geschichte?"

Wolfgang starrte auf die Worte, als könnten sie sich jeden Moment in etwas anderes verwandeln. Schließlich, fast gegen seinen Willen, sprach er halblaut in das Buch: „Welche Geschichte? Das Buch ist leer! Da steht keine Geschichte!" Seine Stimme hallte leise von den Regalen wider, doch niemand antwortete ihm. Nur das Buch lag stumm vor ihm, als warte es geduldig darauf, dass er begreife.

Vor seinen Augen, wie von einer unsichtbaren Feder geschrieben, tauchte eine neue Zeile auf dem leeren Blatt auf: „Hast du die Geschichte nicht erkannt? Es ist deine Geschichte. Ich habe lange, sehr lange nach den richtigen Worten dafür gesucht. Und nun willst du mir sagen, du hast keine Geschichte gesehen?" Wolfgang fuhr erschrocken zurück. Der Stuhl knarrte leise unter der plötzlichen Bewegung. Schweiß trat ihm auf die Stirn, kühl und unangenehm auf der Haut. Er rieb sich die Augen, blinzelte – doch die Worte standen klar und unbeirrbar da, spotteten seiner Hoffnung, es könne nur eine Sinnestäuschung sein. Hilfesuchend hob er wieder den Blick. Doch der Tresen war verlassen. Keine Marie, kein Thomas, kein Herr Schatz. Nur die leisen Schatten der Regale, nur das Summen der Neonröhren – und dieses rätselhafte Buch, das ihm eine Wahrheit entgegenhielt, die er nicht mehr abwenden konnte.

Marie hob prüfend den Blick vom Bildschirm. In der Bibliothek, diesem stillen Refugium aus Papier und Zeit, war jede Unruhe ein Alarmsignal. Stühle knarrten hier sonst kaum je. Stimmen flüsterten nur. Und doch – Mit Schrecken sah sie ihn: Herr Libri. Weiß wie frisch gefallener Kalk. Der Schweiß glänzte auf seiner Stirn. Sein Atem ging hastig, keuchend, als ringe er mit etwas Unsichtbarem. Marie winkte rasch Thomas heran, der in der Nähe gerade ein Regal ausrichtete. Auch Thomas erschrak, ließ sofort sein Werkzeug sinken. Gemeinsam eilten sie zu Wolfgang Libri, um zu helfen, um ihn zu stützen, um wenigstens zu verstehen, was geschehen war. Doch noch bevor sie ihn erreichen konnten, schlug Herr Libri das Buch mit einem scharfen, klappenden Laut zu, sprang auf, und verließ fluchtartig die Bibliothek, die Tür aufschleudernd wie einen aufgebrachten Vorhang. Marie und Thomas blieben verdutzt stehen, tauschend einen fragenden Blick. Schließlich trat Marie an den Tisch, nahm das geheimnisvolle Buch auf, und schlug es vorsichtig auf. Leere Seiten. Nur leere Seiten. Thomas runzelte die Stirn. „Was war da nur los?" flüsterte er. Aber die Regale gaben keine Antwort. Nur das stille Buch lag da – und schwieg.

Wolfgang Libri fand langsam wieder etwas Ruhe. Sein Atem wurde gleichmäßiger, das rasende Pochen in seinen Schläfen verebbte zu einem dumpfen, wütenden Puls. Ziellos wanderte er durch die Straßen der Stadt. Sein Blick nahm kaum etwas wahr, nur Schemen und Silhouetten, verschleiert von Gedanken, die in seinem Kopf wie aufgescheuchte Vögel flatterten. Er kam am Park vorbei, an der großen Wiese, wo die alte Kastanie stand – majestätisch, einsam, und doch umarmt von einem Meer aus Blumen, so weit das Auge reichte. Ein Ort, der in seiner Stille zu schreien schien. Und in Wolfgangs Kopf, immer wieder dieselbe Frage, leise, bohrend, wie ein Tropfen, der nie versiegt: „Was ist da eben geschehen? Was war das für ein Buch? Was – bin ich?" Er blieb stehen. Schaute auf die Kastanie. Atmete den Duft der Blumen ein. Doch Antworten kamen nicht. Nur das Wispern des Windes in den Ästen, und das pochende Echo seines eigenen Herzens.

Wolfgang ging weiter, immer noch ziellos, immer noch gefangen in der einen Frage, die wie ein dunkler Wirbel in seinem Kopf kreiste. Da – ein Schrei. Roh, schneidend, voller purer Verzweiflung. Der Schrei einer Mutter. „Mein Kind! Mein Kind ist noch im Haus!" Wolfgang riss den Kopf hoch. Seine Gedanken zerplatzten wie Seifenblasen. Er sah die Frau, sah, wie sie sich verzweifelt gegen drei Feuerwehrmänner stemmte, die Mühe hatten, sie zurückzuhalten. Und hinter ihr – das Haus. Schon von Rauch umhüllt, von roten, hungrigen Flammen beleckt. Wolfgang dachte nicht nach. Kein Abwägen, kein Zögern. Er fing an zu rennen. Rannte auf das schwarze Rechteck zu, das einst eine Tür gewesen war, nun aber nur noch eine gähnende Öffnung in ein Reich aus Feuer und Asche. Sein Herz schlug ihm bis zum Hals. Die Hitze war ein Wall, der ihn fast zurückwarf. Aber er rannte weiter. Mit allem, was er hatte. Mit allem, was er war.

Vor Rauch konnte Wolfgang kaum etwas sehen. Die Luft war ein erstickendes, beißendes Nichts. Er presste ein zerknittertes Taschentuch vor Mund und Nase, beugte sich tief und tastete sich weiter durch die glutheiße Dunkelheit. Sein Herz pochte in seinen Ohren, ein dumpfer, dröhnender Rhythmus, der ihm sagte, dass keine Zeit mehr blieb. Dann – ein leises Rufen. Ein ersticktes, klägliches „Mama …" Wolfgangs Augen brannten vom Rauch, doch inmitten des flimmernden Chaos sah er sie: ein kleines Mädchen, eingeklemmt unter einem herabgestürzten Balken, die Arme ausgestreckt, die Augen voller Angst und Hoffnung zugleich. Sie konnte nicht fliehen. Und ihre Mutter, draußen, kämpfte gegen starke Arme, verzweifelt, um zu ihr zu gelangen. Wolfgang wusste, in diesem Moment wusste er – es lag an ihm.

In der Schwärze, zwischen zwei Pulsschlägen, bemerkte Wolfgang, dass jemand neben ihm war. War es ein Feuerwehrmann? Die Rettung? Ein Lichtstrahl aus der Außenwelt? Doch als er genauer hinsah, erkannte er, dass es keiner von ihnen war. Die Gestalt beugte sich leicht über ihn, freundlich, nicht drohend. Ihre Stimme klang wie der Hauch einer alten Melodie: „Schnitter … Hein Schnitter. Du hast soeben eine Seite gefüllt in dem Buch, das du heute Morgen aufzuschlagen versuchtest." Ein schwaches Lächeln huschte über Wolfgangs Gesicht. Selten hatte ihm ein Name so seltsam tröstlich geklungen.

Da fiel es Wolfgang endlich wie ein leiser Schleier von den Augen. „Hein … Schnitter …" murmelte er. Natürlich. Warum war er nicht früher darauf gekommen? Er lächelte den Tod an, dieses ehrliche, erschöpfte Lächeln eines Mannes, der den Weg durch seine eigene Dunkelheit gefunden hatte. „Lange habe ich auf dich gewartet", sagte Wolfgang leise, „aber du bist nicht gekommen …" Hein erwiderte sein Lächeln, still, fast väterlich. „Wieso hätte ich kommen sollen? Du warst doch schon tot." Ein Zittern ging durch Wolfgangs Herz, doch es war kein Zittern der Angst. Es war ein Zittern der Erkenntnis. Er hatte es endlich begriffen. Hein streckte ihm die Hand entgegen. „Jetzt, mein Freund … jetzt bist du nicht nur gestorben. Jetzt ist der Moment gekommen, wo dein neues Leben beginnen kann — auf meiner Seite der Welt." Ohne Zögern, ohne Angst, legte Wolfgang seine Hand in die des Todes. Und zum ersten Mal seit unzähligen Jahren fühlte er sich wahrhaft lebendig.

Durch den beißenden Rauch hindurch drang das rhythmische Schnaufen der Atemmasken. Schwer und gleichmäßig. Dann das kratzende Wispern eines Funkgeräts: „Hier Trupp Bravo … wir haben noch jemanden gefunden." Ein Feuerwehrmann kniete sich zu Wolfgang hinunter. Routiniert prüfte er Puls und Atem, doch nach wenigen Sekunden schüttelte er nur stumm den Kopf. Wieder das kratzende Funkgerät: „Er ist leider tot. Wir bergen ihn." Der zweite Feuerwehrmann beugte sich über Wolfgang, wollte gerade helfen, als er innehielt. Mit einem stummen Anstupsen machte er seinen Kollegen auf etwas aufmerksam. Beide blickten auf das Gesicht des Verstorbenen. Da war kein Ausdruck von Panik. Keine Maske aus Angst oder Todesqual. Nur ein leises, stilles Lächeln. Ein Lächeln voller Frieden, als hätte Wolfgang in seinem letzten Moment etwas gefunden, was größer war als alles, was ihm je genommen worden war. Verwundert schüttelten sie den Kopf. Verstanden es nicht. Konnten es nicht verstehen.

ZWÖLF

Lilly, Peter, Simone und „Oma" Rosi waren aufgeregt wie Kinder an einem zu hellen Weihnachtsmorgen. Seit jenem Tag, an dem sie Markus, jenen unheimlichen Marak, besiegt hatten, war Zeit vergangen – Zeit, in der sie oft zusammen in der gemütlichen Wohnküche gesessen haben, aber nichts mehr gemeinsam unternommen hatten. Heute aber, heute war etwas Besonderes: Ein Zirkus hatte seine Zelte aufgeschlagen, und Rosi, mit der List und Entschlossenheit, die nur eine Großmutter besitzen kann, hatte gerade noch vier Karten für die allerletzte Vorstellung ergattert. Sie lachten, sie freuten sich, sie fühlten sich, als könnten sie die Schatten vergessen, die einst auf sie gefallen waren.

Réka saß auf der kleinen Bank ihres Wohnwagens und lauschte dem dumpfen, gedämpften Murmeln, das vom großen Zelt herüberwehte. Das dünne Holz vibrierte bei jedem donnernden Applaus, bei jedem aufgeregten Jauchzer. Draußen, nur wenige Schritte entfernt, stand Titok, ihr weißer Hengst, angebunden am alten Holzpfosten, der wie sie schon viele Auftritte überstanden hatte. Durch das kleine Fenster sah sie, wie der Hengst unruhig mit den Ohren zuckte, als spüre auch er die Spannung, die in der warmen Frühlingsnacht lag. Réka strich sich mit einer nervösen Bewegung eine Strähne ihres dunklen Haars hinters Ohr. Zwei Nummern noch, dann war sie an der Reihe. Zwei Nummern noch, dann würde sie – wie so viele Male zuvor – die Stille der Manege füllen, nur begleitet vom Klang ihrer eigenen Sehnsucht.

Das Licht unter der gewaltigen Kuppel des Zirkuszeltes flirrte wie Sonnenflecken auf Wasser. Rosie, Lilly, Peter und Simone saßen auf ihren Plätzen, dicht zusammengedrängt wie kleine Kinder, die die Magie der Welt noch nicht verlernt hatten. Ihre Augen glänzten im wechselnden Licht, ihre Stimmen, eben noch ein aufgeregtes Wispern, verstummten augenblicklich, als Réka die Manege betrat. Hoch zu Ross, auf ihrem schneeweißen Hengst, schien sie selbst fast irreal – eine Gestalt aus einem Traum. Mit anmutigen Bewegungen, federleicht, als würden Schwerkraft und Zeit sie nicht berühren, vollführte sie Kunststücke auf dem trabenden Tier. Titok, das Geheimnis auf vier Hufen, trug sie mit einer Gelassenheit, die beinahe ehrfürchtig wirkte. Rosie und ihre drei "Enkel" saßen da, den Atem angehalten, unfähig, ihre staunenden Blicke abzuwenden. Hier, in diesem Moment, war das Staunen selbst ihr Herzschlag.

Der Applaus brandete auf wie eine Welle, trug Réka eine Sekunde lang auf Händen, ehe er verebbte wie ein Traum, der im Morgenlicht zerfließt. Mit aufrechter Haltung und einem leisen, stolzen Lächeln verneigte sie sich, strich sanft über den schweißbedeckten Hals ihres Hengstes und führte Titok hinaus ins Zwielicht hinter der Manege. Sorgfältig, fast liebevoll, versorgte sie das edle Tier, striegelte sein seidiges Fell, flüsterte beruhigende Worte in einer Sprache, die niemand sonst hier verstand – der Sprache ihrer Kindheit, die nach fernen Feldern und heißen Sommern roch. Dann, die Arbeit getan, ging sie allein zurück zu ihrem kleinen Wohnwagen. Dort, wo das Außen verstummte und nur noch ihr eigener Atem die Stille füllte, griff sie nach der schweren grünen Flasche auf dem schmalen Tisch. Der Wein, dick und süß wie vergossene Sommer, gluckerte in ihr Glas. Réka setzte sich, schloss kurz die Augen und ließ das erste kühle Prickeln des Weins auf der Zunge tanzen. Ein Moment des Friedens – dünn wie das Glas in ihrer Hand.

Das Türschloss gab mit einem hässlichen Knall nach, die Tür schlug gegen die Innenwand des engen Wohnwagens, dass die Flasche auf dem Tisch klirrend bebte. Réka schrak auf, stieß beinahe ihr Glas um und wich einen Schritt zurück. Im Türrahmen stand Zoltán – breit wie ein Schrank, das grobe Gesicht unter dem zotteligen Bart zu einem Grinsen verzogen, das nichts Gutes verhieß. „Was willst du?" hauchte Réka, obwohl sie die Antwort kannte, lange bevor er den ersten Schritt ins Wageninnere machte. „Als wenn du das nicht wüsstest ...", knurrte er, schloss die Tür hinter sich mit einem schweren Ruck, der das kleine Reich erneut erbeben ließ. Das Grinsen auf seinem Gesicht wurde breiter, entsetzlicher, wie eine klaffende Wunde. „Du wirst noch lange... sehr lange brauchen, bis du die Schuld beglichen hast, die du bei mir hast." Réka schloss die Augen.

Sie wusste, dass Widerstand es nur noch schlimmer machte, wusste, dass Bitten ihn nur belustigte. Seit vier Jahren trug sie diese Ketten – und in dieser Nacht, wie in so vielen Nächten zuvor, wünschte sie sich nur eines: Erlösung. Das Ende. Ein letzter Atemzug, der sie forttrüge von all dem Schmerz.

Zoltán trat aus dem Wohnwagen, schob sich die Hosenträger zurecht und sprang mit der Lässigkeit eines Siegers die drei schmalen Stufen hinab. Leichtfüßig, fast schon tänzelnd ging er zu seinem eigenen Wagen hinüber, ein hämisches Lied auf den Lippen, die Gedanken bereits beim nächsten Abend, beim nächsten Moment der Erniedrigung. Drinnen, in dem kleinen, stillen Wagen, blieb Réka zurück. Zusammengekauert auf der schmalen Pritsche, das Gesicht in die Hände vergraben, ihre Schultern zuckten im stummen Weinen. „Wie lange noch?" flüsterte sie heiser in die Dunkelheit. Aber es gab keinen Trost, keine Antwort, kein Entrinnen. Sie hatte es versucht. Einmal. Zweimal. Immer wieder. Aber wohin sie auch ging, Zoltáns Schatten folgte ihr. Er hatte ihren Namen besudelt, hatte Geschichten gestreut wie vergiftete Samen – und in der engen Welt der fahrenden Zirkusse wuchs Misstrauen schneller als Vertrauen. Keiner wollte sie mehr. Niemand nahm eine Beschmutzte auf. Nur hier, im dunklen Rücken des Zeltes, war sie noch jemand. Eine Attraktion. Aber auch eine Ware.

Zoltán war an diesem Abend so wild, so gierig, dass die Flasche vom Tisch stürzte und in Dutzende Splitter zerbarst. Réka starrte auf die Scherben, als suchte sie darin ihr eigenes Spiegelbild. Dann bückte sie sich, hob die größte auf – eine gezackte Klinge aus Glas, scharf wie ein Skalpell. Ihre Finger schlossen sich um das Versprechen, das darin lag. Flucht, endlich Flucht, flüsterte etwas in ihr. Doch bevor sie handeln konnte, legte sich eine Hand auf ihre Schulter. Sanft. Warm. Schwer von einer Zeit, die nicht in Jahren zu messen war. Eine Stimme, weich wie ein alter Mantel, sagte: „Tu es nicht."

Réka drehte sich hastig um. Doch da war niemand. Nur die flimmernde Luft, das zerbrochene Licht auf den Scherben, das leise Knacken des Zelttuchs im Abendwind. Verunsichert setzte sie sich aufrecht auf die kleine Pritsche, ihre Hände zitterten noch immer um den Splitter Glas. Und dann sah sie ihn. Eine Gestalt, die einfach war. Nicht schön, nicht hässlich. Nicht jung, nicht alt. Nicht groß, nicht klein. Ein Mann – oder etwas, das diese Form angenommen hatte, nur um sie nicht zu verschrecken. Réka hob das Kinn, starrte ihn an mit der letzten Aufrichtigkeit, die sie in sich finden konnte. „Wer bist du?" flüsterte sie. „Hat Zoltán mich verkauft?" Ihre Stimme bebte, doch es war mehr Zorn als Angst. „Reicht es ihm nicht mehr, mich nur zu benutzen?" Die Gestalt schwieg. Aber ihre Augen, dunkel wie die Nacht zwischen den Sternen, antworteten auf eine Weise, die Worte überflüssig machte.

Nach einer Ewigkeit, die schwer auf ihren Schultern lastete, antwortete der Mann endlich. Seine Stimme war ruhig, doch sie schnitt schärfer als jedes Messer: „An mich," sagte er, „muss niemand verkauft werden. Ich bekomme doch ohnehin alle." Réka zuckte zusammen, als hätten seine Worte sie körperlich getroffen. Er neigte leicht den Kopf, fast spöttisch, fast traurig. „Und war es nicht dein eigener Wunsch," fuhr er fort, „noch vor wenigen Sekunden in meine Arme zu sinken?" Eine lange Kunstpause folgte. Réka spürte, wie die Welt um sie herum zu atmen schien, als hielte sie den Atem an, um ihre Entscheidung zu hören. Dann, sanft, doch mit einer eindringlichen Wärme in der Stimme, sagte der Mann: „Aber ich bitte dich – überdenke deinen Wunsch. Tu es nicht."

Réka hielt die Scherbe in der einen Hand, hoch über dem zarten Handgelenk der anderen. Ihre Finger zitterten nicht mehr. Sie war ein einziger, fester Entschluss. Und dann brach es aus ihr heraus, roh, schmerzvoll, wie eine längst aufgestaute Flut: „Ich kann nicht anders!" Ihre Stimme war ein Aufschrei gegen die Stille. „Ich will nicht mehr! Ich will nicht benutzt werden! Kein Grab für seinen Samen sein!" Ihre Brust hob und senkte sich schnell, die Worte schleuderte sie wie brennende Pfeile in den Raum: „Und diese Schuld, von der er immer spricht – ich verstehe sie nicht! Ja, ich habe seiner Frau gesagt, sie soll gehen! Weil sie die Schläge nicht mehr aushielt, weil seine Gier nach ihrem Körper sie zerbrochen hat!" Tränen brannten in ihren Augen, doch sie redete weiter, heiser, stoßweise: „Ich wusste nicht, dass sie Flucht so verstehen würde …" Réka senkte die Scherbe ein wenig, der Arm sackte, erschöpft von der Last der Erinnerungen. Leiser, fast nur noch ein Wispern: „Jetzt … nach vier Jahren … jetzt verstehe ich sie."

Eine Stimme, weich und eindringlich, antwortete: „Bitte, tu es nicht." Réka zuckte zusammen. Ihre Augen suchten hektisch die kleine Kammer ab – und dort, wo eben noch der fremde Mann gestanden hatte, stand nun eine Frau. Eine Frau, deren Gesicht ihr vertrauter war als jedes andere auf dieser Welt. „Maria?" flüsterte Réka, als hätte das Wort selbst Angst, zu laut zu sein. Ein leichtes Nicken. Dann trat Maria einen Schritt näher und sprach, ruhig und doch von einer Dringlichkeit getragen, die schwer auf Rékas Herz fiel: „Tu es nicht. Das wäre keine Erlösung. Es wäre eine Sünde, die nie getilgt werden könnte." Réka ließ die Scherbe langsam sinken, unsicher, zwischen Zweifel und Verzweiflung gefangen. „Und warum sagst du mir das?", fragte sie tonlos. In ihrem Kopf hämmerte die Erkenntnis: War hier nicht der Tod selbst? Hein? Was ist hier Wirklichkeit, was Traum? Maria lächelte traurig. „Nicht mir musst du es erzählen," sagte sie leise, fast zärtlich. „Erzähle es Zoltán."

Mit einem wilden Aufschrei schleuderte Réka die Scherbe gegen die Wand. Das Glas zersprang klirrend, als hätte es ihre jahrelang aufgestaute Ohnmacht in tausend Splitter verwandelt. Sie sprang auf, stieß den Stuhl um, stürmte zur Tür – und während sie durch den schmalen Raum hastete, verweh-te die Gestalt, die eben noch dort stand, wie Rauch, den ein Windstoß mit sich fortreißt. Réka achtete nicht darauf, dass ihr Körper nur von den zerrissenen Überresten ihrer Kleidung bedeckt war. Sie stürmte die drei Stufen des Wagens hinab, barfuß, zitternd, atemlos – und rannte hinaus auf den Platz, hinein in die kalte, scharfe Nachtluft. Zirkusleute hielten erschrocken inne, standen wie Statuen, die das Unheil bereits kommen sahen. Doch sie wichen nicht zurück und kamen nicht näher. Nicht aus Mitleid. Sondern aus Angst. Denn alle wussten, was jetzt kommen würde. Und dass es Rékas Ende sein könnte.

Réka stand mitten auf dem Platz, das Gesicht zum dunklen Himmel erhoben, und brüllte ihren Schmerz und ihre Wut hinaus: „Zoltán! Es ist nicht meine Schuld! Es war nie meine Schuld! Deine Gier – dein Hunger – dein verdammter Hass! Du hast genommen, hast geschlagen, hast zerstört, als wären wir nichts – nichts weiter als deine Werkzeuge, deine Spielzeuge!" Ihre Stimme, heiser vor Zorn und Verzweiflung, zerfetzte die schweigende Nacht. Sogar der Wind schien den Atem anzuhalten. Dann – langsam, schwerfällig – öffnete sich die Tür von Zoltáns Wohnwagen. Ein Fuß trat hinaus, torkelnd. Zoltán erschien im schwankenden Licht der Zirkuslaternen. Sein Hemd hing schief, seine Hose war halb offen. Er schwankte wie ein Betrunkener – was er auch war. Doch in seiner Haltung, in dem breiten Grinsen, lag die anmaßende Selbstgewissheit eines Mannes, der glaubte, dass ihm die Welt nichts anhaben könne. Wie ein alter, abgewrackter Star betrat er die Szene, als wäre sie seine große Bühne, und er der unbestrittene Hauptdarsteller. Die Menge hielt den Atem an. Keiner rührte sich. Alle wussten: Jetzt – jetzt würde etwas geschehen, das sich nicht mehr aufhalten ließ.

„Schweig!" Donnerte Zoltáns Stimme über den Platz, so schwer und drohend wie ein nahes Gewitter. Doch Réka schwieg nicht. Im Gegenteil – ihr Schrei schnitt wie eine Klinge durch die Nacht: „Was sonst, Zoltán? Was willst du mir noch antun? Mir? Ich, die du seit Jahren benutzt, erniedrigt, zerbrochen hast? Tu es! Tu, was du willst! Es wäre für mich eine Erlösung, keine Strafe!" Einen Moment lang war nur das Prasseln einer fernen Plane zu hören. Zoltán erstarrte. Verwirrung blitzte in seinen Augen auf. Noch nie – nie in all den Jahren – hatte er dieses Gefühl gekannt: Nicht Herr zu sein über die Angst. Zögernd, taumelnd, setzte er den Fuß auf die erste Stufe. Er wusste nicht, was er tun wollte. Er wusste nur, dass er etwas tun musste, um das entgleitende Spiel wieder an sich zu reißen. Ein letzter Rest seines alten Machtanspruchs glomm in ihm auf – doch es war ein flackerndes Licht, und die Dunkelheit, die aus Rékas Augen schien, drohte ihn zu verschlingen.

Zoltáns Fuß verfehlte die erste Stufe. Ein ungeschickter Tritt, ein letzter, hilfloser Versuch, das Gleichgewicht zu halten – er ruderte mit den Armen, als könne er die Welt selbst packen und sich daran festhalten. Aber die Welt, so sehr sie auch viele seiner Taten schweigend ertragen hatte, griff diesmal nicht nach ihm zurück. Er stürzte. Hart, schwer und unaufhaltsam schlug er auf. Ein hässliches Knacken durchbrach die gespannte Stille – das hässliche, endgültige Geräusch eines Genicks, das der Last eines Lebens voller Schuld nicht mehr standhielt. Selbst der Stallbursche, der am weitesten entfernt am Zelt arbeitete, hörte das Geräusch und ließ erschrocken den Eimer fallen. Dann – nur noch Stille. Kein Fluch, kein Aufbäumen. Nur ein Körper, der reglos auf dem staubigen Boden lag.

Nur Réka sah sie. Nur sie – mit Augen, die endlich wieder sehen konnten. Hinter Zoltáns lebloser Gestalt stand eine andere: halb Maria, halb der zeitlose Mann, in einem Flimmern wie von heißer Luft über Asphalt. Die Gestalt beugte sich sanft, fast mitleidig, und zog langsam eine silberne Klinge aus Zoltáns Rücken – eine Sense, so fein gearbeitet, dass sie aus einem Traum stammen mochte. Mit jedem Zentimeter, den die Klinge sich aus dem Fleisch löste, schien der Körper, der einst so massig und furchteinflößend war, kleiner zu werden. Weniger. Bedeutungslos. Am Ende war von Zoltán nur noch ein kümmerlicher Haufen übrig, wie ein schmutziges Hemd, das jemand achtlos weggeworfen hatte. In der Ferne heulten Sirenen, schnitten wie kalter Wind durch die plötzliche Stille. Irgendjemand hatte den Notarzt gerufen. Aber Réka wusste, keine Spritze der Welt, kein Stoß des Defibrillators würde ihn je zurückholen.

Als der Notarzt sich erhob, die Hände hob – ein leises Zeichen, dass nichts mehr zu tun sei – wusste Réka, dass es wirklich vorbei war. Endlich. Doch inmitten der Erleichterung stand auch die Wahrheit, kalt und unbeirrbar wie die Sterne am Nachthimmel: Der Schmerz der letzten vier Jahre würde nie ganz verschwinden. Er würde schwächer werden, an manchen Tagen vielleicht kaum noch spürbar sein, wie eine alte Narbe, die nur bei Regen zu schmerzen beginnt. Aber er würde bleiben. Ein Teil von ihr sein. Ein stummer Zeuge dessen, was sie erlitten und überlebt hatte. Und dennoch – tief in ihrem Herzen keimte ein anderes Wissen: Am Ende, irgendwann, wird es eine Erlösung geben. Eine, die ihr zusteht. Eine, die Zoltán, der so viel nahm und nichts gab, für immer versagt bleiben wird.

DREIZEHN

Wolfgang wischte sich den Ruß mit einem rauen Handrücken aus dem Gesicht und betrachtete die Schweißnaht, die wie eine silbrige Narbe auf dem kalten Metall glänzte. Sein Blick glitt nach oben, zu der großen Uhr, die über der weiten Halle hing wie ein bleiches Auge der Zeit. Noch eine Stunde, dachte er und ein Lächeln stahl sich auf seine Lippen – scheu, fast jung noch. Eine Stunde nur, dann würde die sirrende Luft der Werkstatt weichen, dann würde Freiheit auf ihn warten, auf zwei Rädern, mit dem Wind als Gefährten und Simone, seiner Simone, an seiner Seite. Ein Wochenende, das nach Benzin und Versprechen roch. Ein kleiner Traum, greifbar nah.

Das Schwesternzimmer roch nach altem Kaffee und einem Hauch müder Gespräche. Schwester Simone und Schwester Diana saßen entspannt auf den abgewetzten Stühlen, ihre weißen Kittel achtlos über die Stuhllehnen geworfen, als Dr. Müller eintrat – ein Becher in der einen, ein Löffel in der anderen Hand. Mit der gleichmütigen Routine eines Mannes, der viel gesehen hatte, goss er sich Kaffee ein, streute zwei Löffel Zucker hinein und rührte, als würde er die träge Zeit selbst umrühren. "Und, was macht ihr am Wochenende?" fragte er beiläufig, ohne aufzublicken. Diana grinste und ließ sich in ihrem Stuhl noch tiefer sinken. "Sofa. Serien. Schlafen. In dieser Reihenfolge." Simone hob den Kopf, ihr Lächeln war heller, aufgeregter. "Wolfgang und ich machen eine Tour. Unsere erste richtige – ich auf meinem eigenen Motorrad. Nicht mehr nur hintendrauf." Ihre Stimme vibrierte leise vor Stolz und Vorfreude, wie eine Saite, die jemand sanft angerührt hatte. Dr. Müller nickte nur, leise schmunzelnd – als hätte er in diesem Moment gewusst, dass auf manchen Wegen der Wind nicht nur Freiheit, sondern auch Abschied bringt.

Das helle Aufheulen des Notfallalarms zerriss die sanfte Vorfreude wie ein Messer, das durch Seide fährt. In einer Bewegung, die eingewoben war in ihre Körper wie ein alter Tanz, sprangen Simone, Diana und Dr. Müller auf und eilten in den Schockraum. Dort, zwischen metallischem Blinken, dem Murmeln medizinischer Geräte und dem dumpfen Stöhnen der Verletzten, griff jeder nach seiner Rolle. Hände arbeiteten, zogen Spritzen auf, verbanden – von außen ein Bild hektischer

Betriebsamkeit, doch im Inneren ein Uhrwerk aus Erfahrung und Pflicht. Dann geschah es. Ein leiser, klirrender Laut – wie Glas, das eine falsche Bewegung nicht überlebt. Die Nierenschale fiel aus Simones Hand, schepperte über den Boden, die aufgezogenen Spritzen schlitterten wie verirrte Pfeile davon. "Simone!" fuhr Dr. Müller sie an, mehr aus Reflex denn aus Zorn. Diana wirbelte zu ihr herum. "Was ist los mit dir?" Simone stand wie eingefroren, die Hände halb erhoben, als könnte sie etwas Unsichtbares berühren. Ihre Lippen formten nur ein einziges Wort, kaum mehr als ein Flüstern: "Wolfgang." Dann ließ sie alles hinter sich – die Patienten, die Regeln, die Welt – und rannte aus dem Schockraum, getrieben von einer Angst, die älter war als jedes Protokoll.

Diana spürte den Impuls, Simone hinterherzujagen, sie zu halten, zu trösten – doch ihre Hände gehorchten nicht dem Herz, sondern der Pflicht. Mit fester Stimme rief sie nach einer Infusion, riss Verpackungen auf, während in ihrem Inneren ein Beben wuchs, das kaum zu bändigen war. Erst, als sie einen Blick auf die Trage warf, als sie durch die Schichten von Ruß und Schmerz die markanten Linien erkannte, die ihr so vertraut waren – da fror sie. Wolfgang. Sein Name stach wie eine Nadel durch ihr Bewusstsein. Für einen Wimpernschlag schien die Welt den Atem anzuhalten. Doch dann zwang sie sich, wieder zu atmen, zu handeln. Mit einem Blick, der mehr war als ein Befehl, rief sie Schwester Elke herbei, die sofort den Platz von Simone einnahm. Diana blieb. Blieb, weil jetzt nicht Zeit war zu weinen. Weil jetzt nur eines zählte: kämpfen.

Diana lag ausgestreckt auf dem Sofa, ein Kissen im Nacken, die bequeme Jogginghose und der weite Sweater, ein Hafen aus Wärme. In der Hand die Fernbedienung, auf dem Bildschirm die vertrauten Stimmen einer Welt, die nichts forderte, nur vergessen ließ. Das Klingeln an der Tür schnitt wie ein Messer durch das träge Glück. Murrend stand sie auf, die Decke von den Beinen schiebend, die Füße in die Pantoffeln schlüpfend. Als sie öffnete, erstarrte sie. Davor stand Simone – ein Koffer zu ihren Füßen, ihr Gesicht ein einziger Fluss aus verlaufener Wimperntusche und stummen Tränen. Keine Worte, kein Erklären. Nur dieser Blick, der alles sagte: Hier bin ich. Zerbrochen. Und ich habe keinen anderen Ort mehr.

Simone saß auf Dianas Sofa, die Knie angezogen, die Arme darum geschlungen wie eine schützende Mauer. Der Koffer stand stumm neben ihr, ein Zeuge dessen, was unausgesprochen zwischen ihnen schwebte. Lange sagte sie nichts. Nur das Ticken der Wanduhr wagte, den Raum zu füllen. Dann, heiser, fast tonlos, brach es aus ihr: „Ich kann nicht mehr, Diana." Ihre Freundin schwieg, gab ihr Raum. „Er…" Simone schluckte hart, suchte nach Worten, die weniger schmerzten. „Seit dem Unfall… zieht er sich immer weiter zurück. Erst dachte ich, es ist nur vorübergehend. Aber…" – sie rang nach Luft – „er lebt nicht mehr mit mir. Er lebt nur noch zwischen Seiten und Geschichten, irgendwo, wo ich nicht mehr hinkomme." Ihre Stimme zitterte, brach. „Ich… ich bin nicht mehr Teil seiner Welt. Nur ein Schatten an der Wand." Diana setzte sich still neben sie, ihre Hand eine sanfte Berührung auf Simones Rücken. „Kann ich… darf ich… für eine Weile hierbleiben?" Die Antwort war kein Wort. Es war ein leises Ziehen an Simones Hand, ein sanftes Heranziehen, ein stilles Versprechen: Ja. Hier bist du nicht allein.

Seit acht Wochen wohnte Simone nun schon bei Diana. Acht Wochen, in denen die Kartons aus ihrer alten Wohnung langsam Platz gefunden hatten. Acht Wochen, in denen aus zwei Kolleginnen leise, tastende Freundinnen geworden waren. Am Frühstückstisch blätterte Simone durch die Tageszeitung, die Anzeigen für Mietwohnungen sorgfältig markiert. Diana rührte gedankenverloren in ihrem Kaffee, ließ den Löffel klirren, ohne es zu merken. Ihr Blick glitt von der Zeitung zu Simone – und blieb dort hängen, voller einer Traurigkeit, die sie selbst nicht kommen gespürt hatte. Simone spürte es. Sie legte die Zeitung beiseite und fragte sanft: „Was ist, Diana?" Diana zuckte zusammen, als wäre sie bei einem heimlichen Gedanken ertappt worden. Sie lächelte gequält. „Ach... nichts." Aber Simone ließ nicht locker. Diana druckste, kaute auf Worten, die zu schwer waren, um leicht über die Lippen zu kommen. „Ich hab mich daran gewöhnt, dass du hier bist", sagte sie schließlich, ihre Stimme ein leiser Atemzug zwischen den Kaffeetassen. Simones Blick – offen, forschend, voller jener stillen Intelligenz, die Diana immer bewundert hatte – ließ keinen Raum für Ausflüchte. Er forderte Wahrheit. Und Wahrheit, wenn sie einmal an die Tür klopft, duldet kein langes Zögern. Diana rang nach Worten wie jemand, der nach Luft tastet, wenn das Wasser zu hoch steht. Dann, fast flüsternd, fast entschuldigend, doch mit einer Klarheit, die nur aufrichtig sein konnte, sagte sie: „Ich habe mich verliebt. In dich."

Diana duckte sich fast instinktiv weg, als würde sie sich vor dem erwarteten Schlag in Sicherheit bringen wollen – Entrüstung, Zorn, Ablehnung, irgendetwas. Doch stattdessen legte Simone die Zeitung langsam beiseite, als hätte sie plötzlich begriffen, dass diese Zeilen dort keinerlei Bedeutung mehr hatten. Mit einer Sanftheit, die stärker war als jedes laute Wort, griff sie nach Dianas Händen. Ihre Finger schlossen sich um die ihren, warm und beruhigend. „Ich liebe dich auch", sagte sie, leise, aber so klar, dass kein Zweifel zwischen ihnen Platz fand. „Aber anders, Diana. So, wie man eine große Schwester liebt, die man bewundert. So, wie man eine Seelenverwandte liebt." Ein Lächeln stahl sich auf Simones Gesicht – nicht voller Bedauern, sondern voller Dankbarkeit für das, was zwischen ihnen war. Und genau das war Diana: ihre Seelenverwandte, ihre Zuflucht, ihr Leuchtturm in rauer See.

Diana lächelte, doch ein feiner Schleier aus Enttäuschung legte sich über ihr Gesicht – kaum sichtbar, und doch für Simone, die sie so gut kannte, spürbar wie ein kühler Luftzug.

Simone ließ ihre Finger nicht los. Sie wusste, dass Enttäuschung nichts Schlechtes war, nur der stumme Zeuge echter Gefühle. Mit einem kleinen, schelmischen Lächeln sagte sie schließlich, beinahe trotzig: „Ich habe es ja nicht eilig, eine neue Wohnung zu finden." Für einen Moment flackerte tiefes Glück in Dianas Augen auf. Nicht laut, nicht überschwänglich, sondern ruhig – so, wie ein Fenster, das man in einem stickigen Raum aufstößt und plötzlich atmen kann. „Aber jetzt", sagte Diana und klopfte Simone leicht auf die Schulter, „müssen wir uns beeilen, sonst kommen wir zu spät zur Spätschicht." Ein gemeinsames Lachen, ein kleiner Moment der Erlösung – dann griffen sie hastig nach Taschen und Jacken und stürmten aus der Tür, hinein in den Tag, der auf sie wartete.

Die Türen des Busses zischten, als Diana und Simone – schwer von der langen Nacht – hineintraten. Müde wie zwei Kinder nach einem zu langen Sommertag schlurften sie bis ganz nach hinten. Nicht, weil sie die Plätze scheuten, sondern aus Erfahrung: Zweimal, nein, dreimal schon waren sie auf der Heimfahrt eingenickt, hatten die vertraute Haltestelle verpasst und waren erst an der Endstation – mit einem freundlichen, aber bestimmten Räuspern des Busfahrers – geweckt worden. Also standen sie nun, Rücken an Rücken an die kalte hintere Fensterscheibe gelehnt, die Köpfe gesenkt, jeder Erschütterung des Busses folgend wie zwei schwankende Boote auf einem stillen Fluss. Draußen dämmerte es. Der Tag tastete noch vorsichtig nach den Rändern der Nacht. Und in der Stille des fast leeren Busses lag eine seltsame, beruhigende Trostlosigkeit – jene Art von Müdigkeit, die nicht wehtat, sondern sich anfühlte wie ein abgetragenes, weiches Kleidungsstück.

Ein fröhliches, vor Lebenslust sprudelndes „Guten Morgen, schöne Frauen!" riss Diana und Simone abrupt aus ihren dösenden Gedanken. Vor ihnen stand ein junger Mann – strahlend wie die aufgehende Sonne selbst. Simone blinzelte müde, doch ein leises Grinsen stahl sich auf ihr Gesicht. Wie konnte jemand um diese Uhrzeit schon so wach, so übermütig sein? Der junge Mann hatte einen Dreitagebart, eine sportliche Figur, das dunkelblonde Haar kurz geschnitten, als müsste es jeden Moment einem Windstoß trotzen. In Jeans und T-Shirt gekleidet, wirkte er, als wäre er auf dem Sprung zu einem Abenteuer, während die Welt um ihn noch schlief. Mit einem breiten, unverschämt ehrlichen Lächeln zwinkerte er ihnen zu, bevor er sich auf einen freien Sitzplatz fallen ließ und lässig eine zerlesene Zeitung aufschlug. Sein Dasein war wie ein kleiner Wirbel frischer Luft in der müden Stille des Busses.

Simone konnte sich ein inneres Lächeln nicht verkneifen. Wie herrlich erfrischend dieser Kerl war! Frech, ja – aber auf eine Art, die ansteckend wirkte wie das erste Glas Sekt auf einer Feier. Diana hingegen zog gedanklich die Stirn kraus. Ungehobelt, respektlos, dachte sie. Sicher, ein gutaussehender Bursche, das ließ sich nicht leugnen, aber wahrscheinlich nur gut für eine Nacht, wenn überhaupt. Beide verloren sich in ihren Überlegungen und bemerkten erst viel zu spät, dass ihre Haltestelle schon längst in Sicht kam. Doch der Busfahrer, ein alter Bekannter, kannte seine Stammgäste. Er hielt, öffnete mit einem leisen Zischen die Tür und rief fröhlich: „Alle liebenswürdigen Krankenschwestern bitte aussteigen – das Bett wartet!" Lachend bedankten sich Simone und Diana, schnappten sich ihre Taschen und stiegen aus. Hinter ihnen schloss sich die Bustür mit einem freundlichen Klacken, während der Busfahrer ihnen noch ein Augenzwinkern schenkte.

Am nächsten Morgen standen sie wieder im hinteren Teil des Busses, müde und wortlos, jede tief in die Watte ihrer eigenen Gedanken gehüllt. Wie nach jeder Nachtschicht schien der Körper schwerer, die Augenlider dicker, die Welt ein wenig entrückter. Da zerschnitt wieder eine Stimme, voller unverschämter Energie, die Müdigkeit wie ein warmes Messer die Butter: „Guten Morgen, liebe Krankenschwestern! Ich wünsche

Ihnen einen guten Schlaf!" Simone musste kichern – dieses Mal konnte sie sich nicht beherrschen. Sie drehte sich halb um, grüßte freundlich zurück, während Diana nur knapp mit dem Kopf nickte und sofort wieder in sich zusammensank. Simone aber, von einer leisen Neugier geweckt, betrachtete den jungen Mann genauer: Wie er da saß, die Zeitung auf den Knien, die Stirn leicht gerunzelt beim Lesen, das Licht des Morgens wie eine Ahnung von Gold in seinem Haar. Etwas an ihm ließ sie länger hinschauen, als es nötig gewesen wäre.

Zwei Wochen waren vergangen. Frühschichten, Spätschichten, freie Tage hatten die Zeit aufgelöst wie Zucker in heißem Tee. An diesem Morgen, nach einer weiteren langen Nacht, standen Simone und Diana wieder hinten im Bus, in dieser wortlosen Gemeinschaft aus Müdigkeit und Routine. Der junge Mann war aus ihren Gedanken gewichen, vergraben unter Schichten von Alltag. Doch dann – wie ein Sonnenstrahl durch einen zugezogenen Vorhang – riss wieder seine Stimme sie zurück ins Leben: „Guten Morgen!" Simone blinzelte erschrocken, drehte sich um – und dieses Mal folgte ein weiteres, freches, direkt an sie gerichtetes: „Ich hab Sie schon vermisst." Trotz der schweren Nacht legte sich ein müdes, aber echtes Lächeln auf ihr Gesicht. Sie schenkte es ihm, ganz ohne darüber nachzudenken. Dann, während der Bus durch die ersten Schleier des Morgens fuhr, glitt ihr Blick wieder zu ihm. Da saß er, als wäre er einfach Teil dieses Tages, vertieft in seine Zeitung, mit einer Selbstverständlichkeit, die ihr Herz einen Schlag schneller schlagen ließ.

Am nächsten Morgen, derselbe Bus, dieselbe Müdigkeit – doch etwas hatte sich verändert. Diana lehnte schläfrig an der hinteren Scheibe, als sie merkte, dass Simone nicht neben ihr stand. Ein kurzer, schläfriger Blick über die Schulter – Simone war näher zur Tür gerückt, fast als würde sie jemanden erwarten. Diana war zu müde, um nachzufragen. Zu müde, um die Ahnung, die wie ein Flüstern an ihr nagte, weiter zu denken.

Zwei Stationen später wurde diese Ahnung zur Gewissheit. Er stieg ein. Der junge Mann mit dem Lächeln, das selbst den trübsten Morgen erhellen konnte. Bevor er den Mund aufmachen konnte, bevor er seinen üblichen kecken Gruß schmettern konnte, war es Simone, die ihn dieses Mal begrüßte – laut, klar und mit einem Funkeln in den Augen: „Guten Morgen, schöner Mann!" Der junge Kerl lachte auf – ein ehrliches, herzliches Lachen, das den ganzen Bus zu füllen schien. Und während Diana beobachtete, wie ihre Freundin strahlte, wie etwas Leichtes, Hoffnungsvolles in Simones Blick aufleuchtete, wusste sie: Sie würde sie teilen müssen. Simone, die sie wie eine Schwester liebte. Simone, die endlich wieder lachte. Und auch wenn Dianas Herz in diesem Moment noch zu müde, noch zu wund war, um sich mitzufreuen – irgendwo tief in ihr wuchs ein zartes Pflänzchen aus stiller, aufrichtiger Freude.

Der Löffel drehte endlose Kreise in der dampfenden Tasse, während Simone den Blick in der Tiefe ihres Kaffees verlor. Das leise Klimpern von Porzellan gegen Metall war das einzige Geräusch in Dianas heller, freundlicher Küche. Sie saßen wieder hier, wie so oft in den letzten Monaten – seit Simone in ihre eigene kleine Wohnung gezogen war. - Mindestens einmal die Woche trafen sie sich zum Kaffee, meistens aber zwei- oder dreimal, wenn der Alltag es erlaubte. - Diana, die jedes feine Zittern wahrnahm, stellte ihre Tasse ab, lehnte sich leicht vor und sah ihre Freundin an. Ihre Stimme war ruhig, aber mit jener unausweichlichen Klarheit, die kein Schweigen zuließ: „Was ist los mit dir?" Keine Flucht in Höflichkeiten, kein sanftes Tasten. Nur diese eine Frage, schwer wie eine Glocke, die durch den Raum hallte und auf eine Antwort wartete. Simone verschränkte trotzig die Arme vor der Brust und sah demonstrativ zur Seite. „Es ist nichts", murrte sie, doch die Wärme in Dianas Stimme zerschnitt die dünne Schutzschicht müheloser als jedes Messer. „Ist was mit Heini?" Der Tonfall war ruhig, fast sanft, aber darin lag eine Entschlossenheit, die keinen Rückzug duldete. Simone kaute auf ihrer Unterlippe. Ihr Blick huschte zur Seite, suchte Fluchtwege, fand keine. „Ach, du würdest mir doch sowieso nicht glauben", presste sie schließlich hervor. Diana zog eine Augenbraue hoch – keine Spur von Empörung, nur diese Mischung aus Bestimmtheit und stiller Geduld, die ihre Freundin manchmal wahnsinnig machte. „Und du glaubst im Ernst, ich wäre so dumm?", fragte Diana, ihre Stimme kaum lauter als ein Wispern, und doch so klar wie Glockenschlag. Ein tiefer Seufzer entwich Simone. Langsam, wie eine Blume, die sich trotz Sturm und Frost öffnet, hob sie den Blick und sah Diana direkt an. In ihren Augen schimmerten Schatten und Licht zugleich. „Okay", flüsterte sie schließlich. „Ich will es dir erzählen."

„Er ist der Tod!" Die Worte platzten aus Simone heraus wie eine Tür, die aus den Angeln gerissen wird. Diana, die gerade an ihrer Tasse nippte, hob überrascht die Augenbraue. „Du meinst... er nervt dich so sehr, dass —" „Ich sagte doch, du glaubst mir nicht!", fuhr Simone dazwischen, die Stimme rau vor aufgestauter Verzweiflung. Einen Moment lang herrschte Schweigen. Dann stellte Diana die Tasse sehr langsam ab, verschränkte die Hände ineinander und fragte leise: „Du meinst das wörtlich?" Simone nickte heftig, trotzig, die Tränen brennend nah unter den Lidern. „Ja." Wieder eine Stille, die knisterte wie die Luft vor einem Sommersturm. Diana atmete tief durch. „Okay", sagte sie, die Worte schwer und doch offen. „Er ist der Tod. Aber... was genau willst du mir damit sagen?"

Simone holte tief Luft, als wolle sie sich Mut trinken. Dann begann sie, stockend zuerst, dann flüssiger: Von Heini, von diesem Lächeln, das wie ein Sonnenstrahl durch den Nebel ihres Lebens gebrochen war. Davon, wie leicht die ersten Wochen gewesen waren. Wie sie wieder lachen konnte, wieder Teil von etwas war – von einem Leben, das nicht nur aus Arbeit, Müdigkeit und Pflichterfüllung bestand. Nicht mehr nur ein Schatten an der Wand, sondern eine Gestalt aus Fleisch und Blut, berührt, gewollt, geliebt. Diana hörte still zu, ein feines Lächeln in ihrem Gesicht. „Das klingt doch wunderschön", sagte sie leise. „Ja, aber...", setzte Simone an – und verstummte, als würden die Worte schwerer werden, je näher sie der Wahrheit rückten. Diana legte den Kopf leicht schief. „Was aber?" Simone senkte den Blick in ihre Tasse, die Hände umklammerten das Porzellan, als könnte es sie stützen. Dann hob sie den Kopf und fragte mit brüchiger Stimme: „Fällt dir denn gar nichts auf?"

„Was soll mir denn auffallen?", fragte Diana leise. „Dass du glücklich bist..." Sie brach ab, schüttelte fast unmerklich den Kopf und flüsterte: „...warst." Simone hob die Augen, grün wie Frühlingswiesen, doch nun überschattet von etwas, das tiefer ging als bloße Traurigkeit. „Er ist der Tod", wiederholte sie, als müsste sie selbst die Worte noch einmal hören, um sie zu begreifen. Diana nickte langsam. „Das sagtest du bereits." Simone rang nach Luft, nach Worten, nach einer Erklärung, die alles leichter machen würde – und fand doch keine. „Wenn er der Tod ist... dann ist er unsterblich." Ein leiser Ruck ging durch Diana. Etwas dämmerte ihr – eine Ahnung, ein dunkler Flügelschlag am Rand ihres Verstandes. Noch konnte sie nicht fassen, was diese Wahrheit wirklich bedeutete. Aber sie spürte es: Hier ging es nicht nur um Liebe. Hier ging es um Abschied. Um einen Abschied, der unausweichlich war.

Simones nächste Worte schlugen wie Kiesel in den stillen Teich von Dianas vager Vorahnung. „Ich kann ihm das nicht antun", sagte sie tonlos. Diana runzelte die Stirn. „Was?" „Dass ich irgendwann gehen muss... und er zurückbleibt." Ein Ruck ging durch Simones Körper, als hätte sie die Wahrheit erst jetzt ganz ausgesprochen, ganz erfasst. „Danke", hauchte sie dann. „Danke, dass du mir geholfen hast, es zu begreifen." „Wie...?" Dianas Stimme war kaum mehr als ein Hauch. Simone sah sie an, mit einer Klarheit, die schmerzte. „Ich werde ihn verlassen." „Aber warum...?", flüsterte Diana, obwohl sie die Antwort längst kannte. „Nicht weil ich ihn nicht liebe", sagte Simone, „sondern weil ich ihn liebe." Sie schloss kurz die Augen. Als sie sie wieder öffnete, glänzten Tränen darin, doch ihre Stimme war fest: „Ich kann ihm den Schmerz nicht zumuten, der ihn erwartet, wenn ich gehe. Lieber schneide ich das Band jetzt durch, als dass ich es zerfasern lasse unter der Last von Jahren und Abschieden."

Diana hatte Tränen in den Augen. „Tu das nicht", flüsterte sie, die Stimme gebrochen. Simone sah sie an, und auch in ihren Augen standen die Tränen. „Ich muss", sagte sie. Ihre Stimme war kaum mehr als ein zitternder Hauch, ein leises Echo der Entschlossenheit, die sie sich selbst abverlangte. Eine Weile saßen sie einfach nur da, zwei Freundinnen, verbunden durch das stille Wissen, dass manche Entscheidungen das Herz zerreißen müssen, um wahrhaftig zu sein. Dann, mit einem Zittern in der Stimme, das mehr Mut brauchte als jede andere Geste, sagte Diana: „Es wäre unfair." Simone hob den Kopf, hilflos, verzweifelt. „Ich... ich soll mit ihm reden?" Diana nickte, und jetzt war ihre Stimme fest, klar, wie ein Gelübde: „Du musst. Er hat das Recht, es zu wissen. Und du hast die Pflicht, es ihm zu sagen."

Der Himmel spannte ein düsteres Tuch über die Stadt, als Simone und Heini die Allee entlanggingen. Die Beerdigung von Diana lag hinter ihnen, und die Trauergäste hatten sich zerstreut wie Herbstlaub im Wind. Für die wenigen Passanten, die ihnen begegneten, mochte es wirken wie ein Enkel, der seine gebrechliche Großmutter nach Hause begleitete. Niemand sah, wie ihre Finger sich suchten und fanden. Niemand sah den Strom aus Erinnerungen und Schmerz, der zwischen ihnen floss – und auch die stille Dankbarkeit, dass sie einander hatten. Simone stützte sich leicht auf Heinis Arm. Sein Schritt war sicher, seine Wärme eine Festung gegen die Kälte dieses Tages.

Und tief in ihrem Herzen wusste sie: Diana hätte gelächelt, wenn sie sie jetzt so gesehen hätte.

Hein saß auf dem alten Sofa, das einmal Simone gehört hatte, und atmete tief ein. Noch hing ihr Duft in der Luft – ein zarter Schleier aus Lavendel und etwas, das nur ihr eigen gewesen war. Überall waren kleine Spuren von ihr geblieben: ein Schal über dem Stuhl, ein Buch halb offen auf dem Beistelltisch, eine Tasse, die nie abgeräumt worden war. Und doch – die Wohnung war leer. Simone war fort. Nicht fort wie jemand, der zurückkehrt, sondern fort wie die sinkende Sonne, die für einen anderen Morgen lebt. Neben Simone, auf dem kleinen Friedhof am Waldrand, ruhte auch Diana – die Freundin, die einst eifersüchtig gewesen war, dann aber den Weg freigemacht hatte für all die gemeinsamen Jahre, die ihnen geschenkt worden waren. Hein hatte dafür gesorgt, dass ihre Gräber Seite an Seite lagen, so wie sie im Leben nebeneinander gegangen waren. Er lächelte traurig. Dankbarkeit und Schmerz schlossen in seinem Herzen einen stillen, unauflöslichen Pakt.

Und während Hein dort saß, allein mit der Stille, kroch eine bittere Erkenntnis in sein Herz – langsam, kalt, unausweichlich. Zum ersten Mal verstand er das, was ihm jahrhundertelang ein Rätsel gewesen war: Warum die Menschen so sehr vom Ende sprachen, warum sie sich an Anfänge klammerten, an letzte Male, an Abschiede. Er, der den Kreislauf des Lebens besser kannte als jeder andere, hatte nie begriffen, dass für sie das Ende nicht einfach ein Teil des Ganzen war – sondern das Zerreißen eines einzigartigen Fadens. Dass ihr Herz nicht in Zyklen schlug, sondern in Linien, die einen Anfang und ein Ende hatten. Jetzt verstand er es. Und in diesem Verstehen lag kein Trost. Nur ein stilles, dunkles Wissen, das ihn für alle Zeiten verändern würde.

Doch er begriff nun, dass es zwei Wahrheiten gab. Das Leben selbst, in seiner uralten, niemals endenden Bewegung – ein

Fluss, ein Kreis, ein ewiges Kommen und Gehen. Und das Leben der Einzelnen – zart, flüchtig, eine Linie von einem ersten Atemzug bis zum letzten. Kein Kreislauf, sondern ein Zeitstrahl, der sich nicht wieder schloss. Ein Anfang. Ein Ende. Und diese Erkenntnis schnitt tiefer in ihn als jede Sense es je vermocht hätte. Er, der Wandel und Ewigkeit in gleichem Maße war, spürte zum ersten Mal den Schmerz der Sterblichen – nicht als Beobachter, sondern als einer von ihnen.

Und aus diesem stillen Schmerz, der wie Tau auf seine unsterbliche Seele fiel, wuchs eine zweite, leuchtende Erkenntnis. Er hatte die Sterblichen schon immer mit Achtung begleitet, hatte ihre letzten Wünsche gehört, ihre Hände gehalten, ihre Ängste gelindert. Doch erst jetzt verstand er wirklich, wie unendlich wichtig diese Geste war. Es ging nicht nur darum, sie hinüberzuführen. Es ging darum, ihnen am Ende ihrer Linie das Gefühl zu schenken, gesehen worden zu sein, geliebt, betrauert, geehrt. Nicht weil es das Ende einer Geschichte war. Sondern weil es der Moment war, der allem Sinn verlieh. Und Hein, der Tod, schwor sich in dieser Stunde, dass kein Mensch je in seinen Armen sterben würde, ohne dass sein Herz ein letztes Mal gespürt hätte: Ich war da. Ich habe gelebt. Ich wurde geliebt.

Der Unendliche hatte die Endlichkeit entdeckt.